Das Labyrinth am Ende der Welt

Dieses Buch ist ein Roman. Handlungen und Personen sind frei erfunden. Ähnlichkeiten mit lebenden oder toten Personen sind nicht gewollt und rein zufällig.
Ab Seite 375 findet sich ein Glossar, in dem auch alle lateinischen Zitate übersetzt sind.

MARCELLO SIMONI

Das Labyrinth am Ende der Welt

MITTELALTER-THRILLER

Aus dem Italienischen
von Barbara Neeb und Katharina Schmidt

emons:

Bibliografische Information der Deutschen Nationalbibliothek
Die Deutsche Nationalbibliothek verzeichnet diese Publikation in der Deutschen Nationalbibliografie; detaillierte bibliografische Daten sind im Internet über http://dnb.d-nb.de abrufbar.

Die Originalausgabe erschien 2013 unter dem Titel »Il labirinto ai confini del mondo« bei Newton Compton editori, Rom.

FSC
www.fsc.org
MIX
Papier aus verantwortungsvollen Quellen
FSC® C019821

Umschlagmotiv: Stephen Mulcahey/Arcangel Images
Umschlaggestaltung: Nina Schäfer
Gestaltung Innenteil: César Satz & Grafik GmbH, Köln
Lektorat: Christina Neiske
Druck und Bindung: Druckerei C.H. Beck, Nördlingen
Printed in Germany 2015
ISBN 978-3-95451-674-2
Mittelalter-Thriller

Für Celeste und Alfredo,
die von den Sternen aus zusehen

PROLOG

Im Jahre des Herrn 1229 am 15. Januar
Kloster St. Petrus und Marcellinus zu Seligenstadt

Die Morgendämmerung ließ auf sich warten, erstickt von der undurchdringlichen Schwärze der Nacht. Einer Nacht, die vielleicht in alle Ewigkeit andauern würde. Konrad von Marburg stand am offenen Fenster in einem abgelegenen Raum des karolingischen Klosters. Regungslos wie ein Vorstehhund, der Beute gewittert hat, beobachtete er die in Dunkelheit gehüllte Landschaft. Er wartete auf etwas, auf ein Zeichen oder eine Vision, doch er wusste nicht, ob sich dieses Etwas vor seinen Augen oder in den Tiefen seiner Seele zeigen würde. Allerdings hatte er schon eine gewisse Ahnung, um was es sich handelte. Nach zwanzig Jahren, in denen er unzähligen Exorzismen und Verbrennungen auf dem Scheiterhaufen beigewohnt hatte, war er sicher, dass er sich nicht irrte. Er hatte ein Geräusch aus der Finsternis vernommen, das Wiehern eines Pferdes. Und er war bereit zu kämpfen.

Konrad verengte die Augen zu Schlitzen, um dem eisigen Wind zu trotzen, der ihm ins Gesicht peitschte. Der Nordwind tobte wütend wie eine Furie über die Felder und durch die Straßen. Raue Zärtlichkeiten einer stiefmütterlichen Natur, Gaben eines Winters, der das ganze Land in seinem eisigen Griff gepackt hielt. Er sah darin fast eine Warnung, eine Vorahnung dessen, was ihn erwartete. Denn ihm, Konrad von Marburg, war es gelungen, die Winkelzüge des Bösen in den menschlichen Taten zu erkennen.

»Fiat voluntas tua«, murmelte er und neigte leicht das Haupt.

Er schloss die Läden und wandte sich wieder dem spärlich beleuchteten Raum zu. Auf dem Schreibtisch warteten zwei Briefe auf ihn, einer war auf Deutsch verfasst, der andere in Latein. Er hatte sie beide im Lauf der Nacht geschrieben, fast ohne innezuhalten, und sie dann auf der Tischfläche liegen gelassen, damit die Tinte trocknen konnte. Die Lage war ziemlich ernst. In wenigen Stunden würde ein Bote aufbrechen, um sie zu überbringen.

Das erste Schreiben war für den Landgrafen von Thüringen bestimmt, der über dieses Gebiet herrschte, das zweite dagegen war an Seine Heiligkeit höchstpersönlich adressiert, Papst Gregor IX. Sie waren mehr oder weniger gleichen Inhalts, mit leichten Abwandlungen bei den Höflichkeitsanreden und Lobpreisungen.

Konrad setzte sich an den Schreibtisch und nahm den lateinischen Brief zur Hand, um ihn im Kerzenschein noch einmal durchzulesen. Ihm war bewusst, dass sein Text mit einigen deutschen Formulierungen durchsetzt war, aber er wusste, dass er sich deswegen keine größeren Gedanken machen musste. Als Gregor IX. noch kein Papst war und auf den Namen Ugolino di Agnani hörte, war er als päpstlicher Gesandter in Deutschland unterwegs gewesen und daher der deutschen Sprache mächtig.

Der Inhalt des Briefes lautete:

Im Namen des Herrn Jesus Christus. An Seine Heiligkeit Papst Gregor, Bischof der katholischen Kirche und Diener der Diener Gottes, berichtet der Unterzeichnete Konradus de Marburc, predicator verbi Dei, *die Ergebnisse seiner Untersuchungen über die häretische Verderbtheit, die Deutschland befallen hat.*

Im Monat Januar des nämlichen Jahres begab ich mich in die Diözese Mainz, um das Haus eines Geistlichen namens Wilfridus zu besuchen, der bereits im Verdacht der Häresie stand, und dortselbst fand ich eindeutige Beweise für die Beschwörung des Bösen. Ich entdeckte zahlreiche nekromantische Zeichen, die ich identifizieren konnte, und ließ daraufhin den Geistlichen verhaften, um ihn der peinlichen Befragung zu unterziehen. Obwohl ich einen Glaubensbruder vor mir hatte und keinen einfachen Laien, waltete ich mit der ganzen Strenge meines Amtes.

Der Befragte versuchte zu leugnen, so wie jeder, der die eigene Schuld verbergen möchte, doch schließlich gestand er, eine häretische Dreifaltigkeit anzubeten, die älter als die der Christenheit sein soll und

in der ich Luzifer vermute, der sich über die Heiligste Dreifaltigkeit erheben will. Zum Beweis solcher Verdächtigungen trug Wilfridus auf der rechten Hand ein Zeichen des Paktes mit dem Bösen, welches ich aus Anstand und Gottesfurcht Eurer Heiligkeit nicht näher beschreiben möchte.
Noch schwerer wiegt die Tatsache, dass der Befragte gestand, er sei in diesen gotteslästerlichen Kult von einem Magister aus Toledo eingeführt worden. Er beschrieb ihn als einen großen, hageren, dunkel gekleideten Mann, doch er schwor, dessen Namen nicht zu kennen. Auf Grundlage vorhergehender Untersuchungen weiß ich allerdings sehr wohl, um wen es sich handelt. Es ist der Homo Niger, *der Schwarze Mann, der sich den Ketzern oft während ihrer schändlichen Geheimtreffen zeigt.*
Angesichts dieser offenkundigen Beweise bitte ich um die Erlaubnis, die Untersuchung südlich der Alpen fortzuführen, wo sich nach Aussage des Befragten ein Großteil der Sekte verbergen soll, die dieser Magister aus Toledo gegründet hat. Und da die Anhänger dieser Sekte sich der ungeheuerlichsten Ketzerei hingeben, nämlich der Anbetung Luzifers, wünsche ich, dass sie vom Bann der Heiligen Römischen Kirche getroffen und mit dem Hirtenstab derselben bestraft werden sollen.

Ein Geräusch, das Klappern von Sandalen auf dem Gang vor dem Zimmer, ließ Konrad von Marburg aufblicken. Er lauschte ihm, bis er in der Tür einen Mann auftauchen sah. Ein Franziskaner mit einer weit ausrasierten Tonsur, die von einem dichten Kranz struppiger Haare umgeben war. Zwei asketisch glühende Augen ließen sein Gesicht erstrahlen.

»Gerhard von Lützelkolb, mein Freund.« Konrad stand auf und breitete erfreut die Arme aus. »Ich habe mich schon gefragt, wo Ihr so lange bleibt.«

Der Mönch verneigte sich kurz und atmete dann mehrmals tief durch. Er musste gerannt sein. »Ich wurde aufgehalten, Magister. Vergebt mir.«

Magister. Seit zwei Jahren wurde Konrad von Marburg so angesprochen, nachdem ihm der Heilige Vater eine Aufgabe von großer Wichtigkeit anvertraut hatte, die zwar ein eindeutiges Zeichen seiner

Wertschätzung, aber auch eine schwere Bürde war. Niemandem vor ihm war je aufgetragen worden, Untersuchungen über Ketzerei anzustellen, zumal mit dem erklärten Ziel, sie um jeden Preis auszumerzen. Diese Vollmacht stellte ihn höher als jeden Bischof, Prior oder Abt und löste allseits ehrfürchtige Sorge aus.

Gerhard von Lützelkolb sah sich um und wickelte sich fester in seine wollene Jacke, die er über der Kutte trug. Er schien sich nach einer Wärmequelle umzusehen, jedoch vergeblich. »In diesem Raum ist es eisig kalt.«

»Kälte reinigt«, erwiderte Konrad mit einem leichten Tadel in der Stimme.

Der Mönch biss sich auf die Zunge. Die Strenge des Kirchenmanns, vor dem er stand, war allgemein bekannt. »Nun denn, Magister. Was befehlt Ihr?«

Konrad bedeutete ihm zu warten. Er überflog noch einmal die Briefe, versiegelte sie und reichte sie schließlich dem Franziskaner. »Sie müssen unbedingt sofort verschickt werden.«

»Die Boten stehen zum Aufbruch bereit.« Gerhard begutachtete die beiden Rollen mit einem Zögern. Seine Hände zitterten, und ein merkwürdiger Glanz lag in seinen Augen.

Konrad musterte ihn aufmerksam. Für gewöhnlich entging ihm nicht die kleinste Einzelheit. »Ist da etwas, das Euch Sorge bereitet?«

Bevor der Mönch seine Antwort in Worte fassen konnte, entfuhr ein röchelndes Stöhnen seiner Kehle. »Es ist etwas Schreckliches passiert, Magister.«

»Erklärt Euch näher.«

»Es betrifft den Geistlichen Wilfridus, den Ketzer, den Ihr befragt habt.«

»Ja und? Ich habe ihn in seine Zelle sperren lassen, wo er so lange verwahrt werden soll, bis man ihn hängt.«

»Das wird nicht mehr notwendig sein.« Gerhard verzog den Mund. »Er ist bereits tot.«

Konrad ballte die Hände vor seiner Brust zu Fäusten. »Aber wie ...«

»Die Wachen haben ihn mit etlichen Verbrennungen am ganzen

Körper gefunden – das war übrigens auch der Grund, weshalb ich so spät zu Euch kam. Schreckliche Verbrennungen, durch ... *etwas*, das sich zwischen seine Rippen gebohrt hat.« Von Lützelkolb zögerte. »Schwefeliger Pesthauch erfüllt seine Zelle.«

»Hat irgendjemand etwas gesehen?«

»Nein, aber ... Wie konnte das geschehen? In diese Zelle kommt niemand hinein. Das Fenster ist zu eng, als dass dort hindurch ...«

»... ein *Mensch* passte?« Konrad schlug ihm mit einem düsteren Lächeln auf die Schulter. Genau das, dachte er, war das Zeichen, auf das er gewartet hatte. Und als er weitersprach, genoss er im Voraus jedes seiner Worte. »Fürchtet Euch nicht, Eure Gedanken laut auszusprechen, mein Freund. Heute Nacht reitet das Böse über das Land.«

Gerhard bekreuzigte sich hastig, fast als wollte er sich gegen einen Fluch schützen.

»Aber jetzt lasst diese Briefe überbringen«, ordnete Konrad an. »Und betet zum Herrn, er möge uns Kraft schenken.«

Dann stellte er sich trotz der Kälte wieder ans Fenster und öffnete die Läden. Etwas drängte ihn, nach draußen zu schauen und die Dunkelheit abzusuchen. Der Wind fuhr pfeifend ins Zimmer und löschte die Kerze aus. Die pechschwarze Finsternis der Nacht verschluckte alles Leben.

ERSTER TEIL

DAS ZEICHEN DES SCHÜTZEN

»Aber auch den Teufel selbst wird er nicht fürchten, ihn, der da ist in Wahrheit der schärfste Schütze: Denn er ist bewaffnet mit feurigen Geschossen aller Art und hält jeden Augenblick die Herzen der ganzen Menschheit in Spannung.«

Zenon von Verona, »De duodecim signis ad neophytos«

1

Paris, Nacht des 26. Februar

Suger schaute sich noch einmal um. Jemand verfolgte ihn. Ein riesiger Mann, der in einen zerrissenen Umhang gehüllt war. Er hatte ihn erst vor Kurzem bemerkt, während er vom Montagne Sainte-Geneviève Richtung Cité hinabstieg, und da er einen Überfall befürchtete, hatte er beschlossen, seine Schritte zu beschleunigen. Abgesehen von dieser beeindruckenden Gestalt war die Straße menschenleer, nur umherhuschende Ratten waren zwischen den aufgehäuften Abfällen zu sehen. Schmutz und Unrat überall, zum Großteil noch Überreste der Ausschweifungen des Karnevals.

Suger zog sich die Kapuze über den Kopf, um sich vor der Kälte zu schützen, hinter einer Biegung sah er sich wieder um. Der Mann in dem zerrissenen Umhang kam immer näher … Hätte ihn doch der Abt von Saint-Victor bloß nicht zu sich gerufen! Suger unterrichtete am Studium als *magister medicinae*, aber er war zu arm, um es sich leisten zu können, nach Sonnenuntergang keine Patienten mehr aufzusuchen, vor allem dann nicht, wenn sie gut zahlten. Abgesehen von einem Tee aus Bohnenkraut und einem Wickel für die geschwollenen Füße hatte ihm der alte Abt eine ordentliche Portion Geduld abverlangt. Suger hasste das Gejammer alter Menschen, und jedes Mal, wenn er auf so jemanden stieß, bedauerte er es, nicht in die Fußstapfen seines Vaters getreten zu sein, der über vierzig Jahre lang Glasfenster für Kathedralen gefertigt hatte.

Der Mann mit dem Umhang verfolgte ihn hartnäckig. Suger bemerkte, dass er das linke Bein leicht nachzog, und vermutete, dass er verletzt war. Als er sah, dass der Mann ihm winkte, er möge doch stehen bleiben, fürchtete er das Schlimmste. Voller Angst bog er schnell nach rechts ab und lief durch eine schlammige Gasse, bis er zu einem Weinberg kam.

Geduckt eilte er zwischen den Rebenreihen weiter, bis er überzeugt war, dass der andere seine Spur verloren hatte, dann kam er wieder hervor und eilte Richtung Grande Rue. Er kannte die Viertel hier sehr gut. Die Dominikaner vom Kloster Saint-Jacques würden ihm im Notfall beistehen. Doch als er dieses Gebäude erreicht hatte, erkannte er, dass ihm keine Gefahr mehr drohte.

Der Mann im Umhang war verschwunden.

Suger wurde langsamer und blieb schließlich gegen eine Mauer gelehnt stehen, um tief Luft zu holen. Schweiß stand auf seiner Stirn, und seine Knie schmerzten, es war eine Ewigkeit her, dass er so gerannt war. Er sah sich mehrmals um, weil er befürchtete, sich geirrt zu haben. Aber es stimmte, er hatte den Mann abgehängt. Er konnte also in Ruhe nach Hause gehen.

Er atmete noch einmal tief durch, dann lief er über den Dreck schlitternd im Schein der in die Wände eingelassenen Fackeln durch die Grande Rue zum Seine-Ufer. Allmählich wurde die Straße immer breiter und sauberer. Doch die Angst ließ ihn nicht los. Wer war dieser Fremde? Was wollte er von ihm? Suger versuchte sich abzulenken, indem er in Gedanken die Aufgaben durchging, die er am folgenden Tag zu erledigen hatte. Morgen war *Mardi gras*, doch er musste trotzdem seine Vorlesung halten und seinen Lieblingsschüler treffen, weil dieser demnächst die Prüfung zum *baccalarius* ablegen sollte.

Tief versunken in seine Überlegungen erreichte er die *rive gauche*. Hier verbarg sich die Seine hinter einigen Häusern, die auf einer Steinbrücke, dem Petit-Pont, errichtet worden waren. Suger lief etwa bis zur Mitte der Brücke, während er dem düsteren Rauschen des Wassers lauschte, dann blieb er vor einer von Feuchtigkeit angegriffenen Tür stehen. Endlich war er zu Hause.

Bevor er eintrat, schaute er noch einmal zur Île de la Cité hinüber, die sich wie ein großes Schiff in der Mitte des Flusses abzeichnete. Das Herz von Paris. Dort erhoben sich die Kathedrale Notre-Dame und die Schule des Domkapitels. Dort durften Männer mit so erhabenen Namen wie Roland von Cremona ihre Vorlesungen halten, dieser dominikanische Theologe, der aus Italien gekommen war. Berühmte

Lehrmeister, die für ihren Lebensunterhalt bestimmt nicht so niedrige Aufgaben übernehmen mussten …

Dabei war er doch auch Magister! Und bestimmt nicht weniger wert, nur weil er abgelehnt hatte, sich zum Priester weihen zu lassen, oder weil er ein Fach unterrichtete, das bei den Theologen nicht gut angesehen war. Ganz gleich, ob diese Frömmler es nun zugaben oder nicht, das Wohl der Menschheit lag im Studium von Avicenna, nicht in dem des heiligen Augustinus. Während er mit einer verächtlichen Geste sie alle zum Teufel schickte, betrat er sein Haus. Er war müde und wollte bloß noch schlafen, doch als er die Tür hinter sich zuziehen wollte, stieß er plötzlich auf Widerstand.

Eine Stiefelspitze hatte sich zwischen Tür und Rahmen geschoben.

Instinktiv wollte Suger sie mit der Tür zerquetschen, doch noch ehe er ganz begreifen konnte, was vor sich ging, sah er, wie sich dazu noch eine breite Hand in den Spalt schob und ebenfalls Widerstand leistete. Suger hielt nun mit seinem ganzen Gewicht dagegen, doch der Eindringling war stärker, und es gelang ihm schließlich, die Tür aufzustoßen. Da erkannte der Magister ihn: Es war der Unbekannte mit dem Umhang!

Ohnmächtig musste er zusehen, wie der Mann eintrat. »Was wollt Ihr von mir?«, fragte er ihn mit einer Mischung aus Wut und Unbehagen.

»Ich habe nicht die Absicht, Euch etwas anzutun«, beruhigte ihn der Fremde, er sprach Latein mit einem starken deutschen Akzent. Er war groß und kräftig gebaut, aber er schien nun am Ende seiner Kräfte zu sein. Mit der rechten Hand trug er einen Sack über der Schulter. Die linke hatte er zum Zeichen seiner friedlichen Absichten erhoben. »Ich brauche Euch.«

»Braucht Ihr mich oder mein Geld?«, erwiderte Suger, während er zurückwich. Hinter ihm waren in einem eher bescheiden eingerichteten Raum nur ein Bett, ein Tisch und eine Truhe zu sehen, rundherum jede Menge Bücher. Er wühlte in den Regalen auf der Suche nach etwas, das er als Waffe verwenden konnte, und als er schließlich den Stößel eines Mörsers zu fassen bekam, schwang er ihn drohend. Fast musste er über sich selbst lachen.

Der Mann im Umhang kam vorsichtig näher. »Ich bin kein Dieb.«

Suger bemerkte den Dolch, den er am Gürtel trug, und ein wenig darunter Blutflecken auf dem linken Hosenbein. Die Wunde musste sich weiter oben befinden, und der Mann verlor viel Blut.

»Ich brauche einen Arzt …«, erklärte der Mann als Antwort auf Sugers fragende Blicke. »Ich wollte gerade im Hospiz von Saint-Victor um Hilfe bitten, als ich Euch aus dem Kloster kommen sah. Der Pförtnermönch hat mir gesagt, wer Ihr seid, und so habe ich beschlossen, Euch zu folgen.« Ohne um Erlaubnis zu fragen, zog er einen Stuhl unter dem Tisch hervor und ließ sich darauf nieder, den Sack stellte er auf seinen Schoß. »Es tut mir leid, wenn ich Euch erschreckt habe …«

Suger wusste nicht, was er sagen sollte, daher beschränkte er sich darauf, den anderen eingehend zu mustern. Gesichtszüge konnten viel über den Gesundheitszustand, das Temperament und sogar das Schicksal eines Menschen enthüllen. Er hatte diese Kunst als kleiner Junge bei einem jüdischen Heiler gelernt, und seitdem war er geradezu davon besessen. Der Fremde hatte vornehme, ja fast weichliche nordische Züge. Die Stirnfalten zeugten von einem starken Charakter wie dem eines Kriegers, aber sie liefen über dem linken Auge zusammen und bildeten eine Art Kreuz. Ein schlimmes Vorzeichen, dachte er. Es kündete einen gewaltsamen Tod an.

Der Mann schenkte ihm ein schwaches Lächeln. »Ihr seht mich an, als ob ich schon tot wäre.«

»Wie ich Euch ansehe, hat Euch nicht zu bekümmern«, entgegnete der Arzt feindselig. »Ihr habt mich verfolgt und seid dann mit Gewalt in mein Heim eingedrungen. Einen Magister der *Universitas* anzugreifen ist ein schweres Vergehen, das streng bestraft wird!«

Der Fremde täuschte übertrieben Angst vor, als sähe er sich den Drohungen eines Kindes gegenüber. »Ich habe keine Angst vor dem Tod, jedoch vor der Möglichkeit, dass meine Mission scheitert«, erklärte er. »Falls ich umkomme, ist es mein größter Wunsch, dass jemand anderer sie übernimmt.«

»Dann solltet Ihr Euch doch besser an die Mönche von Saint-Victor wenden.« Suger deutete auf die Tür. »Ihr habt immer noch Zeit.«

»Nein, Ihr seid die geeignete Person.« Der Fremde fuhr sich mit der Hand über die Stirn in dem Bemühen, einen klaren Kopf zu behalten. »Ein Laie, außerdem sehr gelehrt … Deshalb bin ich Euch sogleich gefolgt.«

»Ich dachte, Ihr wolltet Euch verarzten lassen.«

»Nicht nur. Ich bin ein Pilger aus einem fremden Land … Ich brauche …« Ein plötzlicher Hustenanfall schüttelte den Mann so heftig, dass er sich krümmte.

Suger legte den Stößel weg und half dem Mann, sich aufzurichten. »Ihr redet wirres Zeug, mein Herr. Seid Ihr Euch dessen bewusst?«

Der Fremde war wirklich aufs Äußerste erschöpft, er wurde immer blasser und glühte inzwischen vor Fieber. Die Verfolgung musste ihn wirklich seine letzten Kräfte gekostet haben. »Nein … Meine Mission …« Er schüttelte den Kopf und hob den Sack von seinem Schoß. »Das hier muss einem Mann übergeben werden, der sich in Mailand aufhält …« Dann hustete er wieder.

Suger lachte nervös auf. »Bis nach Mailand gar? Ihr seid verrückt! Da könnt Ihr dieses dreckige Bündel schon selbst hinbringen!«

»Ich würde alles dafür geben, das könnt Ihr mir glauben … Aber ich fürchte, ich lebe nicht mehr lange genug, um es zu schaffen …«

Suger schnitt ihm mit einer ungeduldigen Handbewegung das Wort ab. Dieser Mann musste an einer geistigen Verwirrung leiden, wahrscheinlich wegen des Schmerzes und des starken Blutverlustes. Aber man sah ihm auch an, wie verzweifelt er war. »Fürchtet Euch nicht«, beruhigte er ihn und ließ seine Berufsethik über die Vorsicht siegen. »Legt Euch hier auf den Boden, damit ich Euch untersuchen kann.« Eigentlich hätte er ihm sein Bett anbieten müssen, aber der Fremde war schmutzig, und Suger hasste nun einmal Dreck.

»Wenn mich nicht diese Wunde umbringt«, stöhnte der Unbekannte, als er sich auf den Boden legte, »dann tötet mich der Reiter … Wie den guten Wilfridus …«

»Das ist Eure Sache«, unterbrach ihn Suger. Er beugte sich über ihn, und als er den Umhang des Mannes zur Seite schob, konnte er sehen, dass die Tunika darunter blutdurchtränkt und an einigen Stellen verbrannt war. Suger schnallte ihm den Gürtel ab, legte den

Dolch beiseite und legte die Brust des Unbekannten frei. Genau wie er geahnt hatte, befand sich die Wunde auf der linken Seite unterhalb der Rippen. Sie war fast drei Zoll lang und ziemlich tief. Schwefliger Geruch ging von der Verletzung aus. »Wie es aussieht, hat man versucht, Euch aufzuspießen.«

»Nur durch ein Wunder bin ich noch am Leben«, seufzte der Mann.

»Beruhigt Euch, das hier werdet Ihr überstehen.« Suger stand auf, nahm einen Tonkrug vom Tisch und kniete sich dann wieder neben seinen Patienten. Er zog den Korken mit den Zähnen heraus und goss eine rote Flüssigkeit auf die Wunde, dann rieb er mit einem Tuch darüber.

»Es brennt ... Was ist das?«

»Wein. Ich benutze ihn, um die Wunde zu reinigen.« Jetzt konnte er deren Umrisse genau erkennen. Sie kam ihm nicht schwierig zu behandeln vor, allerdings sah sie ungewöhnlich aus. Die Haut um die klaffende Öffnung war ausgefranst und verbrannt, das innere Gewebe wies ähnliche Verletzungen auf.

Die Stimme des Unbekannten riss ihn aus seinen Überlegungen: »Wenn Ihr das tut, um das ich Euch gebeten habe, werdet Ihr gebührend belohnt werden ...«

»Belohnt?« Einen Moment lang wich Suger davon ab, den Mann für geistig umnachtet zu halten, und fragte sich, ob der Unbekannte nicht klarer bei Verstand war, als es den Anschein hatte. Er musterte sein Gesicht, doch dann bemerkte er, dass der Fremde kurz vor einer Ohnmacht stand, daher schob er jede Überlegung beiseite, nahm Nadel und Faden zur Hand und konzentrierte sich wieder auf die Wunde.

Sobald er mit der Nadel die Haut durchbohrte, bäumte sich der Unbekannte auf und verzerrte krampfhaft den Mund zu einem stummen Schrei.

»Nur Geduld«, forderte ihn der Arzt auf und versuchte, ihn ruhig zu halten, »ich nähe die Wunde.«

»Ihr flickt mich zusammen wie ein altes Gewand? Wollt Ihr nicht kauterisieren?«

»Das Brenneisen taugt vielleicht, um eine Kuh zu brandmarken, aber bestimmt nicht, um einen Menschen zu heilen.« Suger kniff die Lippen zusammen und blickte auf seine Hände, die so geschickt arbeiteten, dass eine Schneiderin hätte neidisch werden können. Als er die Naht beendet hatte und sein Patient, der während der Prozedur das Bewusstsein verloren hatte, wieder zu sich kam, nutzte der Arzt die Gelegenheit, um zu dem Thema zurückzukehren, das ihn interessierte. »Ihr habt von einer Belohnung gesprochen. Habt Ihr das ernst gemeint?«

Das Gesicht des Mannes war eine einzige Leidensmiene, aber er hatte immerhin noch die Kraft, sich nach vorn zu beugen, um sich die Naht anzusehen. Dann nickte er. »Wenn Ihr den Gegenstand überbringt, der sich in diesem Sack befindet … werdet Ihr einen wertvollen Stein erhalten.« Seine Stimme war schwach, aber immer noch gut zu verstehen.

»Einen wertvollen Stein?«

»So ist es …« Der Unbekannte versuchte, sich aufzurichten, doch der Schmerz zwang ihn, liegen zu bleiben. »Einen *drakonites*, einen Drachenstein.«

Suger wiederholte lautlos: *drakonites*. Davon hörte man nur selten und auch nur in sehr gebildeten Kreisen. Man musste schon die »Naturalis historia« von Plinius dem Älteren studiert haben oder in ferne Länder gereist sein, um überhaupt von der Existenz dieses Steins zu wissen.

Seine Überraschung war dem anderen nicht verborgen geblieben, der Unbekannte blickte ihn eindringlich an und fragte nach: »Habt Ihr eine Vorstellung davon, um was es sich handelt?«

Suger riss sich zusammen. »In den Eingeweiden von Tieren finden sich zuweilen Steine, die für Heilzwecke geeignet sind«, sagte er. »Der Drachenstein oder *drakonites* ist der seltenste von ihnen. Es heißt, er stamme aus dem Kopf eines *draco*, einer Riesenschlange.« Er richtete den Finger auf sein Gegenüber. »Aber nur ein Narr würde Euren Worten Glauben schenken.«

Der Unbekannte sah ihn empört an. »Ich sage die Wahrheit, das schwöre ich Euch … Und als Beweis meiner Aufrichtigkeit werde ich

Euch mit etwas Ähnlichem dafür entlohnen, dass Ihr mich verarztet habt.« Er öffnete ein Ledersäckchen, das er um den Hals hängen hatte, und reichte Suger einen merkwürdigen Gegenstand. »Hier, nehmt … und schaut es Euch genau an.«

Zunächst dachte der Arzt, er hielte ein kleines totes Tier in Händen, doch dann begriff er, dass es etwas ganz anderes war. Es handelte sich um einen Stein, der so ähnlich wie die Wurzel einer Alraune geformt, aber mit einer Art Pelz überzogen war. Suger nahm einen muffigen Geruch wahr, ohne jedoch zu begreifen, aus welchem Material der Stein wirklich bestand. Nichtsdestotrotz erkannte er ihn. »Das ist ein Heilstein, der *caprius* genannt wird«, sagte er dann. »Er stammt aus den Eingeweiden einer Ziege.«

»Kennt Ihr seinen Wert?«

»So wie jeder gute Arzt, obwohl ich noch nie zuvor einen gesehen habe. Er heilt Augenausfluss, Magengeschwüre und Fieberanfälle.«

Der Fremde nickte. »Ein Drachenstein ist tausendmal wertvoller. Er besitzt wundertätige Eigenschaften.«

»Trotzdem, Ihr verschwendet Euren Atem.« Suger war zwar neugierig geworden, aber das führte ihn nicht in Versuchung. Er hatte genügend andere Sorgen und war daher wenig geneigt, dem seltsamen Fremden Gehör zu schenken. »Die Wunde wird heilen, das versichere ich Euch. Um alles andere könnt Ihr Euch selbst kümmern.«

»Wahrscheinlich habt Ihr recht, aber sicher ist es nicht … Der Reiter! Der Reiter hat mich schon einmal gefunden, obwohl ich mich in Paris versteckt hatte. Er wird es wieder versuchen …«

»Was auch immer, das ist Eure Sache.«

»Ihr versteht nicht, diese Mission ist lebenswichtig …«

»Ihr seid es, der nicht verstehen will, Herr. Ihr verlangt Unmögliches«, unterbrach ihn Suger. Da er bemerkte, dass der Fremde keine Anstalten machte, einzuschlafen, beschloss er, auf ihn einzugehen, bis die Erschöpfung ihn übermannen würde. »Und außerdem«, fragte er mit gespieltem Interesse, nur um etwas zu sagen, »wie könnte ich den Mann, den Ihr meint, in einer so großen Stadt finden?«

»Er heißt Gebeard von Querfurt … ein Deutscher … Sucht ihn in der Basilika Santo Stefano Maggiore ... er handelt mit Reliquien ... und er trägt dieselben Zeichen wie ich.«

Bei diesen Worten zeigte er Suger den Rücken seiner rechten Hand. Sie war mit Tätowierungen bedeckt, die dem Arzt bis dahin nicht aufgefallen waren. Unterhalb der Knöchel des Zeigefingers und des Mittelfingers war ein mit einem Bogen bewaffneter Reiter dargestellt. Eine Schlange, die sich um den kleinen Finger ringelte, deutete mit dem Maul auf einen kleinen Kelch, der auf dem letzten Glied des Ringfingers eintätowiert war.

Nachdem er ihm diese Zeichen gezeigt hatte, schloss der Mann die Hand mit einer segnenden Geste, als wollte er ihm die Zahl Drei anzeigen. Da bemerkte Suger auf seiner Handinnenfläche eine Madonna mit einem Kind, über denen eine Taube ihre Flügel ausbreitete.

Christliche Symbole mit heidnischen Zeichen verknüpft. Suger wich angewidert zurück. Er wusste, dass es Amulette mit solchen Abbildungen von jüdischen oder phrygischen Zauberern gab, und er fürchtete sich nicht davor. Aber selbst einen einfachen Glücksbringer zu tragen konnte schreckliche Folgen nach sich ziehen, falls er von einem Mann der Kirche entdeckt wurde. »Ich warne Euch!«, stieß er hervor. »Ich weiß nicht, wer Ihr seid, aber wenn irgendein Dominikaner diese Zeichen sieht, werdet Ihr ein schlimmes Ende nehmen. Und ich mit Euch, weil ich Euch Unterkunft gewährt habe.«

»Lasst es mich erklären ...«, beschwor ihn der Verletzte, den der Fieberwahn wohl bald übermannen würde.

»Ich habe meine eigenen Probleme«, knurrte Suger. »Schweigt, wenn ich Euch nicht vor die Tür jagen soll.«

Der Mann blieb auf dem Boden liegen und starrte ihn flehend an. »Bald wird der Reiter mich finden ... und dieses Mal ...«

Suger achtete nicht auf ihn. Er hatte schon genug für ihn getan. Er hatte seine Wunde versorgt und ihm im eigenen Haus Schutz geboten. Noch weiter dieses Gejammer ertragen zu müssen war zu viel. Er hatte ihn allein deswegen noch nicht vor die Tür gewiesen, weil ihn seine Worte über den Drachenstein fasziniert hatten. Aber Mailand war weit weg, und wenn er Paris verließ, würde dies das Ende seiner Laufbahn bedeuten.

Er legte sich in sein Bett und untersuchte noch lange diesen merkwürdigen pelzigen Stein, während der Fremde endlich in Schlaf fiel.

Schließlich schlummerte auch Suger ein. Als er die Augen schloss, sah er sich selbst, wie er vom Domkolleg der Schule von Notre-Dame umringt war, während er stolz der staunenden Menge einen *drakonites* zeigte.

Und alle Magister drängten sich voller Verwunderung um ihn.

2

Bei Tagesanbruch schimmerte der Lauf der Seine kristallklar. Leise plätscherte das Wasser an die Ufer und begrüßte mit dieser Huldigung das matte Sonnenlicht. In seiner noch im Dämmerlicht liegenden Wohnung war Suger allerdings nicht in Stimmung für solcherlei poetische Gedanken. Er hatte kaum geschlafen und war äußerst schlecht gelaunt. Sein unerwünschter Hausgast hatte bei den ersten Glockenschlägen zur Matutin begonnen, wie ein Besessener zu phantasieren. Darum war der Arzt aufgestanden und hatte wohl oder übel nach ihm gesehen, während er ihn mit zusammengepressten Kiefern verfluchte. Allerdings konnte er nichts Schlimmes feststellen. Das Fieber war gestiegen, aber die Wunde schien gut auf die Behandlung anzusprechen.

Suger ließ sich auf seiner Bettkante nieder und rieb sich die Augen. Der Fremde lag vor ihm auf dem Boden, tief in einer unruhigen Ohnmacht versunken. Der Schwabe. So hatte er ihn für sich genannt, da er nicht wusste, wie der Mann wirklich hieß. Nach seinem Akzent zu urteilen, musste er aus Schwaben kommen. Nicht, dass es für Suger von Bedeutung gewesen wäre. Er empfand nichts für den Mann, weder Mitleid noch Sympathie. Sicher, die Sache mit dem Drachenstein hatte seine Neugier geweckt, aber persönlich berührte ihn das Schicksal des Schwaben keineswegs. Er war im Allgemeinen kein besonders mitfühlender Mensch. Barmherzigkeit und Altruismus streiften nur beiläufig sein Herz und hinterließen dabei selten Eindruck bei ihm.

In seiner Jugend war das anders gewesen, aber seit dem Tod seines Vaters gab es nur noch einen Menschen, der ihm etwas bedeutete, und das war er selbst. Seitdem betrachtete er auch die Glasfenster von Kathedralen mit anderen Augen.

Das laute Stimmengewirr, das von draußen ins Zimmer drang, riss ihn aus seinen Gedanken. Es war Zeit zum Aufbruch, die Aufgaben des beginnenden Tages erforderten seine Anwesenheit.

Er hüllte sich in seinen roten Umhang und setzte die Kopfbedeckung auf, was ihn beides als Magister medicinae auswies, klemmte sich die Bücher unter den Arm, die er für seine Vorlesung brauchte, und ging zur Tür. Er zögerte kurz, doch dann beschloss er, den Schwaben einfach dort liegen zu lassen, wo er war. Seiner Einschätzung nach würde dieser noch bis zum Nachmittag bewusstlos sein und konnte daher keinen Ärger verursachen. Die Versuchung, ihn einfach vor die Tür zu setzen, war immer noch groß, aber die Furcht, dass dessen nekromantische Zeichen jemandes Aufmerksamkeit erregen könnten, bewog Suger, besser Vorsicht zu üben.

Sobald er draußen war, war er sofort mittendrin im wilden Treiben des Faschingsdienstags. Johlend und lachend zogen junge Menschen in Scharen durch die Straßen auf der Suche nach Opfern für ihre derben Scherze. Verärgert von so viel Ausgelassenheit lief er eng an den Mauern entlang, um nicht in dieses lärmende Getümmel hineingezogen zu werden. Er hatte es eilig, und die Vorstellung, dass er nun die halbe Stadt durchqueren musste, ehe er seine Vorlesung halten konnte, verstärkte seine schlechte Laune noch.

Infolge der jüngsten Unstimmigkeiten zwischen dem Bischof von Paris und der *Universitas magistrorum* hatte der Großteil der Dozenten die Cité verlassen und die Abtei Sainte-Geneviève zum vorläufigen Sitz des Studiums erkoren. Die Geistlichen waren die Einzigen, die noch bei Notre-Dame Vorlesungen hielten.

Während Suger mit eingezogenem Kopf unter einer ungewöhnlich milden Februarsonne voranschritt, bemühte er sich, seine Verdrossenheit abzulegen, indem er an etwas Angenehmes dachte. Unwillkürlich kam ihm dabei sofort wieder der Drachenstein in den Sinn. Wie sollte er auch nicht daran denken? Er hatte mehrere Bücher zu diesem Thema gelesen, darunter das Lapidarium von Michael Psellos und das von Marbod von Rennes. Vor etlichen Jahren hatte ihm ein Benediktiner aus Oxford sogar seine eigene Sammlung von Heilsteinen gezeigt, die zum größten Teil aus dem Inneren von Tieren stammten: *chelidonia*, der Schwalbenstein, den man aus den Schädeln von Schwalben holte und mit dem man Augenentzündungen heilen konnte, *lyncurium*, der Luchsstein, den man aus der Harnblase von Luchsen gewann und der ein großartiges Mittel gegen Magenschmerzen und Gelbsucht war, *hyaena*, der Hyänenstein, der in den Augäpfeln von Hyänen vorkam und das Wohlbefinden förderte, wenn man ihn unter der Zunge trug, schließlich noch die *margarita*, die sich im Innern von Muscheln verbarg, und der *panthero*, der Pantherstein, den man in den Eingeweiden von Großkatzen fand.

Aber keiner dieser Steine ließ sich mit einem Drachenstein vergleichen. Wenn Suger einen *drakonites* in die Hände bekommen und eine medizinische Abhandlung über dessen heilende Eigenschaften schreiben könnte, würde er sich dadurch bestimmt eine angesehene Stellung in der Schule des Domkapitels erwerben.

Schnell wies er derlei Spekulationen von sich, wich unhöflich grummelnd einer Pilgergruppe aus und betrat das lateinische Viertel. Dort hatten die Karnevalsfeiern schon fast gespenstische Ausmaße angenommen. Überall sprangen junge Kerle herum, die als Weibsbilder, Bären oder andere wilde Tiere verkleidet waren. Einige tanzten, andere saßen auf dem Rücken von Maultieren oder grotesken Karren der Narrenzunft, von denen aus sie die Passanten mit verfaultem Gemüse bewarfen.

Das war ja zu erwarten gewesen. In dieser Gegend wohnten die meisten der Studenten, die aus der ganzen Welt nach Paris kamen, um am Studium zu lernen. Da sie unter dem Schutz des Domkapitels standen und daher nicht nach bürgerlichem Recht bestraft werden konnten, brachen sie umso dreister die Gesetze.

Doch der Magister kam unbehelligt durch das Gewühl, sein roter Umhang schützte ihn davor, zum Ziel ihrer Scherze zu werden. Vielmehr wurde er des Öfteren ehrfurchtsvoll gegrüßt und mit Verneigungen bedacht. Schließlich bemerkte er eine Gruppe von Studenten, die sich um einen jungen Mann von ansprechendem Äußeren geschart hatten. Das war doch Bernard, sein Lieblingsschüler. Suger schwante nichts Gutes, und so eilte er zu ihm.

Der Student grüßte ihn verlegen, während seine Gefährten schnell das Weite suchten.

Als Suger ihn erreichte, bemerkte er, dass Bernard ein blaues Auge und eine aufgeplatzte Lippe hatte. »Mein Junge, was ist dir denn zugestoßen?«

Der junge Mann fuhr sich nervös durch das volle pechschwarze Haar. Bernard war einer der wenigen Studenten, die sich gegen die Tonsur entschieden hatten. Im Gegensatz zu seinen Mitstudenten, die sie stolz trugen, um zu zeigen, dass sie unter dem Schutz des Domkapitels standen, empfand er sie als Demütigung. »Nichts von Bedeutung, Magister.«

»Nichts von Bedeutung, sagst du?«, knurrte der Arzt. »Demnächst beginnt die Fastenzeit, und somit steht die *determinatio* an. Hast du sie vergessen, die Prüfung, die du ablegen musst, um Baccalarius zu werden? Mit einem derart zerschlagenen Gesicht machst du dort bestimmt einen prächtigen Eindruck! Und ich werde genauso großartig dastehen, weil ich dein Magister bin!«

»Verzeiht mir bitte«, sagte der junge Mann. »Ich wollte Euch keine Unannehmlichkeiten bereiten.«

»Aber das hast du getan. Jede deiner Handlungen fällt auf mich zurück, begreifst du das?« Suger hätte ihn am liebsten geohrfeigt, so aufgebracht war er. Bernard war ein sehr begabter Schüler, und wenn er sich beim Studieren etwas Mühe gab, würde er es bestimmt noch weit bringen. Doch leider konnte er sein hitziges Temperament nicht zügeln, das ihn oft dazu trieb, Streit anzufangen oder den Mädchen nachzustellen.

In dem Moment drängte sich ein schlaksiger Kerl mit rötlichen Haaren durch die Menge und baute sich drohend neben Bernard auf, als wollte er ihn verteidigen.

Suger musterte ihn verstohlen, um ihn nicht noch herauszufordern. Er kannte ihn vom Sehen. Das war Ramón, seine verschlagenen Marderaugen und die wulstigen Lippen verliehen ihm die typische Physiognomie eines Streithahns.

Der Rotschopf räusperte sich und wandte sich dann mit einem unverschämten Lächeln an den Magister. »Heute Nacht hat Bernard sich mit einem Wirt aus Saint-Marcel angelegt.« Obwohl er aus Aragon stammte, sprach er Lateinisch, so wie alle ausländischen Studenten in Paris.

»Und weshalb?«, fragte Suger nach.

»Daran war nur dieser Geizkragen schuld!« Ramón breitete theatralisch die Arme aus. »Er wollte sich den Wein mit Gold aufwiegen lassen. Und wir …«

Suger brachte ihn mit einer Handbewegung zum Schweigen und wandte sich an seinen Schüler. »Bernard, ich habe dich gefragt. Willst du es mir erklären?«

Der junge Mann nickte verlegen. »Ramón hat mit dem Wirt um den Weinpreis gestritten. Er hat sich geweigert zu zahlen, und der Wirt hat ihn geschlagen …«

»Acht Denar!«, fuhr Ramón fort und schlug sich empört gegen die Stirn. »Acht Denar für vier lächerliche Schoppen Wein! Der reinste Wucher!«

»Der Wirt war deutlich stärker als er«, erklärte Bernard, »daher bin ich ihm zu Hilfe gekommen.«

Sein Mitstudent legte wieder los: »Das hättet Ihr sehen sollen, Magister! Was für eine großartige Prügelei!«

Mit immer grimmigerer Miene wandte sich der Arzt tadelnd an Bernard: »Ich habe dir doch tausendmal gesagt, du sollst dich aus den Vororten fernhalten, vor allem aus der Gegend von Saint-Marcel. Da kommt man nur in Scherereien.«

Ramón lachte auf. »Falls Ihr mit ›Scherereien‹ Wein und Huren meint …«

Suger hatte genug von diesem unverschämten Kerl. Wenn er ihm noch weiter zuhören musste, würde er demnächst seine Höflichkeit vergessen. Daher packte er Ramón beim Kragen und stieß ihn auf einen Karren, der just in dem Moment vorbeikam.

Der verdutzte Student machte es sich wohl oder übel auf der Ladefläche gemütlich.

»Und was dich betrifft«, Suger zerrte Bernard am Arm fort, »du kommst mit mir zur Vorlesung.«

3

Bernard lief trotzig neben seinem Magister her und kickte Steine vom Pflaster. Inzwischen war der Karnevalslärm nur noch gedämpft aus der Ferne zu hören. Die fast verlassene Straße führte über eine grasbewachsene Anhöhe, Ruinen der römischen Thermen und der Arena von Lutetia säumten ihren Weg. Der junge Mann warf einen gelangweilten Blick darauf. Spuren des Alters auf dem Antlitz von Paris.

Sie hatten die Abtei von Sainte-Geneviève beinahe erreicht, aber Suger hatte seine Schritte absichtlich verlangsamt. Die Erinnerung an die vorangegangene Nacht hatte er inzwischen vollkommen verdrängt. Die Ängste, die er ausgestanden hatte, als er verfolgt wurde, kamen ihm nur noch wie der Schatten eines verblassenden Traumes vor. Und wenn er an den Schwaben dachte, den er bewusstlos bei sich zu Hause zurückgelassen hatte, löste dies in ihm keinerlei Mitgefühl aus. Im Augenblick bewegte ihn nur eins: diesen jungen Mann an seiner Seite wieder zur Vernunft zu bringen. »Du wirst nicht allein Baccalarius, indem du mit deinem Wissen glänzt«, ermahnte er ihn. »Du musst auch dein Verhalten ändern.«

Bernard starrte ihn wütend an. »Ich dachte, das wäre nur eine Vorbedingung für das Priesteramt.«

»Lass die Priester aus dem Spiel. Wenn du selbst mit Respekt behandelt werden willst, musst du dich in Würde üben. Und Würde basiert auf drei grundsätzlichen Regeln: Ernst, Keuschheit und Reife.« Als Suger die drei Regeln aufzählte, musste er daran denken, wie oft er selbst gegen sie verstoßen hatte. Aber im Moment ging es nicht um ihn. Er wusste, wie er die eigene Unzulänglichkeit hinter einer respektablen Fassade verstecken konnte. Bernard dagegen war offen und ehrlich, aber er ließ sich oft von seinem Übermut fortreißen.

Der junge Mann nickte und trat zum wiederholten Mal einen Stein fort.

»Du hörst mir nicht zu!«, brauste Suger auf. »Willst du wohl aufpassen?«

Zur Antwort blickte ihm Bernard zunächst nur so eindringlich in die Augen, dass Suger sich unbehaglich fühlte. »Darf ich Euch etwas gestehen, Magister?«

Suger sah ihn neugierig an. »Worum geht es?«

»Erinnert Ihr Euch an die jungen Männer, mit denen ich gesprochen habe, als Ihr zu mir kamt?«

»Ja, das waren ziemlich viele. Und?«

»Alle wollten von mir erfahren, was mir heute Nacht zugestoßen ist. Sie haben vor, sich am Wirt von Saint-Marcel zu rächen, und sind im Moment auf dem Weg zu seinem Gasthaus.«

»Das ist nicht deine Angelegenheit!«

»Aber Magister!«, beharrte Bernard. »Ich habe Angst, dass sie diesem Geizhals etwas antun. Ich würde mich dafür verantwortlich fühlen.«

Verzweifelt stellte Suger sich seinem Schüler in den Weg. »Ein für alle Mal, Bernard. Du musst lernen, dich aus solchen Zwistigkeiten herauszuhalten.« Er tippte ihm mit dem Zeigefinger auf die Stirn. »Du bist ein kluger Junge, du hast anderes, worüber du dir den Kopf zerbrechen solltest. Nach der Fastenzeit wirst du, so es Gott gefällt, ein Baccalarius sein. Wenn du hart arbeitest, bist du dann schon in wenigen Jahren Magister. Verstehst du mich? Schluss jetzt mit den Raufereien! Schluss mit dem unbesonnenen Verhalten!«

»Aber ich –«

»Und Schluss mit dem ›Aber‹! Liegt dir denn gar nichts an dem Titel Baccalarius?«

Bernards Augen leuchteten voller Ehrgeiz auf. »Sicher liegt mir etwas daran. Und wie mir etwas daran liegt.«

»Dann tu, was ich sage.«

Zwei Stunden später hielt Suger seine Vorlesung im Klostergang von Sainte-Geneviève. Eine große Zahl von Studenten lauschte ihm gespannt und machte sich Notizen in ihre Diptychen. Die meisten von diesen jungen Leuten besaßen keine eigenen Bücher und mussten sich entweder auf ihr Gedächtnis verlassen oder darauf hoffen, dass der Magister am Ende der Stunde ein Handblatt verteilte. Bernard war auch wieder ganz bei der Sache, er hatte sich wie üblich einen Platz in der ersten Reihe gesucht.

Es hätte ein ganz normaler Vormittag sein können, hätten sich nicht zwei Dominikanermönche unter die Studenten gemischt. Wie Raben hockten sie unter den Bogengängen des Klosters und verfolgten mit missbilligender Miene die Vorlesung, als ob die Worte des Magisters Gotteslästerungen enthielten.

Suger beachtete sie die gesamte Zeit nicht weiter. Am Ende der Stunde begann er mit den Schülern einen Disput, damit sie mit den soeben behandelten Themen weiter vertraut würden. Das Streitgespräch ging um die These, dass eine Krankheit die Folge einer bestimmten Ursache sei, ohne die das körperliche Leiden nicht ausgebrochen wäre.

Nach einem ersten Meinungsaustausch warf ein Student ein, dass die Krankheit, wenn es denn Gott gefiele, durch jegliche Ursache ausbrechen könne. Suger verneinte das, indem er erklärte, dass nicht einmal Gott an den Gesetzen der Natur etwas ändern könne, weil Er sie ja geschaffen habe. Ein göttliches Prinzip, erläuterte er weiter, könne sich nicht selbst widersprechen.

Diese Worte genügten, um einen heftigen Wortwechsel auszulösen, und schon brach ein heilloses Durcheinander aus.

Einer der beiden Dominikaner sprang auf und eilte mit großen Schritten auf den Magister zu. Die Studenten beobachteten ihn bestürzt und gaben den Weg frei. Selten nahm sich jemand die Freiheit heraus, eine Vorlesung zu unterbrechen.

Verärgert über diesen Affront bereitete sich Suger bereits innerlich darauf vor, gegen diesen ungehörigen Mönch loszuwettern. Er hatte schon ein paar Beleidigungen parat, bei denen sich dem Kirchenmann die Haare sträuben würden wie einer erbosten Katze, aber als er ihn erkannte, sah er davon ab. Es war Roland von Cremona, der italienische Theologe!

Frater Roland blieb wenige Schritte vor ihm stehen. Fein geschnittene Züge, metallisch graue Augen, die ihn in berechnendem Zorn anblitzten. Wie ein Ritter, der den Fehdehandschuh wirft, schleuderte er Suger ein einziges Wort entgegen: »Aristoteles!«

Das genügte, um sämtliche Anwesenden zum Schweigen zu bringen.

Mitten in dieser angsterfüllten Stille erhob sich aus der ersten Reihe eine Stimme: »Bruder, was erlaubt Ihr Euch?«

Alle drehten sich zu Bernard um, der mit hochrotem Kopf den Dominikaner anstarrte.

»Geht!«, fuhr der junge Mann fort. »Die Wissenschaft der Medizin ist nichts für Männer der Kirche!«

Suger befahl ihm zu schweigen, doch Frater Roland setzte sich mit seiner Stimme und seiner Ausstrahlung gegen den Magister durch.

»Es ist wahr«, bestätigte der Dominikaner, ohne sich an jemand Bestimmten zu wenden. »Wir Männer der Kirche üben die Wissenschaft der Medizin nicht aus. Es ist uns verboten, menschliches Blut zu vergießen, nicht einmal wenn es der Heilung dienlich wäre.« Seine Stimme klang ein wenig hohl, wie ein Windhauch, der durch einen kahlen Baum fährt. »Aber es ist unsere Pflicht, aus den Köpfen den Schatten des Zweifels zu vertreiben.«

Bernard widersetzte sich zum zweiten Mal seinem Magister und fuhr streitbar fort: »Welche Schatten denn? Und welche Zweifel? Auch Theologen studieren Aristoteles.«

Frater Roland schien nur auf diese Frage gewartet zu haben. »Aristoteles hat bemerkenswerte Dinge geschrieben, und doch hat ihn sein heidnischer Geist dazu gebracht, Irrtümer zu begehen.« Er schaute zu Suger hinüber. »Irrtümer, die Euer Magister als absolute Wahrheiten verbreitet. Irrtümer, die aus seinem Mund wie Lästerungen klingen.«

Suger ballte die Fäuste auf der Suche nach Argumenten zu seiner Verteidigung. Die Anschuldigung, die hier gegen ihn erhoben wurde, war äußerst schwerwiegend, denn die Kirche hatte streng untersagt, Aristotelismus zu lehren. Und unter der dialektischen Kunst dieses wortgewandten Dominikaners würde jeder Versuch, sich zu entlasten, sich bestimmt nur gleich wieder gegen ihn wenden.

»Nun denn, Magister, Ihr sagt nichts dazu?«, forderte Frater

Roland ihn heraus. »Lasst Ihr Euch lieber weiter von Euren Studenten verteidigen?«

Suger breitete mit gespielter Demut die Arme aus. »Hochehrwürdiger Bruder, wenn wir uns auf dem Gebiet der Theologie messen sollen, dann wärt Ihr mir mit Sicherheit überlegen. Ich bin schließlich kein Theologe, sondern Arzt. Wenn Ihr Anklage gegen meine Lehrtätigkeit erheben wollt, solltet Ihr Euch an die zuständige Stelle wenden, die Korporation der Lehrenden von Paris.«

»Die Korporation?« Frater Roland schüttelte den Kopf. »Ich erkenne keine Autorität von irgendwelchen Korporationen an, nur die von Pater Philippus de Noyon, dem Kanzler des Domkapitels. Er ist der einzig wahre Tutor des Studiums.«

Dieser Argumentation konnte Suger sich nicht entziehen. »Einverstanden«, sagte er hochmütig.

»Dann lasst uns gehen«, wandte sich der Dominikaner mit einem spöttischen Lächeln an seinen Mitbruder. »Sprechen wir unverzüglich bei Philippus Cancellarius vor. Noch hält er Audienz.«

Suger folgte den beiden Dominikanermönchen durch Paris wie ein Verurteilter auf dem Weg zum Galgen. Er wusste, dass sein Gewissen nicht rein war und dass es schwer werden würde, dies zu verheimlichen. Und noch etwas beunruhigte ihn: Er vermutete, dass Roland von Cremona vorsätzlich gehandelt hatte. Je länger er darüber nachdachte, desto stärker wurde diese Gewissheit. Dieser Dominikaner war eigens nach Sainte-Geneviève gekommen, um ihn zu provozieren, und indem er den Namen des Kanzlers aussprach, hatte er ihn mit dem Rücken an die Wand gedrängt. Philippus de Noyon war bereits grundsätzlich voreingenommen gegenüber jedem nicht geistlichen Magister, wie mochte er da erst reagieren, wenn ein Mönch Anschuldigungen gegen einen Laien erhob!

Immer entmutigter setzte Suger einen Fuß vor den anderen, und es gelang ihm nicht, sich ein klares Bild der Lage zu verschaffen. Einen kurzen Moment lang war er versucht zu fliehen, einfach davonzulaufen, so wie er es gestern Nacht getan hatte. Doch er musste auch die Folgen bedenken. Welches Vorbild hätte er damit für Bernard abgegeben? Dieser Sturkopf hatte sich wie ein wütender Stier zu seiner Verteidigung aufgeschwungen, ohne Rücksicht auf Logik oder Vorsicht. Suger konnte dies nicht gutheißen, obwohl er seine Geste schätzte. Bernard lebte allein in Paris, ohne Verwandte oder engere Freunde. Daher war Suger für ihn die einzige Bezugsperson, der Einzige, der ihn beraten konnte. Und der Magister schämte sich nicht zuzugeben, dass dieser junge Mann seinen verknöcherten zynischen Geist ein wenig geöffnet hatte.

Auf ihrem Weg zum Domkapitel mussten sie wieder das lateinische Viertel durchqueren, wo die Feiern zum Faschingsdienstag allmählich ihren Höhepunkt erreichten. Frater Roland und sein Ordensbruder sahen sich voller Verachtung um, aus ihren Augen blitzten stumme Bannflüche gegen jeden auf, der an ihnen vorüberkam.

»Erst gestern hat sich der Narrenkarren durch diese Straßen geschoben, und jetzt herrscht hier schon wieder so ein Lärm und Gedränge«, predigte Frater Roland mit finsterer Miene. »Ist denn nicht bald Schluss mit diesem üblen Gelächter?«

Suger entgegnete nichts. Auch er hasste dieses lärmende Getümmel, außerdem beunruhigte ihn noch etwas anderes an dieser ausgelassenen Menge. Es herrschte zu viel Aufregung. Die Stadtwachen waren allgegenwärtig, an jeder Ecke standen Soldaten und Schergen … Es musste etwas vorgefallen sein.

Endlich ließen die drei Männer das Gewühl hinter sich und kamen zur Île de la Cité, wo man gemäßigter feierte. Im Schatten der Adelspaläste sorgten Musikanten und Umzüge auf dem Marché Palu für ein geselliges Treiben, während auf dem Platz vor Notre-Dame eine Gruppe von Männern sich bei einer Partie *Soule* mit den Füßen einen Ball zuspielte.

Der Amtssitz des Kanzlers war ganz in der Nähe.

Sie liefen an der Südseite der Kathedrale entlang, die auch nach sechzig Jahren Bauzeit immer noch nicht fertiggestellt war, und betraten den Palast des Domkapitels. Schließlich erreichten sie den Eingang zu einem weitläufigen Saal, an dessen Wänden sich Biforien mit Bücherschränken abwechselten. Der Amtssitz des Kanzlers.

Zwei Geistliche saßen dort einander gegenüber und unterhielten sich angeregt. Suger erkannte den wohlbeleibten Philippus Cancellarius und den Pfarrer der Gemeinde von Saint-Marcel. Dieser kleine, schmächtige Mann war ihm deshalb bekannt, weil er oft zum Studium kam, um sich über die Streifzüge der Studenten durch seine Gemeinde zu beschweren. Der betagte, dicke Kanzler ihm gegenüber wirkte gar nicht so ehrfurchtgebietend, wie es von ihm hieß. Wenn man seinen abwesenden Blick und den üppigen Kropf sah, konnte man kaum glauben, dass er vor Jahren ein bekannter *magister theologiae* gewesen war und umfangreiche Traktate verfasst hatte.

Das Gespräch der beiden Geistlichen schien so gut wie beendet zu sein.

»Es sind doch nur Jungenstreiche«, beharrte der Pfarrer von Saint-Marcel. »Der Einsatz von Wachen ist vollkommen übertrieben.«

»Ich bin Eurer Meinung«, sagte der Kanzler. »Aber die Königin lässt nicht mit sich reden. Sie hat die Büttel des Propstes losgelassen.«

»Ach je, der Propst! Seine Brutalität ist allgemein bekannt.«

»Ich weiß nicht, was ich dazu sagen soll, Vater«, seufzte der Kanzler. »Diesmal haben die Studenten es wirklich zu weit getrieben.«

Das Gespräch ging noch eine Weile so weiter, bis der Pfarrer von Saint-Marcel sich schließlich mit betrübter Miene verabschiedete. Sobald der Kanzler allein war, forderte er die drei Männer, die vor der Tür gewartet hatten, auf, näher zu kommen.

Frater Roland betrat als Erster den Saal und begrüßte den Kanzler mit einer Verbeugung. »Entschuldigt, hochehrwürdiger Vater, aber ich konnte nicht umhin, Eurer Unterhaltung zu folgen«, begann er. »Gibt es größeren Ärger?«

»Unglaublichen Ärger«, erwiderte der Kanzler und ging zu einem ausladenden Schreibtisch. »Anscheinend hat eine Gruppe Studenten heute Vormittag ein Gasthaus in Saint-Marcel verwüstet. Doch damit nicht genug, sind sie in die Stadt gezogen und haben dort Unruhe gestiftet.«

Als Suger dies hörte, erinnerte er sich wieder daran, was Bernard erzählt hatte, und mischte sich ebenfalls ins Gespräch: »Irre ich mich, oder erwähntet Ihr, dass die Stadtwachen gegen sie eingesetzt wurden?«

»Ihr irrt Euch nicht«, sagte der Kanzler. »Die Königin hat angeordnet, dass der Propst seine Büttel schickt.«

»Aber es handelt sich doch nicht um gewöhnliche Bürger«, entgegnete Suger. »Die Bestrafung der Studenten ist Sache des Domkapitels, nicht der Krone. So lautet das Gesetz.«

Betrübt nickend ging Philippus um den Schreibtisch herum und machte es sich in einem Sessel mit hoher Rückenlehne bequem. »Seit über einer Stunde schon versucht ein päpstlicher Legat, dies Ihrer Majestät, der Königin Blanca, zu erklären«, sagte er, immer noch an Suger gewandt. »Wenn Ihr glaubt, Ihr könntet das besser, nur zu.«

Der Arzt wich ein wenig zurück. Er hatte schon genügend eigene Probleme, außerdem war er es nicht gewohnt, sich für die Belange anderer Menschen einzusetzen. In dem Moment bekam er aus dem Augenwinkel mit, dass die anderen Anwesenden sich mit Blicken verständigten. Und wieder fühlte er sich nicht recht wohl in seiner Haut.

Dann brach der Kanzler das Schweigen, indem er Roland fragte: »Nun denn, Bruder, was hat Euch dazu bewegt, an einem so unruhigen Tag das Kloster von Saint-Jacques zu verlassen?«

»Eine Angelegenheit, die ich Euch unterbreiten möchte«, antwortete der Mönch.

»Nicht noch mehr Probleme, hoffe ich.«

»Leider doch.« Der Dominikaner deutete auf Suger. »Dieser Mann dort ist Magister medicinae am Studium …«

»Ich kenne ihn, so wie jeden, der einen Lehrstuhl hier in Paris innehat«, unterbrach ihn Philippus. »Warum habt Ihr ihn zu mir geführt?«

»Er hat die Verbote bezüglich Aristoteles übertreten. Er unterrichtet Naturphilosophie.«

Der Kanzler wandte sich dem so Beschuldigten zu. »Euch wird ein schweres Verbrechen vorgeworfen, Magister. Wollt Ihr Euch zu Eurer Verteidigung äußern?«

»Es handelt sich um ein Missverständnis, ehrwürdiger Vater«, beeilte sich Suger, das Ganze herunterzuspielen. »Ich lehre Medizin, nicht Naturphilosophie. Frater Roland muss da etwas durcheinandergebracht haben.«

»Das ist eine Lüge!«, ereiferte sich Roland von Cremona. »Mein Mitbruder und ich haben es ganz genau gehört. Dieser Mann dort hat behauptet, dass Gott die Gesetze der Natur nicht verändern kann, und somit Seine Allmacht in Frage gestellt. Es ist allgemein bekannt, dass dies eine These von Aristoteles ist.«

»Es war nur ein Kunstgriff, um meine Studenten zum Nachdenken zu veranlassen«, verteidigte sich der Arzt, um die Wogen zu glätten. »Jedes Phänomen ist von einer Ursache abhängig, das war, kurz gesagt, was ich damit erklären wollte.« Eine schwache Verteidigung, dachte er bei sich. Allerdings konnte er auch nur wenig ausrichten. Da er die Anschuldigungen nicht leugnen konnte, appellierte er an die Milde des Kanzlers. Der jedoch nur den Kopf schüttelte.

»Ihr schweift ab, Magister.« In den Augen des Kanzlers war sein wachsender Zorn zu erkennen. Auf einmal wirkte er tatsächlich Respekt einflößend. »Frater Roland erhebt sehr eindeutige Beschuldigungen. Seid Ihr vielleicht etwas schwer von Begriff?«

Das waren deutliche, fast beleidigende Worte. Suger fühlte sich in seinem Stolz verletzt und ließ daher alle Mäßigung fahren. »Frater Roland versteht nichts von der medizinischen Wissenschaft«, brauste er auf und nahm sich damit jede Möglichkeit auf eine gütliche Einigung. »Wie kann er es wagen, sich in meinen Fachbereich einzumischen?«

»Mäßigt Eure Stimme, Magister, wir sind hier nicht auf dem Markt.« Der Kanzler rief ihn mit einer autoritären Handbewegung zur Ordnung. »Und lasst mich Eurem Gedächtnis auf die Sprünge helfen. Die Synode von Sens im Jahr 1210 hat Lektüre und Kommentierungen von Aristoteles verboten. Dieses Verbot wurde in den Statuten der Universität von 1215 erneuert und erst kürzlich wieder ausdrücklich von unserem Erzbischof ausgesprochen …«

Während der Kanzler diese Verbote aufzählte, fühlte sich Suger, als würde er über kleiner Flamme geröstet. Ein leichtes Gefühl von Übelkeit stieg in seinem Magen auf, während die Wände des Raumes immer näher zu kommen schienen. Es sah nicht gut aus für ihn. Bis vor einigen Jahren hatte man geduldet, dass Magister Naturphilosophie unterrichteten und sich auf Aristoteles beriefen. In Toulouse war das auch immer noch erlaubt. Aber nicht hier in Paris, wo der vorherrschende Traditionalismus in der Philosophie immer noch die Magd der Theologie sah, die geopfert werden musste, sobald sie unbequem wurde.

»In Ausübung des Amtes, das ich bekleide«, sagte Philippus gerade abschließend, »darf ich keinesfalls zulassen, dass ein Dozent in Paris den Aristotelismus verbreitet. Ihr werdet verstehen, sollte dies dem Papst zu Ohren kommen …«

»Ehrwürdiger Vater, ich verstehe das nur zu gut«, wiegelte der Arzt ab. »Doch offen gesagt glaube ich, dass die Sache schlimmer gemacht wird, als sie ist.«

Roland von Cremona griff ihn wütend an. »Aristoteles über die Bibel zu stellen ist für Euch also eine Kleinigkeit? Es wundert mich, dass Euch überhaupt die *facultas docendi* verliehen wurde.«

»Die Ihr mir nicht absprechen könnt«, verteidigte sich Suger, der ihm am liebsten dafür an die Gurgel gesprungen wäre.

»Ich dagegen könnte Euch schon die Lehrerlaubnis entziehen«, warnte ihn der Kanzler. »Ließe ich Euch gegenüber Milde walten, würde ich den Eindruck vermitteln, auf der Seite derer zu stehen, die die Naturphilosophie verbreiten. Allzu oft schon habe ich das durchgehen lassen. Allzu oft habe ich weggesehen!«

Der Arzt starrte ihn bestürzt an. Er hatte sich noch nie so gedemütigt gefühlt. Sein Titel und seine Fähigkeiten wurden herabgewürdigt, seine Ansichten ins Lächerliche gezogen. Er dachte an seinen Vater und an die Opfer, die dieser auf sich genommen hatte, um ihm ein Studium zu ermöglichen. An die Hindernisse, die er in all den Jahren hatte überwinden müssen … Nein, sagte er sich. Er konnte diese Anschuldigungen nicht hinnehmen, ohne wenigstens den Versuch zu machen, für sich zu kämpfen. Und während er die Hand gegen den Bauch presste, um sein Unwohlsein im Zaum zu halten, richtete er den Zeigefinger gegen den Kanzler. »Würdet Ihr Euch auf eine bloße Verleumdung hin mit der Korporation der Lehrenden anlegen?«

»Einer Verleumdung?«, wiederholte Philippus sarkastisch. »Redet doch keinen Unsinn, Magister. Ihr habt Euch ja heute nicht zum ersten Mal auf Aristoteles berufen, das wissen wir sehr gut. Außerdem haben wir Kenntnis darüber, dass Ihr Bücher der Naturphilosophie besitzt. *Verbotene Bücher!*«

Suger errötete vor Wut und Scham. Jetzt hatte er keine Zweifel mehr, man hatte ihm eine Falle gestellt. »Weshalb genau bin ich eigentlich hier? Wollt Ihr mich demütigen? Wollt Ihr das Primat der Theologie über die Medizin bestätigen?«

»Nein, das ist nur der Anfang.« Der Kanzler erlaubte sich ein schwaches Lächeln, bei dem er einen Teil seiner wahren Persönlichkeit erkennen ließ. Im Vergleich zu ihm war Roland von Cremona nur ein harmloses Kätzchen. »Der eigentliche Grund unserer Unterredung ist es, Euch zu erklären, dass Eure Regelübertretungen zu Eurer Exkommunikation führen können.«

»Ehrwürdiger Vater, das ist unerhört!«, protestierte Suger. »Dies scheint mir eine überzogene Maßnahme.«

»So würde ich das nicht bezeichnen, ich nenne sie vielmehr unvermeidlich.« Philippus legte den Kopf schief und schwieg einen Moment. »Es gäbe allerdings eine glimpflichere Lösung.«

»Das Exil«, setzte Frater Roland sofort nach, seine Worte wirkten auf Suger wie ein Dolchstoß.

Er meinte, ohnmächtig zu werden. »Ihr könnt doch nicht von mir verlangen, das Studium von Paris zu verlassen ...«, sagte er mit brüchiger Stimme. Allein bei dem Gedanken daran glaubte er, in einem bodenlosen Abgrund zu versinken, und es fehlte nur wenig, dass er flehend auf die Knie gesunken wäre. »Die Medizin ist mein Leben! Sie bedeutet alles für mich! Begreift Ihr das nicht? Wenn ich diese Stadt verlassen müsste ...«

»Euer Jammern wird Euch nichts nutzen«, ermahnte ihn Philippus fast ungerührt.

»Ihr habt recht, aber wenn ich schwören würde, nie mehr Naturphilosophie zu verbreiten ...«

»Das habt Ihr bereits einmal getan, als Euch der Lehrstuhl anvertraut wurde. Anscheinend hat es nicht viel geholfen.«

»Und dennoch, wie könnt Ihr verlangen, dass ich ohne eine angemessene Vorankündigung von hier verschwinde, nach all den Jahren harter Arbeit ...«

»Überlegt es Euch gut«, unterbrach ihn der Kanzler. »Wenn der Makel der Exkommunikation auf Euch lastet, werdet Ihr niemals wieder eine Anstellung finden, die Eurer Bildung angemessen ist, weder hier in Paris noch anderswo.«

Philippus hatte recht, überlegte Suger. Keine Schule würde einen Magister aufnehmen, den der Bannfluch der Kirche getroffen hatte. Und mochte er noch so genial sein. Er war bestürzt, aber wenn er jetzt weiterredete, würde er alles nur verschlimmern. Denn die Anklage war begründet. Er wusste ganz genau, dass in den Dekreten der Kirche bei Androhung von Exkommunikation kategorisch verboten wurde, Bücher der Naturphilosophie öffentlich oder auch im Verborgenen zu lesen oder zu kommentieren. Vor ihm waren bereits viele andere Lehrmeister gezwungen gewesen, nach Toulouse umzusiedeln, wenn sie weiter Aristoteles unterrichten wollten, ohne dafür verfolgt zu werden. Dennoch ertrug er die Vorstellung nicht, sich dem Kanzler und seinen Speichelleckern geschlagen zu geben. Das Gefühl seiner Ohnmacht brannte in seinem Magen und nährte seine Empörung, aber es war vor allem die Verzweiflung, die ihm das Herz zusammenpresste. Was sollte er jetzt tun? Wohin sollte er sich wenden? Während in seinem Inneren noch die widersprüchlichsten Gefühle tobten, sprang er auf und hieb mit der Faust auf den Schreibtisch.

»Denkt nur nicht, dass die Angelegenheit damit beendet ist!«, zischte er. Dann biss er sich auf die Lippen, da er sich plötzlich an etwas anderes erinnerte. »Außerdem«, rief er aus, »bildet Euch ja nicht ein, dass ich meinen Lehrstuhl abgebe, ehe ich nicht einen meiner Schüler für das Baccalaureat vorbereitet habe.«

»Davon kann keine Rede sein«, zischte Frater Roland durch zusammengepresste Kiefer. »Euer Schüler wird der Obhut von wesentlich kompetenteren Magistern anvertraut werden. Ihr müsst unverzüglich aufbrechen.«

»Aber Vater, habt doch etwas Erbarmen«, beschwichtigte der Kanzler den Dominikaner mit vorgetäuschter Gelassenheit. »Lassen wir unserem Magister doch diesen schwachen Trost. Schließlich wird es in Paris bald keinen Ort mehr geben, an dem man die Lügen von

Aristoteles unterrichtet.« Ein zufriedenes Lächeln machte sich auf seinen feisten Wangen breit. »Suger de Petit-Pont ist nur der Erste auf einer langen Liste.«

Am Ende seiner Geduld angelangt, konnte der Arzt sich gerade noch zurückhalten, sich nicht auf seine Ankläger zu stürzen. Dann bemerkte er die beiden Wachen hinter sich.

Zu seiner weiteren Demütigung wurde er von ihnen aus dem Saal gezerrt.

4

Die Straßen des lateinischen Viertels waren voll wie ein Strom, der Hochwasser führte. In einer Mischung aus ungezügelter Begeisterung und Gewalt tobte die Menge vorwärts wie eine durchgehende Viehherde. Dort, wo es am heftigsten drunter und drüber ging, hielten Wachtrupps Passanten an, um sie zu befragen, und nahmen so viele junge Männer wie möglich fest. Sie verhörten sie, schrien und prügelten auf sie ein. Man sprach von nichts anderem als vom Viertel Saint-Marcel und einem Übergriff durch Studenten. Ein Gasthaus war zerstört worden. Einige Wirte behaupteten, bedroht und misshandelt worden zu sein. Und überall hieß es, das wären Studenten gewesen. Es war schwierig, an gesicherte Informationen zu gelangen, Wahrheit und Lüge zu trennen.

Die Büttel des Propstes suchten die Verantwortlichen in den Studentenquartieren. Ihr brutales Vorgehen, gepaart mit dem rebellischen Temperament der Studenten, führte dazu, dass der Versuch, die Ordnung wiederherzustellen, sich zu einem regelrechten Aufstand entwickelte. Zunächst beleidigte man sich gegenseitig, dann wurde man handgemein. Und schließlich wurde zu den Waffen gegriffen.

Am Ende einer Nebenstraße der *rive gauche* stand Bernard drei Wachen trotzig gegenüber. Hinter seinem Rücken versteckte sich der ängstlich schlotternde Ramón.

»Also, ihr Abschaum«, grunzte einer der Wachleute, »es heißt, ihr seid an den Verwüstungen in Saint-Marcel schuld.«

Bernard versuchte zu erklären: »Wir hatten gestern Nacht einen Wortwechsel mit einem Wirt, das ist richtig, aber wir haben keine Schäden angerichtet. Wir sind nicht diejenigen, die ihr sucht.«

»Für mich dagegen bist du schuldig«, sagte einer aus der Soldatenschar. »Dieses blaue Auge spricht doch Bände. Wie hast du es dir eingehandelt?«

»Das geht euch nichts an«, gab der junge Mann zurück. »Ich werde alles dem Kanzler erklären.«

»Hört euch diesen Schlauberger an«, sagte der Soldat höhnisch grinsend zu seinen Kameraden. »Er will sich bei seinem Kanzler ausheulen.«

Ein anderer Soldat – mit vorstehender Wampe und Schweinsäuglein – trat vor. »Du solltest besser den Kopf einziehen, Junge. Wenn du nicht der Schuldige bist, kannst du das ganz leicht beweisen. Nenn uns einfach die Namen.«

Bernard kannte die Schuldigen, oder zumindest hatte er eine Ahnung, wer es gewesen sein könnte. Seine Mitstudenten. Gut, das war schon ein Haufen Hitzköpfe, aber es waren doch keine schlechten Menschen. Sie hatten Träume und Pläne für die Zukunft, ganz wie er. Er würde sie niemals wie gemeine Verbrecher an die Büttel des Propstes verraten. Einfach so hinnehmen wollte er die Angelegenheit allerdings auch nicht. Sobald er sich aus dieser unangenehmen Lage befreit hatte, würde er mit Magister Suger über seine Mitstudenten sprechen. Sein Lehrmeister würde schon wissen, was zu tun wäre.

Sobald er diesen Entschluss gefasst hatte, brannte Bernard darauf, ihn in die Tat umzusetzen. »Ich rede nicht mit Bütteln!« Und noch etwas lauter betonte er: »Ich bin ein Student des Studiums, kein gewöhnlicher Bürger. Ich werde die Namen der Schuldigen der zuständigen Stelle melden.«

»Ach, das können wir auch schneller haben. Du bist schuld! Du und dein Kumpan!« Der Wachmann mit der Wampe ballte die Fäuste und ließ die Knöchel knacken. »Fragen wir doch einfach dein Freundchen da hinter dir. Der sieht etwas gesprächiger aus als du. Der wird schon reden.«

Der Mann wollte sich auf Ramón stürzen, aber Bernard stellte sich schützend vor seinen Freund. »Lass ihn in Ruhe!«, rief er und stieß den Angreifer so heftig nach hinten, dass dieser in den Dreck fiel.

Der Soldat stand unbeholfen auf und ging mit erhobenen Fäusten erneut auf ihn zu. »Warum, was willst du sonst machen?«

»Feigling!« Der junge Mann durchbohrte ihn fast mit seinen Blicken. »Ihr seid nur ein Haufen Feiglinge.«

Das waren die letzten Worte, die über seine Lippen kamen. Dann stürzten sich alle Soldaten gemeinsam auf ihn. Und während Bernard unter den Beleidigungen, Schlägen und dem Gewicht der Leder- und Metallrüstungen zu Boden ging, dachte er die ganze Zeit daran, dass er Baccalareus werden würde. Und dann Arzt. Und schließlich Magister.

Genau wie Suger, der einzige Mensch, vor dem er jemals Achtung empfunden hatte.

5

Man verbannte ihn aus Paris!

Suger ließ das Domkapitel mit hängenden Schultern hinter sich. Mehr als einmal war er versucht gewesen, kehrtzumachen und notfalls die Gnade des Bischofs zu erflehen. Doch dann hatte er darauf verzichtet. Denn obwohl er stolz war, besaß er doch nicht das Herz eines Löwen. Philippus Cancellarius verfügte über eine enorme Macht und hatte noch größeren Einfluss. Wenn er noch einmal Widerspruch einlegte, würde der Kanzler ihn bestimmt in Ketten werfen lassen.

Er war so niedergeschlagen, dass er gar nicht erst versuchte, die Korporation der Lehrenden um Hilfe zu bitten, sondern gleich ein Gasthaus aufsuchen wollte. Doch unterwegs bemerkte er, dass es bereits dämmerte, und da kam ihm wieder der Schwabe in den Sinn. Der Fremde musste inzwischen erwacht sein, daher sollte er besser nach Hause gehen.

Die Straßen lagen still und verlassen da. Der Aufruhr von vorhin hatte sich gelegt. Als er die *rive gauche* erreicht hatte, wich er einer Bande von kleinen Jungen aus. Er konnte ihr Gelächter immer noch hören, als ihn jemand am Arm packte.

Nach all den Missgeschicken, die ihm gerade zugestoßen waren, fuhr er schnell herum, da er das Schlimmste befürchtete, doch zu seiner großen Überraschung stand Ramón vor ihm. »Was willst du denn?«, fuhr er ihn grob an.

Dem jungen Mann liefen Tränen übers Gesicht. »Magister … Magister … Es ist etwas Furchtbares geschehen …«

»Etwas Furchtbares?«, wiederholte Suger und wich zurück.

»Bernard …«

Suger zuckte zusammen. Er packte Ramón bei den Schultern und schüttelte ihn durch. »Was ist ihm zugestoßen?«

»Er ist tot«, schluchzte der junge Mann. »Er wurde ermordet!«

Der Arzt stieß ihn weg. »Das kann nicht sein!«

»Doch!« Ramón sank in seiner Verzweiflung auf die Knie. »Er ist gestorben, um mich zu verteidigen … Und ich bin wie ein Feigling davongelaufen …« Er trommelte verzweifelt mit den Fäusten auf die Erde. »Ich bin davongelaufen, während sie ihn totgeprügelt haben.«

Suger glaubte sich einen Moment lang in einem Alptraum. »Aber wie … Wer …«

»Die Büttel … Das waren die Büttel.«

»Die Büttel des Propstes …«, erriet Suger, der die Worte des Kanzlers noch im Ohr hatte.

»Ja, genau die.«

Suger schwindelte leicht, und er legte Ramón eine Hand auf den Kopf, die in dessen rotem Kraushaar versank. Er packte es, als wäre es sein einziger Anker. »Bist du sicher, dass …«

Ramón nickte. Ihm versagte die Stimme.

Suger ließ den jungen Mann, der sich würgend erbrach, dort auf den Knien zurück. Betäubt, wie in Trance lief er weiter und versuchte zu begreifen, was in ihm vorging. Zwar empfand er keinen Schmerz wie damals beim Tod seines Vaters, aber etwas, das er nicht in Worte fassen konnte. Er bemerkte, dass ihm Tränen übers Gesicht liefen, und versuchte, sie mit der Hand fortzuwischen, doch er konnte nicht aufhören zu weinen und fühlte sich vollkommen leer. Erst hatte man ihm seine ehrgeizigen Träume genommen, jetzt raubte man ihm seine Gefühle. Mit Bernard ging auch ein Teil von ihm. Sein besseres Selbst. Denn wenn er so darüber nachdachte, hatte Suger von Bernard weit mehr gelernt, als er ihm jemals hätte beibringen können.

Während er von seiner Trauer schier erdrückt wurde, brach sich eine ganze Reihe von Gedanken in seinem Kopf Bahn. Sein Selbsterhaltungstrieb meldete sich und ließ ihn abwägen, inwieweit er von dieser Angelegenheit betroffen war. Der Tod eines Studenten würde nicht unbemerkt bleiben. Mit Sicherheit würde man nach seinem Magister suchen. Die Korporation würde bestimmt viel Aufhebens darum machen, die Nachricht würde sich in ganz Paris verbreiten …

Er musste nun an sich selbst denken, auch wenn er sich dabei wie ein Feigling vorkam. Eigentlich sollte er jetzt unverzüglich zum Domkapitel zurückgehen, um den Vorfall zu melden und die

Schuldigen zu suchen. Außerdem spürte er das beinahe körperliche Bedürfnis, an Bernards Leiche niederzuknien, um ihm den letzten Gruß zu erweisen und ihm dafür zu danken, dass er wenigstens einmal die Freude empfinden durfte, eigene Hoffnungen auf jemand anderen zu setzen. Denn in den seltenen Momenten, wenn Suger an sein Alter dachte, hatte er vor sich gesehen, dass nur dieser junge Mann ihm bliebe … Bernard hätte ein weitaus brillanterer Lehrer werden können, als er es jemals gewesen war, und er wäre auf ihn so stolz gewesen wie auf einen eigenen Sohn.

Mein Bernard, dachte er zum letzten Mal. Und dann ließ er ihn los, stellte sich vor, er würde in den Fluten der Seine langsam in immer weitere Ferne davongleiten.

Als er an seinem Haus ankam, hatte ihn eine ungesunde Benommenheit erfasst. Selbst sein Sehvermögen und sein Tastgefühl schienen eingeschränkt zu sein, seine Ohren wurden von einem dumpfen Rauschen betäubt.

Zu seiner Überraschung war die Eingangstür nur angelehnt. Suger spähte vorsichtig hinein, er ahnte, dass der Schwabe gegangen war. Doch das bedeutete ihm nichts mehr. Sein Leben war vorbei, zumindest so wie er es kannte. Die Schande des Exils und die Trauer um Bernard hatten ihn in einen dunklen Abgrund geschleudert. Da kam es auf das Leben eines armen Teufels mehr oder weniger auch nicht an. Allerdings, da war doch noch der Drachenstein … In ihm erwachte wieder der Ehrgeiz, wenn auch nur als schwaches Flämmchen. Eine Hoffnung im Angesicht des Nichts. Er trat noch einmal auf die Straße und sah sich um. Mit dieser Wunde konnte der Schwabe nicht allzu weit gekommen sein.

Da bemerkte Suger einen kleinen Jungen, der auf ihn zukam. Es war der Sohn des Metzgers, der neben ihm wohnte.

»Herr, sucht Ihr den Mann, der aus Eurem Haus kam?«, fragte ihn der Junge, während er sich an der Nase kratzte.

Suger nickte.

»Das hättet Ihr sehen sollen. Er ist geschickt wie eine Katze von der Brücke gesprungen!«

Der Arzt sah ihn fragend an.

»Er ist auf eines der Boote gesprungen, die Holz zum Port en Grève bringen«, erklärte der Junge. »Kurz, bevor Ihr angekommen seid.«

Der Holzhafen lag ganz in der Nähe. Suger lief in diese Richtung, setzte mechanisch einen Fuß vor den anderen, ohne an irgendetwas zu denken, denn er fürchtete, sobald er damit anfangen würde, würde er unweigerlich wieder in Tränen ausbrechen. Im Augenblick, so sagte er sich, wollte er nur eins, diesen Schwaben wiederfinden. Wenigstens eine Sache an diesem Tag sollte ein gutes Ende finden.

Der Port en Grève war ein großes Holzlager. Boote unterschiedlicher Größe hatten dort angelegt, und ein Dutzend Männer lud Holzbündel und Baumstämme aus.

Die Dunkelheit verlieh dem Wasser die Farbe von Ebenholz, während ein leichter Nebel die Böschung einhüllte. Suger näherte sich den Arbeitern, um sich bei ihnen zu erkundigen, ob ihnen ein verdächtiger Mann aufgefallen wäre, doch noch ehe er etwas sagen konnte, bemerkte er ihn selbst. Der Mann lief auf dem gegenüberliegenden Ufer dahin. Suger wollte ihn gerade rufen, doch dann hielt er inne. Er begriff, dass der Schwabe vor jemandem floh.

Der Mann rutschte die Böschung hinab, dann lief er auf einem Kai am Fluss entlang. Er schleppte sich mühsam vorwärts wegen der Wunde. Vielleicht hatte er vor, auf eines der Boote zu klettern, die ganz in der Nähe lagen. Da bemerkte Suger auch schon den Reiter, der den Schwaben verfolgte. Wegen des Nebels konnte er ihn kaum erkennen. Er sah nur, dass er einen Helm und über seinem Kettenhemd einen Pelz trug.

Der Reiter hielt oben auf der Böschung an und schien nicht vorzuhaben, den Mann, den er verfolgt hatte, einzuholen. Er holte eine Lanze hervor und richtete sie auf den Mann, als wollte er ihn warnen oder bedrohen. Suger beobachtete das Geschehen, ohne zu begreifen, was da eigentlich vor sich ging. Dann hörte er einen Knall. Ein Feuerstrahl schoss aus der Lanze hervor. Der Schwabe schrie vor Schmerz auf, dann fiel er zu Boden, während sein Rücken in Flammen aufging.

Der Reiter betrachtete kurz sein Opfer, während schwarze Rauchwölkchen aus seiner Lanze quollen und ihn wie einen Geist aussehen ließen.

Suger stand wie versteinert da, immer noch geblendet vom Feuerglanz. Etwas Derartiges hatte er noch nie gesehen.

Schließlich ließ der Reiter sein Pferd einmal hochsteigen und verschwand dann jenseits der Böschung.

Während Suger noch versuchte, seine Nerven unter Kontrolle zu bekommen, bat er einen Fährmann, ihn über den Fluss zu setzen, damit er dem unglückseligen Opfer zu Hilfe eilen konnte, doch als er den Schwaben erreicht hatte, begriff er, dass er nichts mehr für ihn tun konnte. Der Rücken des Mannes war aufgerissen, als ob etwas Glühendes in ihm explodiert wäre, von dem nun bloß noch vom Feuer geschwärzte Bruchstücke übrig waren.

Als Suger sein Heim erreichte, hatte er das Bild des Reiters immer noch vor Augen. Das war der bei Weitem tragischste Tag in seinem Leben. Unfähig, einen klaren Gedanken zu fassen, ließ er sich aufs Bett fallen, doch er war zu erschöpft, um Schlaf zu finden. Der Schmerz und die erlittene Demütigung ließen ihn nicht zur Ruhe kommen, bis er wieder in Tränen ausbrach und den Herrn bat, er möge ihn von seinem Leid erlösen. Lange blieb er so liegen, eingehüllt in eine Dunkelheit, die direkt aus seiner Seele zu entspringen schien, bis in ihm wie schon Stunden zuvor der Wunsch zu fliehen übermächtig wurde. Doch diesmal wurde ihm Flucht beinahe zu einem inneren Bedürfnis. Vor dem Schmerz davonlaufen. Der Niederlage entfliehen … Er erinnerte sich an die letzte Nacht, als er selbst von einem Unbekannten verfolgt zur Cité gerannt war. Sicher, er hatte Angst empfunden, aber auch eine gewisse Hochstimmung. In Wahrheit hatte er sich so lebendig wie schon lange nicht mehr gefühlt. Und vor allem frei.

Vielleicht war es gar kein so schlechter Gedanke, Paris zu verlassen. Warum sollte er die Korporation der Lehrenden um Hilfe anflehen und sich falschen Hoffnungen hingeben, wenn er noch einmal ganz von vorne beginnen könnte? Widersetzte er sich dem Kanzler, würde ihm das nur weitere Demütigungen einbringen, und dabei hatte er die Folgen von Bernards Tod noch gar nicht berücksichtigt … Aber er gab sich keinen Illusionen hin, es würde nicht leicht werden, einfach fortzugehen. Er kannte niemanden außerhalb von Paris und wusste nicht, welche Schwierigkeiten ihn auf einer so langen Reise einem unbekannten Schicksal entgegen erwarten mochten.

Und doch hatte er als junger Mann einmal einen Traum gehabt. Inzwischen hatte er ihn aufgegeben, aber damals hatte er ihn sich jeden Tag in seiner Phantasie ausgemalt. Er wollte nach Salerno, zum Sitz der renommiertesten Medizinschule der Welt. Er war noch ein Knabe gewesen, als er die Legende von Konstantin dem Afrikaner gehört hatte, dem weisen Gründer des Studiums von Salerno, und hatte sie seitdem nicht mehr vergessen. Gab es wohl einen günstigeren Moment, um dorthin aufzubrechen? Vielleicht würde er in Salerno ja auf größere Anerkennung seiner Verdienste stoßen. Vielleicht würde er dort den Ruhm und den Respekt erlangen, nach denen ihn so verlangte. Ganz zu schweigen von den Vorteilen, fern des traditionsverhafteten Paris der medizinischen Forschung nachzugehen ...

Doch Suger war nicht naiv. Salerno war weit weg, er bräuchte Geld für die Reise. Sehr viel Geld. All seine Ersparnisse würden dabei aufgezehrt werden ...

Und da sah er ihn.

Den Sack des Schwaben.

Er lag immer noch neben dem Tisch auf dem Boden.

Eine ganze Reihe von Gedanken stürmten auf ihn ein, die zu verführerisch waren, um ihnen nicht nachzugeben, und so erhob sich Suger von seinem Bett und öffnete den Sack.

Zu seiner großen Überraschung fand er darin nur einen einzigen Gegenstand, genau den, welchen er nach Mailand bringen sollte: einen Umhang, wie Kaiser sie trugen. Auf dunkelblauem Stoff, vielleicht Samt, leuchtete eine Reihe von Goldstickereien, die geometrische Formen abbildeten. In der Mitte stach das Motiv eines mit einem Bogen bewaffneten Reiters heraus, ähnlich dem, der auf der Hand des Schwaben eintätowiert war, aber dieser Reiter legte sich den Zeigefinger vor den Mund.

Eine ewige Mahnung, Stillschweigen zu bewahren.

6

Suger verließ Paris auf dem Rücken eines Maultiers mit kräftigen Beinen, ohne sich von jemandem zu verabschieden. Nur dem Grab seines Vaters, das er selten und stets ungern besucht hatte, sagte er Lebewohl. In Troyes bog er auf die Via Francigena ein und reiste weiter über Bar-Sur-Aube, Besançon und Lausanne. Er hatte sich vorher noch niemals auf Reisen begeben, und seine Überzeugung, nicht für das Leben unterwegs geschaffen zu sein, wuchs mit jedem Tag. Doch die Strapazen waren noch das geringere Übel. Die schlimmsten Momente durchlebte er im Traum, wenn er die Gesichter von Bernard, dem Schwaben, dem Kanzler und von Frater Roland vor sich sah, der ihm regelmäßig als seltsamer Teufel erschien. Noch schrecklicher war es, wenn er von dem Reiter mit der Flammenlanze träumte. Tatsächlich beschäftigte dieser Mann seine Gedanken auch im Wachen. Vielleicht hatte er sich ja nach der Ermordung des Schwaben an seine Fersen geheftet. Suger befürchtete, dass der Reiter an dem geheimnisvollen Gegenstand interessiert war, den er bei sich trug.

Wenn er unterwegs rastete, öffnete er den Sack und holte den Umhang hervor, um die aufgestickten Bilder zu betrachten. Anfangs hatte Suger wenig damit anfangen können, aber mit der Zeit wurde ihm klar, dass ihn nicht nur die Belohnung lockte, sondern dass er unbedingt erfahren wollte, was es mit diesem merkwürdigen Kleidungsstück auf sich hatte. Das Geschick eines einfachen Handwerkers hätte nicht ausgereicht, um es zu fertigen. Bilder dieser Art mussten sich auf das Wissen eines Astrologen gründen, vielleicht auch auf das eines Kabbalisten. Suger jedoch konnte ihre Bedeutung nicht entschlüsseln. Sie waren zu detailliert, zu genau, um nur schlichte Muster zu sein, und zudem sehr verstörend. Sie schienen zugleich Himmelskonstellationen, okkulte Symbole und mathematische Formeln darzustellen, bildeten dabei jedoch so absonderliche Formen ab, dass sie nicht vom Hirn eines gewöhnlichen Menschen ersonnen sein konnten. Wenn es denn wirklich ein Mensch war, der den Umhang geschaffen hatte …

Sehr schnell wurde Suger bewusst, wie gefährlich es war, allein zu reisen, daher suchte er sich einen Gefährten. Einen Großteil der Strecke legte er in Gesellschaft eines Wandermönchs namens Heudo zurück, einem kräftigen Normannen, von dessen Pilgerstab ein Schinkenbein herabbaumelte. Sein Ziel war der Dom von Monreale auf Sizilien, und als sie sich voneinander verabschiedeten, erklärte er Suger, wie er nach Salerno kam. Sie befanden sich am Ufer des Ticino, nachdem sie gemeinsam die Alpen überquert hatten. Während Heudo sich danach auf die Suche nach einem Boot machte, das ihn nach Piacenza bringen sollte, lenkte Suger sein Maultier nach Osten, Richtung Mailand.

Er ritt drei Tage lang allein und fürchtete schon, er hätte sich verirrt. Eine schlimme Vorstellung, denn sofort ergriffen Angst und Trauer wieder von ihm Besitz. Die Erinnerung an Bernard quälte ihn beharrlich, als fände dessen Geist keine Ruhe und plagte ihn nun als eine Art Rache. Letztendlich fühlte Suger sich für den Tod des jungen Mannes verantwortlich. Wenn er ihm nur hätte beibringen können, lieber erst nachzudenken und dann zu handeln, oder wenn er ihn besser beraten hätte, vielleicht … Die Schuldgefühle ließen ihn nicht los, ebenso wenig wie die Furcht, auf den Mörder des Schwaben zu stoßen. In einer nebligen Nacht meinte er sogar, ihn oben auf dem Pass eines Berges auszumachen.

Doch er hatte sich nicht verirrt, und als Suger Mailand erreichte, war er erleichtert. Er überquerte den Wall, der die Ansiedlung umgab, und ritt durch die Stadttore, hinter denen ein breiter Kanal lag, der von vielen Zuflüssen gespeist wurde. Als er die Wasserläufe und die zahlreichen kleinen Boote sah, kam es ihm zunächst so vor, als stünde er wieder auf dem Petit-Pont. Das war ein eher bedrückendes Gefühl, und er sah sich schnell um auf der Suche nach Details, die ihm deutlich vor Augen führten, wie weit er vom Ort seiner Schmach entfernt war.

Obwohl der Schwabe ihm alles nur ein Mal beschrieben hatte, erinnerte er sich gut an dessen Angaben. Er sollte sich bei der Basilika von Santo Stefano Maggiore an einen gewissen Gebeard von Querfurt wenden. Im Austausch für den Umhang würde er einen Drachenstein erhalten, und dann könnte er diese lästige Angelegenheit hinter sich lassen und weiter südlich nach Salerno ziehen. Er machte sich also sofort auf die Suche nach der Basilika. Doch jedes Mal, wenn er sein Anliegen vorbrachte, beäugten ihn die Leute nur misstrauisch und antworteten ihm in einem höchst unverständlichen Volgare.

Schließlich traf er auf einen Bootsführer, der ihn verstehen konnte. »Was du da beschreibst, ist die Kirche Sancti Steven in Brolo«, antwortete der Mann in seinem örtlichen Dialekt, während er ein Segelboot am Ufer des Kanals festmachte. »Sie liegt neben der Basilika di Santa Maria.«

Der Arzt nickte zum Zeichen, dass er verstanden hatte. Die Kirche, die er suchte, wurde also Santo Stefano in Brolo genannt; und er begab sich wieder durch das Gewirr von Gässchen und grünlich schimmernden Bewässerungskanälen auf die Suche nach der Basilika der heiligen Maria. Beim Stand eines Tuchhändlers hielt er erneut an, um sich zu erkundigen, und erhielt dort die Auskunft, er solle einfach einer alten Ziegelsteinmauer folgen, bis er auf eine *pusterla*, eine kleine Öffnung, stoßen würde. Dahinter läge dann der Brolo, ein Obsthain, und dort befände sich auch die Basilika.

Als er sein Ziel erreichte, war bereits Vesperzeit. Er fragte sogleich nach Gebeard von Querfurt und erhielt den Rat, er solle sich an Pater Landolfo wenden. Den Hüter des Beinhauses.

Das Beinhaus erhob sich am Rande des Brolo gegenüber der Basilika Santo Stefano. Ein düsterer Ort, dicht umstanden von Feigenbäumen. Suger bekreuzigte sich hastig und stieg die Treppe zum Portal hinauf, doch noch ehe er es erreicht hatte, bemerkte er einen großen, hageren Mann, der aus dem Schatten der Bäume trat. Offensichtlich ein Mann der Kirche. Er hatte zwei wache Augen und wischte sich gerade die Lippen ab, wahrscheinlich hatte er eben ein paar süße Feigen genascht.

»Pater Landolfo, nehme ich an«, sprach Suger ihn auf Latein an.

»Höchstpersönlich. Benötigt Ihr den Friedhof oder das Beinhaus?«

»Nichts von beidem. Ich suche Gebeard von Querfurt.«

Sofort trat Misstrauen in Landolfos Augen. »Was wollt Ihr von ihm?«

»Ich muss ihm etwas übergeben. Die Angelegenheit ist äußerst wichtig.«

»Das könnte sie tatsächlich sein.« Der Mönch musterte ihn von Kopf bis Fuß, dann fuhr er etwas freundlicher fort: »Leider weilt Gebeard nicht mehr hier.«

Diese Auskunft traf Suger wie ein Schlag. »Aber man hat mir gesagt, dass …«

»Außerdem«, unterbrach Pater Landolfo ihn, »erwartete er einen Deutschen, keinen Franzosen.«

»Der Deutsche ist tot, ich komme an seiner Stelle.«

Landolfo nickte verstehend. »Der Umhang. Kann ich ihn sehen?«

Suger konnte seine Überraschung nicht verhehlen. »Woher wisst Ihr, dass ich ihm einen Umhang übergeben soll?«

»Das geht Euch nichts an, zeigt ihn mir einfach.«

Der Arzt hasste es, so herablassend behandelt zu werden, aber er wollte die Angelegenheit dringend zu Ende bringen. Daher ging er zu seinem Maultier, löste den Sack vom Sattel und öffnete ihn.

Der Mönch blickte neugierig hinein. »Ja, kein Zweifel«, sagte er und wandte sich wieder Suger zu. »Das ist der Umhang des Schützen.«

»Der Umhang des Schützen?«

»Gebeard nannte ihn so.«

»Kann ich ihn nun Euch übergeben?«

»Auf gar keinen Fall.« Der Mönch bedeutete Suger, den Sack zu schließen, dann blickte er sich misstrauisch um. »Allein dass ich hier mit Euch darüber spreche, ist schon gefährlich.«

»Da habe ich wohl etwas missverstanden, verzeiht mir …« Suger versuchte, dem Mann, der plötzlich sehr zurückhaltend geworden war, die Zunge zu lösen. »Seid Ihr mit dem Mann, den ich suche, befreundet?«

»Leute wie Gebeard haben keine Freunde. Sagen wir einfach, dass wir geschäftlich miteinander zu tun hatten. Er war am Beinhaus interessiert, oder besser gesagt an dem, was sich darin befindet. Daher ist er auf mich zugekommen.«

Zunächst verstand Suger nicht, was der andere meinte, doch dann erinnerte er sich, dass der Schwabe Andeutungen über Gebeards Tätigkeit gemacht hatte. Er handelte mit Reliquien. Und nach den Worten Landolfos zu schließen, griff er wohl zu etwas fragwürdigen Methoden, um sich seine Ware zu beschaffen.

»Wenn er den Umhang erwähnt hat, ehe er fortging, dann nur aus einem Grund«, fuhr der Mönch fort. »Er wusste, dass man hier nach ihm suchen würde, und daher brauchte er jemanden, der seine Nachricht weitergeben würde. ›Der Umhang muss unbedingt in seinen Besitz gelangen.‹ Das waren seine Worte.«

»Wenn er ihm so sehr am Herzen liegt, warum ist er dann überhaupt aufgebrochen?«

Landolfo zögerte mit der Antwort. »Er hatte Angst.«

Suger dachte daran, wie der Schwabe den Tod gefunden hatte, und fragte sich, ob Querfurt befürchtete, ein ähnliches Schicksal zu erleiden. »Erklärt Euch näher.«

»Mehr weiß ich nicht, glaubt mir. Ich kann Euch nur ein Treffen mit seinen Glaubensgefährten vermitteln, die hier in der Stadt ansässig sind. Es sind Leute, die die Öffentlichkeit scheuen, ich weiß nicht, ob Ihr versteht …«

»Ich glaube eher, Ihr seid es, der nicht versteht«, entgegnete Suger und kam näher. »Ich habe schon mehr als nötig getan und bin allein wegen meines Lohns gekommen …«

»Redet keinen Unsinn«, brachte Landolfo ihn zum Schweigen. »Inzwischen steckt Ihr mittendrin, genau wie ich. Kommt morgen Mittag zur Piazza della Vetra, hinter die Basilika San Lorenzo. Dort wird Euch jemand ansprechen, der den Umhang in Empfang nehmen wird.«

»Könntet nicht Ihr an meiner Stelle dorthin gehen?«

Der Mönch zog eine Augenbraue hoch. »Dann würde der Lohn aber mir zustehen.«

Suger wich einen Schritt zurück. Inzwischen war seine Lage schwieriger als erwartet. Der Schwabe und Gebeard von Querfurt mussten einer Sekte angehören, die verbreiteter war, als er angenommen hatte. Er hatte nicht die geringste Vorstellung, um was für eine Gruppe es sich handeln könnte. Ketzer? Nekromanten? Nein, es musste etwas anderes sein. Weit unergründlichere Geheimnisse mussten mit dem Umhang des Schützen verbunden sein, daher brannte er ja auch so darauf, die Bedeutung der eingestickten Symbole zu erfahren. Zudem wollte er nicht auf den Drachenstein verzichten. »Einverstanden«, seufzte er. »Ich werde diese Leute treffen. Aber wie kann ich wissen, dass sie es wirklich sind?«

»Sie werden Euch die Zeichen zeigen, die Ihr bereits kennen müsstet«, antwortete Landolfo und hob bedeutungsvoll die rechte Hand.

»Morgen Mittag?«

»Ja. Piazza della Vetra, hinter San Lorenzo.« Der Mönch hob mahnend den Zeigefinger. »Und erzählt ja niemandem von dieser Unterredung, auch nicht meinen Mitbrüdern. Keiner darf von dem Umhang erfahren, für die Allgemeinheit muss Gebeard von Querfurt ein gewöhnlicher Reliquienhändler bleiben.«

Am nächsten Tag, als die Glocken von Mailand zur Mittagszeit läuteten, fand sich Suger auf der Piazza della Vetra im Schatten der Basilika San Lorenzo ein. Nachdem er einmal begriffen hatte, wie er sich in der Stadt orientieren konnte, hatte er diesen Ort ohne Schwierigkeiten erreicht. Viel beschwerlicher war es gewesen, am Vorabend einen Schlafplatz im Hospiz von Santo Stefano in Brolo zu erhalten. Die Mönche hatten sich zunächst geweigert, ihn aufzunehmen. Erst als sie hörten, dass er ein Magister der Medizin war, hatten sie ihm ein Bett angeboten, im Gegenzug sollte er sich einen halben Tag um ihre Kranken kümmern. Obwohl er kein barmherziger Mensch war, hatte Suger zugestimmt.

Irgendwann verließ ein Mann in einer Mönchskutte die Basilika und kam mit verschränkten Armen auf ihn zu. Sobald er Suger erreicht hatte, hob er die Hand zu einem Segensgruß. »Ich bin auf Verlangen Pater Landolfos von der Kirche Santo Stefano hier«, sagte er in fließendem Französisch. »Habt Ihr den Umhang?«

»Erst müsst Ihr mir die Zeichen zeigen«, erklärte Suger misstrauisch.

»Ihr werdet sie bald zu Gesicht bekommen«, erwiderte der Unbekannte. »Nun seid aufrichtig, habt Ihr den Umhang tatsächlich?«

»Ja.« Suger machte Anstalten, den Sack zu öffnen. »Seht doch …«

»Nicht hier.«

Suger blickte den Mann fragend an, aber der hatte sich schon abgewandt und bedeutete ihm, er solle ihm folgen.

»Wohin bringt Ihr mich?«

»An einen sicheren Ort.«

Bevor sie die Basilika betraten, schritten sie durch eine Reihe von hohen Säulen, vermutlich die Überreste eines antiken Tempels. Suger bewunderte im Gehen die Weite des Innenraums und vor allem die eindrucksvolle Kuppel der Kirche. Als er seinen Blick wieder abwandte, sah er, wie der Unbekannte nach rechts in eine Seitenkapelle ging, und beeilte sich, ihm zu folgen. Er verschwand durch eine schmale Türöffnung, die hinter einer Heiligenstatue verborgen war, dort führte eine recht unwegsame Treppe nach unten.

Es wurde immer dunkler, sodass Suger irgendwann nicht mehr weiterkam. Da sah er plötzlich den Funken eines Feuersteins, und eine Flamme loderte auf. Der Mann in der Kutte tauchte mit einer Fackel in der Hand aus der Dunkelheit auf und leuchtete ihm den Weg.

Suger folgte ihm. Anfangs hatte er geglaubt, sie befänden sich in einer Krypta, doch bald erkannte er, dass dieser unterirdische Gang weit über die Grundfesten der Kirche hinausführte. Er war niedrig und eng, seine Wände waren mit alten Mosaiken bedeckt, und immer wieder hatte man Grabnischen in den Felsen gehauen. Wenn die Fackel die Finsternis durchbrach, konnte man Reihen von mit Tüchern umwickelten Skeletten erkennen.

Allmählich verbreiterte sich die Katakombe, ihre Wände bestanden nun aus Ziegelsteinen und wurden von Rundbögen gekrönt. Schließlich mündete sie in eine Art Vorraum, in dem ausschließlich zwei steinerne Sessel in einer Nische beachtenswert erschienen. Auf einem saß ein Mann. Einen Moment lang dachte Suger, er wäre tot, doch dann bemerkte er, dass dessen Augen sich bewegten. Der Mann war alt, hatte einen langen weißen Bart und trug die Kutte eines Dominikanermönchs.

Der Greis bedeutete ihm, näher zu kommen, und nachdem er ihn aufmerksam gemustert hatte, zeigte er ihm seine rechte Hand. Diese war vollständig mit wollenen Verbänden umwickelt, doch als der Mann sie abnahm, kamen darunter Tätowierungen zum Vorschein.

Das sind die Zeichen, dachte Suger. Die gleichen wie auf der Hand des Schwaben. Er erkannte auf der Handfläche die Madonna mit dem Kind und die Taube, die Schlange auf dem kleinen Finger und den Kelch auf dem Ringfinger. Und zum ersten Mal fiel ihm unter dem Bild des Reiters eine kleine Inschrift auf. Er versuchte, sie zu entziffern, aber sie war in ihm unbekannten Schriftzeichen verfasst.

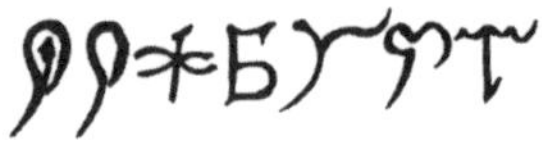

Der alte Mann musste seine Neugier bemerkt haben, denn er sagte: »Viele glauben, es handele sich um den Namen Satans. Aber sie irren sich, die armen Narren. Hinter diesem Wort verbirgt sich das Geheimnis göttlicher Macht.«

»Ich kenne seine Bedeutung nicht«, murmelte Suger, begierig, mehr zu erfahren.

»Eritis sicut Deus, scientes bonum et malum«, zitierte der Alte und sah ihn mit seinen unter dichten Brauen verborgenen Augen an. »Und nun, Messere, zeigt mir den Umhang des Schützen.«

Suger kam seiner Forderung nach. Er legte den Sack auf den Boden und zog den darin enthaltenen Gegenstand heraus, während der Mann mit der Fackel Wache hielt. Suger war sich beinahe sicher, dass dieser kein Mönch war und unter seiner Kutte eine scharfe Stichwaffe trug.

Der Greis legte sich den Umhang in den Schoß und untersuchte sorgfältig jedes gestickte Motiv. Hin und wieder verweilte er länger bei einem und nickte mehrmals, als wäre er gerade auf eine bedeutende Wahrheit gestoßen. Während Suger auf eine Antwort wartete, dachte er über die Worte nach, die er soeben gehört hatte. Der Alte hatte Satanas erwähnt und dann den Satz zitiert, den die Schlange vor dem Baum der Erkenntnis gesprochen hatte. Die Worte, die zur Erbsünde und zur ewigen Verdammnis geführt hatten. Bei diesen Gedanken wurde ihm ängstlich zumute, und auf einmal war er gar nicht mehr so erpicht darauf, die Geheimnisse des Umhangs zu erfahren. Im Augenblick verspürte er bloß den Wunsch, so schnell wie möglich diese unterirdischen Gänge hinter sich zu lassen.

»Es ist der echte Umhang, da bin ich sicher«, sagte plötzlich der alte Mann. Dann fuhr er mit ernster Stimme fort: »Nun werde ich Euch erklären, wohin Ihr ihn bringen sollt.«

»Das muss ein Missverständnis sein«, widersprach Suger. »Ich dachte eigentlich, ich sollte ihn hier nur übergeben.«

»So war es auch ursprünglich geplant«, erklärte der Alte. »Aber es ist etwas Unvorhergesehenes dazwischengekommen. Die Umstände erfordern eine Änderung.«

»Etwas Unvorhergesehenes?«

»Anscheinend ist ein Mann aus dem Norden nach Mailand gekommen, um gegen mich und meine Glaubensgefährten zu ermitteln. Deshalb ist Gebeard von hier geflohen.«

Suger erschrak. »Ein Mann aus dem Norden? Es handelt sich dabei nicht zufällig um einen Reiter mit einer seltsamen Lanze?«

Der alte Mann musterte ihn neugierig. »Nein, Messere, ich meine einen Mann der Kirche. Er kommt aus der Diözese Mainz.«

Suger hatte es die Sprache verschlagen, und er sah sich instinktiv nach einem Fluchtweg um. Der Mann mit der Fackel warf ihm einen drohenden Blick zu und gab ihm damit zu verstehen, dass es von diesem Ort kein Entrinnen gab. Hier warteten nur andere Tunnel und Grabnischen darauf, ihn aufzunehmen.

Der alte Mann klatschte mit den Handflächen auf seine Knie, um Sugers Aufmerksamkeit wieder auf sich zu lenken. »Der Mann, von dem ich spreche, handelt im Namen des Papstes, versteht Ihr? Wenn der Umhang hier in Mailand bei unserer Gemeinschaft verbliebe, wäre er in Gefahr. Ihr dagegen seid ein Fremder, Euch kennt man nicht, und Ihr habt keinerlei Verbindung zu dieser Loge. Ihr wisst nicht einmal, wer wir wirklich sind. Deshalb seid Ihr genau der Richtige, um ihn zu Gebeard von Querfurt zu bringen.«

Der Arzt schüttelte den Kopf. »Dazu eigne ich mich nicht.«

»Die Tatsache, dass Ihr ihn hierhergebracht habt, beweist das Gegenteil«, entgegnete der alte Mann mit einem verschmitzten Lächeln. »Und wie Ihr Euch vorstellen könnt, erweisen wir uns denen, die uns helfen, auch durchaus als dankbar.« Bei diesen Worten zog er einen großen Stein aus einer Tasche und hielt ihn Suger hin.

Nachdem der Arzt den Stein zunächst in der Hand gewogen hatte, betrachtete er ihn begierig im Schein der Fackel und erkannte ihn an seinem grünlichen Schimmer mit roten Einsprengseln. Es war ein Heliotrop, ein Heilstein von großem Wert aus Afrika oder Zypern. Man sagte, er habe die Eigenschaft, Blutungen zu stillen oder die Wirkung von Giften aufzuheben. Das »Buch der Steine« des Marbod von Rennes schrieb ihm sogar übernatürliche Kräfte zu, etwa, dass man damit die Zukunft vorhersagen konnte oder dass er – wenn man die richtigen Zauberformeln sprach – seinen Besitzer unsichtbar machen konnte.

Suger steckte den Stein ein, als ob er nichts Besonderes wäre. »Mir wurde außerdem ein Drachenstein versprochen«, wagte er hinzuzufügen.

Diese Dreistigkeit erzürnte den Mann mit der Fackel, und er fuhr mit der Hand unter die Kutte, um seine Waffe zu ziehen.

Der Alte hielt ihn jedoch mit einer schnellen Handbewegung auf. »Den wird Euch Gebeard von Querfurt übergeben«, sagte er. »Ihr findet ihn in Montecassino, in der Festung San Germano. Ich bitte Euch, dorthin zu reisen.«

Daraufhin blieb Suger keine Wahl.

Nachdem er sich mit Suger de Petit-Pont handelseinig geworden war, legte ihm der alte Mann noch einmal seinen Auftrag ans Herz und verabschiedete sich mit einer Umarmung von ihm. Sobald der Arzt und sein Führer gegangen waren, verließ der Greis den Ort ihres Treffens und bog in einen Tunnel ein, der ihn zurück ins Kloster von Sant'Eustorgio brachte. Schließlich gelangte er in einen Wandelgang, in dem viele Dominikaner mit Brevieren in der Hand auf und ab liefen, meditierten und Gebete murmelten. Eine ahnungslose Herde, die nicht ahnte, was in den Katakomben unter ihren Füßen vor sich ging. Nur wenige kannten den Geheimgang, der diese Kirche mit der Basilika von San Lorenzo verband.

Seit vielen Jahren hatte der alte Mann Sant'Eustorgio anscheinend nicht mehr verlassen, und doch hatte er in der Abgeschiedenheit dieser unterirdischen Gänge Dutzende Treffen abhalten können, auf dass sich der Kult der Wahren Dreifaltigkeit rechtzeitig in der Welt verbreiten würde. Nur noch ein wenig Geduld, dann würde der Alte Jäger wieder von allen als der Größte unter den Göttern verehrt werden. Das war der Wille des Magisters aus Toledo, des Einzigen, der das tiefste Geheimnis vom Umhang des Schützen kannte. Der Erste, der nach Jahrhunderten der Unwissenheit den Glanz der Wahrheit entdeckt hatte.

Doch der Magister aus Toledo hatte nur einen einzigen Vertrauten, Gebeard von Querfurt, daher musste Suger de Petit-Pont ihn so schnell wie möglich aufsuchen.

»Frater Beniamino«, ertönte eine Stimme.

Der alte Mann fuhr herum und fand sich einem Fremden gegenüber. »Ja, das bin ich«, sagte er. »Mit wem habe ich das Vergnügen?«

Der Unbekannte war zweifelsohne ein Mann der Kirche. Seine mächtige Brust und die breiten Schultern verliehen ihm zwar das Aussehen eines ehemaligen Fußsoldaten, aber der freundliche Blick und das glatt rasierte Gesicht widerlegten den ersten Eindruck.

»Mein Name ist Konrad von Marburg.« Er verbeugte sich leicht, höflich, aber reserviert. »Und ich möchte Euch in einer bestimmten Angelegenheit um Rat fragen.«

»Mich um Rat fragen?« Der alte Mann gab sich überrascht. Nachdem er so lange Jahre ein Doppelleben geführt hatte, war er in der Lage, eine Falle auf den ersten Blick zu erkennen. Das hier musste der gefürchtete Feind sein, der Mann, der auf Anordnung des Papstes aus dem Norden gekommen war. »Ich bin nur ein armer Mönch, ich wüsste nicht, wie ich Euch behilflich sein könnte.«

»Es handelt sich um nichts Schwieriges, ehrwürdiger Vater«, fuhr Konrad fort, während seine durchdringenden Raubvogelaugen sich plötzlich nach unten richteten, als hätten sie etwas erspäht. »Aber vielleicht komme ich ungelegen, ich sehe, dass Ihr eine Hand verbunden habt. Seid Ihr verletzt?«

»Die Schmerzen in den Knochen zwingen mich, diese Verbände zu tragen«, log der Alte, während sein Herz wie rasend klopfte. »Es ist nur ein geringfügiges Leiden.«

Konrad zuckte zusammen, als hätte der andere ihn geohrfeigt. »Euer Leiden ist im Gegenteil ziemlich schlimm, Frater Beniamino.« Mit einer schnellen Bewegung packte er ihn am Handgelenk, wickelte den Verband ab und brachte so die darunter verborgenen Zeichen zum Vorschein. »So schlimm, dass es Eure Seele befallen hat!«

Als die Hand des Inquisitors sich wie eine Adlerklaue um seinen Arm schloss, fühlte der alte Mann sich gezwungen, die Wahrheit zu erzählen. Nicht aus Furcht, wegen Ketzerei angeklagt zu werden, oder um den Folterqualen zu entgehen, sondern um so schnell wie möglich dem Zugriff dieses schrecklichen Deutschen zu entkommen, der wie das verkörperte Unheil vor ihm aufragte und nur darauf lauerte, ihn zu packen und zu verschlingen. Frater Beniamino empfand die Vorstellung, sich zu opfern, beinahe als Erleichterung. Sterben, um das Geheimnis des Jägers zu wahren. Ja, das würde er tun … Er würde schon einen Weg finden … Aber davor würde man ihn zwingen, vom Umhang des Schützen und vom Magister aus Toledo zu erzählen.

Und von Suger de Petit-Pont.

7

Festung von San Germano, 17. März

Wie Heuschrecken sind die Soldaten des Papstes vor Montecassino eingefallen. Clavigeri, *Schlüsselsoldaten, werden sie genannt, weil sie die Schlüssel des heiligen Petrus in ihrem Banner tragen. Doch mit dem ersten Apostel haben sie nichts gemein. Sie sind Söldner im Dienste eines ehrgeizigen und grausamen Papstes, der Unglück über die* Terra Sancti Benedicti *gebracht hat. Und ich, der ich alles von hier oben in der Festung beobachte, bete zum Herrn, dass Kaiser Friedrich II. nicht bei den Sarazenen umgekommen sein möge, wie viele glauben. Ich flehe um seine Rückkehr, denn in ihm liegt unsere letzte Hoffnung gegen die Eindringlinge. Nach erbittertem Widerstand haben unsere Truppen sich ergeben. Der Justitiar, Graf Raone di Balbano, und Adenulf von Aquin, Sohn des Herrn von Acerra, haben in diesen Mauern Zuflucht gefunden. Nicht einmal solch hervorragende Krieger haben den Schlüsselsoldaten standhalten können …*

Richard von San Germano hob die Feder vom Pergament und schüttelte den Kopf, unzufrieden mit dem, was er gerade geschrieben hatte. Er hatte sich vorgenommen, die Ereignisse wahrheitsgetreu zu berichten, stattdessen hatte er sich von seinen Gefühlen überwältigen lassen. Schuld daran war seine Herzensgüte. Es gelang ihm nicht, angesichts von Geschehnissen, die ihn selbst betrafen, neutral zu bleiben. Wenn er eine seriöse Chronik verfassen wollte, musste er sich jedoch zwingen, diese Einstellung zu ändern. Er würde die letzten Zeilen wegkratzen und sie noch einmal schreiben müssen und dabei einen sachlicheren Ton wählen. Fort mit den Heuschrecken gleich zu Beginn. Und fort mit der Hoffnung, die in den Kaiser gesetzt wurde, und vor allem fort mit den kritischen Worten über den Papst. Ein Urteil darüber stand allein Gott zu. Gott und jedem anderen in der Nachwelt, der eines Tages die Angelegenheit unter historischen Gesichtspunkten betrachten würde.

Während er sich anschickte, seine Gedanken neu zu formulieren, hörte er lautes Geschrei, das ihn ans Fenster lockte.

Er sah auf die unterhalb liegenden Stadtmauern von San Germano und erkannte, dass man einen Mann gefangen genommen hatte. Wahrscheinlich wieder ein Spion der päpstlichen Soldaten. Die Wachen führten den Gefangenen zur Festung Janula, dem Verteidigungszentrum dieser Stadt, wo man ihn befragen und der Folter unterziehen würde.

Allerdings kam ihm der Gefangene gar nicht wie ein Spion vor. Es war nicht der übliche Söldner, der sich als Ziegenhirt verkleidet hatte, sondern ein dunkel gekleideter Mann auf einem Maultier. Und obwohl er harmlos wirkte, gab er sich empört. Die typische Haltung von Gelehrten, wenn sie von unfähigen Menschen bevormundet wurden.

Neugierig geworden beschloss er, sich nach unten zu begeben, um das Geschehen weiterzuverfolgen.

Suger hätte am liebsten geweint, aber er bezweifelte, dass er damit bei einem der Soldaten Mitleid erweckt hätte. Daher schritt er hocherhobenen Hauptes vorwärts, in vornehmer Zurückhaltung, und verfluchte innerlich das Unglück, das ihn weiterhin verfolgte. In den vorangegangenen Tagen war er ohne größere Zwischenfälle von Mailand nach Rom gelangt, dann hatte er seine Reise in Gesellschaft von einigen Wanderschauspielern an der Küste entlang und schließlich durch das Hügelland Richtung Montecassino fortgesetzt. Unterwegs hatte er erfahren, dass die Stadt San Germano zu Füßen der berühmten Abtei an den Ufern des Flusses Rapido lag. Doch als er nur noch einen Katzensprung von seinem Ziel entfernt war, war er von einem Trupp Soldaten gefangen genommen worden.

Es war Ironie des Schicksals, dass er nun genau an den Ort geführt wurde, wo er Gebeard von Querfurt hatte suchen wollen, aber diese Rüpel in Rüstung hatten keine Erklärung hören wollen. Nein, sie hatten ihn sogar beschuldigt, ein Spion zu sein.

Hinter den Stadttoren von San Germano wurde er in eine Festung gebracht, die von einem hohen Turm mit fünfeckigem Grundriss und zwei kleineren in den Ecken beherrscht wurde. Ein Heerlager in heller Aufregung. Soldaten liefen geschäftig durch den Hof, ihre Uniformen waren blut- und schlammverkrustet. Anscheinend kamen sie gerade von einem heftigen Gefecht zurück.

Suger wurde vor einen hochgewachsenen Mann mit langen blonden Haaren und einem in Zöpfchen geflochtenen Bart geführt. Wie er später erfuhr, hieß dieser Raone di Balbano und entstammte dem Hause Dragone. Neben der Wildheit der barbarischen Normannenkrieger hatte er vom Vater die Grafschaften Conza und Apice geerbt. Er stand in voller Rüstung und stützte sich auf einen mandelförmigen Schild, den er vor sich in den Boden gerammt hatte.

»Diesmal haben uns die dreckigen Clavigeri also einen Priester geschickt«, sagte er erfreut, als hätte er ein wunderbares Geschenk erhalten.

»Ich bin kein Priester, Herr«, widersprach Suger, der sich auf seiner Reise die verschiedenen Volgare-Dialekte der italienischen Halbinsel angeeignet hatte, »sondern ein Magister medicinae.«

»Noch schlimmer«, erwiderte Raone und löste damit Heiterkeit unter seinen Kampfgenossen aus.

»Ich habe die Anschuldigungen Eurer Männer gehört«, fuhr der Arzt fort. »Ich bin kein Spion. Ich gehöre nicht zu den Clavigeri, wer auch immer sie sein mögen. Mir ist nicht einmal bekannt, welche Schlacht Ihr hier schlagt. Ich komme aus dem Studium von Paris und …«

»Einen Froschfresser aus Frankreich haben sie uns noch nie geschickt.« Der Krieger strich sich über den bezopften Bart, der vermutlich ebenfalls blond war, soweit das unter der Fettschicht noch zu erkennen war. »Dann sagt mir doch, Magister medicinae, was Ihr hier macht.«

»Ich suche einen Mann.«

Raone hob in gespieltem Erstaunen eine Augenbraue. »Ach, Euren zukünftigen Gemahl?« Die Soldaten hinter ihm lachten wieder laut, aber er brachte sie mit einer Handbewegung zum Schweigen.

»Ich muss ihm einen Umhang übergeben«, stellte Suger klar, dem wegen des Verhörs inzwischen Schweißperlen von der Stirn rannen.

»Jetzt entscheidet Euch.« Obwohl Raone di Balbano einen scherzhaften Ton anschlug, schien er kurz vor einem Wutausbruch zu stehen. »Was seid Ihr, ein Arzt, ein Schneider ... oder doch ein Spion des Papstes? Redet, allmählich verliere ich die Geduld.«

»Es ist eine aberwitzige Situation, Herr. Wenn Ihr mich erklären lassen wolltet ...«

»Ich habe keine Zeit für Spielchen.« Raone ließ den Schild los und zückte sein Schwert. »Ich will die Wahrheit hören, bei Satanas! Und zwar sofort!«

Suger wollte zurückweichen, aber er wurde von zwei Soldaten festgehalten. Er wähnte sich bereits verloren, als er spürte, wie die Spitze des Schwertes gegen seinen Bauch drückte.

Dann war plötzlich alles vorbei.

Raone zog die Waffe zurück und unterdrückte einen Fluch, als er zur Ordnung gerufen wurde. Und zwar von einem Mönch, einem einfachen Mönch, der aus einem der Türme der Festung Janula herbeieilte.

»Pater Richard, was tut Ihr denn hier?« Raones Worte klangen empört, obwohl sie voller Respekt ausgesprochen worden waren.

Der Geistliche hatte wache Augen und mochte um die sechzig sein. Er kam schnellen Schrittes auf sie zu. »Ich tue meine Pflicht, Graf. So wie Ihr«, erwiderte er und sah ihm unerschrocken ins Gesicht. »Mäßigt Euren Zorn. Wenn dieser Mann wirklich Arzt ist, wie er behauptet, hat der Herr ihn uns geschickt.« Nun wandte er sich dem Gefangenen zu: »Einer unserer Männer wurde am Arm verwundet. Es ist der edle Adenulf von Aquin, der Sohn des Grafen von Acerra. Das einzige Mittel scheint eine Amputation zu sein, aber vielleicht könnt Ihr sie vermeiden.«

»Bringt mich zu ihm«, sagte Suger, den eine Woge der Erleichterung durchströmte, »und ich beweise Euch, dass ich der bin, der ich sage.«

»Traut ihm nicht, Pater Richard«, warnte Raone und schwang sein Schwert. »Wir wissen nicht, in welcher Verbindung dieser Gallier zu den Schlüsselsoldaten steht.«

»Beruhigt Euch, Graf«, sagte der Mönch besänftigend. »Ihr folgt uns einfach, so könnt Ihr Euch persönlich überzeugen.« Dann wandte er sich wieder dem Gefangenen zu und stellte sich vor: »Ich bin Richard von San Germano, *notarius* des Kaisers Friedrich II. Kommt mit mir, Magister, ehe es zu spät ist.«

Adenulf von Aquin, ein kräftiger junger Mann um die zwanzig, war in einen der Türme der Festung Janula gebracht worden, in ein Gemach im Erdgeschoss. Er lag auf einem blutigen Strohlager, presste den rechten Arm an die Brust und kämpfte gegen den Schmerz an.

Die Wunde klaffte unterhalb des Ellenbogens, wo ein Axthieb das Fleisch zerteilt und den Knochen zerschmettert hatte.

Bei seinem Anblick krampfte Sugers Herz sich zusammen. Sofern die Erschöpfung und die Angst ihm keinen bösen Streich spielten, glaubte er, in Adenulfs Gesicht die Züge Bernards wiederzuerkennen. Aufgewühlt stieß er den Feldscher grob zur Seite, ehe jener zur Amputation schreiten konnte, dann untersuchte er die Wunde unter den aufmerksamen Blicken von Pater Richard und Graf Raone.

Es kostete ihn große Anstrengung, seine Gefühle zu verbergen, aber er wollte nach außen hin keine Schwäche zeigen. Er war sich nicht sicher, ob er eher Bedauern oder Dankbarkeit empfand, dass er sich um einen jungen Mann kümmern durfte, der wie sein Bernard aussah.

Während Suger den Arm abtastete, bat er einen Diener, ihm Feldrittersporn zu bringen, eine Heilpflanze mit langen Blättern wie Eselsohren, und während er darauf wartete, erklärte er, wie er vorgehen wollte. Der gebrochene Knochen musste geschient und die Wunde genäht werden, aber zunächst musste er sie reinigen und den Bruch richten. Der Patient würde währenddessen große Schmerzen erleiden, daher riet Suger dazu, ihn betrunken zu machen. Adenulf stürzte daraufhin eine halbe Flasche Wein auf einen Zug hinunter, den Rest trank er in kleinen Schlucken.

Sobald Suger den Feldrittersporn erhielt, zerstampfte er die Wurzeln in einem Mörser, dann ordnete er an, sie in etwas Wasser zu kochen. Er legte den Heliotropen neben die Wunde, in der Hoffnung, er möge heilende Wirkung zeigen, und befahl schließlich einigen Männern, Adenulf festzuhalten, andere sollten den gebrochenen Arm strecken. Der junge Mann schrie zum Steinerweichen.

»Ihr müsst den Schmerz ertragen, Messere«, bat Suger ihn, dann klappte er die Wundränder nach außen, um den Bruch zu untersuchen, und entfernte mit einem essiggetränkten Tuch geronnenes Blut. Dabei bemerkte er, dass die Knochen verschoben waren. Mit einer schnellen Bewegung richtete er sie wieder derart, dass sie nebeneinanderlagen. Adenulf schrie so laut, als würde er gefoltert, und versuchte unter wilden Flüchen gegen alle Anwesenden, sich loszureißen.

Inzwischen hatte ein Diener eine Schale mit dem Sud aus dem Feldrittersporn gebracht. Der Arzt nahm sich mit einem Holzlöffel eine kleine Menge und verrieb sie erst außen, dann innen im Bruch und auf dem rohen Fleisch, dabei erklärte er, diese Substanz würde die Wundheilung und vor allem das Zusammenwachsen der Knochen begünstigen. Nun musste er nur noch die Wunde nähen und den Arm schienen.

Suger beendete gerade die Behandlung, als er sah, wie Richard von San Germano zu ihm trat. Die anderen waren bereits gegangen. Adenulf von Aquin dagegen war vom Schmerz überwältigt in tiefe Bewusstlosigkeit gesunken.

Mit einem respektvollen Nicken wandte Suger sich dem Mönch zu. Ihm gefiel die Art, wie er schnell und dabei doch höflich handelte. Und er schätzte vor allem dessen charismatische Ausstrahlung. »Vielen Dank für das Vertrauen, ehrwürdiger Vater.«

»Vielen Dank, dass Ihr Euch dessen würdig erwiesen habt«, antwortete Richard. »Mir ist nicht nur Euer Können aufgefallen, sondern auch das große Mitgefühl, das sich auf Eurem Gesicht abzeichnete. Ihr seid ein guter Mensch.«

»Das dürft Ihr nicht missdeuten, Pater. Ich wurde nur von Erinnerungen überwältigt.«

Der Mönch zuckte die Achseln, trat an eines der zweibogigen Fenster und wechselte das Thema. »Ihr habt Euch bestimmt gefragt, was hier vor sich geht.«

Suger nickte.

»Auch wenn Ihr von weit her kommt«, erklärte Richard, »habt Ihr bestimmt von den Auseinandersetzungen zwischen dem Papst und dem Kaiser gehört. Friedrich II. ist zu einem Kreuzzug aufgebrochen, doch anstatt die Sarazenen niederzumetzeln, hat er mit dem Sultan von Ägypten einen Waffenstillstand geschlossen. Meiner Meinung nach ein genialer Schachzug, doch nicht nach Auffassung des Heiligen Stuhls. Der Papst beschuldigt ihn, mit den Muselmanen zu paktieren und die Verkörperung des Bösen zu sein, der Antichrist … Könnt Ihr Euch das vorstellen? Wir reden vom selben Mann, den die Byzantiner *Soter* nennen, den Erlöser.« Er lachte leise. »Wie dem auch sei, der Papst hat sich Friedrichs Abwesenheit zunutze gemacht, um in Gebiete aus seinem Herrschaftsbereich einzudringen. Die Burgen Pastena und San Giovanni di Incarico sind bereits in der Hand der päpstlichen Soldaten. Jetzt sind Montecassino und San Germano an der Reihe. Wir erwarten die Belagerung.«

Suger nickte bloß. Dann hatte er den Arm fertig verbunden und wusch sich die Hände in einer Schüssel. Eine Belagerung. Er hatte keine Vorstellung davon, welches Ausmaß an Zerstörung und wie viele Tote und Verletzte dies mit sich bringen würde.

»Die Soldaten des Kaisers haben sich den päpstlichen Söldnertruppen widersetzt«, fuhr der Mönch fort, »aber sie sind unterlegen. Daher haben sie sich hierhin nach San Germano zurückgezogen.« Da der Arzt darauf nichts erwiderte, trat der Mönch zu ihm, unter dem Vorwand, nachsehen zu wollen, wie er Adenulfs Arm versorgt hatte. »Ausgezeichnete Arbeit. Wird er wieder gesunden?«

»Vollständig«, antwortete Suger etwas widerwillig. »Mir dagegen widerfährt ein Unglück nach dem anderen.«

Richard betrachtete ihn neugierig. »Ich weiß immer noch nicht, warum Ihr hier in San Germano seid.«

»Wie ich bereits vorhin erklären wollte, ehe man mich beinahe niedergestochen hätte, suche ich einen Mann. Sein Name ist Gebeard von Querfurt.«

Erstaunen machte sich auf dem Gesicht des Mönches breit. »Ich kenne ihn.« Suger schaute hoffnungsvoll zu ihm auf, aber Richard schüttelte sofort den Kopf. »Es tut mir leid, er ist nicht mehr hier. Er ist vor wenigen Tagen aufgebrochen, da er das Vordringen der Schlüsselsoldaten befürchtete. Er wollte nach Neapel.«

Verärgert schlug Suger mit der Faust gegen seine Handinnenfläche. Dieser Gebeard von Querfurt entwischte ihm doch immer wieder, fast als wollte er seinen Spott mit ihm treiben. »Woher kennt Ihr ihn?«

»Wir kamen während seines Aufenthalts in San Germano ins Gespräch. Ein außergewöhnlicher Mensch, sehr intelligent. Er hat mir eine Reliquie verkauft.«

»Knochen aus Mailand, nehme ich an«, sagte Suger.

»Woher wisst Ihr das? Ich habe ein Vermögen dafür bezahlt, 50 Tari.«

Der Arzt sagte nichts dazu. Langsam begann er, sich ein ungefähres Bild von Gebeard von Querfurt zu machen. Ein skrupelloser Mensch, der wahrscheinlich mit dem Handel von Reliquien seinen Lebensunterhalt verdiente, wenn er auf Reisen war. Jemand, der schnell das Vertrauen von Fremden gewann und ebenso rasch wieder verschwand. Fast beneidete er ihn.

Richards Stimme holte ihn aus seinen Gedanken zurück. »Ich kann mir vorstellen, dass Ihr zu ihm stoßen möchtet.«

»Das würde ich gern, wenn ich könnte. Außerdem liegt Neapel auf dem Weg nach Salerno, meinem endgültigen Ziel. Wenn die päpstlichen Söldner jedoch, wie Ihr sagt, kurz davorstehen, San Germano zu belagern, wäre es Wahnsinn, diese Mauern zu verlassen.«

»Ich stimme Euch zu. Doch auch wenn Ihr bleibt, könnt Ihr nicht sicher sein, unbeschadet davonzukommen.«

»Bleibt mir vielleicht eine andere Möglichkeit?«

Richard nickte, legte ihm eine Hand auf die Schulter und fuhr in deutlich leiserem Ton fort: »Ihr könntet noch heute Nacht aufbrechen, zusammen mit einigen Soldaten, die ebenfalls vorhaben, San Germano zu verlassen, ehe die Belagerung beginnt. Es sind zuverlässige Männer, die dem Feind nicht in die Hände fallen wollen. Sie werden im Schutz der Dunkelheit durch einen Geheimgang fliehen. Falls Ihr wünscht, könnt Ihr Euch ihnen anschließen.«

Suger überlief ein Schauer der Erregung. »Kommt Ihr ebenfalls mit?«

»Nein, ich werde hierbleiben. Ich will die Ereignisse für die Nachwelt bezeugen.«

»Eines verstehe ich nicht. Weshalb helft Ihr mir?«

»Zum Dank für Euer Eingreifen.« Der Mönch zeigte auf Adenulf, der immer noch bewusstlos auf dem Bett lag. »Und offen gestanden auch, weil ich mir dafür einen Gefallen von Euch erhoffe. Ich möchte, dass Ihr einen Knaben nach Neapel bringt.«

»Einen Knaben?«

»Sein Name ist Thomas von Aquin. Er ist der Sohn des Herrn von Roccasecca, der ebenfalls ein Feind der Schlüsselsoldaten ist. Der Vater hat ihn den Mönchen von Montecassino anvertraut, damit sie ihn unterrichten und auf das Klosterleben vorbereiten. Aber unter diesen Umständen wüsste ich ihn lieber in Neapel bei seinen Verwandten. Und ich wäre beruhigter, wenn er bis dahin in Eurer Obhut reiste und nicht in der eines gemeinen Soldaten.«

»Wenn Ihr mir sogar diesen Jungen anvertraut, schlagt Ihr mir wirklich einen sicheren Fluchtweg vor.«

»Ganz bestimmt. Ihr seid in den Händen tüchtiger Männer.«

»Dann nehme ich Euer Angebot an.«

Als Suger erfuhr, dass er im Gefolge von Raone di Balbano fliehen würde, hätte er das Angebot beinahe noch abgelehnt. Dieser Mann flößte ihm Angst ein, obwohl seine normannische Kämpfernatur ihm Sicherheit vermittelte. Der knapp fünf Jahre alte Thomas von Aquin dagegen war niemals still und so intelligent, dass er ihm lästig war.

Sie verließen San Germano im Schutz der Dunkelheit, eine Gruppe von zwanzig Mann. Raone führte sie durch einen geheimen Ausgang in der Mauer und dann über einen von Pflanzen überwucherten Pfad. Sie kamen sicher durch das Gebüsch voran und konnten sogar ein Pferd am Zügel mit sich führen, das mit Waffen und Rüstungsteilen schwer beladen war.

Mehrmals mussten sie den Schlüsselsoldaten ausweichen, bis sie weiter ins Tal vordringen konnten, zur Kirche Maria delle Cinque Torri, die in einem Sumpfgebiet lag. Ein ideales Versteck.

Suger lief am Schluss des Zuges und zuckte bei jedem Geräusch zusammen, während der kleine Thomas ruhig an seiner Hand vorwärtsschritt, als wäre er daran gewöhnt. Der Arzt hasste diese an Askese grenzende innere Ruhe, aber er konnte nicht verhehlen, dass sie ihn ein wenig beruhigte. Zumindest so weit, dass er nicht immer nur an die Gefahr dachte.

Suger hatte, ehe er sich von Richard verabschiedet hatte, von diesem genaue Anweisungen erhalten, wie er Gebeard von Querfurt an ihrem Bestimmungsort finden konnte. Der Mönch hatte von einem äußerst wichtigen Geschäft gesprochen, bei dem es um eine Reliquie ging: das Blut eines Heiligen. Der Kanonikus der Kathedrale von Neapel war an dem Erwerb interessiert. Gebeard sollte als Vermittler auftreten und die Verhandlungen mit dem Besitzer der Reliquie beschleunigen: einem Kaufmann aus Toledo, der in dem Ruf stand, ein Nekromant zu sein.

ZWEITER TEIL

DER KREIS DES BÖSEN

»Wenn du irgendeinen Teil deiner Glieder über diesen Kreis hinausstreckst, werden dich die Dämonen sofort aus ihm herausziehen, und das wäre dann dein Ende.«

Caesarius von Heisterbach, »Von Dämonen«, II
(in: »Dialog über die Wunder«, Band V)

8

Neapel, 13. April

Ignazio da Toledo hielt die Ampulle vor den Schein des Feuers. Er packte sie fest, rieb sie kaum merklich, während die rötlichen Ablagerungen in ihrem Innern sich langsam auflösten und immer flüssiger wurden. Obwohl er eine solche Reaktion erwartet hatte, war er davon so fasziniert, dass ihm ein leiser Schauer den Rücken hinablief.

»Blut«, sagte Kanonikus Alfano Imperato, als würde er ein Wunder vermelden.

Dieses Wort hallte durch die Dunkelheit der Katakombe, während die Gesichter der drei Männer, die sich dort versammelt hatten, im Licht der einzigen Fackel Dämonenfratzen glichen. Oben auf dem Hügel von Capodimonte drängte sich lärmend eine Vielzahl Gläubiger vor der Basilika der Heiligen Januarius und Agrippinus in der Sonne. Doch hier unter der Erde herrschte eine Grabesstille. Innerhalb dieser Tuffsteinmauern erinnerte nicht das Geringste an Licht und Leben.

»Das ist kein Blut, auch wenn es so aussieht.« Ignazios rationaler, aber ausweichender Blick wies ihn als einen Mann aus, der Rätsel ausschließlich löste, um neue zu schaffen. »Dies ist ein besonderes Komposit. Wenn man es leicht erwärmt, wechselt es den Aggregatzustand, von fest zu flüssig.«

»Ein Komposit? Erklärt Euch bitte näher.«

Diese Aufforderung kam von dem dritten Mann im Raum, der bisher geschwiegen hatte. Einem verlebt wirkenden Teutonen, einem Wanderprediger mit Namen Gebeard von Querfurt. Er war vorübergehend in Neapel und begleitete Kanonikus Alfano, um an seiner statt Fragen zu stellen. Ignazio gönnte ihm nur einen flüchtigen Blick. Solche Männer kannte er genau, vorgebliche Kenner von Reliquien, die durch Geschwätz Glaubwürdigkeit zu erlangen suchten. Diese Menschen, die das Geheiligte zu ihrem Beruf gemacht hatten, konnten sich auf einen berüchtigten Stammvater berufen, einen gewissen Deusdona, der im Auftrag der karolingischen Kirchenherren die Katakomben plünderte.

Und jetzt befand er, Ignazio da Toledo, sich selbst in einer Katakombe und feilschte, nicht gerade stolz auf sich, um einen Gegenstand, der die schlimmste Verirrung des Glaubens bediente: den Aberglauben. Doch im Grunde kümmerte ihn das wenig, da ihn die Meinung seiner Auftraggeber genau wie die der Menschen im Allgemeinen nicht interessierte. Er handelte selbst mit Reliquien und hatte gelernt, den Mund zu halten, um seine Haut zu retten. Etwas spät allerdings, man hatte ihn schon öfter als Nekromanten bezichtigt, und die Kirchenherren der halben Welt beäugten ihn mit Misstrauen.

Dabei war er bestimmt nicht so schlau, wie seine Feinde glaubten, überlegte er für sich.

»Ein Komposit ist in der Alchimie eine Mischung aus verschiedenen Elementen.« Ignazio schüttelte die Ampulle. »In unserem Fall sind die Hauptelemente Mineralien vom Vesuv, die der Kalzination unterzogen wurden.«

»Ihr bleibt vage«, bemerkte Gebeard von Querfurt.

»Genauso wie Ihr beim Preis, den Ihr mir dafür zahlen wollt«, erwiderte Ignazio ohne Umstände. »Wenn Ihr doch an Eurer Stelle Kanonikus Alfano verhandeln ließet …«

»… würdet Ihr seine Großzügigkeit ausnutzen.« Der Teutone umrundete ihn gemessenen Schrittes. »Wärt Ihr so freundlich, uns zu enthüllen, wie Ihr in den Besitz dieser … Substanz gekommen seid?«

»Ich bekam sie von einem Alchimisten geschenkt, der sie für nutzlos hielt.«

»Nutzlos? Ganz im Gegenteil«, ergriff Alfano Imperato das Wort. »Dieser Tand wird die Hingabe des Volkes für unseren Schutzpatron, den heiligen Januarius, stärken. Man könnte dies als sein wundertätiges Blut ausgeben.«

»Recht gesprochen, ehrwürdiger Vater«, stimmte Gebeard zu. »Blutwunder erregen zurzeit viel Aufsehen. Und wenn man bedenkt, dass in drei Tagen Ostern ist …«

»Was Ihr damit anstellt, geht mich nichts an«, erklärte Ignazio.

Bereits vor diesem Treffen hatte er geahnt, was Alfano Imperato und Gebeard von Querfurt im Sinn hatten. Sie waren auf der Suche nach falschen Reliquien, besonders nach solchen, die scheinbar Wunder wirken konnten. Deshalb hatten sie darauf beharrt, dass er allein mit ihnen in die Katakomben hinunterstieg. Sogar seinem Sohn Uberto hatten sie befohlen, er solle sich nicht einmischen und draußen auf den Abschluss des Handels warten. Ignazio wollte jetzt nur noch so schnell wie möglich zurück zu ihm ins Freie, zumal unterirdische Gänge zu den wenigen Dingen gehörten, die ihn zu ängstigen vermochten. Die Vorstellung, unter Fels- und Erdschichten so gut wie eingeschlossen zu sein, nahm ihm die Luft. Außerdem war er überzeugt, dass unterirdische Räume ihm Unglück brachten. Vor elf Jahren hatte man ihn in der Krypta der Basilika San Marco in Venedig verhaftet, und allein bei dem Gedanken daran zitterte er noch heute. Vor zwei Jahren dann, im Jahr des Herrn 1227, hatte er die unterirdischen Labyrinthe einer Burg in den Cevennen erforscht und wäre dort beinahe umgekommen.

Ignazios Furcht ging auf ein Kindheitserlebnis zurück, als er seinen älteren Bruder Leandro in einer unterirdischen Grabstätte aus den Augen verloren hatte. Es war an einem Sommernachmittag in den Ausläufern der Pyrenäen geschehen. Sie hatten zwischen den Bäumen Fangen gespielt und dabei am Fuß eines Bergs den Eingang zu einer antiken Grabstätte entdeckt. Neugierig waren sie hineingegangen, um dort ihr Spiel fortzusetzen, und Leandro hatte sich verirrt. Ignazio hatte endlos lange nach ihm gesucht, war dem Echo seiner Schreie durch die unterirdischen Gänge gefolgt, doch vergebens. Er hatte dabei ebenfalls die Orientierung verloren und war beinahe zwei Tage unter der Erde gefangen gewesen, bis sein Vater ihn gefunden und in Sicherheit gebracht hatte. Von Leandro fehlte jedoch jede Spur. Nach diesem Unglück hatte Ignazio mehr als eine Woche in einer Ohnmacht gelegen und dabei von den verängstigten Schreien seines Bruders geträumt.

Manchmal glaubte er, sie auch jetzt noch im Schlaf zu hören, sodass er mitten in der Nacht tränenüberströmt aufwachte. Dies waren die wenigen Momente, in denen es dem Händler aus Toledo nicht gelang, seine Gefühle unter einer undurchdringlichen Maske zu verstecken.

»Hundert Tari.« Das Angebot von Gebeard von Querfurt riss ihn aus seinen Gedanken.

»Ihr scherzt wohl«, entgegnete Ignazio mit gespielter Entrüstung. »Die Ampulle ist mindestens das Doppelte wert.«

»Einhundertfünfzig«, bot Alfano Imperato.

Ignazio wandte sich ihm mit einem zufriedenen Lächeln zu. »Damit könnte ich mich begnügen, hochwürdigster Herr. Wenn Ihr noch den Preis für eine Überfahrt nach Spanien darauflegt, gilt der Handel.«

Alfano nickte und streckte die Hand nach der Ampulle aus. Ignazio blickte ihm in die Augen, während er sie ihm reichte, und stellte fest, dass der andere keineswegs einfältig war. Hinter dieser vorgeblichen Gier musste ein kluger Kopf stecken. Vielleicht sogar ein weiser. Doch dem Händler blieb nicht genug Zeit, um diesen Gedanken zu verfolgen.

Ein lautes Knistern erfüllte die Luft, dann zischte ein blutroter Blitz vom Ende der Katakomben heran und traf Gebeard von hinten. Ignazio sah sofort zu ihm hinüber und bemerkte, dass sich etwas Glühendes in dessen Nacken gebohrt und seinen Mund mit kleinen Steinen und zischender Flüssigkeit gefüllt hatte.

Darauf folgte ein längerer und grellerer Laut: die Schreie des Kanonikus. Alfano Imperato presste die Ampulle mit dem falschen Blut an seine Brust, als könnte sie ihn beschützen, und zeigte auf den Eingang zu den Katakomben, wo sich im Gegenlicht die Silhouette eines Mannes mit einem Helm und einem Pelzumhang abzeichnete.

Während Gebeard leblos zu Boden sackte, beobachtete Ignazio, wie die schemenhafte Gestalt sich ruckartig umwandte und auf den Ausgang zulief. Doch bevor der Eindringling verschwand, fiel ihm dessen Lanze auf. Sie war gedrungen, und aus ihrem vorderen Ende drangen Funken und Rauchwölkchen.

Uberto hielt vor einem Marktstand an und starrte gebannt auf einen Achatanhänger. Er dachte an Moira, seine Frau, die weit entfernt in Kastilien in ihrem Haus in Mansilla de las Mulas auf ihn wartete. Vor allem dachte er an Sancha, ihre wenige Monate alte Tochter, von der er sich hatte trennen müssen, um sich mit dem Vater nach

Neapel einzuschiffen. Beide fehlten ihm unsagbar, und wann immer er dachte, sein Heimweh hätte sich gelegt, stieß er auf etwas, das es wieder in ihm weckte. Diesmal war es der Anhänger aus Achat. Er hatte ihn aus dem Augenwinkel bemerkt, während er über den Markt vor der Basilika der Heiligen Januarius und Agrippinus schlenderte, und sofort gedacht, was für ein ideales Geschenk er für seine Frau Moira wäre. Er hätte wunderbar zur Farbe ihrer Augen und ihrer Haut gepasst. Obwohl er überzeugt war, dass nichts seine Frau noch schöner machen könnte, als sie bereits war. Bevor er sie kennengelernt hatte, hätte er nie gedacht, jemals so tiefe Gefühle hegen zu können, aber seine Liebe wuchs mit jedem Tag. Als dann Sancha geboren wurde, hatte er gespürt, wie sein Herz sich noch weiter öffnete. Er nutzte jede Gelegenheit, um bei der Kleinen zu sein, sie in die Arme zu nehmen und mit ihr zu spielen. Und er hatte sich vorgenommen, sobald sie etwas größer wäre, würde er ihr eins von den kleinen und kräftigen Pferden aus den Baskischen Bergen schenken und ihr das Reiten beibringen. Selbst auf die Gefahr hin, sie zu sehr zu verziehen und einen halben Jungen aus ihr zu machen.

»Gefällt Euch der Anhänger, Herr?«, fragte die alte Frau hinter dem Marktstand.

Uberto kehrte in die Gegenwart zurück. Diese Frau hatte sich mit übertriebener Ehrerbietigkeit an ihn gewandt, als hätte sie einen Adligen vor sich. Andererseits war er ja auch nicht gerade ein gewöhnlicher Bürger. Dank der Tätigkeit seines Vaters hatte er eine gute Bildung genossen und immer wieder Gelegenheit gehabt, gelehrte Männer kennenzulernen und mit Adligen wie Kirchenherren auf Augenhöhe zu sprechen. Er hatte weder einen Herrn noch Verpflichtungen irgendjemandem gegenüber und war wohlhabender als die meisten Leute, die er kannte. Und nun an diesem Marktstand wurde ihm bewusst, dass sein Samtumhang, die neuen Schuhe und der Hut, dessen Spitze ihm keck ins Gesicht fiel, als Zeichen für einen höheren Stand gedeutet wurden. Hinzu kam, dass er eine stattliche Erscheinung war, seine bernsteinfarbenen Augen, die schwarzen Haare und die breiten Schultern erregten die Aufmerksamkeit einiger Frauen, die unter einem Bogengang saßen.

Dies war ihm unangenehm, am liebsten hätte er seine Kleidung mit einer schlichten Pilgertracht getauscht, um unbemerkt zu bleiben. Hätte sein Vater dies gewusst, hätte er ihn für töricht erklärt. Ignazio hatte seine Eigenheiten, und bei manchen seiner Talente wusste Uberto nicht, ob er sie bewundern oder verachten sollte. Genau wie vorhin, als sein Vater widerspruchslos Alfano Imperato und Gebeard von Querfurt in die Katakomben des heiligen Januarius gefolgt war. Obwohl diesen beiden Kirchenmännern nicht zu trauen war, hatte Ignazio nicht gezögert, ihrem Wunsch nachzukommen. Uberto hatte lauthals protestiert, er wolle ihn begleiten, aber niemand hatte auf ihn gehört. Sein Vater hatte nur mit den Schultern gezuckt und war seinen Kaufinteressenten gleichmütig gefolgt.

»Der Anhänger, Herr?«, wiederholte die alte Frau mit einem unterwürfigen Lächeln.

Doch Ubertos Blick war schon weitergewandert. Soeben kam ein Karren mit einer Heiligenstatue mitten auf den Platz gefahren, gefolgt von einem Grüppchen Gläubiger. Ihre Gesänge und Gebete wurden von den Beschwörungen einiger in schwarze Tücher gehüllter Frauen übertönt, die schrien, als wären sie von mystischen Visionen besessen.

Die Prozession, die offenbar mit den Feierlichkeiten zum Karfreitag zusammenhing, zog an den Arkaden von Capodimonte und der Fassade eines Klosters entlang auf die Basilika zu. Doch dann kam Unruhe in die Menge, die Leute lösten sich aus dem Zug und verteilten sich auf dem Platz.

Die Aufregung schien beim Zugang zu den Katakomben ihren Anfang genommen zu haben.

Voller Sorge, seinem Vater könnte etwas zugestoßen sein, eilte Uberto zum Mittelpunkt des Durcheinanders. Er drängte sich durch die Leute, bis er plötzlich zurückgestoßen wurde. Aus dem Menschengewühl preschte ein Reiter auf einem großen Streitross hervor. Das Tier bäumte sich auf, sodass ein Dutzend Leute zurückwich. Uberto wurde zu Boden gerissen, und Panik erfasste ihn, denn beinahe wäre er unter den Hufen des Pferdes gelandet. Er konnte sich schnell zur Seite rollen, hatte danach aber Schwierigkeiten, inmitten der fliehenden Menschen wieder auf die Beine zu kommen.

In einem Augenblick hatte sich der schöne Apriltag in einen Alptraum verwandelt.

Der Reiter gab seinem Pferd die Sporen und galoppierte davon, ließ wie eine rasende Furie das Chaos, das er verursacht hatte, hinter sich.

Ignazio da Toledo verschwendete keinen Gedanken daran, dass er Alfano Imperato allein und im Dunkeln stehen ließ, er nahm die einzige Fackel im Raum und rannte auf den Ausgang der Katakomben zu. Der Anblick des Mörders hatte ihn alles um sich herum vergessen lassen: Er fühlte weder Angst noch Verwirrung, sondern nur noch das brennende Verlangen, seine Neugier zu stillen. Er ahnte, dass er etwas Außergewöhnlichem beigewohnt hatte, und während der Schein der Fackel die Schatten der Katakomben vertrieb, eilte er vorwärts, um den Mörder des Teutonen einzuholen. Dabei behinderten ihn nicht nur sein weiter Umhang und das knielange Gewand, sondern vor allem seine spitz zulaufenden Schuhe. Er hätte sie ausgezogen, wenn er dadurch nicht noch mehr Zeit verloren hätte.

So schnell er konnte, lief er vorwärts, sein Wissensdurst siegte über seine Vernunft. Er hatte nichts zu fürchten, beruhigte er sich, sonst hätte der Mörder ihn und Alfano Imperato bereits mit seiner wirkungsvollen Lanze getötet. Denn Ignazio war überzeugt, dass der Lichtblitz, das Knistern und das glühende Geschoss aus dieser seltsamen Waffe gekommen waren.

Doch noch ehe er den Ausgang der Katakomben erreicht hatte, rannte er beinahe in zwei Gestalten hinein, die plötzlich aus einem seitlichen Nebengang aufgetaucht waren. Er wich zurück und sah sie an. Es handelte sich um einen Mann und einen Knaben.

»Vielleicht könnt Ihr mir helfen, Messere«, sagte der Mann mit französischem Akzent. »Ich suche Pater Gebeard von Querfurt.«

Ignazio, der sich schon nach einem Stein gebückt hatte, um sich zu verteidigen, begriff, dass der Mann harmlos war. »Ihr kommt zu spät«, sagte er und richtete sich misstrauisch wieder auf. »Er ist tot.«

Der Franzose schlug sich ungläubig eine Hand vor den Mund. Er wirkte vornehm, aber erschöpft. Sein ungepflegter Bart ließ darauf schließen, dass er eine lange Reise hinter sich hatte.

Ignazio sah zum Ausgang und machte Anstalten, weiterzugehen.

»Wartet«, hielt ihn der Fremde zurück.

»Versteht Ihr nicht? Ich verfolge jemanden!«, rief Ignazio wütend aus, doch dann begriff er, dass kein Grund zur Eile bestand. Inzwischen musste der Mörder längst entkommen sein ... Stumm verfluchte er seine Schuhe und sein vorgerücktes Alter. »Ein Mann mit einem Helm«, murmelte er resigniert. »Mit einer Lanze, die glühende Geschosse ausspeit.«

Der Franzose wirkte erst ungläubig, dann bestürzt. »Ich weiß, wen Ihr meint.«

»Habt Ihr gesehen, wie er die Katakomben verließ?«

»Nein, ich bin ihm vor gut einem Monat in Paris begegnet.«

Ignazio zog eine Augenbraue hoch. »Aber Ihr ... wer seid Ihr überhaupt?«

»Ich heiße Suger de Petit-Pont und bin ein Magister medicinae. Ich sollte Gebeard von Querfurt treffen, um ihm einen Gegenstand zu übergeben. Mehr als eine Stunde laufe ich nun bereits durch die Katakomben. Ich glaubte schon, mich verirrt zu haben, als ich auf Euch gestoßen bin ...«

»Woher wusstet Ihr, dass Gebeard sich hier aufhielt?«

»Man hat es mir im Kloster San Gennarello ad spolia morti gesagt, wo er sich einquartiert hat.«

»Und man hat uns auch erzählt, er sei kein anständiger Mensch ...«, fügte der Junge vorsichtig hinzu.

»Schweig, Thomas«, ermahnte Suger ihn. »Immer musst du dich einmischen.«

»Lasst den Jungen und folgt mir«, forderte Ignazio Suger auf und wandte sich dem Ausgang zu.

Suger sah ihn misstrauisch an. »Euch folgen? Warum sollte ich?«

»Das wäre ratsam für Euch, wenn Ihr nicht wegen Mordes angeklagt werden wollt«, erwiderte Ignazio. »Bald werden die Stadtwachen von Neapel hier sein, und wenn sie auf Gebeards Leiche stoßen, werden sie nach dem Täter suchen. Da sollte man besser weit weg sein.«

9

Obwohl Uberto an die seltsamen Anwandlungen seines Vaters gewöhnt war, begriff er oft nicht, weshalb er so handelte, wie er es tat. Mit einer gewissen Schicksalsergebenheit stellte er fest, dass Ignazio beim Verlassen der Katakomben von San Gennaro von zwei vollkommen Fremden, einem Mann und einem Knaben, begleitet wurde und nicht von Alfano Imperato oder Gebeard von Querfurt. Etwas musste anders verlaufen sein als geplant, dachte er und fragte sich, ob dies vielleicht mit dem Erscheinen des mysteriösen Reiters zusammenhing. Uberto war deswegen immer noch durcheinander, und es gelang ihm kaum, einen klaren Gedanken zu fassen. Die allgemeine Verwirrung tat ihr Übriges. Überall sah er Leute, die beunruhigt hin und her liefen, Matronen, die kurz vor einer Ohnmacht standen, und alarmierte Wachen. Sogar die Ochsen vor dem Prozessionswagen hatten sich von der allgemeinen Panik anstecken lassen und trampelten führerlos durch Capodimonte, was weiteres Durcheinander verursachte.

Von alldem ungerührt, durchquerte Ignazio entschiedenen Schrittes das Chaos hin zu seinem Sohn. »Gehen wir«, sagte er und packte ihn am Arm.

Uberto hatte mindestens ein Dutzend Fragen an seinen Vater, aber als er versuchte, sie zu stellen, merkte er, dass er nicht eine über die Lippen brachte. Deshalb beschränkte er sich darauf, sich zu wehren, und weigerte sich, den Platz zu verlassen, bevor er Erklärungen bekam.

Sein Vater sah ihn ernst an. »Hast du einen Mann mit einer seltsamen Lanze gesehen?«

»Einen Reiter«, erklärte Suger.

»Den hat *jeder* hier gesehen«, erwiderte Uberto, der sich allmählich wieder fasste. »Er ist eben erst aus den Katakomben gekommen und im Galopp davongeritten. Davor hat er dieses ganze Durcheinander verursacht.«

»Er hat Schlimmeres getan«, erklärte Ignazio düster.

Uberto wies mit dem Kinn auf die beiden Fremden. »Und wer sind die zwei?«

»Sie kommen mit uns«, sagte Ignazio. »Sie schulden mir einige Erklärungen.«

Sie verließen Capodimonte, passierten die Stadtmauern an der Porta di San Gennaro und tauchten dann in die Gassen von Neapel mit ihren eng gedrängten, von der Sonne ausgeblichenen Häusern ein. Die Nachmittagshitze legte sich drückend über die Stadt, die laut, voll und vor allem träge war. Alles spielte sich mit unglaublicher Langsamkeit ab, sodass man den Eindruck hatte, es würde sich in einem nie endenden Kreislauf befinden. Neapel, die Stadt des Wartens, dachte Uberto für sich. Die Stadt der Langeweile.

Nachdem sie das Judenviertel hinter sich gelassen hatten, stießen sie auf eine Gruppe Huren. Es war nur ein kurzer Moment, aber eine von ihnen warf einen interessierten Blick auf Ignazio. Eine dunkelhaarige, üppige Frau, nicht mehr ganz jung, aber von einer sinnlichen Schönheit, schien ihn ansprechen zu wollen. Uberto kam es vor, als erwiderte sein Vater ihren Blick, und er konnte seine Empörung nicht unterdrücken. Doch das Ganze ging so schnell, dass er nichts dazu sagte.

Sie kehrten in einer Taverne im Borgo delle Vergini ein, wo sie sich ein wenig abseits setzten, aber so, dass sie die Straße im Blick hatten. Dann bestellten sie zu essen und zu trinken, damit sie später nicht unterbrochen würden. Der Wirt brachte ihnen eine Flasche Weißwein und eine saure Fischsuppe, die Thomas sofort mit Hilfe einer Scheibe Brot in sich hineinzuschaufeln begann.

Suger hingegen schien keinen Hunger zu haben. Er wirkte beunruhigt und niedergeschlagen, schien jedoch ungeduldig auf eine Gelegenheit zu warten, sich über den Vorfall auszutauschen. Als er den Mund öffnete, winkte Uberto ab und bat den Vater, ihm zu erzählen, was vorgefallen war. So erfuhr er von den Ereignissen in den Katakomben, von dem falschen Blut, dem Lichtblitz und dem Mord an Gebeard von Querfurt. »Unglaublich«, erklärte er danach. »Und Alfano Imperato – was wurde aus ihm?«

»Wer weiß«, erwiderte Ignazio achselzuckend.

Sein Sohn sah ihn vorwurfsvoll an. »Jetzt sag nicht, du hast ihn dort gelassen, ohne deine Bezahlung einzustreichen!«

»Der Mann war so erschrocken, es schien kaum der geeignete Moment, Geld von ihm zu verlangen«, erwiderte Ignazio scherzhaft, während er skeptisch die Fischsuppe betrachtete.

»Und die Ampulle mit dem Komposit?«

»Sie war das Einzige, das ihn ein wenig zu beruhigen schien. Der arme Kerl, es wäre grausam gewesen, sie ihm aus der Hand zu reißen.«

»Die Herren entschuldigen«, unterbrach Suger ihr Geplänkel.

Uberto sah ihn verärgert an. »Was will der denn?«, fragte er und hieb mit der Faust auf den Tisch.

Suger fuhr verärgert auf, vielleicht war er auch nur erschrocken. »Ich verlange lediglich ein paar Hinweise, dann werde ich sogleich verschwinden«, erklärte er beißend. »Und zwar mit dem größten Vergnügen.«

»Nicht ehe Ihr mir die Sache mit der Lanze des Reiters erklärt habt«, stellte Ignazio klar.

»Darüber weiß ich kaum etwas.«

»Aber mehr als ich.«

Beide schwiegen kurz, während Thomas' Augen von einem zum nächsten in der Tischrunde wanderten und alle aufmerksam musterten. Uberto bemerkte, dass er den Jungen instinktiv mochte. Obwohl er gierig löffelnd über die Suppenschale gebeugt dasaß und seine Haare unordentlich vom Kopf abstanden, wirkte der Kleine besonders aufgeweckt, und auch wenn er sich offensichtlich gern an der Unterhaltung beteiligt hätte, zwang er sich zu schweigen. Uberto kannte dieses Gefühl des Unbehagens, weil er es während seiner Kindheit in einem abgelegenen Kloster in der Lagune von Venedig selbst oft genug empfunden hatte. Er konnte nachfühlen, was dieser Junge durchmachte. Thomas wirkte auf ihn wie ein kleiner, in sich gekehrter Mönch, doch er schien eine beinahe greifbare Entschiedenheit auszustrahlen, die ungewöhnlich für sein Alter war.

Von Suger dagegen hatte Uberto keine gute Meinung. Der Mann war hochmütig und unsensibel und ließ deutlich erkennen, wie lästig ihm die Gesellschaft des Jungen war. Er tadelte ihn unentwegt, genau wie reiche Herren, die ihre Diener demütigen, um ihre eigene Frustration an ihnen auszulassen.

Nachdem er einen Schluck Wein getrunken hatte, ergriff Suger wieder das Wort. »Ich habe gesehen, wie der Reiter sie benutzte, sofern es überhaupt derselbe Mann ist, aber ich glaube nicht, dass ich mehr weiß als Ihr.« Er füllte sein Glas von Neuem und stellte es vor sich hin. »Mit der Lanze hat er einen Mann getötet. Ich habe gesehen, wie aus der Waffe eine Flamme fuhr, die den Rücken des Opfers zerfetzte.«

»Aus dieser Lanze kommt nicht nur Feuer«, sagte Ignazio. »In Gebeards Körper steckten Reste eines Geschosses. Aber es war zu dunkel, und in der Eile habe ich es nicht näher untersuchen können.«

»Auch in meinem Fall gab es Überreste eines Geschosses«, bestätigte Suger. »Aber im Gegensatz zu Euch hatte ich Gelegenheit, sie zu studieren. Sie sahen aus wie die Überreste eines ovalen Gegenstands aus massivem Ton.«

»Ein Ei aus Ton«, brummte Uberto, der gegen seinen Willen fasziniert war. Dann wandte er sich an seinen Vater: »Könntest du mir sagen, wonach du suchst? Diese Geschichte geht uns nichts an.«

»Bist du nicht neugierig?«, fragte der Händler.

»Neugierig?« Uberto verzog verärgert das Gesicht. »Vielleicht, wenn ich nicht so wütend darüber wäre, dass unser Lohn verloren gegangen ist. Und wenn ich mich nicht so danach sehnen würde, zu meiner Frau und meiner Tochter heimzukehren.«

Ignazio bat ihn um einen Augenblick Geduld und wandte sich wieder an Suger: »Warum tötet er? Der Reiter, meine ich.«

Der Arzt zog ein finsteres Gesicht und fluchte leise. Man merkte ihm nicht nur eine tiefe emotionale Erschöpfung an, sondern auch eine noch belastendere Enttäuschung. Was auch immer ihn bedrückte, Suger war offenbar am Ende seiner Kräfte und schien es kaum erwarten zu können, sich einer Last zu entledigen. Er wirkte gleichermaßen ungeduldig wie verängstigt. Uberto nahm noch etwas an ihm wahr, eine Spur Unmut, vielleicht sogar Reue – und begriff, dass er vorschnell in seinem Urteil gewesen war. Er beobachtete, wie der Mann nickte, als habe er eine wichtige Entscheidung getroffen, und den Reisesack öffnete, den er umgehängt trug. Er holte einen sorgfältig zusammengelegten, mit Gold bestickten Umhang hervor, zweifellos von einigem Wert.

»Ich befürchte, er will diesen hier«, sagte er. »Den Umhang des Schützen.«

Ignazio betrachtete das Motiv in der Mitte des Umhangs mit wachsendem Interesse. Ein Reiter, der einen Finger an die Lippen legte. Schweig, sagte diese Figur, schweig oder du bist tot. In der anderen Hand hielt er einen Bogen, zwar nach unten gesenkt, aber er wirkte dennoch bedrohlich. Der Mann war kein Krieger, sondern ein Jäger. Dies merkte man an dem feinen Zaumzeug, daran, dass er weder Helm noch Schild trug, und an dem leichten Gang seines Pferdes. Seine Haartracht und der lange, in Locken gedrehte Bart verliehen ihm etwas Königliches, doch er wirkte weit beeindruckender als ein gewöhnlicher Monarch, wie ein Herrscher aus grauer Vorzeit. So mochten die Assyrerkönige ausgesehen haben.

»Die Stickerei ist neuerer Machart, aber sie stellt ein altes Motiv dar«, schloss der Händler. »Ein sehr altes Motiv.«

Suger zuckte nur mit den Schultern.

»Auf jeden Fall ist es kein gewöhnlicher Umhang«, beharrte Ignazio. »Für wen war er bestimmt?«

»Ich weiß es nicht«, antwortete Suger. »Ich sollte ihn nur Gebeard von Querfurt übergeben, im Auftrag eines Ermordeten.«

»Ihr meint den Mann, den der Reiter in Paris getötet hat?«

Suger nickte. »Er bewahrte den Umhang vor mir auf.«

»Es ist nicht auszuschließen, dass auch Gebeard nur ein einfacher Mittelsmann war, denn ich bezweifle, dass er über genug Geld verfügte, um sich diesen Umhang leisten zu können. Außerdem dient eine solche Kostbarkeit sicherlich einem ganz bestimmten Zweck, sonst würde sie nicht eine solche Spur des Todes hinterlassen.«

»Immer angenommen«, wandte Uberto ein, »dass er auch der Grund für ihren Tod war.«

Suger lächelte kalt. »Wie dem auch sei, Gebeard von Querfurt ist tot. Alles andere ist unwichtig, denn ich wüsste nicht einmal, an wen ich mich nun wenden sollte.«

Ignazio musterte ihn genau. Er wusste nicht, was den Franzosen mit dem Umhang verband, aber jetzt schien er genug von der Sache zu haben. Und er hatte Angst, selbst wenn er dies zu verbergen suchte. Unter gewöhnlichen Umständen hätte ein Mann wie er nie so offen mit Fremden gesprochen, und dennoch hatte er es eben aus freien Stücken getan.

Um eine Bestätigung für seine Vermutungen zu bekommen, versuchte Ignazio, ihm eine Lösung anzubieten: »An Eurer Stelle würde ich Kanonikus Alfano fragen. Er kannte Gebeard von Querfurt sehr gut. Vielleicht kann er Euch irgendwie helfen.«

Sugers sorgenvoll gerunzelte Stirn glättete sich. »Ich danke Euch für den Rat, Messere. Wo kann ich ihn finden?«

Ignazio lächelte. »Er wohnt ganz in der Nähe der Basilika. Wenn er, wie ich hoffe, die Katakomben unbeschadet verlassen hat, müssten wir ihn dort finden.« Er sprang auf und schlug Uberto auf die Schulter. »Mein Sohn und ich werden Euch begleiten. Der ehrwürdige Kanonikus Alfano schuldet uns noch Geld.«

Suger hätte nicht sagen können, warum er sich gerade diesen beiden Spaniern anvertraut hatte, aber nach dem langen Herumreisen hatte er unbedingt mit jemandem reden müssen. Außerdem hatte er sich noch nicht wieder erholt von den zwei Wochen, die er im Gefolge von Raone di Balbano verbracht hatte. Der Anführer der Soldaten hatte einen Weg durch die Wälder des Apennins gewählt, um den aufmerksamen Clavigeri zu entgehen, wodurch die Reise sehr anstrengend geworden war. Hinzu kam die Gesellschaft von groben und brutalen Soldaten, von dem lästigen Thomas ganz zu schweigen. Eine kurze Ruhepause in der Festung von Mondragone hatte ihn wieder zu Kräften kommen lassen, aber jetzt im Herzen von Neapel holte ihn das Unglück wieder ein. Dennoch war Gebeards Tod nicht das Einzige, was ihm jetzt zu schaffen machte. Erst sehr spät hatte er begriffen, dass er auf einen äußerst gefährlichen Mann gestoßen war.

Dieser Ignazio da Toledo musste der Reliquienhändler sein, vor dem Richard von San Germano ihn gewarnt hatte. Dieser Mönch hatte ihm erzählt, er sei ein Nekromant oder zumindest werde ihm dies nachgesagt. Leider hatte Suger erst zu spät erkannt, wem er da begegnet war. Er hatte gute Miene zum bösen Spiel machen müssen und sich bemüht, sowohl sein Erstaunen als auch so viele Informationen wie möglich vor Ignazio zu verheimlichen, obwohl er ihm natürlich etwas über die Angelegenheit hatte erzählen müssen. Andererseits drohte ihm wohl das gleiche Schicksal wie dem Schwaben und Gebeard von Querfurt, wenn er nicht möglichst schnell einen Ausweg fand, und Ignazio da Toledo schien ihm klug genug, um ihm einen Rat geben zu können.

Trauen konnte er ihm dennoch nicht. Ob er nun ein Nekromant war oder nicht, auf jeden Fall umgab diesen Spanier eine düstere Aura. Während sie nebeneinander zum Wohnsitz des Kanonikus Alfano Imperato unterwegs waren, wurde Suger bewusst, dass er seinen Gefährten nicht mochte. Er hatte versucht, in seinem Gesicht zu lesen, doch trotz all seiner Erfahrung waren ihm solche Züge noch nie untergekommen. Die Falten seiner sich ständig runzelnden Stirn zeugten von langen Reisen und einem sprunghaften Geist, während die smaragdgrünen Augen immer wieder blitzschnell die Umgebung erforschten, wie aufmerksame Wächter. Es war also keineswegs verwunderlich, schloss Suger, wenn er ihm gegenüber Argwohn hegte. Sein Vater hatte ihm beigebracht, Spaniern zu misstrauen, besonders wenn sie wie Mauren aussahen. Und Ignazio da Toledos Züge waren ganz eindeutig maurisch. Sogar seine Stimme hatte einen fremdartigen Akzent, dazu kam noch dieses scheinheilige Lächeln, das tückischer war als die Klinge eines Dolches.

Uberto hingegen schien ihm ein ausgeglichener Mensch zu sein. Er äußerte seine Meinung klar und deutlich, beinahe ohne nachzudenken, doch obwohl er sehr berechenbar wirkte, sollte man sich wohl besser nicht mit ihm anlegen. Uberto war auch zu intelligent und misstrauisch, als dass Suger hoffen konnte, ihn auf seine Seite zu ziehen. Außerdem hätte er geschworen, dass Uberto ihn nicht sehr schätzte.

Bei näherer Überlegung fürchtete Suger, einen Fehler gemacht zu haben. Was erhoffte er sich eigentlich von den beiden? Mit dem Tod von Gebeard von Querfurt war wohl auch jede Hoffnung gestorben, den Drachenstein zu bekommen. Vielleicht sollte er lieber die ganze Angelegenheit aufgeben, solange es noch möglich war. Er musste nach Salerno fliehen. Dort lag seine Zukunft, nicht hier, in den Vororten von Neapel, wo der Reiter mit der Lanze auf ihn lauerte.

Aber es gab noch etwas, das er für sich klären musste: der Umhang. Es hatte keinen Zweck, sich selbst zu belügen. Er hatte ihn viele Meilen weit mit sich geführt, jeder Schritt hatte ihn der Wahrheit näher gebracht. Und nach allem, was der Schwabe ihm gesagt hatte und in Mailand passiert war, ließ die Angelegenheit Suger nicht mehr los. Schließlich könnte er aus der Sache vielleicht noch einigen Vorteil ziehen …

Und so zwang sich Suger, die Gegenwart dieses Spaniers zu ertragen, obwohl er ihn am liebsten so schnell wie möglich losgeworden wäre. Es würde nicht mehr lange dauern, sagte er sich.

Alfano Imperatos Wohnhaus erhob sich in der Stadtmitte neben der Basilika Santa Restituta. Ein einstöckiges Gebäude mit Wänden aus Holz und Tuffstein, wie die meisten umstehenden Häuser. Nicht weit davon, vor der Kathedrale, erhob sich das Bronzestandbild eines riesigen, sich aufbäumenden Pferdes, das die Blicke der Passanten auf sich zog.

Dort angekommen wurden Ignazio und seine Gefährten von einer mürrischen Matrone mit üppigem Busen empfangen. Der Händler verneigte sich, nannte seinen Namen und fragte nach Alfano, wobei er die Bedeutung ihres Anliegens unterstrich. Eigentlich wollte er nur sehen, ob er Näheres über die Angelegenheit erfahren konnte, um so den Teil der Wahrheit zu entdecken, den Suger de Petit-Pont ihm verschwiegen hatte. Denn es war offensichtlich, dass der französische Arzt wesentlich mehr wusste, als er ihm erzählt hatte.

Die Frau musterte ihn, die Hände in die Hüften gestützt, dann ließ sie ihn und seine Gefährten eintreten. Sie erklärte, Alfano sei erst vor Kurzem zurückgekehrt, und ging voran durch das schmutzige, überaus unordentliche Haus.

Schließlich kamen sie zu einem dunklen, fensterlosen Raum, dessen Wände Bücher, Heiligenbilder und Statuetten füllten. Alfano saß in einem hölzernen Sessel, ein Tuch über der Stirn und die Füße in einem dampfenden Becken. Er wirkte sehr erschöpft, und seine Arme hingen schlaff über die Lehnen, als hätte er keine Kraft mehr.

»*Monsignore*, wieder Besuch«, kündigte die Matrone an, als sie den Raum betrat.

Alfano hob langsam den Kopf, um die Gäste zu betrachten. Er sah aus wie ein Sterbender. Doch als er Ignazios ansichtig wurde, durchfuhr ihn Zorn. Er warf das Tuch zu Boden, sprang auf und wies mit dem Finger auf ihn. »Ihr ... Ihr ...«, zischte er wütend. »Wie könnt Ihr es wagen, mir noch einmal unter die Augen zu treten?«

Ignazio breitete scheinbar hilflos die Arme aus.

»Verbrecher!«, brüllte Alfano. »Ihr habt mich dort im Dunkeln zurückgelassen!«

»Hochwürdigster Vater, das habt Ihr missverstanden. Ich tat dies nur zu Eurem Schutz«, log Ignazio. »Ich habe den Mörder verfolgt, um sicherzugehen, dass er es nicht auf Euch abgesehen hat.«

»Zum Teufel mit dem Mörder! Ich bin vor Angst beinahe gestorben!« Alfano setzte sich wieder und ließ sich von der Dienerin die Füße abtrocknen. Dann schlüpfte er in ein Paar Pantoffeln und schlurfte aufgebracht auf Ignazio zu. »Wären die Wachen nicht gewesen, säße ich jetzt noch in den Katakomben fest! Wusstet Ihr eigentlich, dass es beinahe unmöglich ist, im Dunkeln den Ausgang aus den Katakomben zu finden?«

»Umso mehr freut es mich, dass Euch nichts Schwerwiegendes zugestoßen ist«, sagte Ignazio in dem Versuch, Alfano zu besänftigen.

»Was sind Katakomben?«, fragte Thomas und lenkte so die Aufmerksamkeit auf sich. Uberto strich ihm über den Kopf und flüsterte ihm die Antwort ins Ohr, während er weiterhin der Unterhaltung folgte.

Alfano setzte seine Beschuldigungen fort, doch seine Wut ließ nach. Er musste jemand sein, der seinen Mitmenschen nicht lange gram sein konnte. Nicht aus Güte jedoch, sondern eher weil er zu träge war, auf seinem Zorn zu beharren. Und so legte sich kurze Zeit später ein Ausdruck des Bedauerns über sein Gesicht. »Armer Gebeard ...«, sagte er und fasste sich an die Stirn. »Es tut mir so leid um ihn! Er war so zuverlässig ... so ehrenhaft ...«

Ignazio hob als einzige Antwort die Augenbraue.

Alfano deutete dies offenbar als leichte Kritik, denn er sah ihn vorwurfsvoll an. »Nun gut, kann ich jetzt erfahren, was Ihr von mir wollt?«

»Unseren Handel zum Abschluss bringen«, erklärte Ignazio. »Ehrwürdiger Vater, Ihr habt doch bestimmt nicht vergessen, dass Ihr etwas mitgenommen habt ... das Komposit.«

»Ihr wollt sagen ›das Blut‹.« Alfano deutete auf die Ampulle, die schon einen schönen Platz im Regal gefunden hatte. »Das wundertätige Blut.«

»Nennt es, wie es Euch beliebt. Wie dem auch sei, Ihr habt *vergessen*, es zu bezahlen.«

»Meint Ihr wirklich? Ich dachte eigentlich ...«

»In dem ganzen Durcheinander wart Ihr verwirrt«, schnitt ihm Ignazio das Wort ab. »Auf jeden Fall habe ich die vereinbarte Bezahlung noch nicht erhalten.«

»Jetzt erinnere ich mich, Ihr habt recht.« Alfano ging zu einem mit Pergamenten überhäuften Tisch. »Wenn ich mich nicht irre, sprachen wir von hundert Tari.« Er brachte ein mit Münzen gefülltes Kästchen zum Vorschein.

»Hundertfünfzig«, berichtigte ihn Ignazio und richtete seine Aufmerksamkeit nun ganz auf die Goldscudi, die vor ihm aufgestapelt wurden. Der Handel auf der italienischen Halbinsel war ziemlich kompliziert durch die unterschiedlichen Währungen, die in den einzelnen Städten im Umlauf waren: Tari, Denare, Mancusi, venezianische Grossi ... Man musste die unterschiedlichen Währungen genau im Kopf haben, um nicht betrogen zu werden. »Außerdem, so hatten wir vereinbart, den Preis für eine Überfahrt nach Spanien.«

Alfano war gerade damit fertig, die Tari zu Zehnerstapeln aufzubauen. »Ihr wollt schon abreisen? Habt Ihr es so eilig?«

Eine merkwürdige Frage, dachte Ignazio. »Es ist nicht sehr ratsam, sich in diesen Zeiten im Regnum Siciliae aufzuhalten«, erwiderte er und strich das Geld ein.

»Ich verstehe Eure Haltung«, sagte Alfano. »Die unsicheren Zustände durch die päpstlichen Truppen, die Gerüchte über den Tod des Kaisers ...«

In diesem Moment machte sich Suger bemerkbar und räusperte sich. »Wenn Ihr erlaubt, ehrwürdiger Vater, hätte ich einige Fragen.«

Alfano sah ihn neugierig an, als hätte er bisher nicht einmal seine Anwesenheit bemerkt. »Worum geht es, Messere?«

»Um Gebeard von Querfurt.«

»Und wer seid Ihr, dass Ihr Euch für ihn interessiert?«

»Ein Magister medicinae. Ich komme vom Studium in Paris.«

»Sehr erfreut. Redet frei heraus.«

»Ich danke Euch«, erwiderte Suger, doch dann warf er einen misstrauischen Blick auf Ignazio und Uberto. »Aber ich würde Euch gern unter vier Augen sprechen.«

10

Ulfus stammte aus Dikili Tash, dem Finsterwald. Er hatte seine Kindheit an den Ufern der Donau verbracht, einem Grenzland, wo die lateinische, griechische und slawische Sprache aufeinandertrafen, ohne je zu begreifen, aus welcher von diesen dreien sich seine eigene herleitete. Wenn er es recht bedachte, hätte er nicht einmal zu sagen gewusst, an welchen Gott er seine Gebete richtete. An den der Kirche Roms, der aus einem Vater, einem Sohn und einem Geist bestand, die zu einer Einheit verschmolzen, oder vielleicht an den aus Byzanz, wo der Vater über den Sohn und über den Geist gestellt wurde. Doch diese Frage beschäftigte Ulfus nicht sehr, da er sich im Grunde nur einen Gott vorstellen konnte: den Jäger mit den drei Köpfen, der über den Sternenhimmel ritt. Die Legenden seiner Vorfahren, der Thraker, wussten von ihm zu berichten, und die alten Steine, die an Waldrändern und in den Totenstädten vergessen worden waren, zeugten von ihm. Ulfus hatte sich immer gefragt, welchem Zweck die drei Köpfe dienten und warum ein Gott seine Überlegenheit durch eine furchterregende Erscheinung unter Beweis stellen musste. Doch schließlich hatte er es begriffen. Als furchterregend erschien sie nur den Sterblichen, die in ihrer beschränkten Vorstellung nicht das Prinzip der Macht Gottes oder der Hölle begreifen konnten. So wie in diesem slawischen Lied, das dem Helden Mussa drei Herzen und drei Rippen zuschrieb: *Sah in Mussa er drei Heldenherzen, sah drei Ribben, eine auf der anderen.*

Bei Mussa bedeutete die Vervielfachung der Organe keineswegs eine Missbildung, es war ein Ausdruck von Größe. Eine Größe, die eben die der Menschen um das Dreifache überragte. Eine Größe, nach der Ulfus sich sehnte, und die er nur erlangen konnte, wenn er seine Mission vollendete. Er musste den Umhang des Schützen finden und auf seinem Weg jeden töten, der ihn daran hindern wollte. Bisher hatte er bereits drei Männer umgebracht. Beim dritten war er sogar gezwungen gewesen, abzusitzen und in die Katakomben von San Gennaro einzudringen. Es gefiel ihm nicht, dass er auf diese Weise töten musste, auch wenn es die Umstände erforderten. Zudem waren all seine Bemühungen bisher vergebens gewesen. Er hatte immer noch keine Spur von dem Umhang gefunden. Ihm blieb nur noch wenig Zeit, seine Mission zu vollenden, und er fürchtete allmählich, der Aufgabe nicht gewachsen zu sein. Wenn er versagte, würde der Magier ihm das niemals verzeihen.

Der Magier. Ulfus hatte gesehen, wie er Dinge bewirkt hatte jenseits dessen, was ein menschlicher Verstand erfassen konnte. Er hatte ihn Prophezeiungen aussprechen hören, die sich später bewahrheitet hatten. Er hatte miterlebt, wie er schreckliche und hartnäckige Krankheiten heilte. Er hatte gehört, wie er die Geheimnisse des Himmels und der Unterwelt enthüllte. Und er hatte von ihm als Geschenk die Lanze des Feuers erhalten.

Wenn er es ihm befohlen hätte, wäre er sogar in die Hölle hinabgestiegen, nur ihm zu Gefallen.

Denn wenn er sich weigerte, würde der Magier ihm Strafen auferlegen, die er sich nicht einmal vorstellen konnte.

11

»So ein Schuft!«, knurrte Ignazio, als sie das Haus des Kanonikus Alfano verließen.

»Worüber beklagst du dich?«, fragte Uberto. »Wir sind üppig entlohnt worden, ohne dass man uns in den Mord an Gebeard von Querfurt hineingezogen hat.«

Ignazio gab weder eine Antwort noch eine Erklärung. Die Stirn des Händlers runzelte sich mit jedem Schritt stärker. Uberto sah immer wieder rasch zu ihm hinüber und wartete auf einen Satz, ein Wort, doch im Grunde wusste er genau, dass es vergebens war. Jedenfalls für den Augenblick. Ignazio pflegte seine Umgebung des Öfteren mit seinem Schweigen zu quälen.

Schweig du nur, dachte Uberto bei sich. Er wusste, warum sein Vater so verärgert war. Das Geschoss aus Ton, der Reiter auf dem Umhang und der andere, höchst lebendige, der aus den Katakomben hervorgekommen war ... Die sich überstürzenden Ereignisse hatten seinen Vater so sehr gefangen genommen, dass er wie unter dem Bann einer Sirene alles um sich herum vergaß und nur noch dem Geheimnis hinterherspüren wollte. Und mit Schuft war in dem Fall Suger de Petit-Pont gemeint, dieser Quacksalber mit dem Backpfeifengesicht, der die Angelegenheit lieber unter vier Augen ohne unliebsame Zeugen mit Alfano Imperato besprechen wollte. Im Übrigen sein gutes Recht, dachte Uberto. Das ging allein ihn an, wenngleich Ignazio anderer Meinung zu sein schien.

Uberto wollte jedoch einzig zu seiner Familie heimkehren, alles andere kümmerte ihn wenig. Besser gesagt, *fast* alles andere. Eigentlich bedauerte er es, den kleinen Thomas bei Suger zurücklassen zu müssen. Er hätte ihn gern mitgenommen und sich um ihn gekümmert, doch der Junge hatte ihm anvertraut, dass er Verwandte in Neapel hatte, die er bald aufsuchen würde.

Ignazio war so anders als er. Unter dem Vorwand des Reliquienhandels hatte er einen großen Teil seines Lebens damit verbracht, Geheimnisse zu enthüllen. Seine *curiositas* leitete ihn mit dem Instinkt eines Wolfs, der auf Beute lauert, auf den Pfaden des Wissens und des Abenteuers und trieb ihn zu immer neuen Reisen an. Uberto konnte das nicht nachvollziehen. Wenn es nach ihm gegangen wäre, hätte er niemals seine Familie vernachlässigt, um Chimären nachzujagen.

Als sie beide in Gedanken versunken vom Vico Gurgite auf die Summa Plaza einbogen, senkte sich die Abenddämmerung bereits über die Leinen mit zum Trocknen aufgehängter Wäsche, die dicht wie Spinnennetze zwischen den Häusern gespannt waren. Uberto schob seinen Hut zurecht und sah nach oben, denn die Schatten einiger Seevögel, die dort am Himmel kreischend ihre Kreise zogen, hatten seine Aufmerksamkeit erregt. Als er sie kaum mehr erkennen konnte, kam ihm das Schweigen plötzlich unerträglich vor. »Suger de Petit-Pont ist nicht unsere Angelegenheit«, versuchte er Ignazio aus der Reserve zu locken.

Sein Vater sah ihn abwesend an. »Vielleicht hast du recht. Aber …«

»Ich dachte mir doch, dass es ein Aber geben würde …«

Ignazio sah dies als eine Aufforderung an, fortzufahren. »Welcher Grund kann so wichtig sein, dass ein Arzt deswegen die Reise von Paris nach Neapel auf sich nimmt, um einen Umhang zu übergeben?«

»Das erscheint ziemlich seltsam, da stimme ich dir zu.«

»Und was bewegt einen Reiter, jeden zu töten, der von der Existenz dieses besagten Umhangs weiß?«

»Darüber haben wir doch schon gesprochen. Du hast keinen Beweis, dass Gebeards Tod mit dem Umhang in Verbindung steht.«

»Und doch ist es eine höchst wahrscheinliche Vermutung. Denk nur daran, dass Suger selbst gesagt hat, er handele im Auftrag eines Toten … Des Mannes, der den Umhang vor ihm verwahrt hat. Zwei Todesfälle, die mit ein und demselben Mann in Verbindung stehen, lassen schon gewisse Zweifel aufkommen, meinst du nicht?«

»Ich denke, du hast recht. Aber wenn es uns gelänge, dieses Rätsel zu lösen, könnten wir bald darauf den Toten Gesellschaft leisten, und das würde ich lieber vermeiden. Nicht einmal der Franzose schien mir bereit, sich dafür zu opfern.«

»Vielleicht bist du ja der Wahrheit näher, als du denkst.«

»Wie meinst du das?«, fragte Uberto und bereute seine Frage sofort. Nun hatte sein Vater es doch wieder geschafft, seine Neugier zu erregen.

»Suger macht den Eindruck, als handele er nicht aufgrund eigener Ideale. Er muss in eine Sache hineingeraten sein, die ihm über den Kopf gewachsen ist, und nun versucht er verzweifelt, sich so schnell wie möglich wieder daraus zu befreien, um nicht selbst ermordet zu werden.«

»In diesem Fall, umso schlimmer für ihn.«

»Du würdest das nicht so sagen, wenn du Gebeards Tod miterlebt hättest. Ein wirklich entsetzlicher Anblick. Offen gesagt weiß ich nicht, was geschieht, wenn Suger auf diesen Reiter trifft. Und wenn jemand gerade das Pech hat, in seiner Gesellschaft zu sein …«

»Du versuchst, mich zu überlisten«, unterbrach Uberto ihn.

»Wie kommst du darauf?«

»Du unterstellst, dass auch Thomas in Gefahr sein könnte. Ich kenne dich und weiß genau, wie du denkst. Du hast bemerkt, dass mir dieser Junge am Herzen liegt, und hoffst, mich bewegen zu können, ihm und seinem Tutor zu folgen, um mich davon zu überzeugen, dass der Reiter ihm nichts antut. Und dann wirst du anbieten, mir zu helfen, während du eigentlich nur deine Neugier stillen willst.«

»Es freut mich, zu sehen«, sagte Ignazio lächelnd, »dass du schon um mehr Ecken denkst als ich.«

»Und wenn schon, ich habe nicht vor, mich von dir einwickeln zu lassen. Thomas hat Verwandte in Neapel, er wird bald in Sicherheit sein.«

Der Händler hob schicksalsergeben die Arme. »Dann sind ja alle Probleme gelöst.«

»Das sind sie erst, wenn wir von hier fort sind«, sagte Uberto und ging schneller. »Wir sollten uns lieber nicht länger in diesen Mauern aufhalten, und das nicht nur wegen des Umhangs. Es heißt, die Clavigeri, die Soldaten des Papstes, stünden vor den Toren der Stadt, von seinen Spionen ganz zu schweigen, die sich bereits hier eingeschlichen haben. Denk daran, dass wir bei diesen Leuten nicht wohlgelitten sind. Und so wahr es einen Gott gibt, morgen früh werde ich nach Spanien aufbrechen, egal ob mit dir oder ohne dich …«

Uberto verstummte. Eine Frau, die aus einer kleinen Gasse gekommen war, hatte vor ihnen haltgemacht. Uberto erkannte sie sogleich, es war die Hure, die vor Kurzem seinen Vater so aufmerksam betrachtet hatte. Er kam nicht mehr dazu, sich zu fragen, weshalb sie ihr erneut begegneten, denn er erlebte eine unerfreuliche Überraschung.

Er sah, wie sein Vater erst stutzte und sich ihr dann bestürzt näherte.

»Ermelina, seid Ihr es wirklich?«, fragte Ignazio. »Vorhin auf der Straße dachte ich, ich hätte mich geirrt …«

Die Frau wich einen Schritt zurück. »Ich habe erst gezögert, Euch anzusprechen, Messere«, erklärte sie. »Ich schämte mich, ich wollte nicht, dass Ihr mich so seht … Doch dann habe ich noch einmal nachgedacht, und mein Wunsch, mit Euch zu reden, war einfach zu groß.«

Uberto schwieg, hin und her gerissen zwischen Verärgerung und Neugier.

»Es ist viel Zeit vergangen«, bemerkte Ignazio, dann senkte er die Stimme. »Was ist Euch zugestoßen?«

»Was mir zugestoßen ist?« Ein bitteres Lächeln erschien auf dem abgezehrten, enttäuschten Gesicht der Frau, die in jungen Jahren bestimmt vielen Männern den Kopf verdreht hatte. Und dann erzählte Ermelina, dass sie den falschen Mann geheiratet hatte. Einen Soldaten aus Neapel, der gern spielte und feierte und darüber hinaus gewalttätig war. Sie gestand, jahrelang Schläge und Demütigungen ertragen zu haben, ohne sich entschließen zu können, das eigene Leben zu ändern. »Ihr wisst ja nicht, was das bedeutet, Messere«, sagte sie. »Ein so guter Mensch wie Ihr kann das nicht wissen.«

Ich bin kein guter Mensch, schien der Blick des Händlers ihr sagen zu wollen. Ich bin ein Egoist, der seine Frau vernachlässigt, ein Lügner, der an Unrecht auf dieser Welt gewöhnt ist. Schließlich richtete Ignazio seine Augen auf seinen Sohn, als wollte er ihm damit alles erklären. Doch Uberto weigerte sich zu verstehen, denn schließlich war diese Frau nicht seine Mutter. Warum muss er mir schon wieder Anlass geben, ihm zu grollen?, dachte er.

Ermelina schien die Spannung zwischen den beiden Männern nicht zu bemerken und fuhr mit ihrer Erzählung fort. Schon bald nach der Hochzeit hatte ihr Mann ihre gesamten Ersparnisse vergeudet, und aus diesem Grund hatte er sie gezwungen, in der Festung, wo er einquartiert war, seinen Kameraden zu Willen zu sein. »Damals verlor ich meinen Stolz«, sagte die Frau. »Er hatte mich zu einem willenlosen Ding gemacht und mir die Selbstachtung genommen.« Und dann hatte ein Dolchstoß alles beendet. Ein Dolchstoß in den Magen ihres Mannes, der bei einer Schlägerei unter Soldaten getötet wurde. Plötzlich hatte sie zwar ihre Freiheit wieder, aber nun musste sie für sich selbst sorgen. Und da sie keine andere Möglichkeit sah, hatte sie einfach weiter ihren Körper verkauft.

»Erlaubt mir, Euch zu helfen«, bot Ignazio an.

Ermelina schüttelte den Kopf. »Ihr habt schon genug getan, Ignazio da Toledo. Zu einer anderen Zeit, in einem anderen Leben. Jetzt ist es zu spät, Ihr könnt mich nicht vor dem bewahren, was aus mir geworden ist.« Sie legte ihm eine Hand auf die Schulter und sah ihn ein letztes Mal eindringlich an. »Es war schön, Euch wiederzusehen.«

Dann ging sie fort.

Uberto hätte schwören können, dass sie weinte, als sie sich abwandte.

Ignazio sah ihr hinterher, zog seinen Mantel enger um sich und hüllte sich in absolutes Schweigen, bis er sich schließlich mit einem Ruck aufrichtete, als wollte er einen schlimmen Traum hinter sich lassen. »Du hast gesagt, dass wir schlafen gehen sollten«, wandte er sich nun wieder mit dem gewohnten Gleichmut an seinen Sohn. »Nun gut, das scheint mir eine ausgezeichnete Idee zu sein.«

Uberto sagte nichts weiter dazu. Der Vorfall, den er eben miterlebt hatte, bewies ihm einmal mehr, wie wenig er doch von seinem Vater wusste. Es gab so vieles, was ihm unbekannt war, Winkel von so undurchdringlicher Schwärze, dass Ignazio ihm manchmal wie ein vollkommen Fremder vorkam. Und er fühlte sich so leer, dass der

Streit um Suger de Petit-Pont bald in weite Ferne gerückt war und seine Bedeutung verloren hatte.

Ignazio und sein Sohn kehrten in ein Gasthaus an der Rückseite der südlichen Stadtmauer ein, das Viertel lag ganz in der Nähe des Hafens. Dort wollten sie auf das erste Schiff nach Spanien warten. Obwohl Kanonikus Alfano ihnen empfohlen hatte, dorthin zu gehen, wurde ihnen ein Platz in einem Raum mit sieben anderen Männern zugewiesen, und die Strohlager waren nur durch Vorhänge voneinander getrennt.

Der Wirt versicherte ihnen, sie würden auch woanders keine bessere Unterkunft finden. Das Vorrücken der päpstlichen Soldaten hatte Hunderte von Flüchtlingen nach Neapel getrieben, und jedes Gasthaus und jedes Hospiz war überfüllt. Offenbar mussten sie sich also damit zufriedengeben, und so bereiteten sie sich darauf vor, die Nacht dort zu verbringen.

Uberto fiel es immer schwer, in einer solchen Umgebung Schlaf zu finden. Meist glitt er nur in einen verdrießlichen Halbschlaf, der ihn bis Tagesanbruch nicht verließ, sodass er Traum und Wirklichkeit nicht mehr zu unterscheiden wusste. Aus diesem Grund konnte er, als er so zwischen Decken lag, die nach fremden Menschen rochen, zunächst nicht begreifen, woher die Stimme kam – und wem sie gehörte –, die seinen Namen rief.

Er öffnete die Augen und sah die Silhouette eines Kindes vor sich. Uberto setzte sich auf und legte dem Knaben die Hände auf die Schultern, um sich zu vergewissern, dass es sich nicht um eine Erscheinung handelte. Nein, sagte er sich. Es war wirklich der kleine Thomas, nass geschwitzt und aufs Äußerste verängstigt.

»Was ist passiert?«, fragte er ihn, während ihm bewusst wurde, dass es noch tiefe Nacht war. »Wie hast du uns gefunden?«

»Messere Uberto, Gott sei Dank, dass Ihr heil und gesund seid!«, sagte der Junge, ohne auf die Frage einzugehen. »Suger wurde verhaftet!«

»Aus welchem Grund?«

Der Vorhang des benachbarten Lagers schwang zur Seite, und

Ignazios Kopf erschien. Der Knabe wich erschrocken zurück, doch Uberto nickte ihm aufmunternd zu, fortzufahren.

»Es war ein deutscher Priester«, sagte Thomas. »Er kam in das Haus des Kanonikus, kurz nachdem Ihr gegangen wart, während sich Suger mit Alfano unterhielt.«

»Und dann?«, fragte der Händler.

»Er hat sie beide gefragt, ob sie von einer Sekte wüssten ... Ich erinnere mich nicht mehr an den Namen ...«

Uberto nickte, um ihm zu zeigen, dass er ihm glaubte. »Fahr fort.«

»Anfangs wirkte dieser Priester gut und freundlich, aber dann hat er Alfano und Suger beschuldigt, Nekromanten zu sein, hat die Wachen geholt und die beiden verhaften lassen. Gott sei Dank hat niemand auf mich geachtet, und so bin ich geflohen.«

Uberto war von der Geistesgegenwart des Knaben beeindruckt. Schon bei ihrer ersten Begegnung hatte er bemerkt, dass Thomas kein gewöhnliches Kind war. Und doch bewegte ihn eine Frage. »Du hättest bei deinen Verwandten Zuflucht suchen sollen, anstatt hierherzukommen. Hast du nicht gesagt, dass sie hier in Neapel wohnen?«

»Ich weiß nur, wie sie heißen, aber nicht, wo sie wohnen. Euch hingegen konnte ich in der Hafengegend leicht erreichen ...«

»Aber woher wusstest du davon?«, fragte ihn der Händler. »Nur Alfano war darüber unterrichtet, wo wir untergebracht sind.«

»Ich habe es von ihm gehört«, antwortete Thomas zum Entsetzen der beiden Männer, »als der deutsche Priester ihn nach Euch gefragt hat.«

Ignazio sprang auf. »Er hat nach uns gefragt?«

»Ja, und er ist hierher unterwegs, um Euch zu holen. Mit den Wachen.«

In Windeseile packten sie ihre Sachen und verließen Hals über Kopf das Gasthaus. Am besten wären sie jetzt zur Mole gelaufen und an Bord des nächsten Schiffes gegangen, das auslaufen wollte, aber Ignazio wusste, dass vor Sonnenaufgang keines in See stechen würde.

Er schlug daher vor, sich bis zum Morgen irgendwo zu verstecken, um sich dann unauffällig einschiffen zu können. Ignazios Angst, in die Fänge dieses geheimnisvollen deutschen Priesters zu geraten, überwog seine Neugier, die Wahrheit über den Umhang des Schützen zu erfahren. Der Händler aus Toledo war beinahe enttäuscht von sich selbst. Vor diesem Tag hatte er noch niemals die Angst über seinen Wissensdurst gestellt. Vielleicht wurde er ja alt, sagte er sich, aber er spürte, dass dies nicht zutraf. Zumindest nicht ganz. Ein ihm unbekanntes Gefühl von Gefahr hatte ihn ergriffen. In all den Jahren des Herumreisens war es ihm gelungen, jedem Hinterhalt und jeder Falle zu entgehen, und doch hatte er in dieser Nacht den heißen Atem des Jägers in seinem Nacken nicht gespürt. Und ohne Thomas wäre es ihm genauso ergangen wie Suger und Alfano. Ignazio wagte nicht einmal, sich vorzustellen, welches Schicksal diesen beiden Unglückseligen bevorstand. Und während er eilig durch die Dunkelheit vorwärtsschritt, fragte er den Knaben weiter über die Geschehnisse aus.

So berichtete Thomas, dass er die Unterhaltung zwischen Suger und dem Kanonikus der Kathedrale mitangehört hatte, ehe sie von dem deutschen Priester unterbrochen wurden. Die beiden hatten über Gebeard von Querfurt und den Umhang des Schützen gesprochen, über den Alfano bereits Bescheid zu wissen schien. Nachdem er erfahren hatte, dass Suger ihn aufbewahrte, hatte der Prälat ihn sogar gebeten, ihm den Umhang zu zeigen, wobei er einen gewissen Magister aus Toledo erwähnte, den Suger allerdings nicht zu kennen schien.

Überrascht stellte Ignazio fest, dass der Kanonikus wohl selbst in die Ereignisse um den Umhang verstrickt war, auch wenn er dies nicht beweisen konnte.

Dann beschrieb Thomas, was nach dem Eintreffen des deutschen Geistlichen vorgefallen war. Er hieß Konrad von Marburg und interessierte sich für den Mord in den Katakomben. Er behauptete, er habe den Leichnam Gebeards von Querfurt gesehen und auf seiner Hand Zeichen bemerkt. Zeichen, die mit denen auf den anderen Opfern übereinstimmten. Ja, wiederholte Thomas, Konrad hatte

»Opfer« gesagt, ohne näher zu erläutern, um wen es sich dabei handelte. Aber vor allem die nun folgenden Worte beunruhigten Ignazio.

Konrad hatte verlangt zu erfahren, wer der dritte Mann gewesen sei, der in den Katakomben von Capodimonte während des Mordes zugegen war, und die beiden Befragten hatten ihn genau beschrieben. Aussehen, Herkunft, Ruf, wer ihn begleitete ... Der deutsche Priester hatte alles über ihn wissen wollen, und schließlich hatte er Suger und Alfano verhaften lassen und gesagt, er handele im Auftrag des Papstes.

»Das waren seine Worte?«, unterbrach Uberto den Jungen, während seine Miene sich verfinsterte. »Im Auftrag des Papstes?«

»Ja«, erwiderte der Knabe.

»Und der Umhang des Schützen?«, fragte Ignazio. »Hat er den auch mitgenommen?«

»Weder Suger noch Alfano haben ihn erwähnt«, unterrichtete Thomas sie. »Er muss noch im Haus des Kanonikus liegen.«

»Aber du bist entkommen«, fuhr Ignazio fort, um die Ereignisse noch einmal zu rekapitulieren. »Wenn dieser Konrad von Marburg wirklich hinter uns her ist, wie hast du dann schneller als er sein können? Du musstest dich doch bestimmt erst zurechtfinden.«

»Ihr habt recht, Messere«, bestätigte Thomas. »Ich konnte nur deshalb vor ihm da sein, weil dieser Konrad von Marburg zuerst noch woanders hinwollte.«

»Und wohin?«

»Das weiß ich nicht, er hat es nicht gesagt. Doch ich glaube, dass er es eilig hatte, dort hinzukommen.«

Sie hatten inzwischen die Gasse hinter sich gelassen, in der ihr Gasthaus lag. Ignazio wollte sich zur Mole begeben, um zwischen den Hütten der Seeleute und Fischer unterzutauchen. Er sah immer wieder zu Thomas, dann wieder auf den Weg, während seine Angst im selben Maß zunahm wie das Klopfen seines Herzens. Warum hatte dieser Konrad von Marburg Suger und Alfano verhaften lassen? Und was wollte er von ihm?

Doch dann ließ er alle Überlegungen fahren.

Am Ende der Straße standen vier Soldaten.

»Der Junge!«, rief einer von ihnen und zeigte auf Thomas. »Den kenne ich!«

»Das müssen sie sein!«, schrie ein anderer. »Schnappen wir sie uns!«

Die Soldaten rannten auf die drei Gefährten zu.

Uberto packte den Jungen am Arm und rannte los, Ignazio folgte ihnen. Sie bogen in eine enge Gasse ein, in der viele Holzkisten und Amphoren sie auf ihrer Flucht behinderten, Pfützen zogen sich über das Pflaster. Ihre Verfolger kamen mit lautem Geschrei hinter ihnen her.

Die enge Gasse mündete in ein Labyrinth von verrammelten Häusern, wo das Pflaster holprig und glitschig war. Ignazio rutschte aus und fiel hin. Uberto kehrte kurz um, packte ihn an seinem Gewand und stellte ihn wieder auf die Füße. Schwer atmend lief sein Vater weiter, doch dann versperrte ihm eine Wache den Weg. Er versuchte sich loszureißen, doch der Mann hatte ihn schon überwältigt. Uberto wollte ihm zu Hilfe eilen, als er sah, dass ein zweiter Bewaffneter aus dem Schatten trat. Er wich seinem Griff aus und lief weg, doch ein Schlag erwischte ihn von der Seite. Uberto fiel auf den Rücken und bemerkte erst jetzt, dass Thomas nicht mehr neben ihm war. Ein dritter Soldat kam fluchend näher, dahinter war noch der vierte auszumachen.

Uberto floh weiter, anfangs auf allen vieren, bis es ihm gelang, aufzustehen. Schnell lief er durch das Dunkel der Gasse, die Verfolger immer dicht auf den Fersen. Plötzlich endete die Straße an einer Tür aus verfaultem Holz. Er brach sie mit der Schulter auf und stürzte mit dem Kopf voran in ein Lager. Der Geruch nach alten Sachen umhüllte ihn sofort, er sah Fischernetze, Scherben von Amphoren … und Treppen, die nach unten führten! Instinktiv lief er in diese Richtung. Zehn, zwanzig Steinstufen hinunter, die gefährlich wackelten. Die Stimmen der Soldaten im Rücken, stolperte Uberto nach unten, bis er in einer Art Krypta stand.

Einen Moment lang dachte er schon, er säße in der Falle, doch dann zeichnete sich vor ihm in der Dunkelheit ein Bogen ab.

Er durchquerte ihn, kam durch einen Tunnel zu anderen Treppen, die tiefer nach unten führten, und während er durch die Finsternis lief, quälte ihn die ganze Zeit nur ein Gedanke: wie es wohl seinem Vater und Thomas erging. Aber er hatte keine Wahl, er musste weiter. Mit ausgestreckten Armen eilte er vorwärts und ertastete verkrustete Wände und Spinnweben. Du musst weiter, sagte er sich immer wieder, oder sie erwischen dich auch noch. Und wenn das passiert, wirst du deine Familie nie wiedersehen.

Er hatte nun schon die zweite oder dritte Biegung hinter sich gelassen, seine Ohren lauschten gespannt auf jedes Geräusch. Doch abgesehen von fernem Wasserrauschen war kein Laut zu hören. Vielleicht hatten die Verfolger ja aufgegeben, und er befand sich in Sicherheit. Aber er durfte nichts riskieren. Er würde eine Weile abwarten, ob ihm auch wirklich keine Gefahr mehr drohte, und dann würde er überlegen, wie er Ignazio und Thomas retten konnte.

Doch plötzlich stellte er fest, dass er zunächst ein anderes Problem lösen musste. Er hatte sich verirrt.

12

Das Böse war in diesem Raum gewesen. Man konnte seine Gegenwart noch spüren, seinen Pesthauch. Auch von den Gegenständen – von ihrer geometrischen Anordnung – ging etwas Finsteres aus, ganz zu schweigen erst von den Symbolen … Doch Konrad von Marburg spürte es vor allem tief in seinem Inneren. Ihm war dieses Gefühl wohlvertraut, das er unten im Bauch wahrnahm und das ihm in die Nase stieg, bis es seine Schläfen erreichte, wo sich die Erregung verdichtete.

Diese Gabe war ihm angeboren. Schon von Kindesbeinen an konnte er den Ruch der Sünde wahrnehmen, und im Laufe der Jahre hatte er gelernt, sie nicht nur an den Menschen zu erkennen, sondern auch an Orten, wie eine übel riechende Spur, die unreine Worte und Handlungen hinterlassen hatten. Das Studium der Theologie hatte ihm geholfen zu verstehen, dass er nicht nur eine Begabung besaß, sondern dass er eine *Berufung* hatte. So war er Priester geworden und hatte diese Gabe weiter gepflegt, wobei er gelernt hatte, die Wahrheit von der Lüge unter Folterschreien und dem Todesröcheln zu unterscheiden. Die Überzeugung, ein göttliches Amt – eine Mission – zu erfüllen, hatte ihn dazu getrieben, stetig nach Vollkommenheit zu streben.

Und so war er zum Jäger geworden.

Seine bevorzugte Beute war die Häresie. Das schimpflichste aller Übel des Verstandes, das sich heimlich in den menschlichen Geist einschlich und ganz allmählich den wahren Glauben zersetzte, bis er zu einem stinkenden Aas verkommen war. Wenn sie dann offen zutage trat, war es bereits zu spät, und man konnte sie nur noch mit der Reinheit des Feuers ausbrennen. Doch eine andere Form der Häresie war noch wesentlich verachtenswerter und schrecklicher, weil sie aus freien Stücken erfolgte. In diesem Fall waren die Ketzer sich vollkommen bewusst, dass sie gegen die Vorschriften der katholischen Kirche verstießen, und doch verletzten sie sie weiterhin, beschmutzten sie bis zum Ende vom Scheiterhaufen aus mit ihren Flüchen. Der Stolz verblendete sie. Derselbe Stolz wie bei Eva. Der Stolz der Luziferianer.

Es gab keine schlimmere Sünde. Stolz verleitete zu Ungehorsam, machte einen glauben, man wäre weiser als die anderen, und verleitete dazu, die göttlichen Gesetze abzulehnen, um eigene zu schaffen. Und obwohl so mancher das mit Freiheit verwechselte, konnte Konrad von Marburg darin bloß die Ränke der Schlange erkennen. Er gab sich keinen Hoffnungen hin, denn er wusste, dass viele anders dachten als er. Aber es gab nur eine wahre Freiheit, und die bestand darin, sich vom Hirten leiten zu lassen. Nur diesen einen Weg gab es, denn wer Christus nicht folgte, der folgte Satanas. *Extra Ecclesiam nulla salus*, wiederholte er immer gern. Und wenn jemand es gewagt hätte, sich zu weit von der Herde zu entfernen, um einen Weg zu gehen, den ihm nur sein eigener Blick gewiesen hatte, dann hätte er diesem lieber die Augen aus den Höhlen gerissen, als ihn den Fängen des Bösen zu überlassen. Aus christlicher Barmherzigkeit. Und purem Vergnügen.

»Ehrwürdiger Vater«, sagte eine Stimme, und Konrad von Marburg erinnerte sich daran, dass es mitten in der Nacht war und er in dem Raum, in dem er stand, einen Auftrag zu erfüllen hatte.

Er drehte sich zu dem Mann um, der gesprochen hatte, Galvano Pungilupo, ein Soldat aus den Reihen der Clavigeri, der mit Genehmigung des Papstes in seine Dienste getreten war. Man konnte ihn mit Sicherheit als einen der übelsten Söldner unter der Sonne bezeichnen. Er war nicht einmal ein großer Kämpfer, hieß es, aber er besaß herausragende Fähigkeiten als Spürhund. Er war von Kindesbeinen daran gewöhnt, im Dreck zu wühlen. Das hatte ihm der Mann bei ihrer ersten Begegnung selbst gesagt. Falls Konrad etwas oder jemanden suchte, dann würde Pungilupo ihn nicht enttäuschen. Gerüchte besagten, dass er den in Montecassino versteckten Schatz gefunden hatte, mit dem der päpstliche Legat Pelagius die Schlüsselsoldaten bezahlt hatte. Und er hatte Suger de Petit-Pont aufgespürt, nachdem Konrad von Marburg ihm befohlen hatte, seine Spuren ab Mailand zu verfolgen. Dadurch hatte er ihm einen ausgezeichneten Dienst erwiesen.

Jetzt galt es, den Sack zuzumachen, um die Feinde endgültig zu vernichten.

Konrad lief im Raum umher und ging im Geist noch einmal die Anzeichen des Bösen durch, die er innerhalb dieser Mauern entdeckt hatte. Er untersuchte sie sorgfältig im Schein der Kerze, damit er sie im Gedächtnis behielt. Bald würde er sich mit einem schlauen Mann messen müssen, und da wollte er nichts dem Zufall überlassen. Erst als er sicher war, dass er jedes Ding im rechten Licht betrachtet hatte, wandte er sich an den Soldaten: »Sagt mir, Galvano, habt Ihr den Spanier gefunden, den wir suchten?«

»Ja, Magister«, erwiderte der Soldat. »Aber der Sohn ist uns entkommen.«

»Entkommen?«

»Ja, er ist in einem unterirdischen Gewölbe verschwunden. Die Männer hatten Angst, ihm zu folgen.«

Konrad von Marburg rümpfte die Nase. »Vier Soldaten hatten Angst, einem Flüchtling nachzusetzen?«

»Sie sind abergläubisch.« Pungilupo erzählte dies mit ausdrucksloser Stimme, verzog allerdings verächtlich sein Gesicht des erfahrenen Jägers. »In den unterirdischen Gängen von Neapel ruhen die Toten der Antike.«

Konrad verschränkte die Hände hinter dem Rücken und baute sich vor ihm auf. Er war größer und kräftiger als der Soldat. Auf seinem schwarzen Gewand blitzte das eiserne Kreuz auf wie eine zum Zuschlagen bereite Waffe. »Und Ihr, Galvano? Fürchtet Ihr auch die Verstorbenen?«

»Es gibt Dinge, die mich mehr ängstigen«, gestand der Soldat.

»Sehr gut«, lächelte der Priester. »Er muss gefasst werden. Der Sohn, meine ich.«

»Überlasst das nur mir, ehrwürdiger Vater.« Pungilupo schlug sich mit der Faust an die Brust. »Ich bitte um die Erlaubnis, nach meinem Gutdünken handeln zu dürfen, das macht es einfacher.«

»Genehmigung erteilt«, sagte Konrad. »Doch ehe Ihr geht, führt den Spanier herein.«

Ignazio wurde von den Soldaten nach Westen gebracht, sie blieben jedoch innerhalb der Stadtmauern von Neapel. Anfangs hatte er um sein Leben und das von Uberto gefürchtet, aber allmählich hatte er die Sorge um den Sohn verdrängt und bemühte sich nun, Thomas zu beruhigen, der immer verängstigter neben ihm ging. Als sie in die Nähe der Kirche San Gennarello ad spolia morti kamen, bemerkte er eine Veränderung bei dem Jungen, als ob dieser Ort ihm vertraut wäre. Da erinnerte sich Ignazio an Sugers Worte: Gebeard von Querfurt hatte in dem Hospiz dieser Kirche übernachtet. Vielleicht erkannte der Junge es, da er am Vortag mit dem Franzosen hierhergekommen war. Und zu Ignazios großer Überraschung brachten die Soldaten sie ins Innere des Gebäudes.

Der Händler wusste nicht, was ihm bevorstand. Er erwartete eine Auseinandersetzung mit dem Mann, der die Verhaftung von Alfano und Suger angeordnet hatte, so viel stand fest, doch er hegte Zweifel, ob es sich um eine offizielle Anklage handelte. Er sollte bestimmt nicht vor ein geistliches Gericht geführt werden, man hatte ihn nicht einmal über die Vorwürfe unterrichtet.

Das Hospiz von San Gennarello wirkte nicht wie irgendein Gästehaus, sondern eher wie ein *dormitorium* für Geistliche, mit mehreren Räumen, in denen Pilger, die einen längeren Aufenthalt planten, wohnen konnten. Nachdem sie es betreten hatten, liefen sie einen Gang entlang bis zu einer Tür, die von einem Soldaten bewacht wurde, der die Zähne bleckte wie ein hungriger Wolf.

»Der Clavigero«, flüsterte Thomas Ignazio zu.

Der Händler erhielt sofort die Bestätigung für Thomas' Behauptung, als er auf der Fibel der Wache das Wappen erkannte: zwei sich überkreuzende Schlüssel, die von einer Kordel zusammengehalten wurden. Das Wappen der Soldaten des Heiligen Stuhls.

»Führt den Spanier herein«, ertönte eine Stimme von innen.

Das Wolfsgesicht nickte und befahl einem Soldaten, den Gefangenen in den Raum zu führen. Kurz darauf befand sich Ignazio in einem kleinen Arbeitszimmer, das mit einer Truhe und einem Schreibtisch eingerichtet war. Instinktiv wandte er sich der einzigen Lichtquelle zu, einer Lampe, die ein breitschultriger Mann in der Hand hielt, er mochte sogar ein bisschen größer sein als er. Sein Gegenspieler vermutlich.

Der Mann mit der Lampe stand in der Mitte des Raumes, sein Lächeln wirkte gleichermaßen liebenswürdig wie bedrohlich. Seine Augen waren zwei schwarze Löcher, ausdruckslos wie die eines Fisches. »Also gut, Ihr seid also Ignazio Alvarez«, sagte er so übertrieben freundlich, dass es ans Komische grenzte. »Ignazio da Toledo.«

»Wer will das wissen?«

»Pater Konrad von Marburg, aus Mainz.« Die schwarzen Augen verengten sich kaum merklich. »Und das war keine Frage.«

Der Händler aus Toledo nickte, wohlbedacht darauf, keine Gefühle zu zeigen. »Nun gut, ehrwürdiger Vater, warum bin ich zu Euch gebracht worden?«

Statt einer Antwort erhielt er eine Gegenfrage: »Wisst Ihr, wo wir hier sind?«

»Ich habe keine Ahnung«, log Ignazio und gab vor, er wäre betrübt darüber.

»Wir sind an dem Ort, an dem Gebeard von Querfurt wohnte«, erklärte Konrad, »ehe er ermordet wurde.«

Ignazio breitete die Arme aus. Eine weitere Geste des Bedauerns, eine weitere Lüge. »Ich bitte um Entschuldigung, aber das hilft mir nicht weiter, um meine Lage zu begreifen.«

»Ihr seid sehr vorsichtig«, bemerkte Konrad, »waren meine Männer etwa zu grob zu Euch? Hat die Verhaftung Euch durcheinandergebracht?«

»Das hier ist keine Verhaftung, sondern eine Entführung«, protestierte Ignazio mit einer gehörigen Prise Sarkasmus. Die ihm sofort mit gleicher Münze zurückgezahlt wurde.

»Keine Sorge, der Bürgermeister hat mir volle Handlungsfreiheit zugestanden.«

Ignazio hatte so etwas noch nie erlebt. Von dem Mann vor ihm schien eine Art Gift auszugehen, das seine Abwehr lähmte. Das musste an diesem Blick liegen, sagte er sich. Schwarze, undurchdringliche Spiegel. Sie bewirkten, dass er kaum nachdenken konnte und sich unwohl fühlte. Und doch verhielt sich sein Gegenüber höflich, ja fast freundlich. Seine bloße Anwesenheit genügte, um einem Respekt einzuflößen, doch hinter all dieser vorgeblichen Gelassenheit lauerte bestimmt eine schreckliche Bedrohung.

In dem Versuch, sich aus diesem unsichtbaren Griff zu befreien, sah Ignazio sich um. Er befand sich in einem geschlossenen Raum mit dunklen Wänden. Neben der Eingangstür bemerkte er noch eine weitere Tür, wahrscheinlich der Eingang zum Schlafzimmer. Außer ihm waren nur der Priester zugegen und der Soldat, der ihn hierhergebracht hatte. Das passte nicht ins Bild. »Wo sind der französische Arzt und der Kanonikus?«

»Alles zu seiner Zeit, Meister Ignazio.« Konrad steckte die Hand in die Tasche seines Gewandes und zog ein kleines Glasgefäß hervor. Er hielt es ins Licht. »Ihr wisst, was das hier ist.«

Der Händler beobachtete ihn gespannt und zwang sich, sich alles genau einzuprägen. Das hier war eine Komödie, die einzig seinem Gesprächspartner nutzen sollte. Er hatte den Gegenstand sofort wiedererkannt. »Eine Ampulle mit einer undefinierbaren Flüssigkeit«, sagte er schließlich.

»Seht Ihr sie zum ersten Mal?«

»Sie ist Eigentum von Alfano Imperato, dem Kanonikus der Kathedrale.« Dies zu leugnen wäre sinnlos gewesen. Offensichtlich wusste Konrad von Marburg Bescheid. »Er hat sie heute von mir erstanden.«

Der Geistliche seufzte entrüstet auf. »Verkauf falscher Reliquien«, mahnte er ihn.

»Ich habe niemals behauptet, dass diese Ampulle eine Reliquie enthalten würde. Falls Alfano etwas anderes sagt …«

»Stellt Ihr etwa das Wort von Kanonikus Alfano in Frage? Eines Mannes der Kirche?« Die Miene des Priesters verfinsterte sich. »Wisst Ihr nicht, dass das vierte Lateran-Konzil den Handel mit falschen Reliquien verbietet? Diesbezüglich gibt es einen eigenen Kanon.«

Obwohl Ignazio die Falle gewittert hatte, konnte er ihr nicht entgehen. Das Gespräch hatte sich vollkommen anders entwickelt, als er sich vorgestellt hatte. Er war der Überzeugung gewesen, man hätte ihn gefangen genommen, weil er in den Mord an Gebeard von

Querfurt verwickelt war, und davon wich er auch immer noch nicht ab. Vielleicht beabsichtigte Konrad, seine Verteidigung zu schwächen, indem er zunächst nebensächliche Vorwürfe anführte, ehe er zum Eigentlichen vordrang. Hier wurde seine Belastungsfähigkeit erprobt. »Es lag keineswegs in meiner Absicht, diesen Gegenstand als Reliquie zu verkaufen«, sagte er noch einmal bestimmt, aber ohne untertänig zu wirken. »Wenn der Kanonikus dies missverstanden hat, ist das nicht meine Schuld.«

Konrad von Marburg nickte zustimmend. »Dennoch besitzt die Materie in dieser Ampulle einzigartige Eigenschaften. Stimmt Ihr mir zu?«

»Nichts Besonderes. Es handelt sich um einen Stoff, der aus Vulkangestein gewonnen wird. Er verhält sich nach dem Prinzip des Feuers. Wenn er auf die richtige Temperatur erwärmt wird, verflüssigt er sich.«

»Ihr habt noch nicht geantwortet. Haltet Ihr diese Eigenschaften für einzigartig?«

»Sie sind zweifellos außergewöhnlich.«

»Und seid Ihr auch der Meinung, dass alles Außergewöhnliche … eine Verirrung ist?«

»Wenn der Verstand sie begreift, ist die Verirrung keine mehr.«

»Eine faszinierende These.« Etwas blitzte in Konrads Augen auf. »Sagt doch, Meister Ignazio, wie würdet Ihr den Tod von Gebeard von Querfurt bezeichnen? Ein weiteres Phänomen jenseits des Gewöhnlichen?«

»Gewiss.«

Die Stimme des Priesters senkte sich zu einem Flüstern ab. »Würdet Ihr auch diesen dem Prinzip des Feuers zurechnen, wie die falsche Reliquie in der Ampulle?«

»Diese Vermutung ist nicht von der Hand zu weisen.« Aus Angst, missverstanden zu werden, drückte der Händler sich so genau wie möglich aus. »Vielleicht handelt es sich auch um eine Reaktion, die gemäß dem Prinzip der aristotelischen *sympatheia* erklärbar ist.«

Konrad legte eine Hand ans Kinn und deutete ein Lächeln an. »Ihr kennt die Philosophie von Aristoteles?«

»Nur die Grundlagen.«

»Und die Alchimie? Ist die Euch ebenfalls bekannt?«

Ignazio verneinte.

Konrad schien enttäuscht. »Kanonikus Alfano behauptet da etwas anderes. Er hat mir berichtet, dass Ihr in seiner Gegenwart besondere Ausdrücke verwendet habt, wie Komposit und Kalzination.« Ignazio wollte dies erklären, aber Konrad ließ ihn nicht zu Wort kommen. »Nein, holt bitte nicht weiter aus. Es könnte peinlich werden. Außerdem fallen Kenntnisse der Alchimie nicht unter das Verbot der Kirche … bisher zumindest. Doch fürchtet Euch nicht, ich frage aus purer Neugier. Ich wollte nur wissen, wo Ihr Eure Bildung erworben habt.«

»Auch das ist kein Geheimnis. In meiner Jugend studierte ich an der Schule von Toledo an der Seite des Magisters Gherardo da Cremona. Eine katholische Schule, die im Schoß der Kirche entstanden ist.«

»Eine Schule von Übersetzern«, ergänzte der Geistliche.

Ignazio nickte.

»Eine Schule, in der Übersetzungen aus dem Griechischen, aus dem Hebräischen, aus dem Arabischen gelesen werden.« Konrad hatte die Sprachen an den Fingern aufgezählt, dann ballte er die Hand zur Faust. »Übersetzungen von Texten, die sich in einigen Fällen als subversiv erwiesen haben. Ketzerisch. Nekromantisch.«

Der Händler widersprach und wählte seine Worte mit Bedacht. »Viele von diesen Traktaten haben sich für die Medizin, die Mathematik und sogar für die Kenntnis der Sterne als erhellend erwiesen. Sie haben nicht nur der Welt der Laien genützt, sondern auch der Kirche.«

»Ihr seid ein geschickter Redner, Ihr wisst, wie man sich nicht zu sehr exponiert«, sagte der Priester anerkennend. »Was ich im Übrigen von Euch erwartet habe«, fügte er hinzu und stellte die Lampe auf den Tisch.

Nun erkannte Ignazio einen Gegenstand, der auf der Tischplatte lag. Ein lang gezogenes Bündel.

»Nun gut.« Konrad von Marburg legte die Hand auf das Bündel.

»Habt Ihr in den Traktaten, von denen Ihr spracht, schon einmal solche Symbole gesehen?« Und während er das sagte, wickelte er das Bündel auf, um ihm den Inhalt zu zeigen.

Sobald Ignazio ihn erblickte, schauderte es ihn, und er wollte zurückweichen, aber der Soldat hinter ihm hielt ihn fest.

Das Bündel enthielt einen menschlichen Körperteil. Besser gesagt, einen mit einer scharfen Schneide abgetrennten Unterarm. Die Hand war überall mit Tätowierungen überzogen. *Symbolen.*

»Ihr müsst schon entschuldigen.« Konrads Gesicht verzerrte sich zu einem erbarmungslosen Grinsen. »Ich konnte doch nicht den ganzen Gebeard von Querfurt herschaffen, so habe ich bloß den interessantesten Teil mitgenommen.«

13

Schwester Chiara da Grottaferrata drehte sich wohlig auf ihrem Lager um, um die erfrischende Kühle der ersten Stunden des Tages zu genießen. Zu dieser Zeit schmeckte der Schlaf besonders süß, besonders weil sie wusste, dass sie noch ein wenig im Bett bleiben konnte, bis es Zeit für die Matutin war. Obwohl das Kloster San Gregorio Armeno mitten in Neapel lag, war es eine Insel der Stille und gewährte den Nonnen in seinen Mauern ruhigen Schlaf. Doch einmal sollte auch diese Stille ihr Ende finden, wie Schwester Chiara sogleich feststellen musste. Die Stimme ihrer Magd Patrizia gellte aus den unteren Stockwerken herauf und schreckte sie auf.

Die Nonne erhob sich von ihrem Lager, zündete eine Lampe an und wankte zur Treppe, die ins Erdgeschoss führte. Zerzaust und schlaftrunken blieb sie auf der ersten Stufe stehen und wartete gähnend ab, während von unten sich nähernde Schritte zu hören waren.

Aus der Dunkelheit tauchte das jugendliche Gesicht ihrer Magd auf, die erschrocken stammelte: »Oh Gott, oh Gott ... der Totenbrunnen!«

Chiara sah über die Flamme hinweg in ihre türkisfarbenen Augen. Die gleichen Augen wie die ihrer Großmutter. Jedes Mal, wenn sie sie erblickte, wurde sie wieder zu einem kleinen Mädchen und dachte an die Frau, die sie aufgezogen hatte und sich bis zum letzten Moment gegen ihre Entscheidung gewehrt hatte, den Schleier zu nehmen. »Du bist schön«, hatte sie immer gesagt, »und schöne Mädchen heiraten, die enden nicht im Kloster.«

Doch Chiara hatte miterlebt, wie ihre Mutter von ihrem Ehemann misshandelt wurde und im Kindbett gestorben war, und wollte deshalb lieber dem Herrn dienen als irgendeinem Mann. »Der Totenbrunnen?«, fragte sie und verscheuchte die Erinnerungen. »Was redest du da?«

»Die Abdeckung bewegt sich! Es sieht aus, als wollte jemand dort heraus!«

»Du musst geträumt haben. Du lässt dich zu sehr von deiner Phantasie fortreißen, genau wie früher dein Vater.«

Das war kein Tadel. Patrizia war auch keine einfache Dienerin, sondern die Tochter von Chiaras einzigem Bruder, der vor zwei Sommern genau wie seine Frau am Fieber gestorben war. Und da jede Nonne in San Gregorio Armeno das Recht auf eine Magd hatte, hatte Chiara ihre Nichte in ihren Dienst genommen, damit sie ein Zuhause hatte.

»Ich bilde mir das nicht ein«, beharrte das Mädchen. »Kommt und seht selbst, Tante, aber beeilt Euch!«

Die Nonne nickte widerstrebend.

Hand in Hand stiegen beide hinunter in Patrizias Zelle. Chiara stellte sich ans Fenster und betrachtete den Garten, der sich an die Wohngebäude der anderen Nonnen anschloss. Genau in der Mitte befand sich ein alter Brunnen. Obwohl man genau genommen nicht von einem Brunnen sprechen konnte, da er seit Menschengedenken nie Wasser enthalten hatte. Er wurde »Totenbrunnen« genannt, weil man munkelte, er sei mit den Katakomben verbunden oder – schlimmer noch – mit den Überresten eines heidnischen Tempels. Deshalb hatte man ihn mit einem Deckel aus Holzbalken verschlossen.

Chiara trat ins Freie.

»Nehmt Euch in Acht, Tante«, warnte ihre Nichte und folgte ihr besorgt.

Die Nonne bedeutete ihr, sie solle zurückbleiben, und näherte sich dem Brunnen. Nun musste sie ihrer Nichte recht geben, ja, aus seinem Innern drangen wirklich Geräusche. Zunächst nahm sie an, es handele sich um einen Windhauch oder eine andere Naturerscheinung, doch je näher sie kam, desto klarer wurde ihr, dass jemand von unten gegen die Abdeckung drückte, um herauszukommen.

Erschauernd wich Chiara zurück. Im Nu nahmen vor ihrem geistigen Auge sämtliche Legenden Gestalt an, in denen der Teufel Männer und Frauen in Brunnen, Höhlen oder Gräben gezerrt hatte, wo sie auf Nimmerwiedersehen verschwanden. Sie stellte sich schon vor, was man sich über das Unglück von Schwester Chiara erzählen würde, die in den Totenbrunnen gefallen war, oder über die arme

Nonne, die der Teufel geraubt hatte. Vielleicht würde man sie noch heiligsprechen …

Blanker Unsinn, versuchte sie sich selbst zu überzeugen.

Doch aus dem Brunnen drangen weiterhin Geräusche.

Die Nonne fasste Mut und bückte sich zu den Holzbalken, die den Brunnen bedeckten. »Ist jemand da unten?«, fragte sie laut.

Zuerst verstummten die Geräusche, und sie fühlte sich beinahe erleichtert. Doch dann antwortete eine Männerstimme. Und rief um Hilfe.

Chiara blieb wie erstarrt stehen. Du bist aber nicht der Teufel?, hätte das kleine Mädchen in ihr am liebsten gefragt, doch dann überwand sie ihre Furcht und streckte die Hände nach den Balken über dem Loch aus. Sie zögerte, sie zu berühren, bis sie wieder die Stimme hörte. Und die Verzweiflung darin erkannte.

Sie wandte sich an Patrizia: »Hilf mir, den Deckel zu entfernen!«

»Aber Tante, bedenkt doch, wir wissen nicht, wer da …«

»Dort unten ist jemand in Schwierigkeiten«, beharrte die Nonne und packte den Rand der Abdeckung. »Hilfst du mir, oder muss ich alles allein machen?«

Die Holzbalken waren nur mit ein paar Seilen befestigt, und mit Hilfe ihrer Nichte waren sie leicht zu lösen. Nachdem sie sie abgenommen hatten, wichen die beiden Frauen zurück, damit der dort unten Gefangene aus dem Brunnen steigen konnte. So beobachteten sie, wie aus der Öffnung ein über und über mit Staub und Schlamm bedeckter Mann auftauchte, der am Ende seiner Kräfte zu sein schien. Chiara beugte sich über den Rand des Brunnens, um zu sehen, wie er heraufgekommen war. Sie entdeckte eine Wendeltreppe, die nach unten führte und dort in der Dunkelheit verschwand. Dann fasste sie sich und sah den Fremden fragend an.

»Ich heiße Uberto …«, sagte der und ließ sich erschöpft ins Gras fallen, »und im Namen Gottes, ich bin Euch auf ewig dankbar.«

14

Der abgetrennte Arm sah im Schein der Lampe wie ein totes Tier aus. Durch die Tätowierungen, die die ganze Handfläche und die Finger bedeckten, erinnerte er Ignazio an eine Statue. Das Werk eines Steinmetzes, der sein Leben dem Geheiligten wie der Blasphemie verschrieben hatte, mit Symbolen, die so alt waren wie die Geschichte der Menschheit. Der Reiter, die Schlange und der Kelch. Auf der Handfläche sah man auch eine Madonna mit Kind und eine Taube, die nur eine Erklärung zuließen: ein Schutzzauber, geboren aus einer wilden Mischung von Sprachen, Religionen und Philosophien. Doch das Seltsamste war die Tatsache, dass dieser Zauber sich nicht auf einem Amulett oder Pergament befand, sondern auf einer Menschenhand. Eine Hand, die eigentlich einen Segensgruß entbieten sollte. Ein *signum* wie in den rituellen Orgien des antiken Phrygiens.

»Rätsel über Rätsel« hätte Ignazio dies genannt. Doch in Konrads Blick las er ein ganz anderes Wort: *Verirrung*.

»Etwas Vergleichbares habe ich in meinem ganzen Leben nicht gesehen«, gab Ignazio offen zu. Der Soldat neben ihm, der noch keinen Ton gesagt hatte, hielt ihn immer noch an der Schulter fest. Um ihn einzuschüchtern, denn er hätte doch nirgendwohin fliehen können.

Über Konrads Gesicht huschten Licht und Schatten in beständigem Wechsel. »Ich hingegen treffe zum dritten Mal darauf«, offenbarte er. »Drei unterschiedliche Männer an weit voneinander entfernten Orten.«

»Ihr werdet doch nicht etwa allen den Arm abgetrennt haben?«, spottete der Händler, obwohl ihm wenig nach Scherzen zumute war.

Konrad ging nicht darauf ein. »Habt Ihr die Inschrift unter der Tätowierung des Reiters bemerkt?«

Ignazio betrachtete den Arm genauer und entdeckte auf dem Handrücken sieben Schriftzeichen.

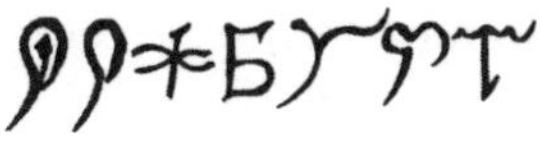

»Auf den ersten Blick würde man das für Runen halten, aber es sind keine. Wisst Ihr, was die Zeichen bedeuten?«

Konrad betrachtete ihn kalt. »Das interessiert mich nicht.«

Ignazio bezweifelte seine Worte nicht.

Konrad von Marburg wollte von ihm nur eins hören, nämlich inwieweit er in die Angelegenheit verwickelt war, um ihn dann auf Lebenszeit in einem dunklen Loch einzusperren. Manche Leute waren anscheinend dazu geboren, ihren Mitmenschen das Leben schwer zu machen und jede Form von freiem Willen und Denken zu unterdrücken. »Es tut mir leid, Euch enttäuschen zu müssen«, sagte er und tat, als hätte er nichts gehört. »Ich weiß nicht, was diese Inschrift bedeutet.«

Konrad ließ sich nicht beirren. »Vielleicht versteht Ihr Euch ja besser auf *andere Symbole*.« Seine Stimme klang leicht gereizt, vielleicht war es auch Ungeduld. Er nahm die Lampe vom Schreibpult und ging nach nebenan. »Erlaubt, dass ich sie Euch zeige.«

Ignazio folgte ihm, während der Soldat ihm nicht von der Seite wich, und wie er es sich gedacht hatte, führte die Tür in ein Schlafzimmer.

Die Symbole dort waren gut zu erkennen und von überraschender Schlichtheit.

In der Mitte des Bodens hatte jemand mit Kohle einen Kreis gemalt, groß genug, dass ein Mann darin Platz fand. Darin nur zwei griechische Buchstaben, ein Alpha und ein Omega. Um den Kreis waren drei Holzschemel aufgestellt, auf denen eine Taube mit durchschnittener Kehle, ein Fisch und eine geschmolzene Kerze verteilt waren.

»Hier hat man versucht, jemanden zu …« Ignazio biss sich auf die Zunge. Er wollte dieses Wort nicht aussprechen, vor allem nicht vor diesem Mann.

»Jemanden zu beschwören?«, vollendete Konrad befriedigt. »Ich bin Eurer Meinung, Meister Ignazio, allerdings mit einer Einschränkung. Hier handelt es sich nicht nur um einen Versuch. Hier hat das Böse tatsächlich seine Kräfte offenbart.«

»Habt Ihr Beweise dafür?«

»Beweise? Mehr als genug! Ich habe diese Symbole auch in Mainz gefunden, im Haus eines Ketzers, der das gleiche Ende genommen hat wie Gebeard von Querfurt und die gleichen Tätowierungen auf der rechten Hand trug.«

»Ich gebe Euch recht, das sind schlimme Vorkommnisse. Dennoch glaube ich, dass sie sich erklären lassen, ohne dass man gleich das Übernatürliche heranziehen muss.«

»Würdet Ihr ausschließen, dass es einen Mittler gegeben hat? Jemanden, der durch sein Zutun die Manifestation dieser Phänomene erst ermöglicht hat?«

»Ihr meint einen *magus*?«, fragte Ignazio, der gegen seinen Willen fasziniert war. Er glaubte nicht an Magie, doch er war der Überzeugung, dass gewisse Rituale unbekannte Kräfte mit wundertätigen Eigenschaften entfesseln konnten, die auf den ersten Blick nicht erklärbar waren.

»Keinen Magier, sondern einen Magister«, erklärte Konrad von Marburg. »Man kennt ihn als Homo Niger, und er besucht die Geheimversammlungen der Häretiker. Er soll in Deutschland, Frankreich, Italien und wer weiß noch wo herumgereist sein und dort einen Kreis von Schülern um sich versammelt haben, die seine Lehren befolgen. Man sagt, er stamme aus Toledo, sei hochgewachsen und hager, immer dunkel gekleidet. Mit anderen Worten, ein in schwarzen Künsten bewanderter Spanier wie Ihr.«

Der Händler fuhr zusammen. »Ihr wollt doch nicht etwa andeuten, dass ich …«

»Ich deute überhaupt nichts an, Meister Ignazio. Ich *ziehe Schlüsse*. Gerade eben noch habt Ihr Euch gerühmt, dass Ihr in Toledo studiert habt und die Bücher der schwarzen Magie kennt, die dort übersetzt werden.«

»Ihr dreht mir die Worte im Mund herum! Ich habe mich überhaupt keiner Sache gerühmt und nichts von dem bestätigt, was Ihr im Hinblick auf die schwarze Magie behauptet.«

Konrad lächelte hinterhältig. »Aber Ihr habt es auch nicht abgestritten.«

Ignazio fühlte sich, als würde ihm der Boden unter den Füßen weggezogen. Nun endlich begriff er! Er hatte gleich geahnt, in eine Falle getappt zu sein, doch nicht im Traum hätte er daran gedacht, dass Konrad von Marburg ihn des Mordes in den Katakomben beschuldigen wollte. Er konnte seine Empörung nicht zurückhalten, die Worte des Kirchenmannes grenzten an Verleumdung.

»In Toledo haben viele Männer das Gleiche studiert wie ich«, verteidigte er sich.

»Doch nur Ihr seid jetzt hier in diesem Haus und in diese Ereignisse verwickelt. Wart Ihr etwa nicht beim Tod Gebeards von Querfurt zugegen?«

»Das heißt noch nichts.«

»Glaubt Ihr? Was hattet Ihr in den Katakomben zu schaffen?«

»Das habe ich Euch gerade eben erklärt. Ich habe mit einem Kanonikus der Kathedrale ein Geschäft abgeschlossen.«

»Lüge!« Nichts an Konrads Äußerem ließ Wut erkennen. Nur seine Stimme verriet ihn, die nun hohl und drohend klang. »Ihr habt einen Mann der Kirche versucht, indem Ihr ihm falsche Reliquien angeboten habt! Und dann habt Ihr ihn außerdem Zeuge der schändlichen Tat an Gebeard von Querfurt werden lassen. Eine Tat, die als Werk des Bösen mit dem Feuer der Hölle verübt wurde!« Er richtete anklagend den Zeigefinger gegen Ignazio. »Ihr habt Euren eigenen Schüler geopfert, war es nicht so? Gebt es zu!«

Ignazio beherrschte sich. Furcht und Aufregung hätten alles nur noch verschlimmert. »Ihr habt keine Beweise«, entgegnete er, während sich die Hand des Soldaten noch fester um seine Schulter schloss. »Ich bin Gebeard von Querfurt gestern zum ersten Mal begegnet. Und es gibt keinerlei andere Vorfälle, die mich mit einem solchen Verbrechen in Verbindung bringen könnten.«

Konrad schien zunächst aufbrausen zu wollen, doch er bezähmte seine Wut und machte seinem Herzen nur in wenigen Sätzen Luft. »Ihr behauptet, es gäbe keine Vorfälle?«, zischte er und schritt, ohne Ignazio aus den Augen zu lassen, die Außenlinie des Kreises ab. »In

Köln erinnert man sich noch gut an Euch, genau wie anderenorts. Es heißt, Ihr seid in jenen Jahren viel gereist und sogar im Orient bei den Sarazenen gewesen. Und Ihr habt den Ruf eines Nekromanten.«

Alte Geschichten, dachte Ignazio. Doch immer wieder kamen sie zum Vorschein. »Die Sache in Köln ist dreißig Jahre her. Und was meine Anwesenheit an anderen Orten betrifft, ich habe immer als guter Christ gehandelt.« Jetzt klang er gereizt. »Was Ihr vorbringt, sind keine Anklagen, sondern Verleumdungen, die sich auf haltlose Gerüchte gründen. Wie könnt Ihr es wagen, so etwas gegen mich zu verwenden?«

Konrad schien einen Moment von Ignazios Verhalten beeindruckt zu sein. Doch als es an ihm war, etwas darauf zu erwidern, erklärte er entschieden: »Eine Anklage angesichts klarer Beweise zu leugnen ist nicht nur sinnlos, sondern unverschämt. Meister Ignazio, seid Ihr wirklich so von Euch überzeugt, dass Ihr glaubt, Ihr könntet mich hinters Licht führen? Nun gut, wisst denn, dass Euer Ruf als Nekromant von jüngeren glaubwürdigen Quellen bestätigt wird.«

Ignazio starrte ihn ungläubig an. »Was für Quellen?«

»Suger de Petit-Pont.« Konrad kostete jede einzelne Silbe dieses Namens aus. Mit dem Vergnügen der Spinne, die ihr noch lebendes Opfer in ihr Netz verstrickt. »Ihr begreift also, warum ich überzeugt bin, dass Ihr der Homo Niger seid, der Magister aus Toledo, der Urheber dieser finsteren Angelegenheit. Der Großmeister der Luziferianer.«

Ignazio traute seinen Ohren nicht. »Und wer sollen diese Luziferianer sein?«, fragte er. Doch der Soldat an seiner Seite schlug ihm plötzlich die Faust in den Magen. So heftig, dass Ignazio sich vor Schmerzen zusammenkrümmte.

Und dies war sicher nur der Anfang, dachte er furchterfüllt.

Er sah schon einen Scheiterhaufen vor sich.

15

Galvano Pungilupo streifte gern nachts durch die Stadt. Der Gestank, der aus den Elendsvierteln aufstieg, störte ihn nicht. Im Gegenteil, er schärfte seinen Spürsinn. Der Geruch in den Straßen inspirierte ihn, es war beinahe, als vermittelte er ihm, wohin er gehen, wo er suchen sollte. Er fand es wesentlich aufregender, in diesen übel riechenden Vierteln zu jagen als in Wäldern oder auf dem offenen Land. Wenn Konrads liebste Beute Häretiker waren, so war seine der Mensch.

Pungilupo hatte eine Vorliebe für die nächtliche Fauna der Stadt. Diebe, Huren, Bettler, Zuhälter. Gierig spürte er ihnen hinterher, forschte ihre geheimen Leben aus und verschmähte selbst die Gesellschaft des schlimmsten Abschaums nicht. Jene finsteren Gestalten erschienen ihm lebendiger, ursprünglicher als die sogenannten rechtschaffenen Leute. Eine primitive Energie erfüllte sie, schwer zu genießen wie eine unreife Frucht, aber so kraftvoll, dass man sich daran berauschen konnte. Aus diesem Grund nahm er stets, was die Nacht ihm bot, und war sicher, dass er niemals enttäuscht werden würde. Und je übler es roch, desto mehr Genuss zog er daraus.

Und übel roch es gewiss aus den unterirdischen Gängen, in die der Sohn des Händlers aus Toledo verschwunden war. Doch der Gestank wurde an Intensität von der Dunkelheit übertroffen. Pungilupo musterte den abschüssigen Weg und den Hauptgang und betrat die unterirdische Welt, seiner Ansicht nach ein Netz aus seit Jahrhunderten in Vergessenheit geratenen Katakomben. Er bewegte sich vorsichtig vorwärts, richtete den Schein seiner Fackel auf Nischen, schlammige Rinnsale und Überreste von Fresken, an die Gott und die Menschen sich schon längst nicht mehr erinnerten. Es würde Wochen dauern, dieses Labyrinth zu durchsuchen.

Pungilupo fürchtete, er könnte sich verirren, und kehrte daher an die Oberfläche zurück.

Vielleicht lief der Spanier noch dort unten herum. Oder er war mausetot, in ein Loch gestürzt, oder die Ratten hatten ihn angefallen. Es hieß, in den Kloaken von Neapel gäbe es riesige Exemplare, die jedes lebendige Wesen anfielen, das ihnen begegnete, sogar Menschen. Aber er hatte den Befehl, den Flüchtigen aufzutreiben, deshalb gab Pungilupo nicht auf und durchkämmte die benachbarten Gassen, für den Fall, dass der Mann vielleicht einen Weg hinaus gefunden hatte.

Draußen konnte der Spanier Spuren hinterlassen haben. Vielleicht hatte ihn jemand bemerkt oder sogar mit ihm gesprochen. Es war nicht einfach, sich in Luft aufzulösen, zumal für einen Fremden, mochte er noch so schlau sein. Pungilupo suchte deshalb weiter, bis er einige Frauenstimmen hörte. Er folgte ihnen, um zu sehen, wem sie gehörten, und als er sich etwas von den Katakomben entfernte, stieß er auf ein Grüppchen Dirnen. Vier oder fünf stiegen hinauf in die Elendsviertel, sie waren auf der Suche nach Kunden.

Pungilupo ging vorsichtig auf sie zu. Wenn man sie provozierte, konnten diese Frauen gefährlicher sein als ein Meuchelmörder. Meist waren sie im Umgang mit Dolch und Gift genauso geschickt wie darin, einem Mann Lust zu bereiten, und man konnte nie wissen, was sie unter ihren Kleidern verbargen.

»Meine Verehrung, die Damen«, sprach er sie an. »Hat jemand zufällig einen Spanier hier herumlaufen gesehen?«

»Es ist Monate her, dass ich einen Spanier hatte«, seufzte eine Blonde, was bei ihren Gefährtinnen Gelächter hervorrief.

»Er heißt Uberto Alvarez«, fuhr Pungilupo fort. Vielleicht verschwendete er nur seine Zeit, doch es lohnte einen Versuch. Für gewöhnlich waren Dirnen ausgezeichnete Beobachterinnen, sie waren ihm schon öfter eine Hilfe gewesen. »Er ist heute hier in der Nähe mit seinem Vater durchgekommen. Er wirkt nicht wie ein gewöhnlicher Bürger, sondern hebt sich durch seine Kleidung von den einfachen Leuten ab, außerdem sieht er gut aus.«

»Und was soll der Kerl verbrochen haben?«, fragte die Blonde.

»Ich will ihm helfen«, log Pungilupo. »Sein Vater wurde verhaftet.«

Bei diesen Worten trat die Älteste der Gruppe vor, ein Weib mit schwarzen Haaren und üppigen Brüsten und einem durchaus verführerischen Gesicht. »Unsere Zeit kostet, Messere«, sagte sie anzüglich. »Seid Ihr nur hier, um zu reden, oder wollt Ihr auch etwas tun?«

Der Clavigero grinste breit und gierig wie ein ausgehungerter Wolf. »Beides natürlich.«

»Dann beweist es auch!«, forderte ihn die Dunkelhaarige heraus, nahm seine Hände und legte sie an ihre Brüste. »Ihr seid Soldat, oder? Ich weiß, was Soldaten mögen.«

Pungilupo betatschte ihren Körper, doch dann schob er sie enttäuscht zurück. »Aber nicht mit dir, alte Metze.« Er besah das Grüppchen und winkte dann die Blonde heran. Sie war noch keine fünfzehn, aber ihr Blick verriet schon die Schamlosigkeit einer erfahrenen Frau. Pungilupo streifte den Ausschnitt ihres Kleides herunter und entblößte ihre Brüste. Sie waren fest mit kleinen Knospen. Der Soldat nahm sie und drückte sie fest, ohne darauf zu achten, ob er ihr wehtat. Frisches Fleisch in einer Kloake, dachte er. Schließlich legte er ihr einen Finger auf den Mund und ließ sie vor ihm hinknien.

Während seine Erregung wuchs, hatte Galvano Pungilupo plötzlich eine Erleuchtung. Er erinnerte sich an einen Gegenstand. Einen Gegenstand, den er in der vergangenen Nacht im Haus von Alfano Imperato gesehen hatte, als er im Gefolge von Konrad von Marburg dort eingedrungen war. Ein Gegenstand, den der französische Arzt die ganze Zeit in Händen gehalten hatte, bis er ihn in einer Ecke abgelegt hatte, ohne dass jemand sich weiter darum gekümmert hatte …

Vielleicht würde dieser ihm weitere Hinweise geben.

Und vielleicht war der Sohn des Händlers bereits auf der Suche danach.

16

Patrizia hatte den schönen Messere Uberto nur ungern ziehen lassen. Nachdem er aus dem Totenbrunnen geklettert war, war er erschöpft im Gras zusammengebrochen. Ihre Tante Chiara hatte ihr befohlen, ihn hineinzubringen, ehe die übrigen Nonnen bemerken konnten, was geschehen war. Im Kloster San Gregorio Armeno war es verboten, sich mit Männern zu unterhalten, besonders des Nachts, und hätte sie jemand beobachtet, so hätte dies für sie beide Ungemach bedeutet. Im Augenblick bestand kein Grund, die Äbtissin mit der Sache zu behelligen, die für jede Kleinigkeit immer eine Menge Erklärungen verlangte. Ganz zu schweigen von so einem Fall! Deshalb hatten sie lieber schnell wieder die Bretter auf den Brunnen gelegt und sich unbemerkt ins Klosterinnere zurückgezogen.

Sie hatten Uberto zu einem Lager im Erdgeschoss geschafft, wo er vor dem Einschlafen noch ein letztes »Danke« gemurmelt hatte. Er glühte vor Fieber, war vollkommen erschöpft, verängstigt und atmete schwer. Unten in den Katakomben musste die Luft sehr schlecht sein, wenigstens dem Gestank nach zu urteilen, der an Regentagen aus dem Brunnen aufstieg.

»Kümmere dich um ihn«, hatte Tante Chiara ihr befohlen. »Und erzähle keiner Menschenseele etwas, bevor ich es dir erlaube.«

Patrizia hatte sich das nicht zweimal sagen lassen. In der Abgeschiedenheit eines Klosters hatte man nicht oft Gelegenheit, sich in Gesellschaft von Männern aufzuhalten, besonders von so schönen wie diesem. Zuerst hatte Patrizia ihn entkleidet. Seine Sachen waren zerrissen und durchnässt und nicht mehr zu gebrauchen. Dann hatte sie ihn von Kopf bis Fuß mit einem nassen Tuch abgewaschen. Und je mehr Schmutz sie entfernte, desto gieriger hatte sie den jungen Mann mit ihren Augen verschlungen. Wie schön er war! Fast hätte sie der Versuchung nachgegeben, ihn zu küssen, wäre in dem Moment nicht die Tante hereingekommen, um nach ihm zu sehen. Woher er wohl kam?, fragte sich Patrizia. Ob er wohl verheiratet war?

Uberto war kurz vor Tagesanbruch aufgewacht: ein paar rasche Lidschläge, ein Stöhnen, dann hatte er um Wasser gebeten. Und als sie ihm das reichte, hatte sie wie verzaubert den Blick gar nicht mehr von seinen bernsteinfarbenen Augen losreißen können.

Dann war er wieder in Schlaf gesunken.

Später am Morgen war er plötzlich hochgeschreckt und hatte ohne Umschweife gefragt, wo er war und wie lange er geschlafen hatte. Patrizia hatte ihn gebeten, er solle sich noch ein wenig ausruhen, doch es schien ihn zu drängen, so schnell wie möglich zu verschwinden. Er war höflich, gut erzogen und hatte sogar gesagt, er wolle für die Umstände bezahlen. Gott behüte!, hatte Patrizia gedacht, das waren doch keine Umstände. Außerdem hatte Tante Chiara das Angebot zurückgewiesen und gesagt, Barmherzigkeit dürfe man nicht entlohnen. Uberto hatte eine letzte Bitte ausgesprochen: Er brauche andere Kleider, etwas Einfaches, das nicht ins Auge fiel.

Dann hatte er sich verabschiedet, ohne zu erklären, wie und warum er in den Totenbrunnen geraten war. Und als sie ihn hatte weggehen sehen, hätte Patrizia beinahe geweint.

Gott sollte ihn segnen, den schönen Messere Uberto!

Voll beladene Karren, unterwegs in alle Himmelsrichtungen, Gruppen von Leuten, Hausfrauen, Händler, Kinder mit nackten Füßen. Gleich nach Sonnenaufgang waren die Straßen von Neapel ein undurchdringliches Gewirr von Gestalten und Geräuschen. Uberto verließ den Verbindungsgang zwischen den Klöstern San Gregorio Armeno und San Pantaleone, um seinen Weg unter den Arkaden parallel zur Summa Plaza fortzusetzen. Er zwang sich, sich ganz natürlich zu verhalten, hielt sich jedoch stets im Schatten, obwohl er einigermaßen sicher war, dass niemand ihn beobachtete. Als Ersatz für seine unbrauchbaren Kleider hatte Schwester Chiara da Grottaferrata ihm eine zwar an mehreren Stellen geflickte, aber saubere Franziskanerkutte gebracht. Uberto schätzte daran besonders die Kapuze, die groß genug war, um sein Gesicht zu verbergen. Von seinen eigenen Sachen behielt er nur die Schuhe, den Reisesack und den Geldbeutel, den er an einer Schnur befestigt hatte. Außerdem trug er unter der Kutte verborgen ein Messer, das er sich mit einem Lederband um den Hals gebunden hatte.

In der vergangenen Nacht hatte er befürchtet, er würde es nicht schaffen. Hatte sich innerlich schon von Moira und der kleinen Sancha verabschiedet. Und von seinen Eltern. Auf allen vieren war er durch Jauche und an verkrusteten Wänden vorbei gekrochen und hatte dabei derart abstoßende Dinge berührt, dass es ihn nur bei dem Gedanken daran schauderte. Da es ihm nicht gelang, zu der Stelle zurückzufinden, an der er hereingekommen war, hatte er im Dunkeln weiter vordringen müssen, beinahe erstickt von dem Gestank, und als er schon glaubte, er würde niemals wieder hinausfinden, hatte er einen Luftzug bemerkt, der ihn bis zu einem Brunnen führte, der mit der Oberwelt verbunden war. Ohne diesen glücklichen Umstand wäre er weiter durch die unterirdischen Gänge geirrt, bis ihn der Tod ereilt hätte.

Doch nun musste er sich um seinen Vater kümmern. Im Augenblick befand er sich bestimmt in der Gesellschaft von Alfano und Suger, die nach allem, was Thomas erzählt hatte, unter der Beschuldigung der Nekromantie verhaftet worden waren. Und obwohl dies ein Akt der bischöflichen Gerichtsbarkeit oder der eines Kirchenmannes mit besonderen Befugnissen war, mussten sie in einem Kerker der Stadt eingesperrt sein, wie das üblich war. Dennoch hatte er keine Vorstellung, wo er mit seiner Suche beginnen sollte.

Uberto kannte niemanden in Neapel. Er wusste nicht, an wen er sich wenden sollte, und fürchtete, wenn er am falschen Ort Fragen stellte, würde er nur Verdacht erregen. Außerdem suchten Konrads Schergen vermutlich immer noch nach ihm, deshalb musste er mit der höchsten Umsicht vorgehen. Ihm blieb nur eine Möglichkeit.

Eilenden Schrittes machte er sich zu Alfano Imperatos Haus auf, und dort angekommen postierte er sich auf der gegenüberliegenden Straßenseite neben einer antiken Marmorsäule. Er hatte einen Plan, doch jetzt galt es, abzuwarten. Zwei Stunden vergingen, ehe etwas geschah. In der Zwischenzeit hatte er einen Streit zwischen kleinen

Jungen, die Vorstellung eines Schmierenkomödianten und sogar eine Bekanntmachung mitbekommen, mit der die Vertreibung der Franziskaner aus Spoleto angekündigt wurde, die mit den päpstlichen Soldaten paktiert hatten.

Schließlich wurde sein Warten belohnt. Die Haustür öffnete sich, und die Dienerin des Kanonikus kam mit zwei Eimern heraus. Uberto ließ sie vorangehen, und als er überzeugt war, dass niemand ihn bemerkt hatte, folgte er ihr.

Die Dienerin ging über die Summa Plaza und mied absichtlich die Blicke der Umstehenden. Trotzdem musste sie einige Male stehen bleiben, um die Fragen einiger Gevatterinnen zu beantworten. Fragen, die sich zweifellos auf Alfanos Verhaftung bezogen, ihrem ausweichenden und zugleich verlegenen Verhalten nach zu urteilen. Schließlich nahm sie ihren Weg wieder auf und erreichte einen Brunnen in der Mitte einer Straßenverbreiterung, füllte die Eimer und machte sich wieder auf den Heimweg. Die Last musste sie schwer drücken, denn sie war gezwungen, unter einem Bogengang etwas abseits des Menschengewimmels anzuhalten.

Uberto nutzte die Gelegenheit. Er wartete ab, bis die Frau wieder zu Atem gekommen war, schlich sich von hinten heran und zog sie an einem Arm unbemerkt von anderen in eine dunkle, verlassene Gasse. Er konnte nicht vermeiden, dass die Wassereimer dabei zu Boden gingen, doch er hinderte die Dienerin am Schreien, indem er ihr mit der Hand den Mund verschloss. Sie ruhig zu halten war schwieriger als gedacht. Die Frau war kräftig genug, um es mit rauflustigen Hungerleidern aus den Elendsvierteln aufzunehmen, und ließ sich nur mit roher Gewalt festhalten. Uberto bedauerte dies, doch er sah keine andere Möglichkeit.

»Seid still!«, zischte er ihr zu und schlug die Kapuze zurück. »Erkennt Ihr mich wieder?«

Verängstigt nickte die Dienerin.

»Ich nehme jetzt die Hand von Eurem Mund, aber schreit auf keinen Fall ...« Er zeigte ihr sein Messer. »Verstanden?«

Sie nickte wieder.

Uberto hätte nie gedacht, dass er zu einer so gemeinen Tat fähig wäre, und als er jetzt merkte, wie leicht sie ihm fiel, ekelte er sich vor sich selbst. Andererseits war seine Lage verzweifelt. »Gestern wurde Euer Herr verhaftet«, sagte er. »Wohin haben sie ihn gebracht?«

Die Frau schüttelte den Kopf. »Das weiß ich nicht …«

»Ihr lügt!« Uberto näherte das Messer ihrer Kehle. »Ihr müsst es wissen. Ihr seid seine Dienerin. Ihr wart doch dabei, als er verhaftet wurde!«

Er spürte die Angst der Frau, doch anstatt Mitleid zu empfinden, verstärkte er den Druck der Klinge auf ihre Kehle. »Zwingt mich nicht, etwas zu tun, was ich nicht will«, bedrohte er sie, doch das war mehr Ausdruck seiner Verzweiflung als von Wut. »Sagt mir, wo sie ihn hingebracht haben.«

Die Frau gab auf. »Auf die Insel des Heiligen Erlösers«, gestand sie und sank in sich zusammen wie ein leerer Sack. »Mit dem französischen Arzt.«

»Auf eine Insel?«

»Ja. Auf die Insel mit der Burg.«

Uberto milderte den Druck auf ihre Kehle. »Gut, dann sagt mir, wie ich dorthin komme, und ich lasse Euch in Ruhe.«

Nachdem er die Frau freigegeben hatte, ging Uberto die verlassene Gasse entlang. Jetzt wusste er, wo man seinen Vater gefangen hielt. Dieser kleine Fortschritt stimmte ihn ein wenig hoffnungsvoller, doch er machte sich keine Illusionen. Die Nachricht war nutzlos, solange er nicht herausfand, weshalb man Ignazio verhaftet hatte. Er musste an Konrad von Marburg herankommen, seine Beweggründe begreifen und ihn überzeugen, seinen Vater freizulassen. Uberto wusste jedoch, dass er sich nicht einfach direkt an ihn wenden konnte, sonst würde er vermutlich selbst im Gefängnis enden. Er brauchte jetzt einen Mittelsmann, jemanden, der sich in Kirchenkreisen auskannte und bereit war, für ihn zu sprechen. Da fiel ihm nur ein Name ein, und zwar Schwester Chiara da Grottaferrata, doch er bezweifelte, dass eine einfache Nonne genug Autorität besaß, um bei Konrad von Marburg Gehör zu finden.

Auf einmal hörte er Schritte. Allzu langsame, vorsichtige Schritte.

Uberto fuhr herum und sah sich einem Mann gegenüber. Von mittlerer Statur, soldatisch gekleidet, ein Schwert im Gürtel.

Der Soldat blieb mitten auf der menschenleeren Gasse stehen und betrachtete ihn aufmerksam, ein zufriedenes Grinsen auf den Lippen. Wie ein hungriger Wolf. Ich kenne dich, wollte es sagen. Er setzte den Sack ab, den er umgehängt hatte, und kam mit großen Schritten auf Uberto zu.

Der junge Mann begriff, dass ihm Gefahr drohte, und begann zu rennen, doch er konnte nicht verhindern, dass sein Verfolger ihn von hinten angriff. Er empfing einen Stoß, fiel auf die Knie und spürte, wie ihn jemand an seinen Kleidern festhielt.

»Halt still und lass mich dein Gesicht sehen!«, knurrte der Soldat und riss ihm die Kapuze nach hinten. »Du bist es, oder? Du bist der Sohn des …«

Uberto schlug ihm den Ellenbogen ins Gesicht, riss sich los und versuchte zu fliehen. Doch der Soldat versperrte ihm den Weg und hatte sofort sein Schwert gezogen. Sein erster Schlag ging ins Leere. »Verdammter Spanier!«, knurrte der Mann, dem an Nase und Mund Blut herunterlief.

Um einem zweiten Angriff auszuweichen, bückte Uberto sich und klaubte einen großen Kieselstein auf, mit dem er sich verteidigen wollte. Doch bevor er ihn benutzen konnte, stieß ihm der andere ein Knie in den Unterleib und traf ihn mit der Faust am Kiefer. Er fiel auf den Bauch, während ihm ein Stoß zwischen die Schulterblätter den Atem nahm.

»Ich wusste, dass du im Haus des Kanonikus auftauchen würdest.« Der Soldat wischte sich das blutbeschmierte Kinn ab und hob den Sack auf, den er auf dem Boden abgestellt hatte. »Das war es, wonach du gesucht hast, stimmt's?«

»Nein …«, würgte Uberto heraus, der nicht begriff, was der andere meinte. Er streckte die Hand nach dem Kieselstein aus, doch er merkte, dass der zu weit weggerollt war.

Verärgert hob der Soldat einen Fuß, um Uberto gegen den Kopf zu treten, doch bevor er sein Vorhaben vollenden konnte, schrie er vor Schmerz auf. Jemand hatte mit Steinen nach ihm geworfen. Wütend fuhr er herum und sah, wie eine dunkelhaarige Frau aus dem Schatten trat. »Ich kenne dich«, kläffte er und richtete das Schwert auf sie. »Alte Metze.«

Uberto war von den Schlägen noch wie betäubt, doch als er sah, dass sein Feind ihm den Rücken zuwandte, sammelte er seine letzten Kräfte, um zurückzuschlagen. Er rappelte sich auf, nahm das Messer, das er am Hals trug, und schwang es von hinten gegen seinen Angreifer.

Mit einem gellenden Schrei ließ der Soldat Sack und Schwert fallen und legte die Hände an die rechte Seite seines Gesichts. Uberto hatte ihm das Ohr abgetrennt, und das Blut floss in Strömen über seine Wange. Pungilupo presste die Hand auf die Wunde und starrte seinen Angreifer rasend vor Wut an, doch gleich darauf wich er zurück. Uberto hatte sein Schwert aufgehoben und richtete die Waffe auf ihn.

Das Gesicht des Soldaten war blutüberströmt und schmerzverzerrt. »Das wirst du mir büßen!«, drohte er mit Schaum vor dem Mund. »Das werdet ihr mir alle beide bezahlen!«

Uberto stand ratlos da. Er war hin und her gerissen, ob er seinem Instinkt folgen und den Mann töten sollte oder lieber bereuen, ihm so große Schmerzen bereitet zu haben. Er starrte diese Gestalt an, die in sich gekrümmt und bebend vor Zorn vor ihm stand, und wusste nicht, wie er reagieren sollte.

Der Soldat nutzte sein Zögern aus, stieß die Frau zu Boden und floh laut schreiend über die Summa Plaza.

»Ruft die Wachen! Ruft die Wachen!«, brüllte Galvano Pungilupo und lief mit blutüberströmtem Gesicht in die Menge.

»Folgt mir, Messere«, sagte Ermelina und erhob sich. »Oder Ihr bekommt es mit den Wachen zu tun.«

Uberto hatte sie sofort wiedererkannt. Es war die Dirne, die vor Kurzem stehen geblieben war und mit seinem Vater gesprochen hatte. Statt etwas zu entgegnen, hob er den Sack auf, den der Soldat fallen gelassen hatte, und sah sich seinen Inhalt an. Zu seiner größten Überraschung fand er darin den Umhang des Schützen. Der Soldat musste also in Alfanos Haus zurückgekehrt sein, um ihn zu holen, in der Annahme, er und sein Vater würden das Gleiche tun. Da hatte er sich aber geirrt! Bis gestern hätte Uberto nicht gezögert, sich sofort dieses Gegenstandes zu entledigen, doch jetzt ging dies nicht mehr. Er konnte sich als nützlich erweisen. Deshalb hängte er sich den Sack um und folgte widerwillig der Frau.

Ermelina führte ihn von der Summa Plaza weg und ging ihm durch ein Gewirr aus Gassen, Wegbiegungen und Bogengängen voraus, sie bewegte sich sicher in einer eigenen Welt entlang der Hauptstraßen. Nachdem sie lange Zeit so gelaufen waren, bog sie irgendwann in einen Hausflur ein, der auf einen von windschiefen Hütten umgebenen Hof ging.

»Jetzt sind wir in Sicherheit«, sagte sie und blieb stehen.

Uberto wollte etwas sagen, doch sie bedeutete ihm zu schweigen. »Gestern habe ich Euch zusammen mit Ignazio da Toledo gesehen, Ihr seht ihm sehr ähnlich … Ihr seid sein Sohn, nicht wahr?«

»Das stimmt.«

»Gut. Ich habe das von Eurem Vater erfahren. Der Mann, der Euch angegriffen hat, nun, ich wusste, dass er Euch auf der Spur ist. Heute Nacht ist er hergekommen, um Euch in dieser Gegend zu suchen. Er hat mir und meinen Gefährtinnen Fragen gestellt, hat von Ignazio gesprochen … Ich bin hier, um Euch zu helfen.«

Uberto verschränkte abweisend die Arme vor der Brust. »Und warum das?«

»Das ist meine Sache.« Ermelina hielt seinem Blick stand und sah ihn streng an. »Vertraut Ihr mir nicht?«

»Ihr seid mir zu Hilfe gekommen, und ich bin Euch dankbar dafür, aber ich mag Euch nicht«, gestand er.

»Ihr müsst mich nicht mögen, da Ihr mich braucht.« Die Frau sprach hastig, ohne jedoch irgendein Gefühl erkennen zu lassen. »Ihr benötigt dringend meine Hilfe, wenn Ihr Ignazio befreien wollt.«

»Das ist nicht gesagt.« Uberto wies auf den Sack, den er vom Boden aufgehoben hatte. »Hier drinnen ist der Beweis für meine Unschuld und die meines Vaters. Ich werde meinen guten Willen zeigen, indem ich das hier übergebe.«

»Ich weiß nicht, wovon Ihr sprecht, aber wenn Ihr Euch zu erkennen gebt, wird man Euch sofort verhaften, und Ihr werdet keine Gelegenheit mehr haben, etwas zu erklären oder Euren Vater zu befreien.«

»Ich könnte mich an jemanden wenden, an ...«

»Niemand wird Euch Gehör schenken.« Ermelinas Worte waren hart. »Begreift Ihr nicht? Wer auf der Insel des Heiligen Erlösers eingekerkert wird, ist verloren.«

»Kennt Ihr diesen Ort? Kennt Ihr die Burg?«

»Ich kenne die Soldaten, die dort einquartiert sind.«

Uberto zeigte an, dass er wusste, wovon sie sprach. »Ich erinnere mich«, sagte er bedauernd. »Euer Ehemann ...«

»Ja, mein Mann«, erklärte sie verächtlich. »Und viele andere.«

»Glaubt Ihr, einer der Wächter könnte meinen Vater befreien?«

»Die Gunst einer Hure genügt nicht, um sich die Hilfe eines Soldaten zu erkaufen. Das muss man anders angehen. Wir müssen unbemerkt in die Burg gelangen, Ignazio finden und ihn hinausbringen.«

»Ein diskreter, weniger gefährlicher Weg wäre mir lieber.«

Ermelina schüttelte den Kopf. »Wenn Euer Vater Euch am Herzen liegt, habt Ihr keine andere Möglichkeit. Ihr müsst ihn mit Gewalt befreien und aus Neapel fliehen.«

»Dennoch ist Euer Plan nicht durchführbar.« Uberto runzelte die Stirn. »Wie soll man in eine uneinnehmbare Festung hinein- und heil wieder herauskommen?«

»Es gibt einen Mann, dem es schon gelungen ist«, erwiderte Ermelina und zwinkerte ihm verschwörerisch zu. »An ihn müsst Ihr Euch wenden.«

Uberto konnte nicht anders, er musste zurücklächeln. »Ihr fangt an, mich neugierig zu machen. Erzählt mir von dem Mann.«

»Er lebt in der Gegend um den Mandracchio. Er heißt Nicola di Bari, aber jeder kennt ihn nur als Cola Pesce.«

DRITTER TEIL

DIE FESTUNG ÜBER DEM MEER

»Ich bin geboren unter dem Stern von Nicola di Bar,
der, hätt' er länger gelebt, weise gewesen wäre,
stattdessen hat viel Zeit er verbracht bei den Fischen im Meere,
und obwohl er wusste, dass es irgendwann für ihn zu Ende war,
kehrte er fast nie mehr zurück auf diese Erde.
Als eines Tages zu Staub er werden musste,
begab er sich ins große Meer, denn er wusste,
dass er hier sein Ende finden werde.«

Raimon Jordan, »Aital astr'ai com Nicola de Bar«

17

An diesem Ort konnte kein Gebet genügen. Nicht hier, unter dieser heißen Mittelmeersonne, wo der Wind den Geruch einer Welt an ihn herantrug, die so ganz anders war als die, die er kannte. In Thüringen sah die Sonne aus wie ein bleicher, linsenförmiger Stern und verströmte höchstens im Sommer eine gewisse Wärme. Und der Wind … ja, der Wind in deutschen Landen war bestimmt kein milder Zephyr, der süße Düfte mit sich brachte, sondern pfeifend und hart wie eine Peitsche.

Daher reichte das Gebet allein nicht aus, damit er sich sammeln konnte.

Konrad von Marburg stieg von einem der Türme des während der normannischen Herrschaft errichteten Castello Marino nach unten. Er hatte diesen Turm mit Bedacht gewählt, weil er ihm besonders schlicht und robust vorgekommen war. Die Torre di Colleville, der Hauptturm und der in der Mitte dagegen waren mit Ornamenten verziert, die an den maurischen Stil erinnerten, und hatten bei ihm instinktiv Widerwillen ausgelöst. Aus den gleichen Gründen hatte er bisher die Kirche San Salvatore innerhalb der Burg gemieden. Sie stammte aus der Antike und erinnerte wie jedes römische Bauwerk unangenehm an einen heidnischen Tempel.

Doch selbst in diesem schmucklosen Turm aus der Zeit der Normannen war es Konrad nicht gelungen, Ruhe oder zumindest Erfrischung zu finden. Nachdem er bis oben hinaufgestiegen war, hatte er sich an ein schmales Fenster gestellt, das auf das Meer ging, bis ihn das grelle Licht und die salzige Luft von dort vertrieben hatten.

Hastig lief er nun die Stufen hinunter, seine Hand umklammerte sein metallenes Kruzifix. Die Berührung der kühlen Oberfläche vermochte sein Unwohlsein nur leicht zu lindern. Also blickte er nach unten und versuchte, an sturmgebeutelte Landschaften, kahle

Felder und nackte Wälder zu denken, und an Dörfer, wo die Häuser sich um Kirchen scharten, die wie jahrhundertealte Bäume fest im Boden verwurzelt waren. Und endlich fühlte er, wie in seinem Geist von Neuem die Gottesfurcht erstarkte, dieses reine, unbeugsame Gefühl, das ihn für einen Augenblick verlassen hatte.

Das Ganze hatte sich vor einer Stunde zugetragen, als er Thomas getroffen hatte. Von diesem Jungen ging eine solche Wärme aus, dass Konrad vollkommen verwirrt und erschüttert war. Es war nicht einfach ein Ausdruck von Menschlichkeit oder kindlicher Unschuld. An Thomas war etwas ganz Besonderes, schon nach wenigen Worten hatte Konrad an ihm das Geschenk der Gnade erkannt. Das erhabene Licht des Heiligen Geistes.

Thomas' Glauben unterschied sich jedoch vollkommen von seinem. Anfangs hatte Konrad sogar befürchtet, er sei vom Übel der Häresie befallen. Doch schließlich hatte er seine Meinung geändert, und einen Augenblick lang hatte er sich gewünscht, er wäre wie dieser Knabe und könnte seine Innerlichkeit, seine intimsten Gefühle ausleben, die er seit seiner Kindheit in sich zurückgehalten hatte. Aber dann hatte er sich wieder darauf besonnen, dass er ein Jäger war, und hatte diese Anwandlungen sogleich unterdrückt, um ihnen nicht zu erliegen. Dies wäre ein Fehler. Das göttliche Licht in ihm war dazu bestimmt, sich in winterlichen Eiskristallen zu brechen. Funkelnden Kristallen, so scharf wie Klingen.

Dank dieser Strenge war es Konrad gelungen, den spanischen Nekromanten in die Enge zu treiben, wenn auch nur in einem Vorverhör. Der eigentliche Prozess musste noch warten. Zunächst sollte er noch die anderen Gefangenen gründlich befragen, damit Ignazio da Toledo sich nicht durch irgendeinen Fehler im Verfahren aus der Schlinge ziehen konnte.

Was das anbetraf, hatte das Gespräch mit Thomas ihn nicht weitergebracht. Der Knabe war nur am Rande in die Angelegenheit verwickelt. In seiner kindlichen Reinheit hatte er an die Unschuld dieses Händlers geglaubt. Und aus Menschenfreundlichkeit hatte er ihn vor der Gefahr gewarnt. Das konnte man ihm nicht vorwerfen. Er hatte nur seine Herzensgüte unter Beweis gestellt, indem er sich selbst in Gefahr brachte und die verteidigte, die er für unschuldig hielt.

Noch unergiebiger war das gewesen, was der Knabe über Suger zu berichten wusste. Doch Konrad verfügte bereits über andere Hinweise, die nicht von Thomas stammten und die den Magister medicinae in Zusammenhang mit dem Mord an Gebeard von Querfurt und der Sekte der Luziferianer brachten.

Ihm fehlten nur noch wenige Beweise, und er würde alle in die Knie zwingen.

Nachdem er den Normannenturm hinuntergestiegen war, überquerte er einen Weg, der unter einem Tor hindurchführte, und ging im Schatten eines hölzernen Bogenganges weiter. Dort traf er auf eine Gruppe von Basilianermönchen, die zur Inselkirche strebten. Er war kurz versucht, seinen Widerwillen gegen das Bauwerk zu überwinden und ihnen zu folgen. Trotz aller heidnischer Anmutung war San Salvatore doch ein Ort des Gebets. Es würde ihm bestimmt guttun, die Kirche zu besuchen, aber das konnte er sich gerade jetzt nicht erlauben. Seine Anwesenheit war anderweitig gefordert.

Konrad legte die Hand vor die Augen, um sie vor der blendenden Sonne zu schützen, dann verließ er den Bogengang und lief in Richtung einer weitläufigen Terrasse mit Blick aufs Meer, wo einige Leute schon auf ihn warteten. Unter ihnen stach vor allem der Bürgermeister der Summa Plaza mit seinem mächtigen Bauch hervor. Neben ihm nestelte der städtische Baiulus, ein hagerer, stocksteifer Mann, offensichtlich verlegen an dem Verschluss seines Umhangs. Konrad ging freundlich lächelnd auf ihn zu. Wenn keine Beamten vom Kaiserhof zugegen waren, verkörperte dieser Mann den Willen der *majores cives*, der weltlichen Gerichtsbarkeit von Neapel.

»Ehrwürdiger Vater«, begrüßte ihn der Baiulus mit einer ungelenken Verneigung. »Ich hoffe, dass Euer Aufenthalt im Castello Marino angenehm verläuft.«

»Ich bin nicht zum Vergnügen hier.« Konrad machte eine verächtliche Geste, denn allein der Gedanke, er könne von Annehmlichkeiten umgeben sein, verärgerte ihn. »Ich benötige einzig Zugriff auf die Kerker.«

»Die Burg ist kaiserlicher Besitz«, erklärte der Baiulus mit kaum verhohlener Missbilligung. »Aber angesichts der Umstände und aufgrund des päpstlichen Erlasses, den Ihr mit Euch führt, können wir Euch nicht daran hindern, sie zu benutzen.«

Konrad von Marburg nickte, um seine Dankbarkeit zu zeigen, wenngleich er derlei keineswegs empfand. Seiner Meinung nach hatte jeder, der im Auftrag des Heiligen Stuhls handelte, das Recht, über alles und jeden zu verfügen.

»Letztendlich hat sich Kaiser Friedrich doch immer dafür ausgesprochen, die Häresie zu bekämpfen.« Mit diesen Worten forderte er sein Gegenüber heraus, seine Feindseligkeit offen zum Ausdruck zu bringen. Und er fügte lächelnd hinzu: »Trotz der jüngsten Meinungsverschiedenheiten mit dem Papst, natürlich.«

Der Baiulus errötete, aber er hütete sich wohl, darauf zu antworten.

»Ehrwürdigster Vater«, meldete sich der Bürgermeister zu Wort und wies auf einen Mann und eine Frau, die ein wenig abseits standen. »Eurem Wunsch gemäß habe ich die nächsten Verwandten des Jungen herbringen lassen. Wollt Ihr sie befragen?«

Konrad hielt den Blick weiter auf den Bürgermeister gerichtet. Der Mann war fett wie ein Ochse, aber sehr umgänglich. Er war ihm in der letzten Nacht sehr hilfreich gewesen, als er die städtischen Wachen zur Verhaftung Ignazios zur Verfügung gestellt hatte. »Keineswegs«, erwiderte er und lenkte seine Aufmerksamkeit auf das Paar. Beide waren noch jung, die Frau hätte beinahe eine Maurin sein können. Der Mann hatte die typischen Gesichtszüge des langobardischen Adelshauses derer von Aquin. »Ich habe sie nur herbringen lassen, damit sie den Jungen mitnehmen. Thomas ist frei, ich vertraue ihn der Fürsorge seiner Verwandten an.« Er achtete gar nicht auf deren Dankesbezeugungen, sondern wandte sich direkt an den Baiulus: »Kümmert Euch um die Formalitäten seiner Entlassung aus dem Kerker. Ich habe genug anderes zu tun.«

Dass er wie ein erbärmlicher Untergebener behandelt wurde, empörte den Mann so, dass er schon etwas erwidern wollte, doch Konrad fertigte ihn mit einem beiläufigen Segensgruß ab, machte auf dem

Absatz kehrt und ging, ohne sich um die höflichen Abschiedsworte zu kümmern, die hinter ihm ausgesprochen wurden.

Es war nicht allein die Hitze in dieser Stadt, die ihm zu schaffen machte, sondern auch die ganzen Umstände. Er war in ein Schlangennest geraten, wo alle dem Papst feindlich gesinnt waren, und diese Feindseligkeit wurde nur durch die Furcht in Zaum gehalten, der Kaiser könnte tot sein und Gregor IX. wolle seinen Herrschaftsbereich auf Neapel ausdehnen. Als Abgesandter des Heiligen Stuhls wusste Konrad nur zu gut, dass er gehasst und gefürchtet wurde. Dennoch kümmerte ihn das nicht sehr. Ihn erwartete ein Verhör, das er noch vor der Vesper durchführen wollte. Morgen war Ostersonntag, und er wollte vermeiden, dass dieser Feiertag auf irgendeine Weise durch das Werk des Bösen befleckt würde.

Er ging zurück zum Normannenturm und stieg hinunter in die Kerker, wo er dem Wärter befahl, eine Zelle aufzuschließen. Der Soldat gehorchte und bot an, Konrad hineinzubegleiten.

Der lehnte jedoch ab und sagte, das sei nicht nötig.

Im Innern des dunklen Raumes, der höchstens drei Personen Platz bot, saß Alfano Imperato in einer Ecke und wartete. Er zitterte am ganzen Leibe, was durch die fahrigen Bewegungen seiner Hände noch unterstrichen wurde.

Konrad schritt über die Schwelle und grüßte ihn respektvoll: »Ehrwürdiger Vater, ich bedaure, Euch in diesem Zustand zu sehen.«

»Dann seid so freundlich und lasst mich frei«, erwiderte Alfano, der ein wenig Stolz wiederfand.

Konrad schüttelte den Kopf. »Damit wollte ich keineswegs andeuten, dass ich Euch für unschuldig halte.«

»Ich habe Euch alles berichtet, was ich weiß«, protestierte Alfano. »Ich habe mit Euren Luziferianern nichts zu schaffen. Ich habe mir nichts zuschulden kommen lassen!«

»Alle sind schuldig.« Konrads Worte waren mehr als ein Vorwurf. »Als Mann der Kirche müsstet Ihr das besser wissen als jeder andere.«

Das Gesicht des Kanonikus nahm wieder einen traurigen Ausdruck an. »Verzeiht meine Anmaßung, Magister.«

»Hochmut«, erklärte Konrad von Marburg.

»Was?«

»Da Ihr Euer Urteil über das Gottes gestellt habt, habt Ihr die Sünde des Hochmuts begangen.« Konrad richtete den Zeigefinger auf ihn. »Oder glaubt Ihr etwa, Euer Gewissen sei so unfehlbar wie die Waage des Erzengels Michael?«

»Ihr habt recht, ich bitte um Vergebung.«

Konrad zögerte. »Oder vielleicht habt Ihr auch die Sünde der Lüge begangen?«

»Warum sollte ich?«

»Weil Ihr eine Bestrafung fürchtet«, sagte Konrad. »Diesbezüglich kam ich nicht umhin, einige Widersprüche zwischen Eurer Version der Ereignisse und der des kleinen Thomas zu bemerken. Erinnert Ihr Euch noch, was Ihr mir über den Magister aus Toledo erzählt habt? Ihr sagtet, Ihr hättet nichts von ihm gewusst, bevor Suger ihn erwähnte. Der Knabe jedoch behauptet, Ihr hättet seinen Namen als Erster genannt.«

»Er muss sich geirrt haben, es gibt keine andere Erklärung ...«

»Seid Ihr sicher?«

»Ich erinnere mich, beobachtet zu haben, dass der Knabe während dieser Unterhaltung recht abgelenkt war. Er lief in meinem Arbeitszimmer umher und bewunderte die Heiligenbilder. Vielleicht hat er etwas missverstanden ...«

Konrad stand mit verschränkten Armen vor ihm, sein Blick wirkte kämpferisch und undurchdringlich. »Merkt Euch wohl, hochwürdiger Vater Alfano«, sagte er drohend, »sollte ich feststellen, dass Ihr mich belügt, müsste ich glauben, dass Ihr etwas zu verbergen habt. Vielleicht ist Eure Verbindung zu Gebeard von Querfurt ja enger, als Ihr behauptet habt ...«

»Ihr beleidigt mich!«, fuhr der Kanonikus auf. »Ich bin ehrlich, ich verabscheue jede Form der Häresie!«

»Wenn das so ist«, Konrad von Marburg gab sich umgänglich, »sprecht offen zu mir.«

»Ihr meint, ich soll beichten?«

»Die Beichte wäscht die Sünden ab, guter Vater. Ich hingegen beabsichtige, sie ans Licht zu bringen.«

Alfano wich zurück. »Aber ohne Absolution wäre das ein …«

»Verhör?« Konrad von Marburg legte eine Hand an den Mund, als hätte er ein obszönes Wort ausgesprochen. Als er sie fortnahm, waren seine Lippen zu einem verschwörerischen Lächeln verzogen. »Einem Verhör unterzieht man jemanden, der die Wahrheit verbirgt. Mit Euch hingegen will ich ein vertrauliches Gespräch führen.«

»Ich danke Euch dafür, aber ich wüsste wirklich nicht, wo ich anfangen sollte … Vergangene Nacht habe ich Euch alles über Ignazio da Toledo und die Angelegenheit mit der falschen Reliquie erzählt …«

»Irgendetwas vergisst man immer.« Konrad machte eine unbestimmte Handbewegung. »In meinen Augen seid Ihr das Opfer der Verschwörung einer ketzerischen Sekte. Ich bitte Euch also, die Ereignisse unter diesem Gesichtspunkt noch einmal zu überprüfen. Zunächst einmal, wer hat Euch angesprochen?«

»Gebeard von Querfurt.«

»Er wurde ermordet.«

»Durch einen Feuerstoß«, erklärte Alfano, immer bereitwilliger. »Eine Flamme, die aus einer Lanze kam … Nein, sie ist dort nicht einfach herausgekommen, sie wurde von einem Mann *ausgesendet*, der plötzlich aus dem Nichts auftauchte.«

»Wisst Ihr, wer der Mann war?«

»Es war dunkel, und ich war zu verängstigt, um hinzusehen … Wie ich Euch schon sagte, Ignazio da Toledo hat ihn sicher genauer gesehen als ich, und er hat ihn verfolgt. Zu meinem Schutz, wie er behauptete.«

»Wie er behauptete«, wiederholte Konrad. In seinen Augen war nicht nur zu lesen, dass er diese Aussage bezweifelte, sondern auch, dass er dem Spanier ein Verbrechen unterstellte.

Der Kanonikus bemerkte es und griff den Verdacht auf, ohne zweimal zu überlegen: »Ja, tatsächlich glaube ich, dass Meister Ignazio mich absichtlich zurückgelassen hat.«

»Warum hätte er das tun sollen, wenn er nicht in den Mord verwickelt ist?«

»Jetzt begreife ich!« Alfano schlug sich mit der Hand an die Stirn.

»Der Spanier ist aus den Katakomben geflohen, damit ihn die Wachen nicht gefangen nehmen!«

»Und kurz darauf ist er wieder bei Euch erschienen, um Euch Suger de Petit-Pont vorzustellen«, ergänzte Konrad von Marburg. »Glaubt Ihr wirklich, das sei alles Zufall?«

»Ich bin zu gutgläubig gewesen …«

»Fahrt fort, selbst wenn Ihr Euch vielleicht wiederholt.«

Der Kanonikus nickte. »Dieser französische Arzt hat mich über Gebeard von Querfurt ausgefragt … Ja, jetzt wird mir alles klar … Dieser Suger muss mit dem Händler aus Toledo unter einer Decke stecken. Er muss in seinem Auftrag gehandelt haben …«

»Zieht keine übereilten Schlüsse«, mahnte Konrad ihn, »und sagt mir, was genau dieser ›Medicus‹ Euch gefragt hat.«

»Wohin Gebeard weiterziehen wollte, sobald er Neapel verlassen hätte.«

Konrad gab sich misstrauisch. »Das habt Ihr heute Nacht nicht erwähnt …«

»Verzeiht, die Angst hat mich ganz durcheinandergebracht …«

»Nun, jetzt scheint Ihr mir wieder klar bei Verstand.«

Alfano verhielt sich tatsächlich nicht mehr wie jemand, der verhört wurde, vielmehr wirkte er jetzt, als würde er die Anklage führen. Er zitterte nicht mehr und hatte die Hände kämpferisch zu Fäusten geballt. »Gebeard hatte es mir gesagt, für den Fall, dass jemand nach seiner Abreise nach ihm fragen würde. Jemand, der sich als der ›Überbringer des Umhangs‹ bezeichnen würde.«

»Der ›Überbringer des Umhangs‹?«, wiederholte Konrad.

»Suger de Petit-Pont.«

»Erklärt mir näher, worum es sich dabei handelt.«

»Das ist schnell gesagt. Der Magister medicinae hatte einen Umhang bei sich, den er Gebeard von Querfurt überbringen sollte. Er hat ihn mir ein einziges Mal flüchtig gezeigt. Ein fein bestickter königlicher Umhang mit seltsamen Symbolen.«

»Symbolen?« Konrad kam so schnell auf ihn zu, dass Alfano aufschreckte. »Kreise? Tauben? Reiter?«

Beim letzten Wort nickte der Kanonikus. »In der Mitte war ein

Reiter eingestickt, der einen Bogen trug. Aber ich habe kein gutes Gedächtnis für solche Dinge, ich erinnere mich an nichts Genaues … Und ich kann mir nicht einmal vorstellen, zu welchem Zweck ein solcher Umhang dienen könnte.«

»Aber Ihr habt gesagt, Ihr kennt das nächste Ziel von Gebeard«, erwiderte Konrad, »den Bestimmungsort des Umhangs. Habe ich recht?«

»Ja, es ist die Stadt Salerno.«

»Und an wen hätte sich Suger de Petit-Pont dort wenden sollen?«

»An eine Heilerin.« Zum ersten Mal zögerte Alfano ein wenig. »Eine Frau, die mit Tränen heilt.«

18

Budello, Eingeweide, so wurde die Straße zum Mandracchio genannt, dem Teil des Strandes, der bei der kleinen Mole lag. Vergeblich fragte Uberto nach der *arcina*, dem alten Arsenal, er erhielt von den Vorüberkommenden immer die gleichen Hinweise: Er solle dem Budello bis vor die Tore der Stadt hinaus folgen und in südlicher Richtung bis zum Mandracchio gehen. Doch das war keine Straße, ja nicht einmal eine Gasse. Nur eine übel riechende Abflussrinne zwischen zwei Anhöhen, wo das einzige Wasser aus den Abwasserkanälen der Häuser und der Gerbereien kam, die zum Meer strömten. Uberto war gezwungen, sich seinen Weg dort mittendurch zu bahnen. Der Budello war keine gepflasterte Straße, nur ein schmaler, aus dem Tuffstein herausgehauener Weg.

Endlich erreichte er einen offenen, von elenden Hütten umstandenen Platz, eine Ansiedlung unterhalb eines Hügelkamms. Auf der gegenüberliegenden Seite sah man hinter einem Labyrinth aus Anlegestellen die glitzernde Oberfläche des Meeres.

Uberto legte den letzten Teil des Abstiegs zurück, der ihn vom Mandracchio trennte, und sah sich misstrauisch um. Er trug immer noch die Kutte, die Chiara da Grottaferrata ihm gegeben hatte, obwohl Ermelina angeboten hatte, ihm neue Kleidung zu besorgen. Diese Tracht sicherte ihm, unerkannt zu bleiben, und sie brachte ihm die Ehrfurcht der Passanten ein, die ihn für einen Mann der Kirche hielten.

Mit über den Kopf gezogener Kapuze und gefalteten Händen lief er vorwärts, während der Saum seiner Kutte durch den Schlamm schleifte. Nach den Auskünften der Hure würde er Cola Pesce in der einzigen Schenke hier finden, die Uberto rasch am Ende der Straße ausgemacht hatte.

Kaum hatte er die Schenke betreten, umhüllte ihn ein dicker Rauchvorhang, sodass er schon glaubte, der Kamin sei verstopft, bis er merkte, dass die Schwaden aus kleinen, auf den Tischen verteilten Glutbecken aus Ton kamen. Mit berauschenden Substanzen, nahm er an, als er in die abwesenden Gesichter derjenigen blickte, die sie einatmeten.

Im Übrigen war die Atmosphäre genau wie sonst in einer Schenke: Betrunkene Männer dösten auf Schemeln oder auf der Erde vor sich hin, während andere sich miteinander unterhielten oder würfelten. Beleidigungen und Obszönitäten flogen durch den Schankraum hin und her, vorgebracht in einer Vielzahl an unverständlichen Dialekten.

Uberto schritt durch das neblige Chaos vorwärts und lenkte mit einer unauffälligen Handbewegung die Aufmerksamkeit des Wirts auf sich. Als der zu ihm eilte, steckte Uberto ihm ein Geldstück zu und flüsterte einen Namen. Der Mann nickte mehrmals, dann deutete er auf einen Gast, der abseits von den anderen saß.

»Ich leiste ihm Gesellschaft«, sagte Uberto. »Bringt mir zu trinken.«

Der Wirt sah ihn in einer Mischung aus Verehrung und Erstaunen an. Offensichtlich hatte er noch nie Geistliche in seinem Lokal gesehen, geschweige ihnen Getränke serviert. »Was kann ich Euch bringen, Vater?«

»Bringt mir das, was er trinkt«, antwortete der Spanier und ging auf den Mann zu, den ihm der Wirt gezeigt hatte. Er war mittelgroß, hatte sehr kurze Haare, und seine Augen waren von dem Rauch aus dem kleinen Glutbecken getrübt. Barfuß und mit einer Hose, die von einer Schnur in der Taille gehalten wurde, konnte man ihn noch zu den Bessergekleideten in der Schenke zählen.

Uberto setzte sich ihm gegenüber. »Seid Ihr Cola Pesce?«

Der Mann machte eine unbestimmte Handbewegung, die halb freundlich, halb gelangweilt wirkte. Die niedrige Stirn und die wulstigen Lippen verliehen ihm affenähnliche Züge. »Kommt drauf an, wer das wissen will.«

»Jemand, der sich für die Kerker im Castello Marino interessiert.«

Der Mann sog das Rauschmittel aus dem Glutbecken ein und starrte Uberto aus geweiteten Pupillen an.

Der fasste es als eine Einladung auf, fortzufahren. »Es heißt, Ihr kennt sie sehr gut.«

»Das will ich meinen! Ich könnte erzählen, wie ich hineingekommen bin«, rief Cola Pesce aus, »oder wie wieder hinaus.«

Uberto hatte keine Vorstellung, warum dieser Mann im Castello Marino auf der Insel des Heiligen Erlösers, San Salvatore, eingekerkert worden war, und er bezweifelte, dass er es je erfahren würde. Andererseits hatte ihm ein Blick genügt, um zu sehen, was sich hinter diesem sonnengegerbten Gesicht verbarg. Er entdeckte Anzeichen tiefer Enttäuschung, die Wunden eines Menschen, der mit den Gesetzen der weltlichen Macht in Konflikt geraten und von den Ereignissen mitgerissen worden war. Genau wie sein Vater.

Der Wirt tauchte durch den Rauchvorhang auf, um eine Flasche Wein auf den Tisch zu stellen, und verschwand mit einer Verbeugung. Cola Pesce bediente sich ohne Umstände und trank direkt aus der Flasche, während er sein Gegenüber im Auge behielt. »Ihr seid wie ein Mönch gekleidet, aber Ihr benehmt Euch nicht wie einer«, sagte er und bewies damit, dass er ein aufmerksamer Beobachter war.

Uberto bemerkte, dass der Mann die Hand an den Gürtel legte, an ein großes Messer, wie es Seeleute zum Durchtrennen von Netzen und Tauwerk verwendeten und gelegentlich auch, um sich in Raufereien zu behaupten. »Ihr müsst mich nicht fürchten«, beruhigte er Cola Pesce. »Ich bin hier, weil ich Euch brauche.«

»Ihr braucht mich? Wollt Ihr etwa einen Eurer Spießgesellen aus der Burg herausbekommen?«

»Keinen Spießgesellen. Meinen Vater.«

Der Seemann zuckte mit den Schultern. »Selbst wenn es der Kaiser wäre, wäre mir das völlig gleich.«

»Überlegt es Euch gut. Ich erbitte nie einen Gefallen, ohne dafür etwas anzubieten.«

»So wie Ihr ausseht, bezweifle ich, dass Ihr Euch meine Dienste leisten könnt.«

»Der äußere Anschein täuscht manchmal«, erwiderte Uberto und lächelte ihn bedeutungsvoll an. »Nennt mir Euren Preis, guter Mann.«

Cola Pesce betrachtete ihn von der Seite, dann nahm er einen weiteren Schluck Wein. »Siebzig Tari.«

»Ich gebe zu, Ihr seid gewiss nicht billig …«

»Vergesst nicht, Messere, dass ich mich Gefahren aussetze. Was, wenn man mich gefangen nimmt …«

»Einverstanden.« Uberto schnitt ihm mit einer knappen Handbewegung das Wort ab.

»Wartet noch, bevor Ihr Euch einverstanden erklärt. Ihr müsst mich auch bezahlen, falls etwas schiefgeht.«

»Ich weiß genau, wie manche Dinge laufen. Und ich setze noch eins drauf: Sollte alles gut ausgehen, gebe ich Euch weitere dreißig Tari, vorausgesetzt, Ihr behaltet die Sache für Euch.«

»Verfügt Ihr wirklich über hundert Tari?«

Uberto nickte.

»Das freut mich, Messere.« Cola Pesce gab sich gut gelaunt. »Aber es versteht sich, dass ich erst das Geld sehen will, bevor ich auch nur einen Finger rühre.«

»Das scheint mir nur gerecht«, erklärte Uberto und dachte, dass Geld im Moment das kleinste seiner Probleme war. Er konnte über die Summe verfügen, die sie von Alfano für das Blutwunder erhalten hatten. Kurz bevor er verhaftet wurde, hatte ihm der Vater dieses Geld zur Aufbewahrung übergeben. Für den Augenblick hatte er es unter einem Baum außerhalb der Stadtmauern vergraben, damit man ihn nicht beraubte.

»Jetzt seid Ihr dran«, sagte der Seemann. »Wie wollt Ihr vorgehen?«

»Zuerst will ich wissen, ob ein solches Unternehmen überhaupt möglich ist.«

»Natürlich gibt es da gewisse Risiken, aber Ihr habt Euch an den Richtigen gewandt. Bis jetzt bin ich der Einzige, der diese Burg aus eigenen Stücken betreten und wieder verlassen hat.«

»Und wie habt Ihr das angestellt?«

»Was für eine Frage!« Cola Pesce breitete die Arme aus, als würde er etwas Offensichtliches verkünden. »Ich bin unter dem Stern des heiligen Nicola geboren.«

Uberto sah ihn verdutzt an und wusste nicht, was er von dieser Bemerkung halten sollte. Doch gleich darauf bemerkte er, dass der Seemann dies ernst meinte. Er war vollkommen davon überzeugt.

»Der heilige Nicola von Bari ist der Schutzpatron meiner Geburtsstadt«, erklärte Cola Pesce. »Er beschützt all seine Stadtkinder und mich ganz besonders, weil ich seinen Namen trage.«

Uberto kannte als Sohn seines Vaters den Kult um den heiligen Nikolaus und die Geschichte seiner Reliquien, die aus Myra bis in die Kathedrale nach Bari überführt worden waren, das so ein berühmter Wallfahrtsort wurde. »Und der heilige Nikolaus steht nur Euch bei?«, wollte er wissen. »Oder auch denen, die Ihr aus dem Kerker befreien wollt?«

Cola Pesce lächelte ihn verschmitzt an. »Denkt Ihr nur daran, mich zu bezahlen, das mit dem heiligen Nicola regele dann ich.«

Uberto erwiderte das Lächeln, doch in seinem Innern fing er an zu bereuen, dass er auf Ermelina vertraut hatte. Ich begebe mich in die Hände eines Verrückten, sagte er sich und betrachtete starr den begeisterten Gesichtsausdruck des Seemanns. Und wenn ich seinen Vorschlag akzeptiere, heißt das, ich bin genauso verrückt wie er.

Größeres Unbehagen bereitete ihm jedoch die Tatsache, dass er eine leise Hoffnung hegte. Er fragte sich, ob er dieses Gefühl seinem eigenen Instinkt oder dem Rauch aus dem Glutbecken vor ihm zuschreiben sollte.

Finger, die ein Kruzifix fest umklammerten.

Suger konnte die Augen nicht von diesem Anblick lösen, er wurde davon angezogen wie ein Nachtfalter von der Flamme. Andererseits hätte es ihn ohnehin mehr Mut gekostet, als er noch besaß, den Blick weiter nach oben zu heben. Konrad von Marburg stand unerschütterlich wie ein Fels vor ihm, seine Silhouette füllte den Eingang zur Zelle aus. Sein dunkles Gewand betonte die Blässe seines beinahe sanftmütig wirkenden Gesichts. Doch seine Augen waren wie zwei dunkle Abgründe, die finsterer wirkten als die Nacht. Und nun waren sie auf Suger gerichtet.

»Ich habe nichts mit diesem Spanier zu schaffen«, antwortete der Arzt und täuschte dabei eine Selbstsicherheit vor, über die er gar nicht verfügte. »Alles, was ich über ihn weiß, habe ich Euch bereits vergangene Nacht berichtet.«

Eigentlich hatte er noch viel mehr erzählt und einige Details erfunden, um Ignazio da Toledo in ein schlechtes Licht zu rücken. Sein Überlebensinstinkt hatte ihn dazu bewogen. Er wollte sich entlasten, aber er war deswegen nicht gerade stolz auf sich. Dennoch war es Suger gelungen, sein Gewissen zu beruhigen, indem er sich an die Möglichkeit klammerte, dass seine Verleumdungen vielleicht ja tatsächlich der Wahrheit entsprachen.

»Selbst wenn ich annehme, dass Ihr guten Willens seid, habt Ihr eine Frage dennoch nicht beantwortet.« Konrad ließ ein wenig Ungeduld erkennen. »Ich habe Euch gerade gefragt, ob Ihr den Grund für Gebeards Tod kennt.«

»Wie sollte ich? Ihr sprecht von jemandem, dem ich nie persönlich begegnet bin.«

»Dennoch seid Ihr in die Katakomben hinabgestiegen, um Euch mit ihm zu treffen«, wandte Konrad ein.

Suger zuckte die Schultern. »Das sind Eure Unterstellungen.«

»Keine Unterstellungen, sondern Tatsachen«, widersprach Konrad verärgert. »Der Bruder Pförtner von San Gennarello ad spolia morti erinnert sich, dass Ihr ihn nach Gebeard gefragt habt und er Euch dorthin geschickt hat. Dies hat übrigens auch Thomas von Aquin bestätigt.«

»Und wenn es so wäre?« Suger war sich ziemlich sicher, dass Konrad von Marburg noch nichts vom Umhang des Schützen wusste. Wenn Alfano dieses Geheimnis für sich behalten hatte – wovon man wohl ausgehen konnte –, bestand eine gute Möglichkeit, dass der Auftrag des Schwaben und die Sache mit dem Drachenstein nicht bekannt geworden waren. Dennoch war der Arzt auf der Hut und bemühte sich zu begreifen, warum man ihn der Nekromantie beschuldigte und was Ignazio da Toledo damit zu schaffen hatte. »Ich habe Gebeard von Querfurt nur gesucht, weil ich ihm eine Reliquie abkaufen wollte«, verteidigte er sich.

»Erklärt mir das näher.« Konrad ließ sein Kruzifix ungeduldig sinken. »Wollt Ihr mir etwa weismachen, dass Ihr den ganzen Weg von Paris hierher gereist seid, nur um diesem Mann eine Reliquie abzukaufen?«

Suger wäre am liebsten zurückgewichen, aber er beherrschte sich. Schließlich war er immer noch ein Magister medicinae, selbst wenn die lange Reise ihn das beinahe hätte vergessen lassen. Und nach der Demütigung durch Philippus Cancellarius hatte er sich geschworen, sich nie wieder einem Geistlichen zu beugen. Auch nicht dem furchtbarsten, dem er jemals begegnet war. »Keineswegs«, erwiderte er hochmütig. »Meine Absicht war es, zum Studium von Salerno zu reisen, um dort meine medizinischen Kenntnisse zu vervollkommnen.«

»Also hatte es nichts mit dem Ärger an der Universität von Notre-Dame zu tun, hoffe ich.«

»Rein gar nichts«, log Suger, den mit einem Mal panische Angst packte. Er hatte nicht erwartet, dass Konrad über die Vorfälle in Paris Bescheid wusste, und dies ausgerechnet jetzt in seiner misslichen Lage zu erfahren, erschütterte ihn. Er versuchte, sich nichts anmerken zu lassen.

»Mir ist bekannt, dass gewisse Magister aus ihrem Amt entfernt wurden, weil sie die Naturphilosophie gelehrt hatten«, fuhr Konrad fort und sah ihn nun misstrauisch an. »Es heißt, viele von ihnen seien nach Toulouse ausgewichen. Aber Ihr sogar bis Salerno ...«

»Ich versichere Euch, meine Reise hatte keine solchen Gründe.«

»Ich werde mich diesbezüglich vergewissern.« Konrad von Marburg strich sich nachdenklich über das Kinn, dann nickte er. »Ja«, sagte er, »ich werde den Kanzler von Notre-Dame um Auskunft bitten. Er hat den Ruf, in solchen Angelegenheiten sehr entgegenkommend zu sein.«

»Das ist nicht nötig«, erklärte Suger, während sich seine Beunruhigung in einem heftigen Anfall von Übelkeit äußerte. Wenn die Wahrheit ans Licht käme, würde dies für ihn weit schlimmere Folgen nach sich ziehen, als dass man ihm seinen Titel Magister nähme. »Selbst zu Pferde würde ein Bote eine Ewigkeit für diese Entfernung brauchen.«

»Zu unserem Glück gibt es Brieftauben«, erwiderte Konrad entschieden. »Ich werde mich an das Kapitel der Kathedrale von Neapel wenden. Dort haben sie bestimmt einen Taubenschlag«, sagte er und deutete mit den Händen flatternde Flügel an. »Ich werde also viel früher aus Paris Antwort bekommen.«

Suger fühlte sich, als würde er in einen dunklen Strudel hinabgezogen.

»Für den Moment«, Konrad gönnte ihm keine Ruhe, »seid bitte so freundlich, mir Eure lange Reise auf der Via Francigena zu beschreiben. Ist Euch eine Begegnung oder eine Station besonders im Gedächtnis geblieben?«

»Ich wüsste nicht.« Diese Worte kamen wie von ungefähr, da Suger zu sehr damit beschäftigt war, seine Gefühle zu beherrschen.

»Dann lasst mich Euch helfen, Klarheit zu schaffen. Unter Euren Habseligkeiten habe ich Mailänder Denare bemerkt.«

Konrads Stimme schien von weit her zu kommen. Suger gelang es nicht, das Bild von einer Taube aus seinem Kopf zu verbannen, die einen winzigen Zettel am Bein trug, mit einer Nachricht, die ihn ins Verderben stürzen konnte. Plötzlich merkte er, dass man ihm eine Frage gestellt hatte, er hörte gerade noch »Mailänder Denare« und versuchte, sich wieder zusammenzureißen. »Ich habe in Mailand Station gemacht«, antwortete er. »Und?«

»Nun, das verwirrt mich. Mailand liegt weitab von der Via Francigena.«

»Ich hatte mich verirrt«, rechtfertigte sich Suger, »bis mich barmherzige Samariter wieder auf den richtigen Weg gebracht haben.«

»Sie haben Euch nach Montecassino geschickt, nehme ich an?«

»So war es.«

Konrad verzog den Mund zu einem zufriedenen Lächeln. »Und zu diesen barmherzigen Samaritern gehörte nicht vielleicht ein Dominikanermönch aus der Kirche Sant'Eustorgio? Ein gewisser Frater Beniamino?«

»Ihr verlangt zu viel. Ich erinnere mich nicht.«

»Aber er erinnerte sich sehr wohl an Euch.«

»Das muss ein Irrtum sein.«

»Und er erinnerte sich auch an Gebeard von Querfurt.«

»Eine Verwechslung ...«

Konrad schüttelte den Kopf. »Wenn Ihr weiter auf der Lüge beharrt, macht Ihr Euch nur lächerlich«, tadelte er ihn, und sein Gesicht verfinsterte sich. »Der Stein, den ich in Eurer Börse gefunden habe, ist der Beweis dafür, welchen Dienst Ihr Frater Beniamino erwiesen habt. Er selbst hat es mir gestanden. Doch der gute Mönch hatte wohl noch ganz anderes zu verbergen, deshalb hat er vor meinen Augen selbst Hand an sich gelegt.« Konrad von Marburg sprang vor und packte Suger am Handgelenk, der daraufhin erschrocken zusammenzuckte. »Er hat sich von einem Umlaufbalkon seines Klosters gestürzt, doch vorher hatte er mir noch enthüllt, dass Ihr Gebeard von Querfurt aufspüren solltet. Versteht Ihr nun, Magister? Ich weiß, warum Ihr bis nach Montecassino gereist seid! Doch etwas muss fehlgeschlagen sein, denn Ihr habt Euren Weg nach Neapel fortgesetzt. Und dann wurde Gebeard getötet.«

Der Arzt entwand sich dem Griff und wollte schon etwas erwidern, doch dann sah er ein, dass ihm kein Ausweg blieb. Genau wie bei Bernard, dachte er. Er stand einem weit überlegenen Feind gegenüber.

Doch während sein armer Schüler sich mutig geschlagen hatte, versuchte er, sich an einem verzwickten Lügengebilde festzuklammern, und hielt verzweifelt nach einem Schlupfloch Ausschau. Und je mehr er sich bemühte, desto mehr wurde er von den tragischen Ereignissen eingeholt. Nun begriff er, welche Spur Konrad von Marburg zu Alfano Imperatos Haus geführt hatte. Er war nicht etwa dem Händler aus Toledo gefolgt, nein, sondern ihm selbst! Kaum war ihm das bewusst geworden, krampfte sich sein Magen so heftig zusammen, dass er auf die Knie fiel und sich beschämt übergeben musste.

»Was zu beweisen war«, erklärte Konrad und wich zurück, um sich nicht zu beschmutzen. »Ihr versteht also mein Misstrauen. Mag sein, dass Ihr Gebeard von Querfurt nie getroffen habt, doch seine Geheimnisse müsst Ihr kennen. Geheimnisse, die den Homo Niger betreffen.«

Suger blieb zusammengekrümmt und von Krämpfen geschüttelt am Boden liegen. »Ich habe Euch schon gesagt … Ignazio da Toledo … Er ist der Magister, den Ihr sucht …«

»Woher wisst Ihr das?«

»Das hat mir ein Mönch in Montecassino anvertraut.«

Konrad von Marburg seufzte. »Drückt Euch genauer aus, ich brauche Beweise.«

»Fragt Alfano Imperato … Über den Magister aus Toledo weiß er viel mehr als ich.«

»Seid Ihr sicher?« Einen Augenblick lang verriet Konrads Gesicht Neugier, doch dann verzog es sich verärgert. »Der ehrwürdige Kanonikus behauptet das Gegenteil.«

Suger begriff Alfanos Gründe und wunderte sich keineswegs, dass er gelogen hatte. Der Kanonikus hatte ihm enthüllt, dass er mit Gebeard von Querfurt wesentlich engere Beziehungen unterhielt als geschäftliche Interessen, er war einer seiner Glaubensbrüder! Wenn er dies gegenüber dem deutschen Geistlichen bekannt hätte, wären die Folgen schrecklich gewesen … Auch für ihn selbst! Doch in diesem Moment hatte Suger nur einen Wunsch, er wollte Konrad von Marburg loswerden und sich in die Dunkelheit und seine Scham zurückziehen. »Er war derjenige, der seinen Namen genannt hat …«, erwiderte Suger, »und er hat sogar damit geprahlt, ihm einmal begegnet zu sein.«

»Also hat der Kanonikus versucht, mich zu täuschen«, rief Konrad aus und errötete vor Wut.

»Aber ich nicht ... ich verdiene solche Behandlung nicht ...«

»Glaubt Ihr wirklich?« Konrad milderte seinen Ton und sah ihn mitfühlend an. »Dann müsst Ihr mir noch mehr enthüllen.«

»Wenn Ihr mir versprecht, dass Ihr mich hier hinausbringt ...«

»Das werden wir sehen, Magister. Doch jetzt erzählt mir von dem Umhang. Und von der Frau, die mit Tränen heilt.«

Da erzählte Suger alles, was er wusste.

Galvano Pungilupo wartete vor dem Eingang zu den Kerkern. Sein Kopf war notdürftig verbunden, ein stechender Schmerz erfüllte dessen rechte Hälfte. Außerdem war rund um die Wunde alles angeschwollen, und nun waren auch die Schläfe, der Kiefer und sogar sein Hals dick geworden. Der Feldscher hatte rechtzeitig gehandelt und die Wunde des abgeschnittenen Ohrs kauterisiert, bevor er zu viel Blut verloren hatte, doch Galvano trug nun die schmerzliche Erinnerung von glühendem Eisen auf seinem Körper mit sich herum. Dieses verdammte Zischen wollte ihm nicht aus dem Kopf gehen. Das Ausbrennen direkt am Kopf hatte sich so schrecklich angefühlt, dass er sofort besinnungslos geworden war, doch selbst in der Bewusstlosigkeit wurde er von Bildern gequält, wie Uberto ihm das Ohr abgetrennt hatte.

Als er aufwachte, konnte er kaum aufstehen, und jetzt glühte er vor Fieber und schwankte, als stünde er im Bug einer Galeere. Doch noch unangenehmer war dieses Gefühl von Taubheit. Das Trommelfell seines rechten Ohrs nahm alle Geräusche nur verzerrt wahr, als ein hässliches Rauschen, das ihn zusätzlich verwirrte.

Dennoch hatte Galvano sich gezwungen, aufzustehen, um Konrad von Marburg Bericht zu erstatten. Eigentlich hatte er ihm nichts Besonderes zu sagen. Der Geistliche wusste längst über alles Bescheid, doch dieser Mistkerl verlangte auf seiner stetigen Suche nach Beweisen, alles noch einmal aus dem Mund der unmittelbar Beteiligten zu hören.

An diesem Geistlichen stimmte etwas nicht. Pungilupo hatte mit Soldaten und Wachen der schlimmsten Art zu tun gehabt, doch nirgendwo hatte er einen so scharfsinnigen Sadismus erlebt. Es kam ihm vor, als folgte die Bosheit Konrads von Marburg den Regeln einer teuflischen Philosophie.

»Nun gut, anscheinend habe ich einen Fehler begangen, als ich Euch allein handeln ließ.« Diese teilnahmslos ausgesprochenen Worte hallten ihm aus dem Gang zu den Kerkern entgegen.

Der Clavigero legte die Hand an seinen Verband in der naiven Hoffnung, damit bei seinem Gegenüber Mitleid zu erregen.

»Galvano, zieht nicht so ein Märtyrergesicht«, mahnte ihn Konrad und trat aus der Dunkelheit hervor. »Das passt nicht zu Euch.«

Der Scherge riss sich zusammen. »Ich muss mich nicht entschuldigen, Magister. Ich bin dem Sohn des Nekromanten gefolgt, ich habe ihn gefunden ... Und ich hätte ihn auch geschnappt, wenn ihm nicht jemand geholfen hätte.«

»Jemand hat ihm geholfen?« Konrad wurde aufmerksam. »Erzählt mir alles ganz genau.«

Galvanos Bericht war lang und ging in jede Einzelheit, was Konrad anscheinend zu schätzen wusste. Als er jedoch nach dem Umhang des Schützen fragte, musste Pungilupo zugeben, dass er zwar einen Gegenstand dieser Beschreibung gefunden, ihn jedoch wieder verloren hatte. Aller Wahrscheinlichkeit nach musste er sich jetzt in den Händen von Uberto Alvarez befinden.

»Ihr habt jenen Umhang tatsächlich im Haus von Alfano gefunden?«, hakte Konrad nach.

»Ja.«

»Dann hat Suger recht, und der Kanonikus hat gelogen ...«

»Werdet Ihr Alfano Imperato verurteilen, Magister?«

»Im Gegenteil.« Konrad von Marburg schüttelte den Kopf und lächelte verschlagen. »Ich werde ihn freilassen, um ihn zu beobachten.«

»Und der Nekromant?«, fragte Pungilupo, der ein krankhaftes Interesse an dem Mann entwickelt hatte. »Habt Ihr ihn schon befragt?«

»Noch nicht, das werde ich zur rechten Zeit tun, wenn ich sichere

Beweise für seine Schuld habe«, erwiderte Konrad. »Für den Moment sollten wir ihn einfach im eigenen Saft schmoren lassen.«

»Ich verstehe.«

»Falls mich jemand sucht, ich bin in der Kirche San Salvatore«, sagte Konrad von Marburg und machte sich zu einer Treppe auf. »Ich muss mich sammeln.«

Pungilupo blieb allein.

In der Stille des Kerkers schien sich sein Schmerz noch stärker bemerkbar zu machen. Mal pochte er weit über die Wunde hinaus, mal stach er heftig an bestimmten Stellen, sodass er die Zähne zusammenbeißen musste, um nicht zu schreien. Doch eines stand ihm klar vor Augen: die Gesichter derjenigen, die für seine Schmerzen verantwortlich waren. Uberto und diese Metze. Vielleicht würde seine Rache nicht so ausgeklügelt sein wie die Pläne Konrads von Marburg, aber er schwor sich, dass die beiden bitter dafür büßen würden.

Und wenngleich er an den Sohn des Nekromanten im Augenblick nicht herankam, gab es doch eine Möglichkeit für ihn, sich Befriedigung zu verschaffen. Seinen Zorn zu besänftigen.

Im Vorgefühl seiner Rache lief er den Gang der Kerker entlang, bis er vor Ignazios Zelle stand.

Mit einem Raubtiergrinsen machte er sich daran, sie zu öffnen.

20

Seit Ignazio eingekerkert worden war, hatte er lange über die Geschehnisse nachgegrübelt und nach Beweisen seiner Unschuld gesucht oder zumindest nach einem einigermaßen konkreten Anhaltspunkt, der zeigen würde, dass die Beschuldigungen Konrads von Marburg nicht auf ihn zutrafen. Nebenbei hatten diese Überlegungen ihn auch davon abgehalten, zu spekulieren, welches Schicksal ihm wohl bevorstand. Er wusste zu gut, was mit Leuten geschah, die der Ketzerei und der Nekromantie angeklagt wurden, um sich leeren Illusionen hinzugeben. Erzählungen von Folter und Tod auf dem Scheiterhaufen waren ihm zu geläufig, als dass er noch hoffen konnte, mit heiler Haut aus dem Kerker zu entkommen. Diese Vorstellung jagte ihm schreckliche Angst ein. Außerdem wusste er nicht, was mit Uberto geschehen war. Aus tiefstem Herzen wünschte er sich, seinem Sohn wäre die Flucht gelungen, aber weil er befürchten musste, ihm könnte etwas zugestoßen sein, verfluchte er seine Entscheidung, ihn nach Neapel mitzunehmen.

Ignazio hatte versucht, noch einmal alles zu rekapitulieren, was in der vergangenen Nacht geschehen war, und sich vor allem einige Details ins Gedächtnis zu rufen, die ihm im Dormitorium von San Gennarello ad spolia morti aufgefallen waren. Obwohl er bei dem Verhör vorwiegend damit beschäftigt gewesen war, sich gegen Konrads bohrende Fragen zur Wehr zu setzen, erinnerte er sich genau an alles, was er gesehen und gehört hatte. In der Abgeschiedenheit seiner Zelle konnte er nun in aller Ruhe über diese Einzelheiten nachdenken, während er zu begreifen versuchte, in welches Ränkespiel er hineingeraten war. Ihm blieb keine andere Wahl, wenn er einen Ausweg finden wollte.

Seiner Meinung nach galt es, als Erstes das Rätsel der Symbole zu lösen, die auf Gebeards Hand eintätowiert waren. Er hatte sie noch gut genug in Erinnerung, um darin die Zeichen der Zugehörigkeit zu einer Sekte zu erkennen. Aber nicht nur das. Die Schlange und den Kelch hätte man als Darstellungen von Wissen und Weisheit deuten können. Anfangs hatte Ignazio darin einen Hinweis auf die Ophiten vermutet, die der Schlange – auf Griechisch *ophis* – huldigten, weil sie Adam und Eva auf den Weg der Erkenntnis gebracht hatte. Als er jetzt noch einmal darüber nachdachte, erschien ihm allerdings unwahrscheinlich, dass Gebeard von Querfurt einer seit Jahrhunderten ausgestorbenen Sekte angehört haben sollte. Außerdem sprachen andere Darstellungen, darunter das Bild von der Madonna mit dem Kind, gegen seine erste These.

Der Schlüssel zu dem Rätsel musste die Tätowierung des Reiters sein. Er ähnelte dem gestickten Motiv in der Mitte des Umhangs, und das konnte kein Zufall sein. Die Hieroglyphen hatte Ignazio allerdings nicht mehr so genau vor Augen, dass er deren Bedeutung entdecken konnte oder herauszufinden vermochte, inwiefern sie mit dem Kohlekreis in Gebeards Schlafzimmer in Beziehung standen.

Daher hatte er sich einem anderen Aspekt zugewandt: der Besessenheit, mit der Konrad von Marburg den Magister aus Toledo verfolgte, den sogenannten Homo Niger. Seiner Überzeugung nach stand dieser Mann der Sekte der »Luziferianer« vor, und er vermutete auch, dass Gebeard von Querfurt diesem Glauben gehuldigt hatte. Es gab keinen Grund, daran zu zweifeln.

Ob allerdings das Böse höchstselbst im Spiel war, darüber konnte man unterschiedlicher Meinung sein. Ignazio glaubte fest an die Existenz von Engeln und Dämonen und dass sie das Leben der Menschen beeinflussen konnten. Genauso wie er überzeugt war, dass es möglich war, sie zu beschwören, da er es ja selbst vor Jahren mit Hilfe des »Uter ventorum« versucht hatte. Was er in den Katakomben von Capodimonte miterlebt hatte, unterschied sich jedoch deutlich von seinen Erfahrungen. Hier war wenig Übernatürliches im Spiel, und der Reiter, der die Feuergeschosse aussendete, war bestimmt kein Geist aus der Hölle. Aber dennoch blieb das Rätsel, wer er war und welche Ziele er verfolgte.

Wenn er den Tätowierungen, dem Umhang und dem Zauberkreis nachspüren könnte, so würde es ihm bestimmt gelingen, Licht in die Angelegenheit zu bringen und zu beweisen, dass er nicht dieser allseits gesuchte Magister aus Toledo war. Ignazio hielt es allerdings für unwahrscheinlich, dass Konrad ihn aufgrund eines, wenn auch berechtigten, Zweifels freilassen würde, zumal er ja davon überzeugt war, mit ihm bereits den wahren Täter gefasst zu haben.

Ein Geräusch ließ ihn aufschrecken.

Ignazio erkannte, dass er geschlafen hatte. Er war so erschöpft gewesen, dass er eingenickt war, ohne es zu merken. Er fragte sich, wie viel Zeit wohl vergangen war, aber er erinnerte sich lediglich daran, von Leandro geträumt zu haben. Besser gesagt, von dessen Schreien. Den Schreien eines Kindes, das von der Dunkelheit verschlungen wird.

Er rieb sich die Augen, um die Angst abzuschütteln, die ihm dieser Traum jedes Mal bereitete, und konzentrierte sich auf das eben gehörte Geräusch. Das mehr als real war, da die Tür seiner Zelle gerade tatsächlich geöffnet wurde.

Von einer Fackel geblendet, erkannte er die Silhouette eines großen Mannes und war verwirrt. Er hatte Konrad von Marburg erwartet, den Mann, der ihn auf den Scheiterhaufen bringen konnte, stattdessen sah er den Schlüsselsoldaten vor sich.

Ohne weitere Erklärungen stürzte sich Galvano Pungilupo auf ihn. »Dreckiger Spanier«, zischte er und riss Ignazio endgültig aus der Betäubung des Schlafes, »das werdet Ihr mir büßen!«

»Was denn …?«, stammelte der Händler aus Toledo, der spürte, wie eine Hand seine Kehle packte. »Weshalb …«

Rachedurstig funkelten die Augen des Clavigeros auf. »Für das, was mir Euer Sohn angetan hat!« Der Mann deutete auf seinen Kopfverband und rammte Ignazio wütend die Faust in den Bauch.

Ignazio krümmte sich vor Schmerzen. Als er sich wieder ein wenig gefangen hatte, sah er, dass der päpstliche Soldat nach ihm treten wollte. Doch ein zweites Mal würde er sich nicht treffen lassen. Kurz bevor die Schuhspitze ihn erreichte, packte er sie und zog mit einem heftigen Ruck daran, sodass sein Angreifer das Gleichgewicht verlor.

Mit einem Aufschrei fiel Pungilupo nach hinten und schlug mit dem Nacken auf. Voller Furcht, dass sein Gegner gleich wieder aufstehen würde, kam Ignazio schnell auf die Beine, nahm die Fackel und wandte sich der Tür zu … die offen geblieben war! Er zögerte einen Moment, dann überwand er seine Verwirrung und lief aus der Zelle auf einen dunklen Gang hinaus. Er widerstand der Versuchung, nach oben dem Licht entgegenzugehen, weil er dort höchstwahrscheinlich auf Wachen stoßen würde, und beschloss, unten im Kerker nach einem sichereren Fluchtweg zu suchen.

Ignazio lief durch ein Labyrinth aus verzweigten Gängen, ohne zu ahnen, wohin sie ihn bringen würden. Er hatte wenig Hoffnung, aber vielleicht war ihm ja das Glück hold. »Vielleicht«, sagte er sich noch einmal leise.

Dann hörte er in der Ferne alarmierte Rufe und wie der Clavigero laut um Hilfe rief.

Ignazio beschleunigte seine Schritte und stieg am Ende des Ganges eine Treppe nach unten. Die Dunkelheit nahm ab, die Luft wurde frischer, bis endlich die Decke und die rechte Seitenwand verschwanden und den Blick auf den Himmel freigaben. Grelles Sonnenlicht fiel auf eine Ziegelsteinmauer und den steilen Abgrund dahinter. Ignazio sah nach unten und schützte sein Gesicht mit vorgehaltener Hand gegen den peitschenden Wind. Eine Felsenzunge lief unten an der Steilküste aus.

Fauchend wie ein wütendes Raubtier brandete das Meer schäumend gegen das Kliff.

Zu spät bemerkte Ignazio eine Bewegung in seinem Rücken, und schon spürte er, wie sich ein Arm um seinen Hals legte und eine schwielige Hand ihn mit kräftigem Griff packte. Er wehrte sich dagegen, obwohl er die spöttischen Worte zur Kenntnis nahm: »Wo wollt Ihr denn hin, Messere? Wir sind auf einer Insel! Von hier gibt es kein Entrinnen.«

»Ich habe mit Cola Pesce gesprochen«, sagte Uberto.

Ermelina nickte ihm von der gegenüberliegenden Seite des Tisches wissend zu.

Sie befanden sich in einem Kellergeschoss am Rand von San Biagio unweit des mächtigen Stadttores Porta Nolana, wo die Frau einen

Unterschlupf gefunden hatte und wo sie, wenn sie dessen bedurfte, die Nacht verbringen konnte. Im Stockwerk darüber lag ein Gasthaus, und die Kunden des Wirts wussten weibliche Gesellschaft sehr zu schätzen.

Die Nachmittagssonne drang schwach durch das schmale Fenster hoch an der Wand. Uberto war für das Halbdunkel recht dankbar, da ihm so die Züge der Frau verborgen blieben und er nicht gezwungen war, einer vermutlich ehemaligen Geliebten seines Vaters ins Gesicht zu schauen. Die zu allem Unglück immer noch in Ignazio verliebt zu sein schien. Warum sollte sie sich sonst so bemühen, seinen Vater aus der Gefangenschaft zu befreien?

Ehe er fortfahren konnte, unterbrach Ermelina ihn. »Ich habe ebenfalls Neues zu berichten.«

»Was habt Ihr herausgefunden?«

»Der Knabe und der Geistliche wurden freigelassen.«

»Seid Ihr da sicher?«

»Es heißt, dass Alfano Imperato heute Nacht in der Basilika Santa Restituta eine Messe lesen will, um die Leute auf das Osterfest einzustimmen.« Die Frau verzog ihre Mundwinkel verächtlich nach unten. »Und vorwiegend, um allen zu zeigen, dass er unschuldig ist.«

»Und Thomas? Geht es ihm gut?«

»Man hat ihm kein Haar gekrümmt. Er wurde in die Obhut seiner Verwandten übergeben.«

Uberto grübelte schweigend vor sich hin. »Wann ist diese Messe?«, fragte er schließlich.

»Zur Vesper.« Ermelina erriet offenbar seine Gedanken, denn sie runzelte die Stirn. »Das ist Wahnsinn, Ihr könnt da nicht hingehen.«

Er hielt ihrem Blick entschlossen stand. »Oh doch, ich werde dorthin gehen. Ich will Alfano treffen.«

»Und weswegen?«

»Vielleicht kann er mir nützliche Hinweise über meinen Vater geben. Vielleicht kann ich ihn sogar davon überzeugen, sich für ihn einzusetzen.«

»Ihr seid ein Träumer, Messere. Ihr werdet nur ebenfalls gefangen genommen.«

»Ach, wo wir über Gefahren sprechen«, erklärte Uberto, »ich wollte Euch gerade sagen, dass Euer Plan mich nicht überzeugt. Dieser Cola Pesce lebt in seiner eigenen Welt, ich traue ihm nicht.«

»Er ist vertrauenswürdiger als viele Geistliche, darauf könnt Ihr wetten.« Dann beugte sich Ermelina vor und drückte flehend seine Hand. »Ich beschwöre Euch, geht nicht zu Alfano.«

Die Berührung war Uberto unangenehm, und er wich zurück. Er hatte sich bereits entschieden, und diese Hure würde ihn bestimmt nicht umstimmen können. Wenn es eine Möglichkeit gab, Ignazio freizubekommen, ohne das Gesetz zu brechen, durfte er sich die nicht entgehen lassen.

Die Kathedrale Santa Restituta war über fünfhundert Jahre alt, und obwohl sie von außen wie eine byzantinische Basilika wirkte, gab es in ihrem Inneren nur wenig Licht oder Farbe. Uberto vermisste beides schmerzlich. Er liebte große Fenster und Freskenmalereien, vor allem, wenn sie auf blauem Hintergrund angelegt waren, da diese Farbe ihn immer an die majestätische Würde der Jungfrau Maria erinnerte. Doch in seinem Kopf war im Moment ohnehin kein Platz für kunstsinnige Betrachtungen. Die Kirche war gut gefüllt, und das Stimmengewirr der Menge hallte so laut, dass es ihn in den Ohren schmerzte. Die Nachricht von der Verhaftung und Freilassung des Priesters hatte wahrscheinlich in Windeseile ihre Runde durch die ganze Stadt gemacht, nach den vielen Leuten zu urteilen, die zur Vespermesse geströmt waren.

Uberto schob sich im Hauptschiff durch das Gedränge, weil er das Ende der Messe in der Nähe des Altars abwarten wollte, um Alfano gleich nach der Predigt zu fragen, ob er ihm seine Bitte vortragen durfte. Er wusste schon, was er ihm sagen wollte. Er würde an den Grundsatz der christlichen Nächstenliebe appellieren und an die Pflicht, den Schwachen und zu Unrecht Beschuldigten zu helfen. Die Diener der Kirche hatten die moralische Verpflichtung, ehe sie Verdächtige bestraften, sich zu vergewissern, ob sie tatsächlich schuldig waren. Dann wollte Uberto die Unschuld seines Vaters belegen. Er konnte Erklärungen und Beweise liefern. Er wollte klarstellen, dass Ignazios Verhaftung auf einem riesigen Missverständnis beruhte.

War dem Kanonikus selbst nicht das Gleiche widerfahren? Wer hätte es also besser verstehen sollen als er?

Beflügelt von seinen Überzeugungen drängte sich Uberto bis in die zweite Reihe durch und stellte sich hinter eine Gruppe von Gläubigen, um sich ungesehen ein Bild von der Lage zu machen.

Alfano Imperato stand oben auf der Kanzel. Nun, gegen Ende der Predigt, hatte er seine Augen fest auf die Bänke mit dem Klerus gerichtet. Die Anwesenheit eines großen, kräftigen Priesters, der ganz in Schwarz gekleidet war, schien ihn zu beunruhigen. Uberto fragte sich, ob das wohl Konrad von Marburg war, und sah sich deshalb nach Wachen um, doch er konnte keine entdecken.

Nach der Messe stieg der Kanonikus von der Kanzel und begann, die Gläubigen flüchtig zu segnen. Er schien es eilig zu haben und verließ auch bald darauf die Apsis, fertigte eine Gruppe Bittsteller kurz ab und lief dann schnell zum rechten Seitenschiff, wo er hinter einer Tür verschwand.

Uberto hatte dies vorhergeahnt. Ermelina hatte ihm von einem schmalen Gang erzählt, der zu einem Gebäude neben der Kathedrale führte, dem Baptisterium San Giovanni in Fonte. Dies war ein bei den Priestern beliebter Hinterausgang, durch den sie nach dem Gottesdienst unauffällig die Kirche verlassen konnten.

Und so folgte dem Kanonikus, als er das Baptisterium betrat, eine Gestalt, deren Gesicht durch eine Kapuze verhüllt war. Er fuhr herum.

Uberto schlug die Kopfbedeckung schnell nach hinten, damit der Kanonikus ihn erkennen konnte, und grüßte ihn ehrerbietig.

Alfano erschrak. »Ihr … Was macht Ihr hier?«

»Ehrwürdiger Vater, ich bitte Euch, hört mich an.«

»Niemals!« Die Stimme des Geistlichen bebte vor Furcht. »Ich spreche nicht mit Leuten, die der Nekromantie beschuldigt werden.«

Uberto hatte bestimmt nicht geglaubt, auf Anhieb die Sympathie des Kanonikus zu gewinnen, doch mit einer so feindlichen Reaktion hätte er nie gerechnet. Er wollte so ruhig wie möglich sein Anliegen vorbringen, doch Alfano ließ ihm keine Zeit dazu und eilte zum Ausgang.

Der junge Mann lief ihm hinterher. »Es ist nicht so, wie Ihr sagt«, rief er. »Bitte hört mich doch an.«

Der Kanonikus flüchtete sich zwischen die Säulen, wo seine dunkle Gestalt vom Schatten verschluckt wurde. »Verschwindet, oder ich rufe um Hilfe!«

Uberto lief an ihm vorbei, weil er verhindern wollte, dass Alfano nach draußen gelangte. »Verzeiht meine Kühnheit«, sagte er und kniete sich flehentlich vor ihn hin. »Ich vertraue auf Euer gutes Herz …«

Doch statt ihm zu antworten, stieß der Kanonikus Uberto mit dem Fuß brutal nach hinten. Ohne recht zu wissen, wie ihm geschah, fiel der junge Mann auf den Boden, dann sah er, wie der Geistliche nach draußen flüchtete, und ihn packte wilder Zorn. Noch nie in seinem Leben war er so gedemütigt worden. Blind vor Wut stand er auf und hatte bloß noch den Wunsch, den überheblichen Kanonikus zu bestrafen. Die Zeit der guten Manieren ist vorbei, sagte er sich und rannte Alfano hinterher.

Draußen sah er, dass der Kanonikus noch nicht weit gekommen war, da ihn sein Priestergewand, das er ungeschickt raffte, behinderte. Mit wenigen großen Schritten hatte Uberto ihn eingeholt und baute sich hinter ihm auf in der Absicht, ihn für die Schmach büßen zu lassen. »Mein Vater ist unschuldig«, zischte er.

Alfano wollte etwas erwidern, doch ein Stoß von Uberto warf ihn auf das Straßenpflaster. Er spuckte schimpfend Straßendreck aus und wollte gerade aufstehen, doch der Anblick eines blitzenden Gegenstandes ließ ihn sogleich seine Meinung ändern.

»Habt die Güte, mich anzuhören, ehrwürdiger Vater«, zischte Uberto ihm ins Ohr. Er hatte das Messer, das er um den Hals trug, fest gepackt und bedrohte den Geistlichen damit. »Tut Ihr mir jetzt den Gefallen?«

»Ich kann Euch nicht helfen.« Alfanos Stimme überschlug sich. »Konrad von Marburg hat seine Entscheidung schon getroffen.«

»Los, steht auf.« Uberto packte ihn mit der linken Hand bei den Haaren und half ihm auf die Beine. »Ihr seid doch so geschickt im Predigen, da kennt Ihr bestimmt einen Weg, ihn zu überreden.«

»Glaubt mir, ich kann nicht!«

»Ihr solltet mir besser den Gefallen tun«, warnte Uberto, und als er sein Messer auf den Bauch des Geistlichen richtete, bemerkte er verwundert, dass er dieses Mal nicht zögerte. Hier verhielt es sich anders als bei der Dienerin auf der Summa Plaza. Er hatte es nicht mit einer Frau zu tun, sondern mit einem Grobian, der ihn unhöflich behandelt hatte. Und das als Mann der Kirche.

»Das wagt Ihr nicht«, sagte Alfano, der das Schlimmste befürchtete, »oder ich werde schreien …«

»Auf Eure Gefahr.«

»Konrad hatte mich gewarnt«, winselte der Kanonikus, »Ihr seid genauso hinterhältig wie Euer Vater …«

»Wenn Ihr mir helft, habt Ihr nichts zu befürchten. Ich will ihn befreien.«

»Das ist unmöglich.«

»Keineswegs, Ihr müsstet nur seine Unschuld bezeugen.«

»Und damit den Verdacht auf mich lenken?«

»Weshalb solltet Ihr so etwas befürchten?!« Uberto wollte Alfano gerade das Messer etwas tiefer in den fetten Bauch pressen, als ihm plötzlich ein Gedanke kam und er zögerte. »Was wolltet Ihr damit andeuten? Seid Ihr vielleicht in die Sache verwickelt?«

Der Kanonikus verzerrte angsterfüllt das Gesicht. »Nein! Ich habe nicht …«

Uberto versetzte ihm eine gewaltige Ohrfeige, die dem Mann die Lippe spaltete. »Sagt jetzt lieber die Wahrheit, und zwar ein bisschen plötzlich!« Da er keine Antwort erhielt, zerrte er Alfano an den Haaren.

Der Kanonikus stieß einen spitzen Schrei aus und krümmte sich, um dem Schmerz zu entgehen. »Es war Gebeard von Querfurt! Er hat mir Dinge über diesen Magister erzählt … Und ich wollte mehr wissen, war begierig, alles zu erfahren …«

Uberto hielt ihn fest gepackt, sodass er sich nicht bewegen konnte. »Anscheinend werdet Ihr gesprächiger, wenn man Euch richtig behandelt«, sagte er, während er spürte, wie er langsam Skrupel bekam. Sein Zorn war verraucht, jetzt sah er nur noch einen gequälten Mann vor sich. Allerdings einen, der zu viel wusste, was ihm nützlich sein konnte. »Gesteht alles!«

»Ich kann nicht! Ich kann nicht!«

»Gesteht alles, sage ich, oder so wahr mir Gott helfe …«

Als der Geistliche spürte, wie die Messerspitze sich wieder fester gegen seinen Bauch presste, hob er ergeben die Hände. Sein Kopf war hochrot, sein Gesicht nass vor Schweiß und Tränen. »Die Lehren des Magisters aus Toledo sind kompliziert«, flüsterte er und sah sich in der menschenleeren Gasse um. »Ich kann Euch hier und jetzt nicht alles auf die Schnelle erklären …«

»Die Feinheiten Eurer Glaubensgrundsätze könnt Ihr gern für Euch behalten«, erwiderte Uberto, der sich ungern das Heft aus der Hand nehmen ließ. »Ich will nur wissen, womit ich Konrad von Marburg von der Unschuld meines Vaters überzeugen kann.«

»Dann müsst Ihr nachweisen, dass Ihr recht habt. Müsst ihm Beweise liefern.«

»Was für Beweise?«

Der Kanonikus forderte ihn auf, er solle seinen Griff etwas lockern. »Wenn ich es Euch sage, dürft Ihr meinen Namen nicht nennen …«

Uberto erhob drohend seine Hand. »Und wenn ich stattdessen Euch ausliefern und Euch beschuldigen würde, Ihr hättet gelogen?«

»Das könnt Ihr nicht, dazu ist Eure Lage zu prekär«, sagte der Geistliche, während er sein Gesicht mit den Händen schützte. »Ich würde alles leugnen, und Ihr würdet bei Eurem Vater im Kerker landen.«

Uberto ließ sich diese Worte durch den Kopf gehen, dann zog er das Messer zurück und starrte den Mann verächtlich an. »Nun gut, Ihr habt Euch soeben mein Stillschweigen erkauft. Was muss ich Konrad von Marburg bringen, damit er seine Meinung ändert?«

Bevor Alfano antwortete, richtete er sein Gewand und strich sich über den Bauch, in dem die Messerspitze kleine schmerzhafte Punkte hinterlassen hatte. »Die Heilerin«, sagte er.

»Welche Heilerin?«

»Die Frau, die den Umhang des Schützen erhalten soll. Die Frau, von der mir Gebeard von Querfurt erzählt hat und die ich Suger de Petit-Pont gegenüber erwähnt habe.«

»Dann sagt mir, wo ich sie finden kann.«

»Sie lebt in Salerno. Sie heilt Kranke mit Tränen.«

»Das klingt reichlich seltsam, wisst Ihr nichts Genaueres?«, drängte Uberto. Und da er spürte, dass Alfano zögerte, stieß er ihn gegen die Mauer des Baptisteriums. »Fordert meine Geduld nicht heraus!«

»Ihr habt ja keine Vorstellung, was Ihr da von mir verlangt … Wenn Konrad erfährt …«

»Ich habe Euch doch schon zugesagt, dass ich mich auf keinen Fall auf Euch berufen werde. Aber jetzt sprecht, oder Ihr werdet gleich Eurem Schöpfer entgegentreten!«

Angesichts dieser Drohung winkte der Kanonikus Uberto zu sich heran und flüsterte ihm zwei Worte ins Ohr.

Ungläubig starrte der junge Mann ihn an. »Ihr sprecht in Rätseln. Was bedeutet das?«

»Ich schwöre Euch, dass ich es nicht weiß. Aber ich vermute, dass …«

Der Kanonikus wurde von Hufgetrappel unterbrochen. Uberto befürchtete, von hinten angegriffen zu werden, und sah sich um. Erst jetzt stellte er fest, dass es inzwischen dunkel geworden war. Die Dämmerung hatte die Summa Plaza in ein Mosaik aus dunklen Schatten und blutrot leuchtenden Stellen verwandelt. Und aus diesem Mosaik tauchte ein Reiter auf.

Aber nicht irgendein Reiter. *Der* Reiter. Der am Vortag in Capodimonte erschienen war. Der Gebeard von Querfurt getötet hatte. Eine bedrohliche Gestalt mit einem Helm und einem braunen Pelz. Uberto fühlte sich wie gelähmt, als stünde er einer übernatürlichen Erscheinung gegenüber.

Noch bestürzter war Alfano Imperato, der von göttlicher Furcht ergriffen schien. *»Et vidi, et ecce equus pallidus«*, stammelte er. *»Et qui sedebat desuper nomen illi Mors, et Inferus sequebatur eum.«*

Anstatt sie anzugreifen, hielt der Reiter sein Pferd an und richtete die Lanze auf den Kanonikus. Sie sah eher aus wie eine Keule oder ein

Zepter, eine gedrungene Waffe, deren Spitze rund wie ein Granatapfel war und in einem Rammsporn endete. Plötzlich flammte an der Spitze ein helles Licht auf, dem ein Knall folgte.

Uberto riss überrascht den Mund auf, seine Augen waren von dem grellen Licht noch geblendet. Dann hörte er einen Aufschrei, und als er sich umwandte, sah er, wie Alfano zu Boden fiel.

Der Geistliche wand sich wie ein Aal, in seiner Brust steckte ein glühender Gegenstand. Das war die Spitze der Lanze! Uberto kniete sich über ihn, um sie herauszuziehen, aber er musste seine Hände sofort wieder entfernen, weil er sich sonst verbrannt hätte. Aus diesem Ding waren merkwürdige Geräusche zu hören, ein Zischen wie von einer wütenden Schlange. Schließlich brach eine leuchtende Stichflamme hervor.

Uberto ahnte die Gefahr und konnte gerade noch rechtzeitig in Deckung gehen, um zu sehen, wie die Spitze mit einem ohrenbetäubenden Knall zerbarst.

Und genauso schnell, wie es aufgelodert war, verpuffte das Feuer in einem schweflig riechenden Fauchen. Alfano Imperato blieb reglos auf dem Boden liegen, ein zischender Krater klaffte mitten in seiner Brust.

Uberto blickte auf und suchte nach dem Reiter, aber er konnte ihn nirgendwo entdecken. Stattdessen sah er eine andere Gestalt in der Gasse stehen: einen schwarz gekleideten Mann, der gerade aus dem Baptisterium gekommen war. Konrad von Marburg.

Der Geistliche riss die Augen auf. Wut und Überraschung spiegelten sich in seinem Gesicht wider, dann sah er zu Uberto, und die Überraschung verwandelte sich in Feindseligkeit. Seine rechte Hand ging zum Kruzifix, das vor seiner Brust baumelte, mit der linken deutete er anklagend auf den jungen Spanier.

»Ich war das nicht«, rief Uberto, obwohl er wusste, dass die Umstände gegen ihn sprachen.

Konrad blieb erstarrt stehen, während hinter ihm Schritte laut wurden. Alfanos Schreie und der Knall der Explosion mussten zahllose Neugierige herbeigerufen haben.

Uberto konnte seinen Blick kaum von Konrads Gesicht abwenden.

Er musste diesem Blick standhalten, um keine Schwäche zu zeigen! Er musste diesem Mann entgegentreten! Einen Moment lang war er versucht, zu ihm zu laufen, um sich gegen dessen stummen Vorwurf zu verteidigen. Aber nach einer raschen Überlegung begriff er, dass ihm keine Wahl blieb. Er konnte es sich nicht erlauben, dass man ihn gefangen nahm. Zu viel hing von ihm ab.

Also floh er.

Konrad von Marburg sah ihm hinterher, ohne sich um die Menge zu kümmern, die sich um die Leiche Alfano Imperatos scharte.

21

Ulfus starrte ins Feuer, während seine Gedanken dahinzogen und genauso schnell spurlos verschwanden, wie sie gekommen waren. Er hatte noch nie lang an einer Erinnerung oder einem besonderen Gedanken festhalten können. Gesichter, Worte, Fragmente des eigenen Lebens wie von dem anderer entzogen sich seinem Kopf, wurden von einem Strom fortgerissen, so dunkel und so mächtig wie die Donau. Sie flossen schnell dahin und vermischten sich, bis sie im Schlund des Mahlstroms versanken.

Seit Langem war Ulfus zu der Überzeugung gelangt, dass sein Verstand nicht zum Erinnern geschaffen war, sondern zum Vergessen. Vielleicht hatte der Magier ihn ja gerade aus diesem Grund unter vielen ausgewählt.

Daher dachte Ulfus nun ein letztes Mal an den Kanonikus, ehe ein schlammiger Strom ihn zu ferneren Tiefen ohne Wiederkehr fortspülte. Die Züge dieses Mannes verblassten bereits, sein Aussehen entglitt ihm ebenso wie die Umstände seines Todes. Bald würde Alfano Imperato ihm nichts mehr bedeuten.

Zuerst hatte Ulfus geglaubt, er müsse ihn nicht töten. Der Tod Gebeards schien zu genügen, um die Suche nach dem Umhang zum Erliegen zu bringen. Die Spur schien für immer unterbrochen zu sein. Doch dann war dieser deutsche Priester aus dem Nichts aufgetaucht, und die Angelegenheit hatte unerwartete Wendungen genommen. Deshalb musste er jetzt jeden töten, der etwas wusste, auch wenn die Menschen sich ihres Wissens vielleicht gar nicht bewusst waren. Und Alfano wusste entschieden zu viel, um am Leben zu bleiben. Daher hatte er gewartet, bis der Kanonikus aus dieser Festung im Meer entlassen wurde, wo er zu gut bewacht wurde und man ihm unmöglich etwas antun konnte.

Aber je mehr Leute er aus dem Weg räumte, desto schwieriger wurde seine Lage. Zum Glück konnte alles mit dem Tod einer letzten

Person gelöst werden. Dem Tod einer Frau. Ulfus widerstrebte das. Er tötete ungern Frauen und hatte Schwierigkeiten, diese Taten zu vergessen. Ihre Blicke und Gesichter wurden zu Felsen, die sich dem verborgenen Strom seines Vergessens widersetzten. Und doch brach das Wasser mit der Zeit auch den hartnäckigsten Stein.

Die Frau war allerdings nicht sein größtes Problem. Der Umhang des Schützen schien sich in Nichts aufgelöst zu haben, doch er musste ihn dringend wiederbeschaffen, ehe jemand dessen Geheimnis entdeckte.

Auch der Umhang musste im Mahlstrom versinken.

Vor allem der Umhang.

Keiner durfte seine Verbindung mit dem Magier aufspüren. Und keiner durfte den Namen des Jägers entdecken, der in dessen Mitte eingestickt war.

Den Namen des Äthiopiers.

Den Namen des verfluchten Königs.

22

Obwohl streng überprüft wurde, wer die Insel San Salvatore betrat und wieder verließ, genossen die Huren freien Zugang zum Castello Marino, vor allem nach Sonnenuntergang, wenn sie sich dort einfanden, um den Soldaten Vergnügen zu schenken. Es fiel Ermelina daher nicht schwer, einen nächtlichen Ausflug dorthin zu planen. Nachdem sie einige Kolleginnen aus ihrem Gewerbe zusammengetrommelt hatte, wartete sie nur noch, bis die Glocken zur Komplet läuteten, dann setzten sie sich in Bewegung.

Wenn man die Insel zu Fuß erreichen wollte, gab es nur einen Weg über eine steinerne Brücke, die auf einer von Klippen umgebenen Landzunge errichtet war und die Insel wie eine Nabelschnur mit dem Festland verband. Mit den Huren im Gefolge betrat Ermelina sie, ohne zu zögern. Sie hatte diese Brücke schon so oft überquert, dass ihr jede Einzelheit genau bekannt war. Zweihundert Schritt maß sie von einem Ende zum anderen, genug Zeit, um ihren Plan noch einmal zu überdenken und ihn vielleicht zu verwerfen. Uberto war empört und enttäuscht aus der Kathedrale zurückgekehrt. Da er dort nichts ausgerichtet hatte, konnten sie Ignazio nur noch befreien, indem sie herausfanden, wo man ihn gefangen hielt, um ihm dann zur Flucht übers Meer zu verhelfen, ganz so, wie Cola Pesce vorgeschlagen hatte. Ermelina war nun hier, um ihren Teil dazu beizutragen.

Nach etwa hundert Schritt sah sie sich genötigt, den Ausschnitt ihres Kleides mit ihrem Schal zu bedecken. Vom Meer her wehte der Wind so scharf wie eine Messerklinge, doch es war mehr der Gedanke an das, was sie vorhatte, der sie erschauern ließ. Welche Ironie des Schicksals, sagte sie sich. Ausgerechnet sie, die nie danach gedrängt hatte, sich für irgendjemanden zu opfern, begab sich nun bedenkenlos in große Gefahr. Ignazio war der wichtigste Mann in ihrem Leben gewesen. Der einzige, für den sie echte Gefühle empfunden hatte. Auch jetzt noch war sie allein bei dem Gedanken, ihn wiederzusehen, aufgeregt wie ein junges Mädchen. Doch diese Gefühle hatten einen bitteren Beigeschmack. Ermelina wusste: Sobald der Händler aus Toledo frei wäre, würde er für immer gehen.

Bei dem Gedanken wurde ihr bewusst, wie allein sie gerade war: verloren auf diesem Felsenband inmitten eines dunklen Meeres, während sich vor ihr die Torre di Colleville immer düsterer gegen den Sternenhimmel erhob. Sie hatte Angst, in einer Hölle zu landen, wie die Priester sie beschrieben, wo ihresgleichen ins Feuer geworfen wurden und unbeschreibliche Qualen erdulden mussten. Aber noch mehr fürchtete sie die Vorstellung, in Ewigkeit so weiterzuleben, ohne sich je aus diesem Schicksal befreien zu können. In den Augen des Allwissenden würde sie für immer eine Hure ohne Hoffnung auf Erlösung bleiben.

Da wollte sie lieber in Vergessenheit versinken, in der absoluten Dunkelheit.

Nun wurde ihre Aufmerksamkeit von zwei Lichtpunkten angezogen, die am Ende des Wegs vor dem Haupttor flackerten. Sie wirkten wie die Augen einer wilden Bestie, die vor dem Eingang zum Schloss lauerte. Mit jedem Schritt wurden sie größer, bis Ermelina erkannte, dass es Fackeln waren, die von zwei Wachen gehalten wurden.

Der größere der beiden Soldaten ging ihr entgegen und verbeugte sich übertrieben galant.

Ermelina blieb stehen und gewährte ihm trotz der Kälte einen tiefen Einblick in ihren Ausschnitt. »Lasst Ihr uns passieren, schöner Herr?«

Das Grinsen des Mannes enthüllte seine fleischlichen Begierden. »Nicht, ehe Ihr Wegzoll entrichtet habt.«

Die Frau gab sich überrascht. »Hier? Und wenn uns jemand sieht?«

»Wer soll uns in dieser dunklen Nacht schon sehen?«

»Vincenzo, die Schlampe hat recht«, mischte sich sein Kamerad verlegen ein. »Wenn der deutsche Priester kommt, dieser neue, kriegen wir Ärger.« Er winkte die Frauen durch. »Beeilt euch, Damen. Macht schon.«

»Du lässt sie allein gehen?«, wandte der größere Soldat ein.

»Nur keine Angst, wir werden uns schon nicht verlaufen«, beruhigte Ermelina ihn, die so schnell wie möglich von den Wachen fortwollte. »Wir kennen den Weg.«

»Das denke ich mir, aber ich werde Euch trotzdem begleiten«, beharrte der Soldat. »Ich will meinen Anteil.«

Ermelina konnte nichts dagegen tun, dass der Mann sie begleitete, obwohl dadurch vielleicht ihre ganzen Pläne zunichtegemacht wurden. Sie musste noch einen Weg finden, ihn abzuschütteln. Während sie durchs Tor schritt, warf sie einen letzten Blick hinaus aufs Meer und hielt nach einem Boot Ausschau, das in dem Moment schon vor der Insel San Salvatore liegen musste.

Doch die undurchdringliche Schwärze der Nacht verwehrte ihr den Blick.

Dank des günstigen Windes durchpflügte das Boot die dunklen Wellen. Es war lang und schmal, mit einem Sprietsegel, ein Fischerboot wie so viele hier in Kampanien, mit dem die Einheimischen auf Sardinenfang fuhren. Das Boot, auf dem Uberto sich gerade befand, hatte kein Deck oder Riemen, sodass Cola Pesce es allein steuern konnte.

Der Seemann hatte soeben das Licht am Heck gelöscht, damit sie nicht von den Wachen des Castello Marino entdeckt wurden. Im Golf von Neapel, sagte er, würde er sich auch mit verbundenen Augen zurechtfinden.

Uberto gab ihm darauf keine Antwort. Er zweifelte stark daran, dass ihr Plan gelingen konnte, und versuchte, die Wartezeit zu überbrücken, indem er die Augen starr aufs Meer gerichtet hielt. Aber sobald er die dunklen Umrisse der Festung vor dem Sternenhimmel ausmachte, wurde er unruhig, die vielen Wachtürme und die uneinnehmbar wirkende Festungsmauer erschreckten ihn. Nicht von ungefähr hielt Friedrich II. den Reichsschatz ausgerechnet hier versteckt.

Doch eine weitere Sorge quälte ihn. Er musste ständig an den Tod von Alfano Imperato denken und an den Reiter mit der Feuerlanze. Bevor er starb, hatte der Kanonikus eine der furchterregendsten Passagen aus der Apokalypse gestammelt, in der es um die Ankunft des Reiters mit dem dritten Siegel ging. Was konnte ihn dazu getrieben haben, sich auf ein Geheimnis einzulassen, das ihm solche Angst einjagte? Uberto wusste keine Antwort darauf, und doch konnte er sich der Faszination, die von der Lanze des Reiters ausging, nicht entziehen, ganz so wie sein Vater. Und beinahe wäre er wie dieser gefangen genommen worden.

Dass Ermelina recht behalten hatte mit ihren Befürchtungen, hatte ihn tief in seinem Stolz getroffen. Es sah ihm eigentlich gar nicht ähnlich, so unbesonnen zu handeln. Im Grunde wollte er die Angelegenheit nur so schnell wie möglich beenden, um wieder nach Hause zurückkehren zu können. Die Angst, seine Frau und Tochter nie wiederzusehen, nagte unerträglich an ihm und ließ ihm keine Ruhe. Daher hatte er schließlich doch beschlossen, der Dirne zu vertrauen, die besonnener zu sein schien als er.

Das Boot drehte sanft bei und glitt immer langsamer nach Süden. Cola Pesce blockierte das Steuerruder und holte das Segel ein. »Hier ist es gut.«

»Wir sind zu weit von der Festung entfernt«, entgegnete Uberto.

Der Seemann deutete auf die Silhouette des Hauptturms, der direkt aufs Meer ging. »Wenn wir uns noch weiter nähern, werden uns die Wachen dort oben bemerken.«

»Was sollen wir dann tun?«

»Ihr werdet hier warten.« Cola Pesce warf den Anker aus. »Ich werde allein gehen.«

»Wollt Ihr etwa bis zum Castello Marino schwimmen? Aber das ist Wahnsinn! Selbst wenn Ihr es vor die Mauern schafft, wärt Ihr ein leichtes Ziel für die Bogenschützen.«

Der Seemann zog Hemd und Hose aus, sodass er vollständig nackt war. »Aber nicht, wenn ich unter Wasser bin.«

Uberto sah ihn verwirrt an. »Niemand kann so lange den Atem anhalten.«

Cola Pesce lächelte ihn verschmitzt an und hob im Heck ein ziemlich großes Fass auf. Am Rand der offenen Seite waren verschiedene Gewichte festgemacht, Steine, Ziegelsteine und sogar der Kopf einer antiken Statue. Uberto konnte sich nicht vorstellen, wozu das alles dienen sollte.

Ohne weitere Worte von ihm abzuwarten, ließ der Seemann das Fass sehr vorsichtig ins Meer ab, er achtete sorgfältig darauf, dass es mit der offenen Seite nach unten und ganz gerade eintauchte. »Ich werde hier drinnen atmen«, sagte er, dann holte er noch einmal tief Luft und sprang ins Wasser.

Ziemlich verblüfft beobachtete Uberto die Meeresoberfläche, aber er sah Cola Pesce nicht wieder auftauchen.

Nachdem Ermelina das Haupttor hinter sich gelassen hatte und eine Rampe hochgelaufen war, stand sie zusammen mit ihren Gefährtinnen im Inneren des Castello Marino. Der Soldat, dieser blonde große Kerl namens Vincenzo, lief ihnen ein paar Schritte voraus und drehte sich immer wieder um, um zu sehen, ob unter den Frauen eine nach seinem Geschmack war.

Über eine Freitreppe gelangten sie zu dem Torbogen am Fuße des Normannenturms, dann liefen sie entlang der Befestigungsmauer weiter nach oben. Bei Tag hätten sie dort eine großartige Aussicht übers Meer und die Burg unter sich gehabt. Jetzt dagegen herrschte tiefe Dunkelheit vor, nur einige Fackeln erhellten die Nacht ein wenig, sie wirkten wie der Widerschein der Sterne am weiten Firmament über ihnen.

Sie waren auf dem Weg zu den Wachstuben, wie alle Huren, die die Soldaten besuchen wollten. Ermelina begleitete sie, obwohl sie wusste, dass sie, um zu den Kerkern zu gelangen, wieder bis zum Haupttor zurückkehren musste, wo es einen Zugang zu den unterirdischen Geschossen gab. Ignazio war bestimmt dort unten eingesperrt, da die Zellen oben in den Türmen den Gefangenen von Rang vorbehalten waren.

Um sich unbemerkt abzusetzen, ließ sie sich ans Ende ihrer Gruppe zurückfallen, und als Vincenzo mit der hübschesten ihrer Kolleginnen eine Unterhaltung anfing, blieb Ermelina zurück. Sie wartete zunächst etwas ab, um so zu tun, als sei ihr plötzlich übel geworden, falls der Soldat ihr Fehlen bemerken würde. Aber das geschah nicht, und so konnte sie wieder zurücklaufen.

Auf ihrem Weg begegnete sie kaum einer Menschenseele. Seit der

Kaiser zu den Kreuzzügen aufgebrochen war, lebten deutlich weniger Leute im Castello Marino. Innerhalb der Mauern wohnten nur die Soldaten und Basilianer, die um diese Zeit sicher überwiegend in tiefem Schlaf lagen. Trotzdem waren an einigen Stellen der Festung Wachen unterwegs. Ermelina versuchte, diesen auszuweichen, indem sie sich im Schatten hielt, und als sie einen Eingang ins Innere der Gebäude fand, ging sie hinein. Sie lief durch einen Wandelgang mit kleinen quadratischen Fenstern und erreichte schließlich eine Steintreppe, die nach unten führte. Es war niemand zu sehen.

Ermelina war dieser Ort wohlvertraut. Ihr Mann hatte sie viele Male dorthin mitgenommen, um sie zu schamlosen Diensten zu zwingen. Zum Glück hatte sie im Moment ganz andere Sorgen, sodass sie nicht an diese schlimme Zeit zurückdenken musste. Sie blickte sich kurz um, um sich zu orientieren, dann lief sie in ein Bogengewölbe, von dem Dutzende von Türen abgingen. Dahinter lagen die Kerkerzellen.

Jetzt musste sie nur noch die richtige finden, in der Ignazio eingesperrt war, um ihn dann zu befreien und schließlich zu der Stelle zu führen, die mit Uberto und Cola Pesce verabredet war.

Die größte Hürde hatte sie geschafft, dachte sie.

Zu spät bemerkte sie, dass jemand hinter ihr war. Sie spürte erst einen Lufthauch, dann einen heißen Atem im Nacken. Ehe sie reagieren konnte, hatten zwei große Hände sie bereits an den Armen gepackt.

Vincenzo führte die Dirnenschar zu den Wachstuben. Die Soldaten schliefen alle gemeinsam in einem großen Saal, der in den Felsen gegraben war und von Granitsäulen gestützt wurde. Man sagte, es handele sich um Überreste eines antiken *castrum*. Der Legende nach war es auf einem magischen Ei erbaut, welches der Zauberer Vergil vor mehr als tausend Jahren dort versteckt haben sollte.

Beim Anblick der Frauen sprangen die Soldaten von ihren Lagern auf und machten sich voller Vorfreude bereit, sie zu empfangen. Vincenzo behielt die hübsche Blonde bei sich, auf die er bereits ein Auge geworfen hatte, die anderen ließ er vorbeiziehen.

Da bemerkte er, dass Ermelina fehlte. Normalerweise wäre es ihm sicher nicht aufgefallen, aber er hatte sie wiedererkannt, wenn er es sich auch nicht hatte anmerken lassen. Sie war die Witwe eines Kameraden, der vor Jahren bei einer Schlägerei getötet worden war.

Er sah sich noch einmal um, aber da war niemand. Keine Spur.

»Was suchst du, Wache?«, fragte ihn eine männliche Stimme.

Vincenzo fuhr herum und sah sich einem Soldaten gegenüber. Es war keiner von seinen Männern, aber das Gesicht kam ihm bekannt vor. Es war der Clavigero aus dem Gefolge des deutschen Geistlichen. Gegenüber dem Vortag wirkte er blasser, sein Kopf war verbunden. Offenbar eine Wunde am Ohr, die ihm große Schmerzen zu bereiten schien.

»Ich suche eine Hure«, erwiderte Vincenzo. »Sie war mit den anderen hier, aber jetzt finde ich sie nicht mehr.«

Der Clavigero musterte Vincenzo sehr aufmerksam, dann die Blondine an seiner Seite. Er schien sie wiederzuerkennen. »Dunkelhaarig und üppige Formen?«

»Ja.«

»Nun gut, dann suchen wir sie gemeinsam«, sagte Pungilupo mit einem beängstigenden Grinsen.

23

Anstatt sich zu wehren, stieß Ermelina einen sinnlichen Seufzer aus und rieb sich an dem Soldaten, der sie festhielt. Sie hatte schon geahnt, dass so etwas passieren würde. Ja, sie hatte es sogar herbeigewünscht. Dieser Mann war nicht irgendein gewöhnlicher Soldat, er war bestimmt der Kerkermeister.

»Schlampe, was tust du hier?«, zischte der Mann.

»Mich schicken Eure Kameraden«, raunte sie ihm leise zu, »um Euch Gesellschaft zu leisten.«

Der Wachsoldat grunzte lüstern, dann ließ er sie los.

Sobald Ermelina sich wieder frei bewegen konnte, stieß sie ihn sanft gegen eine Wand und verschaffte sich schnell einen Eindruck. Er war groß, um die fünfzig, dick – aber ihr Interesse galt vor allem einem großen Schlüsselring, den er am Gürtel trug. Sie konnte ein zufriedenes Lächeln nicht unterdrücken. Einer von diesen Schlüsseln würde bestimmt Ignazios Zelle öffnen. Aber erst musste sie sich das verdienen. Ohne Scham ließ sie ihre Hände nach unten gleiten, und auf ihre Bewegung hin öffnete der Soldat folgsam seine Hose, die ihm auf die Knöchel fiel.

Ermelina begann, sein Geschlecht zu streicheln, was ihn sofort erregte. Sie handelte schamlos und gelassen. Nun kam der gefährlichste Teil ihres Plans. Der Kerkermeister war größer und stärker als sie, und wenn er Verdacht schöpfte, würde er bestimmt Verstärkung rufen. Eigentlich ruhten all ihre Hoffnungen auf ihrem Stilett, das sie in den Falten ihres Gewandes verbarg. Aber sie musste den richtigen Moment abwarten, um es zu benutzen.

Plötzlich packte der Soldat sie bei den Hüften und stieß sie grob auf den Boden. Ermelina erkannte sein Verlangen und schob den Rock einladend nach oben.

Da überkamen sie plötzlich Zweifel. Sie hatte noch nie jemanden getötet und wusste nicht, ob sie dazu in der Lage war. Ihre Unsicherheit musste sich auch auf ihrem Gesicht gezeigt haben, doch der Kerkermeister missdeutete ihren Ausdruck. »Was denn, du alte Vettel, ist dir etwa die Lust vergangen?«, lachte er höhnisch und warf sich noch gieriger auf sie.

Ermelina hatte inzwischen schon ihr Stilett gezückt und hielt es einfach nur aufrecht. Mit einer Mischung aus Ekel und Begeisterung, die jede Unsicherheit vergessen ließ, spürte sie, wie es sich in das Fleisch des Soldaten bohrte, und ein ungezügeltes Gefühl der Befriedigung überkam sie. Als ob so jedes Unrecht, das man ihr angetan hatte, gerächt sei. Plötzlich legte sie keinen Wert mehr auf Erlösung und Befreiung aus dem Fegefeuer. Jetzt zählte allein die Rache. Rache an jedem, der sie achtlos, zuweilen auch mit Gewalt, genommen hatte. Ich bin keine Hure, schrie sie innerlich und verwünschte ihren Mann, alle Priester und deren Vorstellungen von den göttlichen Strafen. Sie erlebte diesen Moment wie einen Gottesdienst. Wie eine Wandlung. Und obwohl diese Rache nur einen Augenblick gedauert hatte, würde sie auf ewig davon zehren.

Die krampfartigen Zuckungen des Mannes, der auf ihr lag, brachten sie in die Wirklichkeit zurück. Sie sah, wie der Kerkermeister sein Gesicht im Todeskampf verzerrte und sich aufbäumte, als würden unsichtbare Bänder an ihm zerren. Von seinem Blut getränkt versuchte Ermelina, sich zu befreien. In dem Moment drehte der Mann sich auf die Seite und riss sich in einer unbesonnenen Bewegung das Stilett aus den Rippen. Er wollte aufstehen, doch die heruntergelassene Hose um die Knöchel behinderte ihn. Da versuchte er, auf dem Bauch fortzukriechen, und hinterließ dabei wie ein Riesenwurm eine glänzende Spur seines Blutes.

Immer noch von ihrer Tat beseelt nahm Ermelina das Stilett und hockte sich rittlings auf den Soldaten, um ihn aufzuhalten. Anfangs hatte sie gedacht, sie tue das alles für Ignazio, doch nun wusste sie, dass sie es allein für sich tat. Der Kerkermeister wehrte sich nur noch schwach, aber er schien jeden Moment losschreien zu wollen. Ermelina erschrak bei der Vorstellung, plötzlich noch mehr Wachen gegenüberzustehen, daher packte sie ihn bei den Haaren und schnitt ihm die Kehle durch.

Sie hätte nicht sagen können, wie lange sie starr auf dem Leichnam sitzen blieb, während ein glühender Taumel heftiger Gefühle ihre Brust erfüllte. Sie genoss die Hitze, bis diese abebbte und sie wieder die Kälte des Kerkers wahrnahm. Dann stand sie auf.

Ihr Opfer mit heruntergelassener Hose liegen zu lassen, erschien ihr demütigend, und als sie ihn bedeckte, erlangte auch sie einen Teil ihrer Würde zurück. Dann erinnerte sie sich, weshalb sie überhaupt gekommen war.

Schnell holte sie sich den Schlüsselring, lief den Gang entlang und sah sich alle verriegelten Türen an. Ihre Muskeln schmerzten wie nach stundenlanger Arbeit. Da sie nicht mehr weiterwusste, rief sie einfach nach Ignazio, bis sie eine Antwort erhielt. Sie erkannte seine Stimme sofort, die ungläubig und besorgt klang. Voll banger Erwartung folgte sie ihr, bis sie seine Zelle fand. Sie machte sich am Schloss zu schaffen, probierte fast jeden Schlüssel und fürchtete schon, der richtige könnte nicht dabei sein.

Doch endlich ging die Tür auf.

Aus der Dunkelheit des Kerkers kam eine Gestalt auf sie zu. Der Mann, den sie liebte. Er sah nicht mehr so aus wie bei ihrer letzten Begegnung, stolz und elegant gekleidet. Jetzt trug er eine zerlumpte Tunika und eine zerrissene Hose. Sein Gesicht war angstverzerrt, und man merkte ihm die Kerkerhaft an. Einen Moment erschien ihr dieser Mann zerbrechlich und wehrlos, doch dann kam Ignazio da Toledo entschlossen auf sie zu und sah sie aus seinen grünen Augen an, die mit einem Mal wieder aufleuchteten. Von ihren Gefühlen überwältigt sank Ermelina ein wenig schwindelig in seine Arme.

Ignazio fing sie auf, und sein Blick verharrte auf ihr. Sie suchte etwas in seinen Augen. Etwas, das sie nicht fand. Da kam sie sich dumm vor, wie die dümmste Frau auf Erden. Sie hatte stundenlang von diesem Moment geträumt. Sie hatte die verrückte Hoffnung gehegt, bei ihm mehr als Dankbarkeit auszulösen. Mehr als rein freundschaftliche Gefühle. Aber dieser Blick sagte alles. Es war nicht so, wie sie es sich erträumt hatte. Nicht in dieser Nacht. Und nicht für den Rest ihrer Tage. »Wir müssen gehen«, sagte sie und kämpfte ihre Enttäuschung nieder.

Ehe sie gingen, hörten sie eine Stimme. Sie kam aus einer anderen Zelle. Ignazio trat an das Gitter der Tür und sah das Gesicht von Suger de Petit-Pont.

»Lasst mich nicht hier!«, flehte der Arzt. »Nehmt mich mit Euch!«

»Warum sollte ich das tun?«, fragte der Händler. »Allein Euretwegen werde ich Verbrechen bezichtigt, die ich nicht begangen habe!«

»Habt Erbarmen!«, flehte Suger.

»Dummkopf, Ihr verdient kein Erbarmen.«

Völlig ungerührt wandte Ignazio ihm den Rücken zu und folgte Ermelina zum Ausgang. Aus dem Augenwinkel bemerkte er die Leiche des Kerkermeisters. Dass seine Retterin wahrscheinlich für seinen Tod verantwortlich war, verwirrte ihn kurz.

Doch jetzt blieb keine Zeit für Fragen.

Ein ins Gebet versunkener Mann, der auf dem kalten Boden kniete.

Der Lichtschein weniger Kerzen beleuchtete flackernd eine Kapelle im byzantinischen Stil. In der Dunkelheit blitzten kurz Bögen, Säulen und Kapitelle auf, um sofort wieder in der Schwärze zu verschwinden. Konrad von Marburg hätte nie gedacht, im Inneren von San Salvatore auf solche Bauelemente zu stoßen. Sie gehörten zu einem archaischen Christentum, das höchst gewissenhaft jeden heidnischen Überrest getilgt hatte. Der Innenraum hatte ihn angenehm überrascht. In diesem stillen Paradies fühlte er sich wohl, fernab von dem Lärm und den grellen Farben Neapels. Hier konnte er wieder in Ruhe beten und seinen Geist stärken, um sich auf die entscheidende Begegnung mit Ignazio da Toledo vorzubereiten.

Bis vor wenigen Stunden hatte er gezögert, ihn ein zweites Mal zu treffen, da er fürchtete, nicht genügend Beweise gegen ihn in der Hand zu haben. Die Anklage fußte allein auf den Zeugenaussagen von Alfano und Suger, und selbst das war äußerst wenig. Auf keinen Fall ausreichend, um einen Mann zum Tod auf dem Scheiterhaufen zu verurteilen. Aber jetzt war Konrad sicher, den endgültigen Beweis für seinen Verdacht zu haben. Er hatte den Sohn des Händlers über die Leiche des Kanonikus gebeugt angetroffen und beobachtet, wie dieser Alfano die gleichen Verbrennungen zufügte, die die Leichen

Gebeards von Querfurt und des Ketzers Wilfridus aus Mainz aufwiesen. Eigentlich hatte er ihn gar nicht auf frischer Tat überrascht, doch Uberto Alvarez war als Einziger bei der Leiche gewesen. Höchstwahrscheinlich setzte der Sohn das Werk des Vaters fort und wandte an, was dieser ihn an Nekromantie gelehrt hatte.

Mit ihm würde er sich später beschäftigen. Nachdem von Ignazio da Toledo nur noch ein Häuflein Asche übrig war. Wenn nötig, würde er Uberto bis ans Ende der Welt verfolgen.

Der Inquisitor hörte ein Geräusch und fuhr wütend auf. Er hatte die Basilianer ausdrücklich gebeten, ihn die ganze Nacht nicht zu stören. Aber dem Klang der Schritte nach kam da kein Geistlicher, daher bekreuzigte Konrad von Marburg sich und wandte sich dem Neuankömmling zu. Es war ein Soldat.

»Was ist geschehen?«, fragte er ihn, als er sah, wie aufgebracht der Mann war.

»Verzeiht mein Eindringen, Magister. Der Spanier ist geflohen.«

Diese wenigen Worte löschten wie ein Paukenschlag die in langem Gebet erlangte Ruhe aus. Von wildem Zorn ergriffen eilte Konrad von Marburg mit schnellen Schritten zu dem Boten und packte ihn an der Kehle. »Wie konnte das geschehen?«, zischte er ihm ins Gesicht.

Obwohl der Soldat von kräftiger Statur war, mit muskulösen Armen und Schultern, konnte er sich nicht wehren, sondern brachte nur ein flehentliches Gurgeln heraus. Der Geistliche verstärkte seinen Druck, sodass der Mann vor ihm in die Knie sank. Konrad sah in ihm einen Feind, den er töten musste, Ignazio da Toledo, den Teufelsanbeter.

Doch dann kehrte er wieder in die Wirklichkeit zurück und ließ den Soldaten los. »Lasst Alarm läuten!«, befahl er und fand wieder zu seiner martialischen Kälte und Unerschrockenheit zurück. »Er kann noch nicht weit gekommen sein!«

Die in den Tuffstein gegrabenen Gänge erstreckten sich unter der Insel San Salvatore wie ein Labyrinth. Ignazio hatte den Eindruck, sich um einen zentralen Raum herum zu bewegen, ohne jedoch den Zugang dorthin zu finden. Vielleicht handelte es sich ja um die geheime Schatzkammer des Castello Marino, von der er so viel gehört hatte. Er konnte den Blick nicht von Ermelina abwenden, die mit zerzausten Haaren und in einem blutbefleckten Kleid vor ihm herlief. Einerseits fand er Trost in ihrer Gesellschaft, andererseits beunruhigte sie ihn. Nach einer letzten Biegung führte sie ihn nun auf einem geraden Weg aus dem Labyrinth.

Sie kamen in eine Art Lager mit Amphoren und Getreidevorräten. Ermelina steuerte den Ausgang an, öffnete die Tür ein wenig und spähte hinaus. »Kommt und seht«, sagte sie dann.

Ignazio war sofort bei ihr und lugte durch den Spalt. Draußen war tiefschwarze Nacht, aber da seine Augen an die Dunkelheit gewöhnt waren, konnte er ausreichend sehen. Vor ihm lag ein von einem großen Steinbogen beherrschter Platz, anscheinend das äußere Ende der Festung. Er wurde von zwei mit Lanzen bewaffneten Soldaten bewacht.

»Hinter dem Bogen erreicht man einen offenen Zugang zum Meer«, erklärte die Frau ihm. »Dort müsst Ihr hin.«

»Zuerst müssen wir die Wachen ablenken.«

»Dafür werde ich sorgen.«

»Aber Ihr …«

Ermelina strich ihm zärtlich über die Wange und brachte ihn so zum Schweigen. »Ihr werdet schon auf der anderen Seite erwartet.« Sie zögerte, ihre Hand fortzunehmen. »Während ich die Soldaten ablenke, verlasst Ihr dieses Lager und lauft zum Meer. Kümmert Euch nicht um mich.«

Die Frau wirkte finster entschlossen, sie schien sich nicht umstimmen zu lassen. Sie ordnete ihr Kleid, so gut es ging, bedeckte mit ihrem Schal die Blutflecken und wandte sich zum Gehen.

Ignazio verfolgte ihre Vorbereitungen mit traurigen Augen. Er wollte nicht, dass seine Retterin sich noch mehr in Gefahr brachte. Ein heftiges Schuldgefühl nagte an ihm und überlagerte seine Angst. »Es muss doch noch eine andere Möglichkeit geben«, sagte er. »Einen sicheren Weg für uns beide.«

»Den gibt es nicht«, erwiderte Ermelina bestimmt.

»Ich werde nicht zulassen, dass Ihr Euch wegen mir solch einer Gefahr aussetzt«, beharrte er. »Ich will nicht, dass Ihr das tut.«

»Vor vielen Jahren habt Ihr das Gleiche für mich getan.«

»Jetzt liegt die Sache anders.«

Sie warf ihm einen harten, fast vorwurfsvollen Blick zu. »Ihr müsst zu Eurem Sohn zurückkehren, zu Eurer Familie.«

Ignazio wollte noch etwas sagen, doch dann hielt er sich zurück. Tränen liefen über Ermelinas Gesicht. Tränen, die er nicht verstand, aber die er am liebsten zum Versiegen gebracht hätte. Er konnte ihr nur noch nachsehen und auf das Beste hoffen. Und schon lief sie auf die Mitte des Platzes. Wie erwartet bemerkten die Wachen sie und rannten sofort zu ihr hin, sodass der Weg zum Bogen frei war.

Ignazio schob seine Bedenken beiseite und nutzte die Gelegenheit. Diese Frau war schlau, sagte er sich, sie würde bestimmt einen Weg finden, wie sie heil und gesund aus der Sache herauskam. Während er gebückt zum Torbogen lief, konnte er aus dem Augenwinkel beobachten, wie sie die Soldaten geschickt umgarnte.

Er gelangte unbemerkt durch den Torbogen und verbarg sich zunächst im Schatten, doch als er gerade den Weg hinunter zum Meer erreicht hatte, vernahm er auf einmal die Glocken einer Kirche. Sie läuteten Alarm! Man musste seine Flucht entdeckt haben.

Die Soldaten reagierten sofort, ließen von Ermelina ab und sahen sich mit raubvogelscharfen Blicken um. Einer von ihnen schaute Richtung Torbogen und bemerkte ihn. »Halt, wer da!«, rief er und bedeutete ihm anzuhalten. Inzwischen machte der andere sich schon bereit, mit der Lanze auf ihn zu zielen. Doch Ermelina war schneller: Sie zog das in ihrem Gewand verborgene Stilett hervor und rammte es dem Soldaten in den linken Arm.

Ignazio wollte schon umdrehen und seiner Retterin zu Hilfe eilen, als er sah, wie sie in seine Richtung blickte und laut schrie: »Fliiieeht!«

Erschüttert starrte er sie an und sah in ihr einen Moment lang keine gewöhnliche Frau, sondern eine Kriegerin aus einem Heldenepos. Todesmutig, stark, ohne Hoffnung. Gerade wollte er zu ihr zurück, doch da bemerkte er, dass etwas von den Zinnen herabfiel. Steine. Hoch oben auf der Festung zielte eine Gruppe Soldaten mit Schleudern auf ihn.

Kaum hatte er sie entdeckt, traf ihn schon eines dieser Geschosse an der rechten Schulter und riss ihn zu Boden.

Schnell erhob er sich wieder, der Aufprall hatte ihn mehr benommen gemacht, als dass er ihm Schmerzen bereitete. Ignazio musste zweimal husten, und als er sich erneut umdrehte, sah er, wie die zweite Wache mit erhobener Lanze auf ihn zugerannt kam. Er musste fliehen.

Er rannte den Abhang hinab, während der Soldat immer mehr aufholte. Sobald er die Klippe erreicht hatte, beugte er sich über den Rand und starrte auf die Boote, die dort unten lagen, ohne zu wissen, wonach er suchen sollte. »Lauft zum Meer«, hatte Ermelina gesagt. Vielleicht versteckte sich ja dort unten jemand und wartete auf ihn.

Er zögerte zu lange. Der Soldat packte ihn von hinten und presste ihm die Lanze vor die Brust, damit er stillhielt. Ignazio wehrte sich und machte einen Schritt nach vorn, doch zu spät bemerkte er, dass er sich zu weit vorgebeugt hatte. Schon stürzte er zusammen mit seinem Angreifer von der Klippe.

Klatschend prallte er aufs Wasser, das ihn sofort kalt umgab und ihm salzig in Mund und Nase drang. Als er wieder auftauchte, klammerte er sich an einem algenbewachsenen Vorsprung fest. Der Soldat lag direkt vor ihm, sein Schädel war an einem Felsen zerschmettert.

»Den werden sich die Muränen holen«, ertönte auf einmal eine Stimme aus der Dunkelheit.

Ignazio drehte sich um und sah einen Mann in den Wogen. Er trieb an der Oberfläche, ohne dass man sehen konnte, wie er mit Armen oder Beinen ruderte, ganz ruhig wie eine Qualle. Und weil er sich nicht bewegte, war er so gut wie unsichtbar.

»Seid Ihr Ignazio da Toledo?«, fragte der Schwimmer ihn.

Ignazio nickte.

»Ich bringe Euch in Sicherheit.«

»Wartet.« Ignazio dachte an Ermelina. »Ich muss noch jemandem helfen.«

»Zu spät. Hört Ihr das nicht?«

Ignazio lauschte auf die Geräusche, die der Wind zu ihnen trug, und sah oben auf der Klippe einen großen Trupp Soldaten stehen. Sie alle verfolgten ihn, um ihn wieder einzufangen.

»Machen wir uns auf den Weg«, trieb Cola Pesce ihn an. »Die

Bogenschützen werden uns jeden Moment unter Beschuss nehmen.« Er hob ein großes Fass aus dem Wasser. »Ihr müsst dort hinein … Aber vorher zieht Euch aus.«

Alarmierte Rufe kamen immer näher. Ermelina nahm sie kaum wahr. Sie starrte auf das Stilett, das im Arm des Soldaten steckte. Eine kleine, unbedeutende Waffe, aber mit ihr hätte sie sich nicht so wehrlos gefühlt. Der Soldat schien ihre Gedanken zu lesen, er packte das Stilett am Griff, zog es aus der Wunde und warf es fort. In einem verzweifelten Versuch streckte sie den Arm aus, um es sich zu holen, aber der Mann fasste sie bei den Kleidern und stieß sie voller Wucht nach hinten.

Noch im Fall spürte Ermelina, wie etwas Spitzes, Kaltes ihr den Rücken durchbohrte. Zuerst begriff sie nicht, wie ihr geschah. Dann überwältigte sie ein unglaublicher Schmerz, und sie sah, wie eine Schwertspitze aus ihrem Bauch hervorragte. Wieder kam sie sich schrecklich dumm vor. Wie die dümmste Frau auf Erden.

Der Mann, der sie aufgespießt hatte, packte sie von hinten bei den Haaren und zischte ihr bösartig ins Ohr: »Ich hatte es dir gesagt, alte Vettel! Ich hatte es dir gesagt, dass du dafür bezahlen würdest!«

Ermelina drehte sich unter Schmerzen um und sah in die Augen eines hungrigen Wolfes. »Ihr habt mich …«, brachte sie durch zusammengepresste Kiefer hervor und schaffte es, ihr im Todeskampf verzerrtes Gesicht in ein herausforderndes Lächeln zu verwandeln. »*Ihn* werdet Ihr niemals bekommen …«

Sie hörte, wie der Clavigero darauf etwas Bösartiges entgegnete, doch sie achtete nicht auf seine Worte. Die waren inzwischen unwichtig geworden.

Sie schloss die Augen und kostete ihr Leben bis zum letzten Atemzug aus. Und ehe sie starb, betete sie zum Herrn, er möge sie in einer Welt wiederauferstehen lassen, in der Ignazio sie lieben konnte. Einer Welt, in der sie die tugendhafteste aller Frauen sein würde.

Oder dass er sie in die ewige Finsternis versinken lassen möge. Ohne Erinnerung.

24

Während er von der schweigenden Flut fortgetragen wurde, spürte Ignazio, wie die kalten unterseeischen Strömungen seine Beine und seine Hüften umspülten, doch von den Schultern aufwärts befand er sich in dem Fass im Trocknen. Dieses Behältnis schirmte ihn von den Wassermassen über ihm ab und sicherte ihm gleichzeitig genug Luft zum Atmen. Weil er fürchtete, andernfalls auf den Boden des Meeres zu sinken, klammerte er sich an einer Holzstange fest, die oben im Fass angebracht war.

Eine recht seltsame Flucht, überlegte er, wenn auch sehr gut ausgedacht. Dank dieser trickreichen Erfindung konnte er sich ungesehen von der Insel San Salvatore entfernen, ohne dass die Bogenschützen der Burg auf ihn zielen würden.

Der Umstand, dass er sich in einem engen dunklen Raum befand, beunruhigte ihn diesmal keineswegs, zu erstaunt war er über das Gefühl der Schwerelosigkeit. Mit dem Staunen eines kleinen Kindes, das etwas vollkommen Neues ausprobiert, bewegte er die Füße hin und her und vergaß für den Augenblick beinahe die tragischen Ereignisse, die er eben erst durchlebt hatte. Die Möglichkeit, in einem Fass Luft zu bekommen, ohne auftauchen zu müssen, um Atem zu holen, faszinierte ihn. Seine Situation erinnerte ihn an etwas, das man sich über Alexander den Großen erzählte: Dieser sollte die Tiefen des Meeres in einem Schwimmgerät aus Glas erforscht haben.

Cola Pesce schwamm neben dem Fass, mit dem er durch ein Seil verbunden war, und brachte es mit kräftigen Zügen hinaus aufs offene Meer, wobei er ab und zu auftauchte, um Luft zu schöpfen. Ignazio konnte ihn nicht sehen, aber durch den wechselnden Zug an seinem Fass wurde ihm bewusst, dass der Mann sehr lange Zeit den Atem anhalten konnte.

Plötzlich veränderte sich etwas an seiner Lage.

Der Händler spürte, dass er mitsamt dem Fass nach oben gezogen wurde. Er hatte ein unangenehmes Gefühl in den Ohren, aber ihm blieb keine Zeit, sich daran zu gewöhnen. Jemand klopfte gegen die Oberfläche des Fasses. Ignazio ahnte, was vor sich ging, und ließ die Stange los, an der er sich festgehalten hatte, dann spürte er eine Art Sog, und im Nu fand er sich draußen an der Luft wieder.

Er schwamm nun mitten im offenen Meer vor der Küste von Neapel.

Vor sich sah er ein kleines Boot im Mondlicht glänzen und versuchte, das Tauwerk an dessen Bordseite zu erreichen, aber seine Arme und Beine waren durch die Kälte wie gelähmt. Eine Welle rollte über ihn und nahm ihm die Sicht, während ihn das eigene Gewicht, dessen er sich nun wieder voll bewusst war, nach unten zog. Panik erfasste ihn, dass er ertrinken könnte, und einen Moment lang trübten sich seine Sinne.

Da schnellte etwas neben ihm durchs Wasser. Es war Cola Pesce, der ihm half, sich an der Oberfläche zu halten. Gleichzeitig beugte sich ein Mann aus dem Boot, packte ihn an den Armen und half ihm hinein.

Als er an Bord war, stieß Ignazio einen tiefen Seufzer der Erleichterung aus und wandte sich dankbar an denjenigen, der ihn aus dem Meer gefischt hatte. Da erlebte er eine angenehme Überraschung: Dieser Mann war sein Sohn.

»Vater, wie geht es dir?«, fragte Uberto.

Ignazio saß ihm gegenüber, in eine Decke aus grobem Stoff gehüllt. Obwohl er sich abgetrocknet hatte, wurde ihm nicht warm, die Kälte des Meeres war ihm bis auf die Knochen gedrungen. Er wollte etwas sagen, doch er brachte kein Wort heraus, so heftig klapperte er mit den Zähnen.

»Es geht ihm gut«, antwortete Cola Pesce für ihn. Der Mann aus Bari lief geschäftig zwischen Mast und Heck hin und her, während das Wasser an ihm heruntertroff. Er schien die nächtliche Eiseskälte nicht zu spüren. »Er muss sich nur etwas ausruhen.«

»Hier sind neue Kleider«, erklärte Uberto seinem Vater und reichte ihm ein Bündel. »Ich hoffe, sie passen dir, aber ich hatte nicht viel Auswahl.« Seine Stimme klang ungewöhnlich scharf, härter als sonst.

Ignazio kleidete sich rasch an. Nun trug er eine schwarze Hose, eine dunkle Tunika und ein Skapulier mit Kapuze. Als er dort hineinschlüpfte, spürte er das Hämatom an der rechten Schulter, wo ihn auf seiner Flucht ein Stein getroffen hatte. Ein geringer Preis für die Rettung, dachte er. Er rieb seine Arme, um die Kälte daraus zu vertreiben, und sah sich auf dem Fischerboot um. Dann nahm er im Bug Platz, dem einzigen freien Bereich. Überall sonst lag alles Mögliche herum, von aufgewickelten Netzen, wie die Fischer sie für den Sardellenfang benutzten, zu Gerätschaften unterschiedlicher Größen und Formen. Schließlich bemerkte er, dass der Anker gelichtet worden war und das Segel gesetzt. Cola Pesce hatte selbstständig gehandelt, ohne Anweisungen abzuwarten, und führte das Steuer, während er gleichzeitig den Blick auf die Sterne geheftet hatte.

»Wohin segeln wir?«, fragte Ignazio ihn, als er langsam die Sprache wiederfand.

Der Seemann machte eine vage Handbewegung. »Wenn wir gen Norden fahren, laufen wir Gefahr, bei einem Lager der Clavigeri zu landen. Und da das Boot nicht sehr groß ist, muss ich dicht an der Küste entlangsegeln.«

»Also sind wir in südlicher Richtung unterwegs«, schloss Ignazio und wandte sich verstohlen an seinen Sohn. »Können wir ihm trauen?«, flüsterte er.

Uberto zuckte mit den Schultern. »Ermelina hat ihn mir empfohlen.«

Als er den Namen der Frau hörte, stand Ignazio erneut seine Flucht vor Augen, und Reue packte ihn. Er hatte sie dort im Castello Marino zurückgelassen, in einer ausweglosen Lage. Er hatte nur an sich gedacht und sie in der Gefahr allein gelassen. »Flieht«, hatte sie ihn gedrängt, während sie kämpfte, um ihm Zeit zu verschaffen. Diese Aufforderung hallte noch in seinen Ohren wider, allerdings hatte sie nun einen ganz anderen, beinahe verächtlichen Klang angenommen, und er fühlte sich wie ein Schuft, der Frauen an seiner Stelle sterben ließ. Er verdiente ihr Opfer nicht.

»Diese Frau …«, begann Uberto und riss Ignazio aus seinen quälenden Erinnerungen.

»Nicht jetzt«, unterbrach Ignazio ihn. Der Gedanke an Ermelina schmerzte ihn, und über sie zu sprechen würde es nur noch schlimmer machen. »Zuerst müssen wir beschließen, wie es weitergeht.«

»Natürlich können wir nun nicht nach Hause zurückkehren.«

Der Händler musterte seinen Sohn und wusste genau, wie schwer ihm dieses Eingeständnis fiel. Uberto litt unter dem Fernsein von seiner Mutter und seiner Frau. Und jetzt, da er Vater geworden war, musste die Sehnsucht unerträglich sein. »Du hast recht«, bestätigte Ignazio und verbarg seine Gefühle. »Konrad von Marburg würde uns bis nach Kastilien verfolgen, und unsere Familie wäre in Gefahr.«

»Die einzige Möglichkeit, aus der Sache wieder rauszukommen, ist, deine … nein, unsere Unschuld zu beweisen.«

»Warum sagst du ›unsere‹?«

»Ich befürchte, dass Konrad mich für Alfanos Mörder hält.« Und da Uberto bemerkte, dass sein Vater ihn missbilligend ansah, erzählte er ihm, was während dessen Gefangenschaft geschehen war. Dann war es an Ignazio, seinem Sohn von seinem Gespräch mit Konrad von Marburg zu berichten.

»Dieser Konrad ist ein Fanatiker«, sagte Uberto stirnrunzelnd.

»Aber er kann über keine erdrückenden Beweise verfügen«, erwiderte Ignazio, »sonst hätte er sich nicht damit begnügt, mich einfach nur einzusperren.«

»Jetzt hat er einen. Oder glaubt es zumindest. Ich meine Alfanos Tod. Er wird glauben, ich hätte ihn getötet, um zu verhindern, dass er dich beschuldigt.«

»Noch eines von vielen Missverständnissen. Uns bleibt keine Wahl, wir müssen den wahren Mörder finden.«

»Und uns in Gefahr bringen, Vater.«

»Wir können nicht anders handeln. Wir müssen den Hinweisen folgen, die zum echten Magister führen.«

»Der Homo Niger … Ist dir bewusst, dass dies auch nur eine Legende sein könnte?«

»Der Umhang. Die Tätowierungen. Die magischen Kreise. Die

Morde.« Der Händler kniff die Augen zusammen. »Alle diese Elemente müssen zwangsläufig einen gemeinsamen Nenner haben, und vielleicht ist es eben das Offensichtlichste, nämlich, dass hinter der Sache wirklich ein Magister steckt.«

»Deine Überlegungen klingen logisch, aber sie gefallen mir überhaupt nicht.«

Bevor der Händler seinem Sohn antwortete, sammelte er seine Gedanken. Etwas in Ubertos Bericht hatte ihn stutzig gemacht. »Du hast gesagt, Alfano hätte dir etwas über den Umhang des Schützen anvertraut. Erinnerst du dich daran?«

»Das hat er gesagt, kurz bevor er starb, aber er ist ziemlich vage geblieben. Er hat mir etwas über die Person gesagt, der der Umhang übergeben werden sollte, eine Frau, die mit Tränen heilt. So hat er sich ausgedrückt. Sie lebt in Salerno.«

»War das alles?«

»Er hat mir nur noch zwei Worte ins Ohr geflüstert. Ich befürchte jedoch, dass sie keinen Sinn ergeben. Wenn doch, habe ich ihn jedenfalls nicht erfasst.«

»Und die wären?«

»Aqua nigra.«

»Schwarzes Wasser.« Ignazio runzelte die Stirn. Vielleicht hatte sein Sohn ja recht und diese Worte besagten nichts. Es musste sich um wieder ein neues von unzähligen Teilchen aus einem riesigen Mosaik handeln. Dennoch war der Hinweis, welche Richtung sie einschlagen sollten, klar und deutlich. Ignazio wandte sich um zum Golf von Neapel und betrachtete den Vesuv, der still unter dem Sternenhimmel dalag. Dann winkte er Cola Pesce heran. »Könntet Ihr uns nach Salerno bringen?«, fragte er. »Wir werden Euch gut entlohnen.«

Der Mann aus Bari neigte den Kopf zur Seite, fast als wollte er dem Wind lauschen. Schließlich nickte er. »Morgen, spät in der Nacht, werden wir dort sein.«

Ignazio hatte sich noch nicht entschieden, ob er diesem Mann trauen konnte, doch das war im Augenblick sein geringstes Problem. Schließlich hatte er keine andere Wahl. Er musste unbedingt herausfinden, was es mit diesem rätselhaften schwarzen Wasser auf sich hatte, bevor Konrad von Marburg ihn erneut gefangen nahm. Dieser Mönch würde niemals aufgeben, ihn zu verfolgen. Er hatte Alfano und Suger befragt, also wusste er genauso viel wie sie.

Nie zuvor hatte Ignazio einen Mann der Kirche so sehr gefürchtet. Er erkannte, dass mit ihm etwas vollkommen Neues seinen Anfang nahm, das war der Keim einer Institution, die sich ganz dem Ziel verschreiben würde, die Christenheit von jedem Schatten und Verdacht der Sünde zu reinigen. Im Gegensatz zu den sonstigen Kirchenmännern, die nur ein einziges Mal den Vorsitz bei einem geistlichen Gericht führten, handelte Konrad gezielt, im Auftrag des Papstes und vollkommen unabhängig. Dies machte ihn über alle Maßen tückisch. Ignazio fragte sich, was wohl in künftigen Jahren geschehen würde, wenn solche Leute gar einen Orden gründeten, und er konnte einen Schauder nicht unterdrücken. Juden, Frauen, die man für Hexen hielt, und der Ketzerei Verdächtigte wären unwiderruflich verloren. Aber auch Männer wie er, die nach der Wahrheit suchten, würden angeklagt, wenn sie etwas untersuchten, was nicht untersucht werden durfte, wenn sie Worte aussprachen, die nicht genannt werden durften, oder Bücher lasen, die niemand lesen durfte. Man würde sie blenden, ihnen die Zungen herausreißen und sie gemeinsam mit ihren Büchern verbrennen. *In Nomine Patri et Filii et Spiritus Sancti.*

Ubertos Stimme riss ihn aus diesem Alptraum, den er vor seinen Augen erstehen sah. »Was ist aus Ermelina geworden?«

Der Händler spürte die Reue wie einen Messerstich. »Sie hat es nicht geschafft«, flüsterte er.

Auf seine Worte folgte kein Laut des Bedauerns, sondern eine Frage. »Weiß meine Mutter von ihr?«

Überrascht sah Ignazio auf und starrte seinem Sohn ins Gesicht. Die Härte, die er anfangs nur in dessen Stimme wahrgenommen hatte, sprach jetzt auch aus seinem Blick und den zusammengepressten Kiefern.

Der Händler begriff, und die Erkenntnis versetzte ihm einen Stich. Sein Sohn zog eine der wenigen Gewissheiten in seinem Leben in Zweifel, seine Liebe zu Sibilla und die Treue, die er ihr immer gehalten hatte. »Es ist nicht so, wie du denkst«, erwiderte er und sah hinüber zu Cola Pesce. Es war ihm unangenehm, seine Gefühle zu offenbaren, besonders in Anwesenheit eines Fremden. Der Seemann allerdings schien seinen eigenen Gedanken nachzuhängen.

»Ich bin nicht dumm und kann meine eigenen Schlüsse ziehen«, sagte Uberto, der von dem Thema nicht ablassen wollte. »Du musst sie kennengelernt haben, als du schon verheiratet warst. Und ich schon auf der Welt war.«

»Damit hast du recht. Aber bei allem anderen nicht.«

»Und doch hat dich diese Frau geliebt, das war nur allzu deutlich. Ja, sie hat dich geradezu angebetet.«

Ignazio seufzte. Er wusste, dass er nicht mit einer kurzen Antwort davonkommen würde. »Ich habe sie vor zwanzig Jahren kennengelernt«, sagte er. »In Catania.«

»Ich habe immer geglaubt, du seist zu dieser Zeit in Nordafrika gewesen, von Sizilien war nie die Rede.«

»Genau gesagt war ich tatsächlich zunächst in Tunis, als ich von einem sehr wertvollen Buch erfuhr, das in einer Zisterzienserabtei in Catania aufbewahrt wurde. Ein Gesangbuch mit wundervollen Miniaturen, das der heiligen Agatha gewidmet war. Daher beschloss ich, einen Abstecher dorthin zu machen, um eine Kopie des Buches zu erwerben, in der Absicht, sie später an den Meistbietenden zu verkaufen.«

»Ich erinnere mich an dieses Buch. Du hast es mir gegenüber mehrmals erwähnt … Allerdings hast du alles Übrige verschwiegen.«

»Bis jetzt hielt ich es nicht für wichtig«, erklärte Ignazio, den der anklagende Ton seines Sohnes verärgerte. »Als ich die Abtei in Catania erreichte, wurde ich mit einem Schreiber aus dem Skriptorium handelseinig. Er wollte mir eine Kopie des Buches anfertigen und versprach, diese Arbeit innerhalb von wenigen Monaten zu erledigen. Ich kehrte also wieder nach Tunis zurück, doch als ich erneut nach Catania kam, hatte ich eine seltsame Begegnung. Nachdem ich die Abtei betreten hatte, verirrte ich mich auf dem Weg zum Skriptorium und landete aus Versehen in einem Bereich, der für die Klausur vorgesehen war. Bevor ich den richtigen Weg fand, entdeckte ich, dass dort eine junge Frau gefangen gehalten wurde.«

»Ermelina«, vermutete Uberto.

Ignazio nickte bestätigend. »Ich fühlte Mitleid mit ihr und fragte sie, warum sie dort eingeschlossen sei.« Er sah hinaus aufs Meer, hin und her gerissen zwischen Kummer und Schuldbewusstsein. »Ermelina war Waise und hatte als Dienerin bei einer reichen Familie in Catania gearbeitet. Der Hausherr war ein recht bekannter Goldschmied, doch im Haus hatte seine Frau das Sagen, ein herrisches Weib, das den einzigen Sohn abgöttisch liebte. Und dieser Sohn hatte sich nun in Ermelina verliebt, und zwar so sehr, dass er sie heiraten wollte. Seine Mutter wollte sich nicht damit abfinden, eine Schwiegertochter von niedriger Herkunft zu bekommen. Und deshalb hatte diese Megäre Ermelina wenige Tage vor der Hochzeit beschuldigt, sie hätte ihren Verlobten mit einem der maurischen Sklaven betrogen, die auch in diesem Haus lebten. Das Mädchen hatte seine Unschuld beteuert, aber diese Frau hatte all ihren Einfluss eingesetzt, damit man Ermelina festnahm und der Feuerprobe unterzog.«

»Sie wurde also in der Abtei gefangen gehalten, wo auch das Gesangbuch der heiligen Agatha aufbewahrt wurde«, schloss Uberto. »Wo du ihr begegnet bist, richtig?«

»Genauso war es. Ermelina vertraute mir an, dass sie den Sohn des Goldschmieds zwar nicht liebte, aber ihn nie betrogen habe. Es lag ihr zu sehr daran, sich aus ihrer Stellung als Dienerin zu befreien, als dass sie eine solche Niedertracht begangen hätte. Ich kann dir nicht sagen, ob sie die Wahrheit sagte, aber auf keinen Fall hatte sie die Qualen dieses Gottesurteils verdient. Du weißt ja, was es für Folgen hat, wenn man sich dieser Probe unterzieht. Niemand kommt ohne schreckliche Verbrennungen davon.«

»Es ist eine grässliche Tortur, da gebe ich dir recht, und das weiß die Kirche selbst genau. Wenn es darum geht, die Unschuld von Geistlichen zu beweisen, nimmt man ja nicht die Feuerprobe, sondern das Broturteil, das keine Schmerzen bereitet.«

»Du wirst also verstehen, warum ich beschloss, Ermelina zur Flucht zu verhelfen. Bevor ich Sizilien mit der Kopie des Gesangbuchs der heiligen Agatha verließ, drang ich zur Nachtzeit in die Abtei ein, befreite sie und nahm sie mit. In Neapel brachte ich sie in ein Nonnenkloster.« Während der Reise war Ignazio gezwungen gewesen, Ermelinas Annäherungsversuche abzuwehren, die sich, nachdem sie sich von ihrem Schrecken erholt hatte, augenscheinlich in ihn verliebt hatte. Aber diesen Teil der Geschichte behielt er für sich und fragte sich, als er an die jüngsten Ereignisse zurückdachte, ob die Frau nicht vielleicht seit damals viel mehr für ihn empfunden hatte als eine schlichte Schwärmerei. »Bevor ich von Neapel aufbrach«, schloss er, »schenkte ich das Gesangbuch der heiligen Agatha der Priorin des Klosters als Mitgift für Ermelinas Noviziat.«

»Und seitdem bist du ihr nie wieder begegnet?«

»Nie wieder, bis gestern. Stell dir meine Überraschung vor, als ich feststellen musste, dass sie ein ganz anderes Leben führte, als ich dachte.«

»Es ist unwichtig, womit sie sich ihren Lebensunterhalt verdient hat«, erklärte Uberto nun besänftigt. »Sie hat uns geholfen. Sie war ein guter Mensch.«

Oder sie war verliebt, dachte Ignazio.

Und er lächelte seinem Sohn zu.

25

Suger verabscheute Ignazio da Toledo. Mehr noch als Philippus Cancellarius, mehr als jeden anderen Menschen, der jemals seine Pläne durchkreuzt hatte. Bei der Vorstellung, dass diesem Mann vielleicht die Flucht gelungen war, spürte er, wie ihm die gelbe Galle hochkam. Vor allem fühlte er sich, als hätte man ihm etwas genommen. Dieser Händler hatte sich als schlauer als er selbst erwiesen und sich das Recht auf das letzte Wort angemaßt. »Ihr verdient kein Erbarmen«, hatte er ihm gesagt. Nach dieser moralischen Ohrfeige hatte Suger sich mit einem bitteren Geschmack im Mund in einer Ecke zusammengekauert, die Finger über dem Bauch verschränkt und sich bedauert. Er befürchtete, dass Konrad wirklich eine Brieftaube nach Frankreich schicken würde, und angesichts dieser Möglichkeit kamen all die alten Ängste wieder in ihm hoch.

Er konnte nicht zulassen, dass dieser Geistliche die Wahrheit über seine überstürzte Abreise aus Paris erfuhr. Wenn dies geschah, wäre es sein Ende. Und das so kurz vor seinem Ziel Salerno! Nur noch ein paar Tage Reise, und er hätte sich ein neues Leben und eine neue berufliche Laufbahn aufbauen können, ohne Schatten der Vergangenheit und Missverständnisse. Stattdessen hatte er sich in die Angelegenheit mit dem Umhang des Schützen und dem Drachenstein hineinziehen lassen …

Von nun an, so dachte er verbittert, würde es nur noch eine Sorte Steine geben, auf die er seinen Blick richten konnte, und zwar die Tufffelsen, aus denen die Wände seiner Zelle bestanden.

Er verharrte bis in die Morgendämmerung dort in seiner Ecke und grübelte. Das Eingeschlossensein verbesserte seine Laune nicht gerade, aber es fühlte sich nicht so erdrückend an, wie er gedacht hatte. Ein gewöhnlicher Mann, der an ein Leben und die Arbeit im Freien gewöhnt war, wäre hier innerhalb weniger Stunden verrückt geworden. Suger hingegen verbrachte oft ganze Tage in dunklen

Räumen, in der Stille und der Einsamkeit seines Arbeitszimmers. Und so gelang es ihm, auch jetzt einigermaßen bei klarem Verstand zu bleiben. Um sich die Zeit zu vertreiben, dachte er an all die Widrigkeiten, die ihm in letzter Zeit zugestoßen waren. Die Drohungen von Philippus Cancellarius und Roland von Cremona. Der Mord im Holzhafen von Paris. Und Bernard.

Wenn er diesem Jungen doch nur genauer zugehört und ihm überzeugender ins Gewissen geredet hätte …

Suger schnaubte. Wofür eigentlich?, fragte er sich. Die Leute änderten sich doch nie, jeder wählte den Weg, der ihm am besten gefiel, und trug so einzig selbst die Verantwortung für sein Unglück. Er, Suger, konnte doch nicht alle Last der Welt auf sich laden! Er hatte schon genug am Hals, als dass er sich erlauben konnte, sich wegen eines anderen schuldig zu fühlen. Er musste die Erinnerung an Bernard tief in sich begraben.

Im Augenblick hieß sein eigentliches Problem Konrad von Marburg. Es hatte keinen Zweck, das zu leugnen. Ganz egal, wie er es drehte und wendete – bei allen Geschehnissen schien stets dieser Geistliche im Spiel zu sein. Beim bloßen Gedanken an ihn wurde Suger ganz krank vor Sorge. Denn Konrad war tatsächlich ein Raubtier. Sein Blick erinnerte an nächtliche Jäger wie den Wolf und seine Kiefer an die Schnauze von wilden Tieren, die sich vom Fleisch anderer Lebewesen ernährten. Dennoch konnte Konrad die eigene Angriffslust hinter einer ebenso feinen wie tückischen Rhetorik verbergen. Jedes seiner Worte war ein Hinterhalt. Jede Geste ein Krallenhieb. So lullte er seine Opfer ein, bevor er seine Reißzähne in ihre Kehlen schlug.

Und als sich jetzt die Tür öffnete, konnte Suger nicht verhindern, dass seine Hand unwillkürlich schützend vor seine Kehle fuhr.

Konrad von Marburg betrat den dunklen Raum. Wie immer schwarz gekleidet, das riesige, glänzende Kruzifix mitten auf der Brust. In der linken Hand hielt er eine Lampe und in der rechten eine Tonschüssel. »Ich habe Euch etwas zu essen gebracht«, sagte er gemessen.

Suger wunderte sich über die Fürsorge. »Ihr seid sehr freundlich, aber Ihr hättet Euch nicht bemühen müssen.«

»Es handelt sich nicht um Freundlichkeit.« Der Geistliche hielt ihm die Schüssel hin. »Sondern um Barmherzigkeit.«

Der Arzt besah sich den Inhalt, altbackene Brotstücke schwammen in einer fettigen Brühe. Angeekelt stellte er das Behältnis auf dem Boden ab.

Konrad beobachtete ihn enttäuscht. »Ist die Suppe nicht nach Eurem Geschmack?«

»Ich habe keinen großen Hunger.«

Der Geistliche ging mit einer achtlosen Handbewegung zu etwas anderem über. »Nun gut, so wisst denn, dass ich Euch bezüglich immer noch sehr unentschlossen bin.«

»Was heißt das?«

»Dass ich Euch hier herauslassen könnte, wenn Ihr Euch nur ein wenig hilfsbereit zeigtet.«

»War ich das denn nicht schon genug? Ich habe Euch alles gesagt, was ich weiß!«

»Von Euch will ich keine Worte mehr, sondern Taten.«

»Ich begreife immer noch nicht.«

»Das werdet Ihr aber«, versicherte Konrad von Marburg und leuchtete ihm mit der Lampe ins Gesicht. »Ihr habt sicher bemerkt, was heute Nacht geschehen ist?«

»Ihr meint die Flucht von Ignazio da Toledo.«

Der Geistliche nickte.

»Ich habe durch das Gitter in der Tür gespäht«, sagte Suger, »und habe gesehen, wie er gemeinsam mit einer Frau geflohen ist.«

»Hat er mit Euch gesprochen?«

»Nein«, log der Arzt. Wenn er das Gegenteil zugab, konnte das seine Lage nur verschlimmern. »Warum hätte er das tun sollen?«

Konrad erklärte sich nicht. »Habt Ihr gehört, ob er etwas gesagt hat?«, fragte er dann.

»Nichts Wichtiges.«

»Und was glaubt Ihr, was er als Nächstes vorhat?«

Suger zögerte mit seiner Antwort, doch dann begriff er diese Frage als eine Art Prüfung. Vielleicht wollte Konrad sehen, wie vertrauenswürdig er war. »Es kann sein, dass er sich nach Salerno wendet und zu dieser Heilerin geht. Auf der Suche nach dem *aqua nigra.*« In Wahrheit war er keineswegs davon überzeugt. Niemand außer ihm hatte diese Auskunft von Alfano bekommen. Doch den Stummen zu spielen war viel zu gefährlich.

Konrad tat so, als ob er gähnen müsste. »Erzählt mir etwas, was mir noch nicht bekannt ist.«

»Was meint Ihr?«

»Wenn Ihr es wirklich wissen wollt, nach diesem Gespräch werde ich mich einschiffen und mich weiter auf die Suche nach dem Spanier begeben. Je nachdem, was Ihr mir antworten werdet, lasse ich Euch entweder hier im Kerker verfaulen, oder ich nehme Euch mit.«

»Aber Ihr hattet mir bereits versprochen, mich freizulassen!«

»So etwas habe ich nie gesagt. Ich habe nur angedeutet, dass ich Euch hier herausbringen könnte … aber nur an meiner Seite.«

»Und warum das?«

»In Salerno würden die Soldaten meiner Eskorte zu sehr auffallen. Ein Arzt jedoch, selbst wenn er ein Fremder ist, würde in der Stadt des Hippokrates unbemerkt bleiben. Ihr könntet mir als Spitzel dienen. Doch zuvor müsst Ihr mir beweisen, dass Ihr mein Vertrauen verdient.«

Suger betrachtete seine Lage und beschloss sogleich, dass es für ihn von Vorteil wäre, mit Konrad zusammenzuarbeiten. Vielleicht würde er so doch noch die Freiheit erlangen. »Also gut, so wisst, dass ich über Alfanos Hinweise nachgedacht habe«, sagte er.

»Habt Ihr herausgefunden, was dieses *aqua nigra* ist?«

»Viel besser. Ich glaube zu wissen, wo man es findet.«

Konrad war mit einem Satz bei ihm, wie eine große Raubkatze, die auf der Lauer gelegen hatte.

Suger wich zurück und schloss instinktiv die Augen. Als er sie wieder öffnete, sah er die schwarzen, abgründigen Augen Konrads nur eine Spanne von seinen entfernt.

»Ich frage Euch das nur ein einziges Mal«, drohte der deutsche Geistliche. »Belügt Ihr mich?«

»Niemals, ehrwürdiger Vater. Ich bin Euch ehrlich ergeben.«

Konrad von Marburg beruhigte sich. »Dann kommt Ihr mit mir.

Aber zuerst …«, er nahm die Schüssel, holte ein Stück Brot heraus, das sich mit der fettigen Brühe vollgesogen hatte, und führte es an Sugers Mund, »zuerst müsst Ihr essen.«

Der Arzt sah sich genötigt, den Brocken hinunterzuschlucken. Angeekelt von dem fettigen Geschmack musste er sich zwingen, dieses Opfer zu vollbringen. Er schluckte und öffnete den Mund, um etwas zu sagen, aber da hielt Konrad schon den nächsten Bissen für ihn bereit.

Suger unterdrückte mühsam seinen Brechreiz und bedeutete, er sei satt.

Der Geistliche lächelte sanft. »Ihr wollt doch nicht, dass mein Akt der Barmherzigkeit umsonst sei«, sagte er und flößte Suger mit Gewalt die ganze Suppe ein. Ihn auf diese Weise ein wenig zu quälen schien seine Laune zu heben.

So wie auch Suger froh und erleichtert war, als seine Speisung ein Ende fand.

VIERTER TEIL

TRÄNEN AUS KRISTALL

»Und die Verdammten in ihren Qualen sprachen: ›Erbarme dich unser, Erzengel Michael. Und auch du, Paulus, der du von Gott viel geliebt bist! Verwendet euch für uns beim Herrn.‹
Der Engel aber sprach zu ihnen: ›Weinet. Ich werde mit euch weinen, und auch Paulus wird weinen. Wir werden den barmherzigen Gott bitten, er möge sich gnädig zeigen und euch ein wenig Ruhe gönnen.‹«

Visio Sancti Pauli

26

Kurz vor Tagesanbruch erreichten sie Salerno.

Die Überfahrt hatte den ganzen Ostersonntag bis tief in die Nacht gedauert. Am längsten hatten sie für die Umsegelung der Halbinsel von Sorrent gebraucht, die mit ihren riesigen, wilden, von schäumender Brandung umtosten Klippen einen großartigen Anblick bot. Ignazio hatte die wiedererlangte Freiheit in vollen Zügen genossen und den Blick immer wieder zwischen der Küste und den weißen Seevögeln über ihm am Himmel schweifen lassen. Sein Aufenthalt im Kerker des Castello Marino war eine kurze, aber sehr zermürbende Erfahrung gewesen. Weniger wegen des Eingeschlossenseins an sich, mehr als alles andere hatte ihm die blinde Grausamkeit einer Verurteilung zu schaffen gemacht, die Ideen bestrafte und nicht die Taten selbst. Außerdem quälte ihn immer noch die Erinnerung an Ermelinas tragisches Ende.

Bald allerdings gab es anderes, um das er sich sorgen musste. Einige Zeit, nachdem sie Neapel hinter sich gelassen hatten, hatte Cola Pesce vom Heck ihres Bootes das Segel einer Galeere entdeckt, die den gleichen Kurs an der Küste entlang genommen hatte. Als sie die Halbinsel von Sorrent umschifften, hatte er sie für einen halben Tag aus den Augen verloren, doch vor der Amalfiküste konnte er sie erneut ausmachen. Obwohl dieses Schiff ziemlich groß war, segelte es mit beachtlicher Geschwindigkeit dahin.

»Eine Galeere der Tempelritter«, hatte der Fischer gesagt und auf das Banner mit dem roten Kreuz auf weißem Grund gedeutet.

Vom finsteren Unterton des Mannes aufgeschreckt, hatte Ignazio sich zu ihm umgewandt. »Gibt es Probleme?«

Cola Pesce hatte den Kopf geschüttelt. »Gestern habe ich das Schiff noch am *vulpulum*, der großen Mole von Neapel, vertäut gesehen. Es muss heute Nacht in See gestochen sein, genau wie wir.«

»Ja und?«

»Nun, das ist seltsam, Messere, da der Kaiser die Tempelritter nicht gerade schätzt. Er hat sie aus dem Königreich Sizilien verbannt, und es heißt, dass er ihre Güter beschlagnahmt und diese den Deutschherren geschenkt hat.«

Darauf hatte Ignazio nichts erwidert. Der Vorstoß der Schlüsselsoldaten und der angebliche Tod Friedrichs II. bedeuteten für den Templerorden bestimmt ausreichend Ermutigung, sich die eigenen Besitztümer zurückzuholen. Ignazio konnte sich jedoch der Befürchtung nicht erwehren, dass von diesem Schiff eine direkte Bedrohung für ihn selbst ausging. Je näher es ihrem kleinen Boot kam, desto größer wurde seine Angst, an Bord dieser mächtigen Galeere könnte sich der Mann befinden, der Jagd auf ihn machte. Ein Geistlicher, der mitten in der Nacht aus Neapel aufgebrochen war, nur um ihn zu verfolgen. Vielleicht war es ja auch Einbildung, sagte er sich, aber er konnte den Gedanken nicht abschütteln, dass sich unter diesen weiß gekleideten Ordensbrüdern auch die schwarze Gestalt Konrads von Marburg befand.

Sie gingen vor Salerno vor Anker und verbrachten den Rest der Nacht in einer Kaschemme im Hafenviertel, obwohl Ignazio lieber unter den Sternen geschlafen und von den Wellen gewiegt seine Freiheit noch einmal bewusst genossen hätte. Sobald es richtig Tag wurde, zahlte er Cola Pesce aus, dankte ihm für seine Hilfe und fragte ihn, ob er bereit wäre, noch ein paar Tage in der Stadt zu bleiben. Im schlimmsten Fall wäre er vielleicht gezwungen, Salerno so schnell wie möglich zu verlassen, und dann würde er gern auf seine Dienste zurückgreifen. Der Seemann willigte erfreut ein.

Nachdem sie sich mit Cola Pesce geeinigt hatten, ließen Ignazio und Uberto den Hafen hinter sich und nahmen den Uferweg zum Stadttor von Salerno. Der Pfad führte zwischen Felsen und Sträuchern am Strand entlang, durch kleine Myrten- und Ginsterwäldchen. Das Meer lag immer zu ihrer Rechten, während sich links von ihnen die Stadtmauer erhob und man hoch oben auf einem Hügel eine mächtige Burg ausmachen konnte. Ignazios Interesse richtete sich jedoch noch mehr auf die hohen Aquädukte, die mit ihren weiten

Bögen Bäume und Gebäude überspannten und die Stadt mit Wasser versorgten.

Uberto hatte neben genügend Geld für sie beide auch den Umhang des Schützen dabei, den er immer noch in Sugers Sack verwahrte. »Warum hast du es denn so eilig?«, fragte er seinen Vater, als der immer schneller ging.

»Wir sollten besser keine Zeit verlieren«, erwiderte der Händler, »dieser Deutsche ist uns auf den Fersen.«

»Die Heilerin zu finden ist bestimmt nicht einfach, es wird uns sicher ein wenig Zeit kosten.«

»Nicht, wenn wir wissen, wo wir nach ihr suchen müssen«, sagte Ignazio und dachte wieder über das Rätsel vom *aqua nigra*, dem schwarzen Wasser, nach. Nur zwei Worte waren eine ziemlich schwache Spur.

»Also ich glaube ja«, überlegte Uberto laut, »dass die Medizinschule oder ein Nonnenkloster ein guter Ausgangspunkt für unsere Suche wären.«

»Da hast du recht, allerdings könnten wir dort auf Konrad von Marburg stoßen. Er ist ein geschickter Verfolger, den du nie unterschätzen darfst.«

»Was dann?«

»Wir sollten einen anderen Weg wählen.«

Sie kamen zu einem großen, aufs Meer ausgerichteten Tor, hinter dem sich der gut besuchte Fischmarkt erstreckte, und mischten sich unter die geschäftig hin und her eilenden Leute. Während sie weiter dem Zentrum entgegengingen, wurde das Häusermeer um sie herum immer dichter und teilte sich in Viertel auf, die von Plätzen und Gärten aufgelockert wurden. Schmale Gässchen schlängelten sich zwischen den Häusern nach oben und schienen irgendwo im Schatten zu enden. Doch auch auf den breiteren Straßen kam man kaum vorwärts. Menschen der unterschiedlichsten Volksstämme drängten sich dort, darunter viele Frauen, die auf arabische Art gekleidet waren mit Gewändern aus Seidendamast und mit hennabemalten Händen.

Auf ihrer Suche nach den namhaftesten Läden der Stadt erreichten sie schließlich den Marktplatz im Barbuti-Viertel. Ignazio fragte nach den Apothekern, darauf begab er sich mit Uberto in eine schmale Gasse mit Ständen, auf denen sich Pülverchen, Wurzeln und Tierknochen häuften. »Jeder Arzt, der etwas auf sich hält, verwendet Kräuter und Stoffe aus der Natur«, erklärte er seinem Sohn. »Einige kann man in den Gärten der Stadt züchten oder in den Wäldern finden, aber andere sind ziemlich selten. Die bekommt man nur hier bei den Spezereienhändlern.«

Uberto nickte. »Ich weiß schon, was du meinst. Sehr wahrscheinlich kommt auch unsere Heilerin oft hierher.«

»Wenn wir uns ein wenig umhören, stoßen wir bestimmt auf jemanden, der sie kennt«, sagte Ignazio und hatte schon eine Gruppe älterer Frauen ins Auge gefasst, die sich um einen Stand mit medizinischen Sirups drängten. Ohne zu zögern lief er auf sie zu. »Vielleicht ist es ja eine von ihnen.«

27

Suger riss erstaunt die Augen auf und konnte kaum glauben, dass dieser prächtige, von Arkaden gesäumte Garten der Vorhof zum Dom San Matteo war. Der französische Arzt war über eine breite Treppe und durch ein von zwei steinernen Löwen bewachtes Portal hineingelangt, die auch einem Palast Ehre gemacht hätten, und nun sah er sich diese Beispiele arabisch-normannischer Baukunst näher an, die in der Stadt weit verbreitet war, und bewunderte die Statuen am Portikus. Hier hatte die Medizinschule von Salerno ihren Sitz. Die jungen Leute, die den Garten bevölkerten, waren keine Novizen, sondern Studenten, die rund um einen Brunnen eifrig miteinander diskutierten. Andere saßen im Schatten der Arkaden bei den antiken Sarkophagen, die sich entlang der Säulen reihten.

Einen Moment lang vergaß er die Umstände, die ihn hierhergeführt hatten. Er befand sich im Tempel der Wissenschaft des Hippokrates, wo angeblich auch der große Pierre Gilles de Corbeil, der Leibarzt von Philipp II. August, studiert haben sollte. Nun interessierte es Suger nicht mehr, dass er nur im Auftrag von Konrad von Marburg dorthin gelangt war und dass draußen vor dem Portal Galvano Pungilupo auf ihn wartete. Allein die Tatsache, dass er an diesem Ort weilen durfte, belohnte ihn für jede Mühe.

Seine Laune hatte sich bereits gebessert, nachdem sie sich auf einer Galeere des Templerordens eingeschifft hatten, die im Hafen von Neapel vor Anker gegangen war, damit die Mannschaft das Osterfest angemessen begehen konnte. Das Schiff kam aus dem Languedoc und befand sich eigentlich auf direktem Kurs nach Kalabrien. Trotzdem hatte Konrad von Marburg durchgesetzt, dass er zusammen mit Suger, Pungilupo und zwei Soldaten vom Castello Marino an Bord gehen und bis Salerno mitreisen konnte. Der Geistliche musste nur sein päpstliches Schreiben vorweisen, und schon hatten die Templer keine Einwände mehr gehabt.

Suger war guten Mutes, als er daran dachte, was Konrad ihm versprochen hatte: Falls er ihm helfen würde, Ignazio zu fassen, würde es ihm freistehen, in der Medizinschule von Salerno zu bleiben.

Allerdings war es nicht ganz leicht, die Spur des Spaniers aufzunehmen. Suger bezweifelte, dass er sich in Salerno aufhielt, und selbst wenn er sich irrte, hatte er keine ausreichenden Hinweise, was Ignazio da Toledo vorhatte. Als Nächstes musste er herausfinden, wer diese Heilerin war, aber dafür musste er zuerst verstehen, was Alfano Imperato mit seinen geheimnisvollen Worten gemeint hatte.

Vor ihrer Abreise hatte er mit Konrad darüber gesprochen. Er war der Meinung, dass der Ausdruck *aqua nigra* von den Ärzten der Schule von Salerno verwendet wurde, um einen der vier Körpersäfte des Menschen zu benennen. Zusammen mit dem Blut, dem Schleim des Gehirns und der gelben Gallenflüssigkeit gab es ja in der Tat die schwarze Galle, die von der Milz abgesondert wurde. Wenn seine Hypothese sich als richtig erweisen sollte, waren die »Tränen« dieser geheimnisvollen Heilerin eine Substanz, die ein Übermaß davon heilen konnte, das Ursache für das sogenannte melancholische Temperament war. Und alles würde einen Sinn ergeben.

Um die eigenen Annahmen zu überprüfen, hatte Suger um die Erlaubnis gebeten und sie auch erhalten, einen Magister der Medizinschule zu befragen. Konrad von Marburg würde in einer kleinen Kirche in der Stadt auf ihn warten.

Ohne Zögern wandte sich Suger daher an einen der Studenten im Garten, um sich zu erkundigen, wo er die besten Ärzte des Studiums treffen konnte.

»Ich rate Euch, wendet Euch an Magister Urso«, schlug ihm ein junger Mann vor. »Er ist vor Kurzem zum Hörsaal gegangen, um zu operieren.« Er zeigte auf ein Gebäude am Rande des Innenhofs.

Noch bevor Suger die angegebene Richtung einschlug, hörte er schon von innen Schreie, doch das hielt ihn nicht davon ab, weiterzugehen. In seinen vielen Jahren als Arzt hatte er schon wesentlich Schlimmeres gehört. Er durchquerte das *armamentarium pigmentariorum*, in dem die getrockneten Heilpflanzen aufbewahrt wurden, und hinter einer weiteren Tür wurden die Schreie noch lauter.

Suger befand sich nun in einem Raum, dessen Wände mit Abbildungen vom Inneren des menschlichen Körpers bedeckt waren. In der Mitte des Saals hielt eine Gruppe Studenten einen Mann auf einem Holztisch fest. Das Ganze erwies sich als schwieriger als gedacht, da der unglückselige Patient sich mit Händen und Füßen wehrte, bis man ihn endlich mit Lederriemen festgebunden hatte.

Ein kleiner, stämmiger Mann stand etwas abseits und erteilte Anweisungen. Erst als er sah, dass der Patient sich nicht mehr bewegen konnte, kam er näher und tastete sorgsam dessen Bauchregion ab, worauf der Untersuchte sogleich einen unterdrückten Schmerzensschrei ausstieß. Der Arzt überlegte kurz, dann tauchte er einen Schwamm in eine Flüssigkeit und steckte ihn dem Kranken in den Mund. Während er darauf wartete, dass dieser einschlief – Suger nahm an, dass er diesen Schwamm, eine *spongia somnifera*, in Opium oder Alraunenextrakt getränkt hatte –, gab er seinen Studenten weitere Anweisungen. Suger hörte die Worte »schneiden«, »entfernen« und »zunähen«. Er bemerkte auch, wie aufmerksam, ja geradezu ehrfurchtsvoll man dem Arzt gehorchte, was in ihm eine Mischung aus Bewunderung und Neid hervorrief.

Schließlich forderte der Mann seine Studenten auf, mit der Arbeit fortzufahren.

Da Suger sich inzwischen sicher war, den Richtigen gefunden zu haben, näherte er sich ihm. »Habe ich die Ehre, mit Magister Urso zu sprechen?«

»Die habt Ihr«, erwiderte der Angesprochene, während er weiterhin seine Augen fest auf die jungen Leute gerichtet hielt, die nun den Unterleib des Patienten rasierten.

»Ich heiße Suger de Petit-Pont und komme aus Paris. Wie Ihr bin ich ein Magister medicinae.«

Urso sah nun doch kurz zu dem Franzosen hin.

»Ich werde kaum etwas von Eurer wertvollen Zeit rauben«, beruhigte Suger ihn. »Ich hätte nur eine Frage an Euch. Aber zuerst …« Obwohl er einen Auftrag zu erfüllen hatte, konnte er doch seine Neugier nicht zügeln. »Warum hat dieser Mann sich gewehrt?«

»Er leidet an einer Hernie der Eingeweide und muss geheilt

werden. Man muss ihn aufschneiden und die Hernie beseitigen.« Der Magister seufzte. »Als er erfahren hat, dass ich ihn nicht selbst operiere, hatte er etwas einzuwenden.«

Suger starrte ihn bestürzt an. »Ihr lasst ihn von Euren Schülern operieren?«

»Selbstverständlich unter meiner Anleitung«, stellte Urso empört klar. »Wie sollen sie denn sonst Erfahrung sammeln, wenn sie nicht üben dürfen? Sie können nicht immer nur Schweine aufschneiden!«

Bei diesen Worten wurde Suger bewusst, dass die Abbildungen an den Wänden keineswegs das Innere von Menschen zeigten, sondern von Schweinen. Anscheinend war es auch in Salerno verboten, menschliche Leichen zu sezieren, um ihr Innenleben zu studieren. Ein lächerliches Paradoxon, dachte er, wo doch jeden Tag Leichen von Heiligen zerteilt wurden, um Reliquien daraus zu gewinnen. Aber die Kirche sah dort beiseite und beschränkte sich darauf, die Erforscher der menschlichen Anatomie mit Bannflüchen zu belegen.

Nach Beendigung der Rasur ließen die Studenten den Ältesten aus ihrer Gruppe nach vorn, der sich mit dem Skalpell in der Hand bereit machte, den ersten Schnitt zu setzen. Der Magister bedeutete ihm, fortzufahren. »Ihr habt mir noch nicht gesagt, warum Ihr nach mir gesucht habt«, sagte er dann zu seinem Besucher.

»Ich möchte gern wissen ...« Suger zögerte, er wollte nicht als naiv oder ungebildet gelten. Daher entschied er sich für die direkteste Lösung. »Ich hätte gern Klarheit über das *aqua nigra*«, sagte er. Doch er erhielt keine Antwort. Deshalb wartete er ab, bis das Skalpell im Fleisch des Patienten versunken war, dann fuhr er fort: »Ich nehme an, es handelt sich um schwarze Gallenflüssigkeit.«

»Leidet Ihr am melancholischen Temperament?«, fragte Urso, während er dem Studenten bedeutete, vorsichtiger zu schneiden.

»Nein, darum geht es nicht ... Ich suche eine Frau. Eine Heilerin, die die Auswirkungen der schwarzen Galle mit ihren Tränen heilen kann. Zumindest nehme ich das an ...«

»Wie viel Unsinn muss ich mir denn noch anhören!«, fuhr der Arzt aus Salerno auf. »Und Ihr wagt es, Euch einen Magister medicinae zu nennen?«

Suger errötete vor Scham und beeilte sich, Erklärungen zu liefern. Allerdings erst, nachdem Urso den inzwischen vollendeten Schnitt begutachtet hatte. Einige Studenten tupften die Wunde ab, um die Blutung zu stillen, während andere sich über den Patienten beugten, um dessen Inneres zu studieren.

»Die Heilerin …«, fuhr Suger fort, sobald er konnte, doch der Magister zeigte ungehalten mit einer weitläufigen Bewegung auf den Saal.

»Seht Ihr hier vielleicht Frauen?«, fragte er und bohrte dem Franzosen den Zeigefinger in die Brust. »Hier findet Ihr weder Heilerinnen noch Hebammen, nur richtige Ärzte.«

Angesichts dieser heftigen Reaktion überkam Suger ein Verdacht. Urso wusste sehr genau, von wem die Rede war, aber er war nicht geneigt, dies zuzugeben. Wie ein Großteil der Ärzte eines Studiums verachtete er die Kühnheit von Frauen, die sich ebenfalls die Heilkunst anmaßten. Der Franzose versuchte es mit einer List. »Ich bin nicht hier, um Eure Fähigkeiten in Zweifel zu ziehen«, versicherte er, »sondern um diese halbe Hexe zu fangen.«

Daraufhin wandelte sich der Ausdruck in den Augen des Magisters von Zorn zu Überraschung.

»Und«, fragte Suger nach, »wo kann ich suchen?«

»Das hättet Ihr gleich sagen können«, knurrte Urso. »*Aqua nigra* bezeichnet keine Körperflüssigkeit, das ist der Name einer Person«, erklärte er, während er seinen Mund verächtlich verzog. »Wendet Euch an die Benediktinerinnen des Klosters San Giorgio. Sie kennen sie nur allzu gut.«

Sugers Augen leuchteten erleichtert auf. »Ich danke Euch«, sagte er und verbeugte sich. Bevor er ging, wagte er noch eine hoffnungsfrohe Bemerkung: »Wir sehen uns bald wieder.«

»Wenn Ihr das für nötig haltet … Aber jetzt verschwindet«, fertigte Urso ihn kurz ab, während er bestürzt zum Operationstisch eilte. Er riss dem Studenten, der den Schnitt ausgeführt hatte, das Skalpell aus der Hand. »Du Nichtsnutz!«, schimpfte er. »Du hättest ihn beinahe entleibt!«

28

Die Frauen an dem Stand mit den Arzneien waren keine Hilfe. Sie behaupteten, noch niemals von einer Frau gehört zu haben, die mit Tränen heilte, und ebenso wenig von *aqua nigra*. Sie erklärten, selbst Heilerinnen zu sein, und boten ihre Dienste zu einem mäßigen Preis an. Ignazio schüttelte den Kopf und fragte sich, ob sie ehrlich waren oder vielleicht logen, um keine möglichen Kunden zu verlieren. Nachdem sie gegangen waren, wandte er sich mit derselben Frage an den Händler hinter dem Tresen, der ihre Unterhaltung mit offensichtlichem Interesse verfolgt hatte. Der *confectionarius* wirkte auf Ignazio nicht gerade vertrauenswürdig. Dieser Mann bereitete nicht nur äußerst kostspielige Tränke und medizinische Sirups zu, sondern bot auch verschiedene Rauschmittel an. Dem Händler aus Toledo hatte ein Blick genügt, um in ihm einen der vielen Betrüger zu erkennen, die den Kranken nicht zu wirksamer Medizin rieten, sondern sie von Substanzen abhängig machten, die vielleicht ihre Schmerzen lindern mochten, aber die Krankheit selbst nicht heilten.

»Ihr braucht diese Heilerin nicht«, sagte der Confectionarius mit honigsüßem Lächeln. »Wenn Ihr ein wirksames Mittel benötigt, dann kann ich Euch ebenfalls Linderung verschaffen.«

»Dann kennt Ihr sie also«, folgerte Ignazio, der sich nicht vom Thema abbringen ließ.

»Sicher, und ich kann Euch nur vor ihr warnen. Es heißt, sie wäre eine Hexe.«

»Das werden wir selbst beurteilen.« Uberto warf eine Münze auf den Tresen. »Wenn Ihr inzwischen so freundlich sein wollt, uns von der Heilerin und dem *aqua nigra* zu erzählen …«

»Acquanegra«, berichtigte ihn der Confectionarius, während er schnell die Münze einsteckte. »So heißt diese Frau, Remigarda di Acquanegra.«

Uberto starrte den Vater an, unfähig, seine Überraschung zu verbergen. »Das hat Alfano Imperato mir also anvertrauen wollen! Er hat mir den Namen der Heilerin genannt, und ich war zu dumm, um das zu erkennen.«

»Wie solltest du auch?«, erwiderte Ignazio. »Höchstwahrscheinlich hat Alfano selbst nicht gewusst, was diese Worte bedeuten.« Damit wandte er sich wieder an den Confectionarius. »Remigarda di Acquanegra, habt Ihr gesagt. Wisst Ihr, wo sie wohnt?«

»Nein«, erwiderte der Mann. Als er allerdings sah, wie Uberto noch eine zweite Münze hervorholte, wurde er sofort wieder gesprächiger. »Ich kenne aber jemanden, der sie oft besucht. Einen Augenarzt. Sein Name ist Benvenuto Grafeo.«

Ignazio musterte ihn zweifelnd. »Warum sollte ein Augenarzt eine Heilerin aufsuchen?«

»Um Remigardas Tochter zu kurieren«, erklärte der Mann und streckte die Hand nach der Münze aus. »Man sagt, sie leide an einer seltsamen Augenkrankheit. Ein Fluch oder vielleicht auch ein Wunder. Je nachdem, wie man es betrachtet.«

»Und wo können wir diesen Grafeo finden?«

Der Confectionarius zeigte auf eine Straße, die vom Barbuti-Viertel wegführte. »Er wohnt dort, im Judenviertel. Neben der Kirche Santa Maria de Domno.«

Das Judenviertel war kein abgeschlossener Bereich, sondern ein offenes Viertel, in dem eine blühende und in das Stadtleben integrierte Gemeinde lebte. Angeblich sollten dort mindestens fünfhundert Juden wohnen. Was Ignazio nicht verwunderte, denn seit er in Salerno an Land gegangen war, kam es ihm vor, als sei er nur von fremdartig gekleideten Menschen mit Turbanen und Kippas umgeben. Sogar die Medizinschule sollten vier Ärzte aus vier verschiedenen Kulturkreisen gegründet haben: ein Römer, ein Grieche, ein Araber und ein Jude.

Das Haus von Benvenuto Grafeo zu finden war nicht weiter schwierig. Es erhob sich wenige Schritte hinter der Kirche Santa Maria de Domno neben dem Eingang zum Judenviertel. Ein zweistöckiges Haus aus Stein mit einem von Bögen und schlanken Säulen geschmückten Portikus. Ignazio und Uberto wurden von einem jungen Diener empfangen, der sie durch die Vorhalle und einen mit wertvollen Möbeln, Kissen und Teppichen ausgestatteten Raum in einen Lustgarten mit Pflanzen aller Art führte. Der Diener forderte sie auf, im Schatten eines Maulbeerbaums Platz zu nehmen.

Kurz darauf kam auch Benvenuto Grafeo in den Garten, ein kleiner, alter Mann, der demütig und befehlsgewohnt zugleich wirkte. Er trug eine rote Tunika, auf der sein gelockter weißer Bart ausgezeichnet zur Geltung kam. Auf seiner Stirn hatten sich tiefe Runzeln eingegraben, die jedoch nach und nach verschwanden, als entspannte sich der Mann nun nach Stunden anstrengenden Studiums. »Edle Herren, seid willkommen in meinem Haus«, begann er, während er sie unauffällig musterte. »Mir scheint, ich bin Euch noch nie begegnet.«

»Euer Eindruck trügt Euch nicht.« Der Händler stand auf und verneigte sich. »Mein Name ist Ignazio Alvarez, ich komme aus Toledo, und das hier ist mein Sohn Uberto«, stellte er sich und seinen Sohn vor, der sich ebenfalls verneigte.

Grafeo forderte sie auf, wieder Platz zu nehmen, blieb selbst jedoch stehen. »Ihr seid bescheiden gekleidet, doch Euer Benehmen spricht eine andere Sprache.«

»Wir sind nur auf der Durchreise«, sagte Ignazio und umging damit die gestellte Frage.

Der Jude runzelte die Stirn. »Nun gut, wie kann ich Euch helfen? Ich hoffe, Ihr wisst, dass ich kein gewöhnlicher Medicus bin, sondern mich nur mit Augenleiden beschäftige.«

»Wir benötigen nicht Eure ärztliche Fürsorge, sondern Auskünfte.« Ehe Ignazio fortfuhr, verständigte er sich kurz durch Blicke mit Uberto. »Wir wüssten gern mehr über eine Eurer Patientinnen. Sie heißt Remigarda di Acquanegra und soll eine Heilerin sein.«

»Und aus welchem Grund, bitte?«

»Weil wir sie in einer bestimmten Angelegenheit befragen möchten.«

Der Augenarzt verschränkte die Arme, drückte aber gleichzeitig sein Bedauern aus. »Ich hoffe, es handelt sich um nichts Unangenehmes.«

»Ihr seid sehr vorsichtig«, bemerkte Uberto.

»Remigarda ist ein guter Mensch, wie es nur wenige auf der Welt gibt«, erwiderte Grafeo höflich, aber bestimmt. »Mir wäre es lieber, wenn sie nicht belästigt würde.«

Ignazio hob beschwichtigend die Hände. »Ich möchte ihr kein Leid zufügen, das schwöre ich Euch. Ich weiß nur zu gut, was es heißt, um jemanden Angst zu haben.«

»Dann wisst Ihr bestimmt auch, wozu man bereit ist, um einen teuren Menschen zu beschützen.«

»Leider ja. Und dennoch sind nicht wir es, vor denen Ihr die Menschen verstecken müsst, die Euch am Herzen liegen.«

»Was meint Ihr damit?«

»Dass bald noch jemand zu Euch kommen wird. Ein deutscher Geistlicher, der den Auftrag hat, hinsichtlich einer häretischen Sekte Untersuchungen anzustellen.«

»Ich kann mir nicht vorstellen, was so jemand von Remigarda wollen könnte.«

»Sorgt Euch weniger um das, was er wollen könnte«, Ignazio bedeutete dem Juden, er möge sich setzen, »sondern um das, was er zu tun bereit ist, um es zu bekommen.«

Grafeo wollte zunächst der Aufforderung nicht nachkommen, doch dann überwand er seine Scheu und setzte sich Ignazio gegenüber. »Meine Sorge gilt weniger Remigarda, als vielmehr ihrer Tochter«, sagte er dann. »Der kleinen Adelisia.«

»Ist sie Eure Patientin?«, fragte Uberto.

Der Augenarzt nickte bitter. »Dieses kleine Mädchen leidet an einer recht seltenen Krankheit. Selten und unheilbar.«

»Worum handelt es sich?«

Ehe Grafeo antwortete, fuhr er sich mit einer Hand in den Stoffgürtel über seinem Bauch und zog ein paar Edelsteine hervor, die ein wenig wie Perlen aussahen, aber durchscheinend waren. Er legte sie auf die Handfläche, um sie seinen Gästen zeigen zu können. »Das sind die Tränen von Adelisia.«

»Es lag nicht in unserer Absicht, Euch derart in Eile zu versetzen«, sagte Ignazio zu Benvenuto Grafeo. In Wirklichkeit hätte er sich nichts Besseres wünschen können.

Sie hatten das Judenviertel verlassen und liefen nun recht zügig durch die Straßen von Salerno zum Haus von Remigarda di Acquanegra. Nach ihrer kurzen Unterhaltung hatte der Augenarzt zugestimmt, sie persönlich zur Heilerin zu begleiten. Bevor er sein Heim verließ, hatte der Augenarzt Sandalen und einen weiten grünen Umhang angezogen und auch nicht vergessen, sich den gelben Ring um den Hals zu hängen, den alle Angehörigen seines Volkes tragen mussten. Unter den Arm hatte er sich außerdem einen hölzernen Kasten geklemmt, der seine Instrumente enthielt.

»Ich habe keine Eile«, entgegnete Grafeo. »Ich habe es mir zur Gewohnheit gemacht, Adelisia jeden Tag zu untersuchen. Sobald ich keine Verpflichtungen mehr habe, laufe ich geschwind zu ihr, um mich nach ihrem Zustand zu erkundigen. Ihr seid nur ein guter Vorwand, schon jetzt zu ihr zu gehen.«

»Erzählt uns noch etwas über ihre Krankheit«, forderte Uberto ihn auf.

Der Augenarzt zuckte mit den Achseln. »Abgesehen von den Kristallen gibt es da wenig zu sagen. Sie sieht immer schlechter, ihre Augen sind immer entzündet und ertragen kein Sonnenlicht. Ich habe alles versucht, aber keine Behandlung hat angeschlagen. Das Einzige, was ich tun kann, ist, ihre Schmerzen mit gewissen Tropfen zu lindern.«

»Habt Ihr schon andere Ärzte konsultiert?«, erkundigte sich Ignazio.

»Ich habe nicht nur sämtliche Ärzte von Salerno befragt, sondern auch Briefe an die besten Magister von Konstantinopel und Montpellier geschickt, wo ich in meiner Jugend studiert habe. Keiner von ihnen kannte jedoch eine Lösung für das Problem.«

Der Händler nickte. »Beruht der Ruf von Remigarda als ›Tränenheilerin‹ zufällig auf dieser Krankheit?«

»Ganz genau«, seufzte Grafeo. »Und hier liegt das zweite Problem.«

»Das müsst Ihr erläutern.«

»Das Volk spricht den Kristallen von Adelisia wundertätige Kräfte zu. Die Kranken bezahlen Remigarda, um sich von ihr behandeln zu lassen, und bitten ihre Tochter, sie mit den Tränen zu heilen. Als ob das möglich wäre …«

»Erklärt Euch genauer.«

»Es handelt sich dabei um einen alten Aberglauben«, erzählte der Augenarzt widerwillig. »Die Leute glauben, dass Hexen die Schmerzen anderer Menschen lindern können, indem sie Tränen vergießen. Und stellt Euch jetzt vor, wie es erst ist, wenn diese Tränen aus Kristall sind! Das Volk ist doch größtenteils so naiv zu glauben, dass ähnlicher Unsinn tatsächlich wirkt.«

»Und warum ist das für Adelisia ein Problem?«

»Viele verehren sie als Heilige. Aber andere glauben, es läge ein Fluch auf ihr.«

29

Galvano Pungilupo saß am Ufer eines Kanals, der neben der Via del Duomo verlief, dem sogenannten Labinario, und wartete darauf, dass Suger aus der Medizinschule kam. Immer wieder wandte er den Blick vom Eingang von San Matteo und den hin und her eilenden Passanten auf das träge dahinfließende Wasser und auf die fetten Ratten am gegenüberliegenden Ufer. Der Schmerz am rechten Ohr – besser gesagt an der Stelle, wo sein Ohr gewesen war – quälte ihn weiterhin, aber inzwischen war er erträglich geworden. Das Schwindelgefühl hatte ihn verlassen, und er konnte sich wieder wie gewohnt bewegen. Bald würde er den Verband ganz abnehmen und mit seinen Haaren die Wunde verdecken können, wie er es bei einem altgedienten Soldaten gesehen hatte.

Der Hauptgrund für seine schlechte Laune an diesem Morgen war nicht seine Verletzung, sondern Suger. Pungilupo war der Meinung, dass dieser für die Mission von keinerlei Nutzen war, und dennoch musste er für ihn die Amme spielen, ohne selbst auf eigene Faust ermitteln zu können. Konrads Befehle waren eindeutig gewesen. Er sollte ihn ertragen und sogar bei seiner Suche unterstützen, und er durfte ihn auf keinen Fall aus den Augen verlieren. Daher war der Schlüsselsoldat gezwungen, diesen unsympathischen Quacksalber bis zum Eingang von San Matteo zu begleiten, anstatt sich, wie es ihm sein Instinkt geraten hätte, im Hafenviertel umzusehen.

Auf dem Weg dahin hatte Pungilupo sich nur einmal an ihn gewandt, um ihn zu fragen, wie er vorzugehen gedenke. Mit seinem schrecklichen Akzent hatte dieser dann etwas von der Medizinschule und menschlichen Körpersäften gefaselt, ohne weiter auf das Thema einzugehen. Dabei hatte er hochmütig geklungen und den Gelehrten hervorgekehrt, und niemand hätte je geglaubt, dass er erst vor zwei Tagen im Castello Marino eingekerkert gewesen war und jämmerlich gewinselt hatte.

Galvano hatte einen Fluch unterdrückt und ihn dann das letzte Stück Weg etwas vorangehen lassen. Als er sah, wie der Arzt vor dem Betreten des Atriums Haltung annahm, konnte er ein grausames Lächeln nicht unterdrücken. Französischer Gockel, hatte er gedacht, früher oder später werde ich dich schon zurechtstutzen. Und er hatte sich gefragt, was Suger wohl fühlen würde, wenn er ihm einen ordentlichen Schlag in den Magen verpassen oder ein Messer in den Rücken rammen würde. Dann würde der Franzose bestimmt etwas über die Körpersäfte von Milz und Leber erfahren!

Eine halbe Stunde später, als er genug hatte von den eigenen Gedanken, dem träge dahinfließenden Wasser und sogar von den Ratten, sah er, wie der Arzt aus der Basilika herauskam. Er wirkte zufrieden, und deshalb hasste Pungilupo ihn nur noch mehr.

Der Clavigero folgte ihm unbemerkt, dann schlich er sich neben ihn und packte ihn unvermittelt am Arm, worauf der Arzt leise aufschrie. Eine kleine Befriedigung für den Schlüsselsoldaten, solange er auf die große noch warten musste. »Wohin des Wegs, mein hübsches Gänschen?«, raunte er ihm ins Ohr.

Als der Arzt ihn erkannte, seufzte er und beruhigte sich wieder. »Vielleicht habe ich die Tränenheilerin gefunden«, sagte er stolz zu Pungilupos Verdruss. »Aber ich werde Eure Hilfe benötigen.«

Während Suger neben dem Clavigero herlief, versuchte er, seine Gedanken zu ordnen. Nach allem, was er von Urso gehört hatte, war er zu dem Schluss gelangt, dass die Tränenheilerin als Nonne oder als Laienschwester im Kloster von San Giorgio lebte. Er konnte seinen Unmut darüber nicht verhehlen, mit dem schwarzen Wasser so falschgelegen zu haben, obwohl seine Idee, bei der Medizinschule mit der Suche zu beginnen, sich als richtig erwiesen hatte. Da neue Entdeckungen zu erwarten waren, beschloss er, erst dann zu Konrad zu gehen, wenn er mehr in der Hand hatte, um die Bedingungen für seine Freilassung mit stärkerem Nachdruck aushandeln zu können.

Das Nonnenkloster San Giorgio war ein erhabener Bau, der von Wirtschaftsgebäuden umgeben war, darunter auch eine namhafte Krankenstation. Suger war sich nicht sicher, aber er hatte das Gefühl, dass er der Tränenheilerin bald gegenüberstehen würde. Bei dem Gedanken überkam ihn eine Woge der Begeisterung, die nichts mit der Suche nach Ignazio da Toledo zu tun hatte. Er war nicht wie Pungilupo oder wie Konrad von Marburg. Die Lust an der Jagd ließ ihn kalt. Die Begeisterung entsprang nur seiner Neugier, denn abgesehen davon, dass er weiterhin von dem Besitz des Drachensteins träumte, war er immer noch ganz erpicht darauf, alles über das Geheimnis des Umhangs des Schützen zu erfahren. Und höchstwahrscheinlich konnte diese Remigarda di Acquanegra es ihm enthüllen.

Suger deutete auf das Gebäude. »Soweit ich in der Medizinschule erfahren habe, lebt die Tränenheilerin wahrscheinlich hier im Kloster von San Giorgio«, sagte er zu seinem Begleiter. »Das sollten wir herausfinden.«

»Die Nonnen werden niemals zwei Männer in ihre Mauern hineinlassen«, warf der Soldat ein.

Der Arzt winkte ab, er solle sich keine Sorgen machen.

»Das müsst Ihr mir schon erklären«, forderte Pungilupo ihn unwirsch auf.

Doch Suger antwortete nicht, sondern ging zügig zum Klosterportal und klopfte an. »Spielt einfach mit«, sagte er.

Hinter der Tür waren Schritte zu hören, dann öffnete sich der Türspion.

»Wer ist da?«, fragte eine Nonne von drinnen.

»Wir sind Fremde«, sagte der Arzt, und seine Stimme klang besorgt. »Wir brauchen ärztliche Hilfe.«

»Ihr kommt mir jedoch sehr gesund vor«, sagte die Frau unwirsch.

»Aber mein Kamerad hier hat ein Ohr verloren!«

Die Augen der Nonne gingen zum Verband um den Kopf Pungilupos. Der Soldat, der rasch den Plan des Franzosen erfasst hatte, zog ein schmerzgequältes Gesicht.

Der Spion wurde geschlossen, und gleich darauf hörte man, wie die Riegel zurückgeschoben wurden. Dann öffnete sich das Portal.

Zufrieden darüber, dass seine List aufgegangen war, betrat Suger zusammen mit seinem Begleiter die Eingangshalle. »Wir haben gehört, dass hier eine Heilerin wohnt …«, begann er sogleich.

Die Nonne bedeutete ihm, die Stille des Klosters zu respektieren, als zwei junge Mitschwestern aus dem Schatten eines Gangs auftauchten und sogleich Pungilupos Wunde untersuchten. »Das hier ist erst vor Kurzem kauterisiert worden, aber es nässt nur wenig«, sagte eine von ihnen leise.

»Sollte die Wunde nicht ganz trocken sein?«, fragte der Clavigero, der sich ernsthaft um seine Gesundheit sorgte.

»Im Gegenteil, *pus est bonum et laudabile*«, berichtigte ihn die andere Nonne. »Aber keine Sorge, Messere, wir werden das behandeln.« Und mit diesen Worten führte sie ihn fort.

Suger wollte ihm folgen, doch die Pförtnerin hielt ihn auf. »Ihr seid gesund. Wartet draußen«, ordnete sie an.

Ehe Pungilupo in den verschlungenen Gängen des Klosters verschwand, grinste er dem Franzosen ziemlich unverschämt zu.

Das Tor schloss sich mit einem dumpfen Knall, und Suger war ausgesperrt worden wie ein unartiges Kind. Jetzt musste er warten und war auf einen Untergebenen angewiesen. Pungilupo würde jetzt nicht nur diese Remigarda di Acquanegra kennenlernen, nein, der Soldat würde bestimmt behaupten, dass er sie gefunden hatte, und er selbst hätte nichts in der Hand, um mit Konrad zu verhandeln, ganz abgesehen davon, dass er die Heilerin auch nicht im Geheimen über den Umhang befragen konnte. Er lief Gefahr, zu einem lästigen, überflüssigen Gefangenen zu werden, den man gut und gern opfern konnte. Als der Franzose so in seinem Unglück versunken den sonnenbeschienenen Platz betrachtete, kam ihm auf einmal eine gefährliche Erkenntnis. Er konnte es kaum fassen, dass er zu so einem Gedanken fähig war. Er war allein, zum ersten Mal, seit sie das Castello Marino verlassen hatten. Er war frei und konnte sich einfach so unter die Leute mischen und in einer belebten Straße verschwinden, und ein Schauer lief ihm den Rücken hinab. Er stellte sich vor, wie es wohl wäre, wenn er das täte und auf der Suche nach einem Versteck oder einem Fluchtweg durch die Gassen streifen würde. Das war deutlich mehr als ein Hoffnungsschimmer, um den er den Herrn in seinen Gebeten angefleht hatte. Und doch konnte er keinen Schritt vorwärtsgehen. Er war wie gelähmt, seine Füße waren schwer wie Blei. Er konnte nichts tun. Nichts denken. So hatte er sich zuletzt als junger Mann gefühlt, als er zum ersten Mal bei einer Frau gelegen hatte. Die Verlegenheit über das plötzliche Schwinden der Lust war groß gewesen, noch größer allerdings die Enttäuschung. Damals hatte er es auf die Anspannung und seine Scham geschoben, doch er wusste, dass er sich und der Frau etwas vormachte. In Wirklichkeit fürchtete er sich davor, seinen Trieben nachzugeben.

Und jetzt hatte ihn dieselbe Furcht ergriffen.

Es war, als ob eine unsichtbare, unlösbare Fessel ihn an Konrad von Marburg band. Zum Teufel, sagte er sich. Damit, dass Pungilupo gerade nicht da war, war es ja nicht getan. Ohne Geld und Ortskenntnisse würde er kaum weit kommen. Konrads Soldaten würden ihn innerhalb kürzester Zeit fangen und ihn für seine Flucht teuer büßen lassen. Das Grinsen, mit dem der Clavigero im Kloster verschwunden war, hatte Bände gesprochen. Man musste nicht sehr klug sein, um zu erraten, dass Pungilupo darauf brannte, ihn zu bestrafen. Und Suger hatte keine Lust, ihm den Vorwand dafür zu liefern.

Aus diesem Lächeln war noch etwas herauszulesen gewesen: Pungilupo, der nicht einmal besonders intelligent wirkte, schien zu wissen, dass Suger de Petit-Pont wie ein folgsamer Hund warten würde. Dieser Soldat betrachtete ihn als Feigling.

Plötzlich fühlte Suger sich bedroht. Er hatte wohl aus dem Augenwinkel eine Bewegung auf der Straße bemerkt, ehe sein Verstand etwas wahrnehmen konnte. Schnell versteckte er sich in einem Hauseingang und schaute sich mit klopfendem Herzen um, während er versuchte, sich zu erinnern, was er eigentlich bemerkt hatte. Anfangs sah er nur eine Menge namenloser Passanten. Doch dann fiel es ihm ein, und ihm wurde eiskalt. Er wusste zwar nicht genau, wo er ihn gesehen hatte, aber jetzt war ihm klar, dass *er* hier irgendwo war. Und nach einer Weile entdeckte er ihn zwischen zwei Häusern auf der gegenüberliegenden Straßenseite.

Den Reiter.

Er war abgesessen und wollte gerade sein Pferd an einem Brunnen tränken. Suger hatte ihn davor nur ein Mal gesehen, das war in Paris am Seine-Ufer gewesen, und doch war er sicher, dass er sich nicht irrte. Der braune Pelz, die seltsam geformte Lanze am Sattel, die groben Bewegungen …

Ja, das war er, der Mörder des Schwaben.

Konrad von Marburg hatte mehrfach von ihm gesprochen. Er war davon überzeugt, dass dieser Mann kein Mensch war, sondern ein vom Magister aus Toledo beschworener Geist. Ein Abschaum der Hölle, hatte er gesagt. Einer von diesen nächtlichen Dämonen in Menschengestalt, die mit der Fackel in der Hand dahingaloppierten und dem Ritus der wilden Jagd folgten. Und doch, dieser hier war bestimmt ein Mensch. Ein Mann, der wesentlich grauenerregender war als jeder Geist oder Dämon, weil er im hellen Sonnenschein bedrohlich und zum Greifen nah vor ihm stand. Kein Gebet oder Exorzismus würde ihn aufhalten.

Vom Grauen gepackt beobachtete ihn der Arzt weiter. Doch der Reiter bemerkte ihn nicht, stieg wieder auf sein Pferd und ritt langsam weiter nach Süden.

Als Pungilupo das Kloster San Giorgio verließ, sah er sich um, bis er endlich Suger leichenblass und wie erstarrt am Straßenrand stehen sah. Schnell ging er zu ihm und rüttelte ihn an der Schulter. Der Arzt drehte sich zu ihm um und wirkte beinahe erleichtert über sein Erscheinen.

»Ihr seht aus, als hättet Ihr gerade den Teufel gesehen«, sagte Pungilupo und vergaß für einen Moment seine Abneigung gegenüber dem Franzosen.

Suger lachte hysterisch auf.

Dem Clavigero war nicht nach Scherzen zumute. Die Nonnen hatten heißes Öl über seine Wunde gegossen, um sie noch einmal zu kauterisieren. Er hätte dem Franzosen gern eine ähnliche Behandlung zuteilwerden lassen, wenn er dank ihm nicht etwas Wichtiges herausgefunden hätte. »Ihr hattet recht, die Nonnen kennen die Tränenheilerin«, sagte er. »Sie lebt nicht im Kloster, aber sie haben mir gesagt, wo sie wohnt.«

30

Auch diese Nacht hatte Adelisia wieder von den Pferden geträumt. Sie hatte gesehen, wie sie mit schäumenden Mäulern einen schwarzen Felsabhang hinunterstürmten, eine ganze Herde durchgehender Tiere. Und wie jedes Mal war ihnen Blut aus den Ohren gelaufen. Leuchtend rote Ströme rannen an ihren majestätischen Hälsen entlang, über die Mähnen, das Fell und die Läufe. Das Mädchen war viel zu erschrocken, um zu begreifen, was dort eigentlich geschah. Sie hörte das Wiehern, das wilde Getrappel der Hufe, während alles durcheinanderging.

Dann spürte sie plötzlich einen stechenden Schmerz in den Augen.

Sie wachte auf und wollte schon ihre Lider berühren, doch dann unterdrückte sie diesen Impuls. Nicht etwa, da ihr ein instinktives Gefühl davon abgeraten hatte, sondern die Erinnerung an den Schmerz. An den Schmerz eines Fluches, der bestimmt verschwinden würde, wie ihre Mutter so oft sagte. Jedes Mal, wenn sie diese Worte hörte, musste Adelisia lächeln. Nicht weil sie daran glaubte, sondern weil sie mit so viel Liebe ausgesprochen wurden. Und diese Liebe bedeutete ihr alles.

»Mama!«, rief sie und tappte durch die Dunkelheit um sie herum.

Sie kroch auf allen vieren bis zur Tür, während wie aus dem Nichts ein Splitter auftauchte und ihr rechtes Auge durchbohrte. Der Traum mit den Pferden war vergessen. Sie wollte nur noch, dass dieser Schmerz aufhörte.

Adelisia durchquerte den in Dämmerlicht getauchten Eingangsbereich und hörte Stimmen, die von draußen, von der Veranda kamen. Ihre Mutter sprach dort mit jemandem. Sie wollte zu ihr, doch kaum war sie vor die Tür getreten, schrie sie laut auf, weil das gleißend helle Sonnenlicht sie schmerzte. Sie legte die Hände schützend vor das Gesicht und öffnete dann äußerst vorsichtig zwei Finger zu einem schmalen Spalt, um weiter nach ihrer Mutter zu suchen. Schließlich erkannte sie deren dunkle Silhouette, drei Männer standen ihr gegenüber.

»Mama!«, rief sie erneut.

Die Frau bedeutete den Männern, mit denen sie sich unterhalten hatte, sie sollten warten, und wandte sich zu ihrer Tochter um. Sie musterte sie erst überrascht, dann beunruhigt und wollte sich schon das Auge ansehen, als eine Männerstimme sie aufhielt. »Keine Sorge, Madonna. Ich kümmere mich darum.«

Das Mädchen kannte diese Stimme. Sie gehörte einem alten Freund, Benvenuto Grafeo. Der Augenarzt kam zu ihr, nahm ihre Hand und führte sie ins Haus in den Schatten. »Meine Kleine, wie geht es Euch?«, fragte er sie dann und ließ sie auf einem Schemel Platz nehmen.

»Das Auge ...«, jammerte Adelisia.

»Lasst mich nachsehen.«

Ganz sanft zog Grafeo ihre Lider auseinander, bis er einen kleinen Kristall fand, der sich im Unterlid verklemmt hatte. Er war winzig und von weißlicher Farbe, an manchen Stellen glatt und an anderen scharf und spitz. Der Kristall war unter die Tränendrüse geglitten, ohne jedoch Schäden anzurichten. »Ich sehe ihn«, sagte der Arzt. »Wann hat er sich bemerkbar gemacht?«

»Während ich schlief.« Das Mädchen verzog das Gesicht und unterdrückte den Schmerz. »Es tut weh.«

»Keine Sorge«, beruhigte Grafeo sie. »Ich hole ihn jetzt heraus.«

Adelisia murmelte einen Dank und bat ihn, schnell zu machen. Er war der wertvollste ihrer Freunde. Sie kannte ihn seit zwei Jahren, seit die Kristalle aufgetaucht waren. Ihre Mutter war damals nicht in der Lage gewesen, sie zu heilen, und hatte den weisen Grafeo um Hilfe gebeten. Das Mädchen hatte sogleich Zutrauen zu ihm gefasst. Seine beruhigende Erscheinung, der lockige Bart, die lange Nase und die von Fältchen umgebenen Augen erinnerten sie an einen von den Heiligen, die in den Kirchen dargestellt waren.

Der Augenarzt öffnete seinen hölzernen Kasten, suchte darin und holte schließlich eine Metallpinzette hervor. Er vergewisserte sich, dass sie sauber war, dann näherte er sie dem schmerzenden Auge.

Er packte damit das Unterlid und zog es vorsichtig herunter, damit er die betreffende Stelle zur Gänze sehen konnte. Mit der rechten Hand nahm er eine zweite, etwas kleinere Pinzette und näherte sie vorsichtig dem Kristall.

Als Adelisia diese Instrumente zum ersten Mal gesehen hatte, war sie davor zurückgeschreckt. Grafeo hatte ihr jedoch erklärt, dass seine »Eisenwaren« nützliche Gerätschaften waren, mit denen man den Menschen Gutes tun konnte. Er hatte sie ihr der Reihe nach gezeigt und wie kleine Freunde mit ihren lateinischen Namen vorgestellt. Da gab es die Pinzetten *ad evellendos pillos*, zum Herauszupfen von Härchen, und *ad retinendum palpebras*, zum Aufhalten der Lider, die Nadel *ad cataractas*, für den Starstich, und einen winzigen Spatel *ad coquendum fistulam*, zum Austrocknen von Fisteln …

Mit erfahrenen Bewegungen packte der Augenarzt den Kristall mit der Pinzette und holte ihn heraus. »Habe ich Euch wehgetan?«, fragte er dann.

»Nein«, erwiderte Adelisia.

»Gut«, sagte er lächelnd. »Noch einen Moment Geduld, und wir sind fertig.« Während er das Lid weiter nach unten gezogen hielt, holte er aus seinem Kasten ein Fläschchen mit einem runden Bauch und einem langen Hals heraus und gab einige Tropfen seines Inhalts auf den Augapfel.

Das Mädchen spürte sofort Erleichterung und konnte endlich ohne Schmerzen das Lid wieder öffnen und schließen. Sie umarmte Grafeo und gab ihm einen Kuss auf die Wange.

In dem Moment sah sie jemanden in der Tür stehen. Einen jüngeren Mann mit schwarzen Haaren und einem freundlichen Gesicht. Er trug eine Mönchskutte, aber er wirkte so vornehm und schön wie ein Prinz. Obwohl er sie sanft anblickte, schien ihn ein großer Kummer zu bedrücken.

Er winkte ihr zu und entfernte sich wortlos.

Es war so ungerecht.

Uberto riss seinen Blick vom Haus los, das Bild von jenem kleinen bleichen Mädchen mit den beinahe weißen Haaren und den geröteten

Augen ging ihm nicht mehr aus dem Kopf. Was er gerade miterlebt hatte, hatte ihn tief erschüttert, denn ein solcher Schmerz war ihm noch nie zuvor begegnet. Ein so abartiger Schmerz, dass das Herz jedes erwachsenen Mannes darüber verzweifeln musste. Ein Schmerz, den die Tochter von Remigarda di Acquanegra allerdings mit stoischem Mut zu ertragen schien.

Das kleine Gesichtchen hatte so hoffnungslos gewirkt. Uberto hatte es aufmerksam betrachtet, während sich darin die unterschiedlichsten Gefühle widerspiegelten, wie bei einem in die Enge getriebenen wilden Tier: Leid, Furcht und schließlich Erleichterung. Zu denen sich auch eine bittere, unausgesprochene Wut gesellte. Die Wut eines Menschen, der leidet, ohne zu wissen, warum.

Und ohne dass er etwas dagegen tun konnte, erfasste diese Wut auch ihn. Uberto fühlte, wie sie in seiner Brust aufstieg, und mit ihr Empörung, so wie jeder Mensch mit einem guten Herzen darüber erzürnt wäre. Wie konnte es sein, dass ein Mädchen von noch nicht einmal sieben Jahren unter einer so schrecklichen Krankheit leiden musste? Wenn der Herr wirklich so voller Mitleid und Barmherzigkeit wäre, wenn er seine eigenen Kinder wirklich lieben würde, hätte er so etwas nie zugelassen. Stattdessen war er sogar der Urheber dieses Leidens, da er ja alles geschaffen hatte. Doch warum wütete er so gegen ein unschuldiges kleines Mädchen?

Diese Fragen stellte sich Uberto jedes Mal, wenn er Leid und Unglück bei Kindern miterleben musste. Dann empörte er sich so sehr, dass er an der Existenz eines gütigen Gottes und einer Ordnung zweifelte, die für eine ausgewogene Verteilung von Gut und Böse sorgte.

Der junge Mann versuchte, seine Wut zu beherrschen, während er sich von der Tür entfernte und zu seinem Vater zurückging, der mit dieser Remigarda di Acquanegra sprach. Endlich hatten sie sie gefunden.

Remigarda lebte in dem nah am Strand gelegenen Vorstadtviertel Dogana Regia. Ihr Heim – ein bescheidenes, einstöckiges Haus aus Holz – war zwischen dem Kloster San Benedetto und einem Wachtturm errichtet, der an einen Leuchtturm erinnerte. Die Vorderseite des Hauses lag gegenüber einer Reihe von Hütten, die um eine Art großen Gemeinschaftsgarten mit einem Brunnen in der Mitte gebaut waren. Seitlich davon erstreckte sich eine schlammige Wasserfläche, die »See« genannt wurde.

Die Frau lebte dort nur mit ihrer Tochter, ohne Ehemann oder Verwandte. Als Heilerin verdiente sie gerade so viel, dass es zum Überleben reichte.

Uberto war beeindruckt von ihrer Schönheit. Eine Schönheit, die ins Auge fiel, obwohl Remigarda sich sehr schlicht kleidete mit einer grauen Kutte, die in der Taille von einem Gürtel zusammengehalten wurde, und einem wie ein Turban um den Kopf geschlungenen Tuch. Sie trug keinerlei Schmuck, aber von ihrem Gesicht mit der olivfarbenen Haut und den Mandelaugen ging trotzdem ein betörender Zauber aus. Sie war hochgewachsen, schlank und wohlproportioniert. Sie musste einige Jahre jünger sein als er, obwohl die gerunzelte Stirn sie älter erscheinen ließ. Doch sie wirkte keinesfalls niederträchtig, sondern lediglich misstrauisch.

Als die drei Männer an ihre Tür geklopft hatten, hatte die Frau erst gezögert und einem Gespräch mit seinem Vater nur zugestimmt, weil sie dem Augenarzt vertraute. Uberto sah nun, als er wieder neben seinen Vater trat, dass Ignazio gerade den Umhang hervorgeholt hatte und ihn Remigarda zeigte.

Die Frau betrachtete ihn aufmerksam. Sie schien ihn gar nicht berühren zu wollen, aber dennoch wirkte sie, als sei ihr der Umhang vertraut.

Ignazio wartete ab, dass Remigarda etwas sagte, und zwang sich selbst, unbeteiligt zu wirken. Er war in der Lage, seine Neugier Wochen, ja Monate zu bezähmen, aber wenn er kurz vor einer Entdeckung stand, spürte er, wie sein Herz vor Aufregung gebeutelt wurde wie ein Schiff im Sturm. Es hieß, mit dem Alter würde man geduldiger, aber bei ihm war das genaue Gegenteil der Fall. Je älter er wurde, desto stärker packten ihn wieder leidenschaftliche Gefühle wie in seiner Jugend und machten es ihm unmöglich, sein Benehmen, seine Worte und sogar den Ton seiner Stimme zu mäßigen.

Er wurde aus seinen Gedanken gerissen, als Remigarda ihm den Umhang zurückgab. »Wo habt Ihr ihn gefunden?«

»In Neapel«, antwortete er, »aber ich bin mir sicher, dass er von weiter her kommt. Aus dem Norden.«

»Und warum eigentlich habt Ihr Euch die Mühe gemacht, ihn mir zur Begutachtung zu bringen?«

»Weil ich Gründe habe, anzunehmen, dass er Euch übergeben werden sollte, Madonna. Zwei Männer oder vielleicht sogar mehr sind für diesen Auftrag gestorben.«

Im Gesicht der Heilerin blitzte Furcht auf, dann verzog sie es in verbitterter Erkenntnis. Ignazio versuchte, aus diesen eingegrabenen Falten mehr herauszulesen, aber er fand nur Spuren eines tiefen Bedauerns. Längst vergessene Gefühle, die er nicht zu deuten wusste.

»Und Ihr fürchtet Euch nicht davor, dasselbe Schicksal zu erleiden?«, unterbrach Remigarda seine Überlegungen.

»Tod oder Rettung«, sagte Ignazio achselzuckend. »Mir bleibt keine Wahl. Alles hängt davon ab, was Ihr mir zu enthüllen bereit seid.«

Die Frau sah ihn lange an, dann schüttelte sie den Kopf. »Dass Ihr den echten Umhang besitzt, gibt Euch noch kein Recht, die Wahrheit zu erfahren.«

»Was meint Ihr mit ›echt‹?«

»Das hängt davon ab, wie viel Ihr über solche Umhänge wisst, Messere.«

»Nichts, ehrlich gesagt, außer dass es einige sehr wertvolle Exemplare gibt. Die Sternenumhänge von Otto III. und Heinrich II. zum Beispiel sollen wirklich außergewöhnlich gewesen sein.«

»Wahrscheinlich«, meldete sich Uberto zu Wort, »gehen sie ja auf ein altes Ritual zurück.«

»Kein Ritual«, fertigte ihn die Heilerin kurz ab. »Nur die Eitelkeit von Sterblichen, die sich die Macht der Sterne aneignen wollen.«

»Doch der Umhang des Schützen muss noch mehr verbergen«, beharrte Ignazio. »Was macht ihn so gefährlich?«

Remigarda bedeutete ihnen, dass sie dieses Gespräch nicht weiterführen wollte. »Die Gefahr geht nicht von dem Umhang aus«, sagte sie dann, wie zum Abschied, »sondern von dem, der ihn erdacht hat.«

Ignazio trat einen Schritt vor und packte sie am Handgelenk. »Ihr meint den Magister aus Toledo?«

Die Frau schrak zusammen. »Ihr kennt ihn?« Sie entzog sich seinem Griff und runzelte die Stirn. Plötzlich sah sie aus wie eine alte Frau, Groll und Verbitterung sprachen aus ihren Augen.

Ignazio hob beschwichtigend die Hände und bereute, dass er sich von seinen Gefühlen hatte mitreißen lassen. Aber es stand zu viel auf dem Spiel, er konnte einfach nicht ruhig und gelassen bleiben. Außerdem vermutete er, dass nicht seine zudringliche Geste die Frau erschüttert hatte, sondern der Name, den er genannt hatte. Er wollte schon etwas antworten, aber sein Sohn kam ihm zuvor.

»Bis vor wenigen Tagen wussten wir nicht einmal, dass es ihn gibt«, sagte Uberto. Er versuchte, beruhigend und überzeugend zu wirken. »Dennoch müssen wir ihn unbedingt treffen.«

Remigarda unterdrückte ihren Zorn und wandte sich ihrem Haus zu. »Ich rate Euch davon ab, gebt dieses Vorhaben auf.«

»Ihr begreift nicht, Madonna«, beharrte Uberto. »Wenn wir es nicht tun, werden mein Vater und ich immer zur Flucht gezwungen sein und werden unsere Familie nie wiedersehen können. Wenn Ihr uns doch etwas mehr sagen könntet …«

»Nein«, unterbrach Ignazio ihn, »Ihr *müsst* uns mehr sagen.« Er hasste es, jemandem seinen Willen aufzuzwingen, doch wenn es nötig war, war es ihm noch immer gelungen, selbst die kämpferischsten und stolzesten Menschen zu überzeugen.

Doch Remigarda ließ sich nicht einschüchtern, ganz im Gegenteil, sie drehte sich noch einmal um und baute sich vor ihm auf. »Denkt nicht, dass Ihr hier nur mit einem Mann auftauchen müsst, den ich schätze, damit Ihr mir gegenüber die Stimme erheben dürft«, sagte sie und richtete den Zeigefinger auf seine Brust. »Warum sollte ich Euch helfen?«

»Wegen Eurer Tätowierungen«, entgegnete Ignazio und deutete auf ihre rechte Hand. Dort waren die gleichen Symbole dargestellt wie bei Gebeard von Querfurt. Ignazio war überzeugt, dass er sich nicht irrte, das Bild von dem abgetrennten Arm hatte sich tief in sein Gedächtnis eingebrannt. »Jeder, der diese Zeichen trägt, lebt in großer Gefahr. Die nach meinem Dafürhalten immer dringlicher wird. Vielleicht können wir uns gegenseitig helfen.«

Die Frau betrachtete ergeben ihre Hand wie jemand, der weiß, dass er vom Aussatz befallen ist, und nickte. »Sagt mir, Meister Ignazio, wärt Ihr der Hüter der Höllenpforten, würdet Ihr dann jemandem erlauben, dort hineinzuspähen?« Sie seufzte verbittert auf. »Wahrscheinlich nicht.«

Ignazio lächelte sie spöttisch an. Hätte er die Schlüssel zur Hölle besessen, so hätte er sie selbst benutzt, um seine Neugier zu befriedigen. Auch auf die Gefahr hin, dort zu verbrennen. »Sagt Ihr mir lieber, wenn ich Euer Haus betreten würde, fände ich dort drei Stühle rund um einen magischen Kreis?«

»Bis vor einigen Jahren hättet Ihr das.« Remigardas Offenheit verwirrte ihn. »Aber jetzt nicht. Nicht mehr.«

»Hat Euch das der Magister aus Toledo gelehrt?«

Die Frau zögerte, wieder schien der Name sie zu stören. Doch bevor sie sich entschließen konnte zu sprechen, traten Grafeo und Adelisia zu ihnen.

Jetzt, da die Sonne nicht mehr so blendend hell schien, hatte sich der Augenarzt entschlossen, das Mädchen hinaus an die frische Luft zu bringen. Remigarda kniete sich vor die Kleine hin, nahm ihr Gesicht in ihre Hände und lächelte. Auf einmal wirkte sie wieder so schön und verführerisch wie anfangs. »Wie geht es deinen Augen, mein Schatz?«

»Gut«, antwortete Adelisia. »Grafeo hat mich geheilt.«

»Und der Schmerz in den Seiten?«

»Ist weg.«

»Was für ein Schmerz in den Seiten?«, fragte der Augenarzt nach, und seine Miene verfinsterte sich.

»Seit einigen Tagen hat sie Schmerzen in den Nieren«, erklärte Remigarda besorgt.

Grafeo schüttelte den Kopf zum Zeichen, dass er sich das nicht zu erklären wusste. »Jedenfalls sind die Augen noch entzündet. Ich empfehle eine Spülung mit Betonien.«

Die Frau nickte. »Ich habe noch ein paar getrocknete Blüten im Haus.«

»Das wird reichen.«

»Ich will keine Kompressen mehr!«, protestierte Adelisia.

»Es ist nur zu deinem Besten«, erklärte ihr die Mutter.

Das Mädchen schnaubte. Dann richtete sie unvermutet ihre kleinen geröteten Augen auf Uberto. »Messere, warum wart Ihr gerade so wütend?«

Uberto war völlig überrascht und sah sie verständnislos an.

»Vorhin, als Ihr mich angesehen habt«, erklärte das Mädchen, »wart Ihr irgendwie verärgert.«

»Ich war nicht verärgert«, log Uberto, »ich war traurig.«

»Warum?«

»Weil ich eine kleine Tochter habe, jünger als Ihr, und sie schon lange Zeit nicht mehr gesehen habe.«

Adelisia überlegte. »Ich habe keinen Vater«, sagte sie schließlich.

»Jetzt ist es genug«, ging Remigarda dazwischen. »Belästige diese Herren nicht.«

Doch sie schaute dabei nicht mehr auf ihre Tochter. Ihre Miene hatte sich erneut verfinstert, sie starrte auf drei alte Frauen, die sich dem Haus näherten. Sie liefen langsam und schwankend und hatten einander untergehakt, um sich gegenseitig zu stützen. Nachdem sie den Vorplatz überquert hatten, blieben sie stehen und knieten sich mit gefalteten Händen hin, als wollten sie eine Heiligenreliquie anbeten.

Doch hier gab es keine Reliquie. Nur Adelisia.

Die drei Frauen starrten das Mädchen an und stimmten eine Art Sprechgesang an:

Zwei Augen haben dich angesehen, drei Frauen wollen dir helfen,
die heilige Anna, die heilige Helena und die heilige Maria Magdalena.

Remigarda reagierte darauf ebenso unerwartet wie schroff. »Verschwindet!«, schrie sie die drei an und drohte, einen Stein nach ihnen zu werfen, den sie vom Boden aufgehoben hatte. Doch die drei alten

Weiber fuhren fort mit ihrem Singsang und streckten die Hände nach Adelisia aus. Remigarda schleuderte den Stein vor die Füße der Frauen, dann stieß sie sie mit einer verzweifelten Bewegung zurück. »Verschwindet, ihr Närrinnen. Wir können nichts für euch tun!«

Die alten Frauen zeigten sich dennoch entschlossen. Da nahm Remigarda ihre Tochter hoch und ging auf das Haus zu. Bevor sie die Tür schloss, wandte sie sich an Grafeo. »Kommt herein«, sagte sie ein wenig vorwurfsvoll. »Die Einladung gilt auch für die beiden Störenfriede, die Ihr mitgebracht habt.«

Ignazio fühlte, dass er nur noch einen Schritt davon entfernt war, das Rätsel zu lösen, doch bevor er Benvenuto Grafeo ins Haus folgte, hielt er ihn auf und nahm ihn beiseite. »Mir ist nicht klar«, sagte er leise zu ihm, »wie eine Frau in so ärmlichen Lebensumständen sich die Dienste eines Gelehrten Eures Ranges leisten kann.«

»Remigarda di Acquanegra ist keinesfalls eine arme Frau«, wandte der Augenarzt ein, der sich so schnell wie möglich von den drei alten Weibern entfernen wollte.

»Und dennoch«, mischte Uberto sich in das Gespräch, »müssen die Augentropfen, die Ihr dem Mädchen verabreicht habt, sehr teuer sein.«

»Was wollt Ihr damit andeuten, Messeri?«

»Versteht mich bitte nicht falsch«, beruhigte Ignazio ihn. »Ich wollte mir nur ein klareres Bild von dieser Frau machen.«

»Wenn Ihr es wirklich wissen wollt, sie hat mich reichlich entlohnt. Mit Büchern. Vielen Büchern.«

Der Händler hob eine Augenbraue, er war nun noch neugieriger geworden. »Was für Bücher?«

»Über Medizin und Philosophie, Traktate von hohem Wert«, antwortete Grafeo. »Ich habe Kopien davon anfertigen lassen und die Originale der Kirche Santa Maria de Domno gestiftet im Tausch für die Erlaubnis, im Judenviertel wohnen zu dürfen. Wie Ihr vielleicht wisst, gehört diese Gegend zum Besitz des Bischofs, und Juden dürfen keinen Grund und Boden erwerben, es sei denn, sie können das Wohlwollen eines kirchlichen Würdenträgers gewinnen.«

»Das freut mich für Euch. Dennoch frage ich mich, woher diese Bücher stammen.«

»Das müsst Ihr Remigarda fragen«, antwortete Grafeo und schritt über die Schwelle. »Sie sind Teil ihrer Vergangenheit.«

31

Der Durchgang zwischen der Via dei Canapari und dem Viertel um den Dom führte zu einer kleinen Kirche, die zwischen alten Häusern verborgen lag. Dort drinnen wartete Konrad von Marburg auf die Rückkehr von Pungilupo und Suger. Er hatte versucht, die Zeit damit herumzubringen, dass er sich ins Gebet vertiefte, aber das war ihm nicht gelungen. Als der Priester, der hier den Gottesdienst versah, ihn hereinkommen sah, hatte er sich sofort an ihn gehängt und angefangen zu jammern, dass immer weniger Gläubige in sein geliebtes Gotteshaus kämen. Konrad hatte sich darauf beschränkt zu nicken, in der Hoffnung, ihn so loszuwerden, aber der lästige Kerl hatte sein Schweigen als Einladung aufgefasst, fortzufahren, und hatte weiter über die Kirche erzählt, ihre Geschichte und die alten Adelsgeschlechter, die in der Vergangenheit ihren Bau finanziert hatten.

In seiner Empörung über diese Zudringlichkeit war Konrad zum Altar gelaufen und hatte sich mit gefalteten Händen davor hingekniet, um zu zeigen, dass er absolute Ruhe brauchte. Der penetrante Kerl hatte ihn jedoch weiter belästigt.

Als er nun noch einmal über das Geschehene nachdachte, gelangte Konrad zu der Überzeugung, dass er sich nichts hatte zuschulden kommen lassen, als er mit dem Handrücken nach dem Unverschämten ausgeholt und ihn mit einer Ohrfeige zum Schweigen gebracht hatte. Im Gegenteil, er hatte ihm sogar einen Gefallen getan, indem er ihm Gelegenheit gab, über seine eigene Frechheit nachzudenken. Während er beobachtete, wie der Priester in Richtung Sakristei huschte, hatte er jedoch auch diesen Anflug von Befriedigung empfunden, der jede seiner gewaltsamen Handlungen begleitete.

Es hatte keinen Zweck, es zu leugnen, er verlor die Kontrolle über sich. Je länger er fern von Deutschland und der Strenge eines geregelten Lebens blieb, desto mehr verrohte sein Benehmen. Den Feind zu jagen brachte in ihm die ungezähmte Brutalität seiner Vorfahren zum Vorschein, die Wildheit der Germanenkrieger.

Unter anderen Umständen hätte sein gewalttätiges Wesen sich als Hindernis erwiesen. Aber jetzt würde er, Konrad, es auf Ignazio da Toledo loslassen, um ihn ein für alle Mal zu vernichten. Und sobald er ihn auf dem Scheiterhaufen brennen gesehen hätte, würde er mit Freuden zum gewohnten Klosterleben zurückkehren.

Auf einmal war er wieder hellwach. Zwei Männer hatten gerade die Kirche betreten. Pungilupo und Suger.

»Nun?«, fragte er sie, und seine Gesichtszüge entspannten sich.

»Wir haben sie gefunden, Magister«, rief der Schlüsselsoldat laut, ohne sich darum zu scheren, an welch heiligem Ort er sich befand. »Wir wissen, wo die Frau namens Remigarda di Acquanegra wohnt.«

»Dann ist der Homo Niger bestimmt nicht weit«, sagte Konrad energisch. »Verlieren wir keine Zeit, alarmiert meine beiden Schergen, die vor dem Eingang stehen, und führt mich zu ihr!«

32

Im Innern des Hauses war es finster wie in einer Höhle. Die Dunkelheit wurde nur vom Licht einiger Kerzen und von ein paar Sonnenstrahlen durchbrochen, die durch die Fensterverkleidungen aus Pergament hereinfielen. Ignazio schritt durch den schmalen Raum vorwärts und ließ seinen Blick über einen Tisch und zugestellte Regale schweifen. Gegenüber dem Eingang sah er zwei Türen, die in noch dunklere kleine Räume führten.

»Verzeiht, dass es hier kein Licht gibt«, entschuldigte Remigarda sich. »Meine Tochter erträgt es nicht.«

Ignazio wechselte einen vielsagenden Blick mit Uberto. Obwohl die Frau sie hineingebeten hatte, ahnte er, dass es nicht einfach sein würde, sie zum Reden zu bringen. Seit er den Magister aus Toledo erwähnt hatte, hatte er bei ihr eine kaum verhohlene Feindseligkeit bemerkt. Remigarda würde ihm nicht die Wahrheit erzählen, weil sie ihn fürchtete, und schon gar nicht, um ihm zu gefallen, sondern nur, wenn sie sich aus eigenem Antrieb entschließen würde, von den verwickelten Gefühlen zu sprechen, die sie beschäftigten. Ignazio wusste jedoch nicht, wie er sie dazu bringen sollte. Zumindest noch nicht. Deshalb sah er Grafeo an, der sich zwanglos in dem Raum bewegte, als wäre er hier zu Hause.

»Madonna«, fragte der alte Mann, während er in den Regalen wühlte, »wo bewahrt Ihr die Betonien auf?«

Remigarda zeigte auf ein Bronzegefäß hoch oben auf einem Brett. Es handelte sich um eine antike Kanope mit einem Deckel in Form eines Frauenkopfes und zwei Armen mit Händen anstatt von Henkeln, Gefäße, in denen im alten Ägypten Teile mumifizierter Körper aufbewahrt wurden. Der Augenarzt nahm den Deckel ab, holte eine Handvoll getrocknete Blütenblätter heraus und reichte sie Remigarda, die daraus einen Sud kochen sollte. Sie sah immer noch finster drein.

»Wer waren diese drei alten Frauen?«, brach Ignazio schließlich sein abwartendes Schweigen.

Remigarda warf ihm flüchtig einen sprechenden Blick zu, um ihm zu verstehen zu geben, sie würde später mit ihm reden, wenn ihre Tochter nicht mehr anwesend war. »Könnte mir einer von Euch Wasser geben, Messeri?«, fragte sie stattdessen.

Uberto half ihr gern, er holte einen Krug, der neben dem Herdfeuer stand, und füllte den kleinen Topf zur Hälfte. Sie dankte ihm, dann begann sie die Mischung mit einem Holzlöffel durchzurühren.

Ignazio fühlte sich unbehaglich. Er wusste noch immer nicht, wie er das Gespräch führen sollte, und fürchtete, die Frau hätte ihn nur aus purer Höflichkeit hereingebeten oder weil ihr der Auftritt der drei alten Weiber peinlich war. Dennoch ahnte er, dass er nur noch einen Schritt von der Auflösung des Rätsels entfernt war. Er setzte sich an den Tisch, um seinen nächsten Schritt zu überlegen, als sein Blick plötzlich an einem dicken Buch haften blieb. Es schien das einzige in diesem Haus zu sein und wirkte sehr kostbar. Das letzte von den vielen Werken, die sie Grafeo geschenkt hatte? Er stellte eine Kerze neben das Buch und öffnete es, wobei er sofort die ausgezeichneten Miniaturen bemerkte. Sie stellten die Heilpflanzen dar, deren medizinischen Nutzen ein lateinischer Text beschrieb. »Ich bin überrascht«, sagte er, da er erraten hatte, worum es sich handelte. »Es ist ungewöhnlich, dass jemand das ›Causae et curae‹ der Hildegard von Bingen besitzt.«

»Nun, mir geht es genauso«, entgegnete Remigarda erstaunt, während sie das Töpfchen aufs Feuer stellte, »es gibt kaum jemanden, der die Studien dieser verehrungswürdigen Nonne erkennt.«

Ihr freundlicher Ton ermutigte Ignazio, und so blätterte er weiter in dem Buch, auf der Suche nach irgendetwas, das ihm helfen könnte, dieses Gespräch fortzuführen. Plötzlich jedoch wurde seine Aufmerksamkeit vom Text abgelenkt. Am Rand einiger Seiten gab es Anmerkungen in ungewöhnlichen Zeichen. Eine unentzifferbare geheime Schrift, die ihm jedoch bekannt vorkam. Er näherte die Kerze dem Buch, um sich das Ganze genauer anzusehen, bis er wusste, dass er sich nicht geirrt hatte. Er hatte diese Zeichen schon einmal gesehen, und nicht nur das, er erinnerte sich auch noch genau daran, wo es gewesen war, selbst wenn er sich nicht erklären konnte, was sie in diesem Traktat über Medizin zu suchen hatten … Er bemühte sich weiter, den Zusammenhang zu erkennen, und wollte gerade Uberto seine Erkenntnis offenbaren, doch kaum hatte er aufgeblickt, sah er Remigarda vor sich stehen.

»Ihr habt genug gelesen, Messere.« Die Frau nahm das Buch und schloss es mit einer so brüsken Bewegung, dass eine dicke Staubwolke daraus aufstieg. Sie war wieder so feindselig wie vorher, wirkte beinahe zornig.

Statt sich zu entschuldigen, sah Ignazio sie nur misstrauisch an. »Woher stammt dieses Buch, Madonna?«

Remigarda zuckte mit den Schultern. »Ich habe es vor vielen Jahren als Geschenk erhalten, als ich die Universität in Bologna besuchte. Wie man an der Bindung und der Schrift sieht, stammt es aus Deutschland.«

»Aus Deutschland«, wiederholte Ignazio. »Genau wie zumindest zwei Anhänger des Magisters aus Toledo.«

Remigarda wandte ihm den Rücken zu und enthielt sich eines Kommentars. Sie ging zurück zum Herdfeuer, nahm das Töpfchen herunter und stellte es auf einen Schemel, während sich ein durchdringender, süßlicher Geruch im Raum verbreitete. Grafeo kam sofort zu ihr. Er wartete ab, bis der Sud sich abgekühlt hatte, dann tränkte er die Kompressen damit und legte sie Adelisia auf die Lider. »Sie müssen eine Weile einwirken«, empfahl er.

»Dann legen wir sie besser auf ihr Bett.« Remigarda hob ihre Tochter hoch und steuerte einen der hinteren Räume des Hauses an. Adelisia protestierte noch ein wenig, doch dann ergab sie sich ihrem Schicksal.

Als die Frau wiederkam, wirkte ihr Gesicht undurchdringlich wie das auf dem Deckel der Kanope. Ignazio beobachtete, wie sie zur Tür lief, hinausspähte und sich schließlich beruhigte. »Anscheinend haben sich die drei Alten endlich davongemacht«, sagte sie.

Remigarda schloss die Tür wieder. »Abergläubisches Bauernvolk«, schimpfte sie vor sich hin, aber leise, damit ihre Tochter es nicht hörte. »Sie schreiben den Kristallen aus Adelisias Augen wundertätige Kräfte zu. Als ob sie damit all ihre Beschwerden heilen könnten!«

»Ich hatte das Euch gegenüber schon erwähnt, wisst Ihr noch?«, mischte sich Grafeo ins Gespräch.

Ignazio nickte und forderte Remigarda auf, fortzufahren.

»Und das sind nicht die Einzigen, die vor meiner Tür stehen, versteht Ihr?« Ihr Gesicht ließ eine Mischung aus Verachtung und Mitleid erkennen. »Alle wollen sie immer das Gleiche … Tränen aus Kristall! Sie flehen mich an, betteln, ja sind sogar bereit, dafür zu bezahlen … Doch es ist ihnen völlig gleich, ob sie mit ihrem Verhalten Adelisia erschrecken oder ob sie darunter leidet oder blind werden könnte. Und inzwischen erzählen sie überall das Märchen von der ›Tränenheilerin‹.« Sie senkte die Lider, und mit einem Mal wirkte sie ungeheuer zerbrechlich. »Wenn es meinem Kind doch nur gut gehen könnte …«

Uberto saß auf einem Schemel, hielt mit den Händen die Knie fest umklammert und war hin und her gerissen zwischen dem Wunsch, aufzuspringen, und der üblichen Zurückhaltung, wenn man bei jemandem zu Gast ist. »Wer ist der Vater?«, fragte er mit einer Mischung aus Mitleid und Empörung.

Remigarda wischte sich die Tränen so vehement ab, dass rote Flecken auf ihren Wangen zurückblieben. »Der Magister aus Toledo«, sagte sie, und ihre Stimme verriet dabei den Groll eines Menschen, der zu lange gehasst hatte. Bis jedes andere Gefühl in ihm erstickt war.

Ignazio unterdrückte seine Bestürzung. Er ahnte, dass das Hindernis, das ihn noch von der Wahrheit trennte, zu bröckeln begann, doch er achtete den Schmerz der Frau und schwieg deshalb. Auf einmal war der Magister aus Toledo kein abstraktes Wesen mehr, das man nicht fassen konnte. Er war nicht der Dämon, der Konrads Obsessionen entsprungen war, sondern ein Mensch aus Fleisch und Blut, dessen Leben Spuren hinterlassen hatte. Eine Frau und ein kleines Mädchen.

Remigarda, die ihn mit hartem Blick gemustert hatte, riss ihn aus seinen Gedanken.

»Wenn ich mich recht erinnere, Messere, habt Ihr etwas von

drohenden Gefahren erwähnt«, sagte sie und zwang sich, ihre Gefühle zu verbergen. »Gut, dann löst Eure Zunge und sagt es klar heraus, denn nur aus diesem Grund habe ich Euch erlaubt, mein Haus zu betreten.«

Remigardas Direktheit verletzte den Händler ein wenig, doch nun konnte er endlich das Gespräch wieder da aufnehmen, wo er es unterbrochen hatte. »Ein Geistlicher aus Deutschland«, erklärte er, »ist dem Magister aus Toledo und seinen Anhängern auf der Spur. Er weiß von den Tätowierungen, den magischen Kreisen und vielleicht sogar vom Umhang des Schützen. Doch die größere Gefahr geht von einem anderen Mann aus, einem geheimnisvollen Reiter, der anscheinend jeden zu töten gewillt ist, der in die Angelegenheit verwickelt ist.«

»Ein Geistlicher und ein Reiter«, sagte die Frau leise und strich sich nachdenklich über das Kinn.

Grafeo nickte und gab so zu verstehen, dass er über alles unterrichtet war.

»Ihr müsst Euch vor beiden in Acht nehmen, Madonna«, fuhr Ignazio fort, »da zumindest Ersterer bestimmt hierherkommen wird. Daran besteht kein Zweifel.«

»Wie könnt Ihr da so sicher sein?«

»Weil er mich verfolgt. Er glaubt, ich sei der Magister aus Toledo, und wird nicht Ruhe geben, bis er mich auf einem Scheiterhaufen brennen sieht.«

»Ihr der Magister aus Toledo?«, sagte Remigarda ungläubig. »Aber wie …«

»Es hat ein Missverständnis gegeben«, erklärte der Händler, »und um es auszuräumen, muss ich zunächst die volle Wahrheit über diesen Mann erfahren.«

Remigarda lächelte beinahe, als sie spöttisch wiederholte: »Die volle Wahrheit …«

»Wenn es Euch nicht zu große Schmerzen bereitet.«

Die Frau schwieg noch ein wenig und dachte nach, dann setzte sie sich auf den Rand des Tisches. Mit einer Bewegung, die große innere Erschöpfung verriet, löste sie das Tuch um ihren Kopf, und ein Schwall kastanienbrauner Locken fiel auf ihre Schultern. »Ich werde Euch alles erzählen, als Dank für Eure Warnung. Obwohl Ihr mich erst in Gefahr gebracht habt«, sagte sie leicht vorwurfsvoll. Mit einem Anflug von Schicksalsergebenheit begann sie zu erzählen: »Ich bin dem Magister zum ersten Mal vor etwa neun Jahren, im Herbst des Jahres 1220, begegnet. Damals lebte ich in Bologna, wo ich als Hebamme arbeitete und die Universität besuchte. Dort lernte ich ihn dann kennen. Es hieß, er sei einer der berühmtesten Gelehrten des Abendlands und käme aus Toledo. Doch später erfuhr ich, dass er dort nur in seiner Jugend studiert hatte. In Wahrheit kam er aus dem Norden Englands, war ein Sohn Schottlands und seit seiner Kindheit viel herumgekommen. Neben seiner Lehrtätigkeit beschäftigte er sich mit der Übersetzung arabischer und griechischer Texte, und gelegentlich arbeitete er als Arzt. Ich muss wohl nicht erst sagen, dass ich mich sofort unsterblich in ihn verliebte. Wie ein törichtes Mädchen. Andererseits hatte ich noch nie einen Mann seines Rangs kennengelernt, und ich bezweifle immer noch, dass es jemanden gibt, der es mit ihm aufnehmen kann. Er war ein brillanter Gelehrter, der sich für jede Wissenschaft interessierte, von der Mathematik über die Astrologie bis zur Medizin und Alchimie. Außerdem entdeckte ich, dass er zu tiefen Gefühlen fähig war, und gerade das bezauberte mich …« Sie unterbrach sich, gegen ihren Willen bewegt.

»Sagt mir«, forderte der Händler sie auf, »hat der Magister Euch das Buch von Hildegard von Bingen geschenkt?«

Remigarda sah ihn misstrauisch an, fast als witterte sie eine Falle, doch dann nickte sie. »Dieses und alle anderen, die ich besaß.« Sie sah kurz zu dem schweigsam gewordenen Grafeo hinüber, dann nahm sie ihre Erzählung wieder auf: »Als ich merkte, dass er meine Liebe erwiderte, hielt ich mich für die glücklichste Frau auf Erden, aber sehr bald schon entdeckte ich, dass er ein geheimes Leben führte. Er verließ nachts oft das Haus, und da ich fürchtete, er hätte eine andere, folgte ich ihm. Er suchte die Gegend um den Markt und das Mascarella-Viertel auf, nicht, um sich mit einer Nebenbuhlerin, sondern mit einer Gruppe von Häretikern zu treffen. Zumeist begab er sich jedoch in die Katakomben unter der Kirche San Procolo, um sich mit Fremden zu versammeln, die, wie ich später herausfand,

Studenten an der Universität für Ausländer waren. Unter äußerster Geheimhaltung pflegten sie einen geheimen Kult, dessen Schöpfer und Hohepriester der Magister war. Am Ende entdeckte man mich, doch ich wurde nicht bestraft, sondern in die Gemeinschaft aufgenommen.«

Ignazio runzelte die Stirn. »Von welcher Gemeinschaft sprecht Ihr? Wenn ich mich nicht irre, habt Ihr es als Kult bezeichnet …«

»Ein Kult, der sich auf Sternensymbole gründet.« Remigarda zeigte ihnen ohne zu zögern die Tätowierungen auf ihrem Handrücken. »Diese Symbole. Sie stehen alle in Verbindung mit dem äthiopischen Jäger.«

Der Händler betrachtete aufmerksam die sieben Schriftzeichen unter dem Bild des Reiters, bis er sie sich eingeprägt hatte, und wiederholte im Geist den Namen, von dem er noch nie etwas gehört hatte. »Ich nehme an, Ihr meint den Jäger mit dem Bogen, der auf dem Umhang des Schützen dargestellt ist.«

»Auf dem Umhang, auf den Tätowierungen …«, murmelte die Frau. »Es ist immer derselbe. Der Verfluchte unter den Verfluchten. Der Schütze ist nur eine Maske, hinter der sich etwas wesentlich Schrecklicheres verbirgt.«

»Also benutzt man den magischen Kreis und die drei Stühle … die Gegenstände darauf … um ihn zu beschwören?«

Remigarda schüttelte den Kopf. »Meine Kenntnisse darüber sind sehr begrenzt, Messere. Der Magister aus Toledo lehrte die Rituale, aber die Geheimnisse, die sich dahinter verbergen, teilte er nicht mit anderen. Nicht einmal mit mir.« Sie seufzte. »Und so blind, wie ich war vor Glück, an seiner Seite leben zu dürfen, war mir dies natürlich gleich. Dennoch änderte sich alles, als der Kaiser nach Bologna kam. Das war im Jahr 1222. Der Magister traf ihn zum ersten Mal als Lehrer der Universität und besuchte ihn danach regelmäßig. Der Kaiser war begeistert von seinem profunden Wissen, und bei jedem Treffen zeigte er noch mehr Wissbegier, sodass er ihn schließlich bat, mit ihm zu kommen, als er nach Sizilien aufbrach. Der Magister erhielt eine solche Aufforderung nicht zum ersten Mal. Davor hatte der Papst ihn an seiner Seite haben wollen und ihm Geschenke und Vorteile versprochen … Doch dem Magister ging es nicht um Reichtum, als er dem Willen Friedrichs nachkam. Er tat es wegen einer Frau, einer Hofdame im Gefolge des Kaisers. Er war ihr so verfallen, dass er von einem Tag zum anderen beschloss, mich und seine Anhänger zu verlassen.« Remigardas Gesichtszüge verhärteten sich, weil sie nicht weinen wollte. »Kurz nach seiner Abreise merkte ich, dass ich schwanger war.«

»Das tut mir leid.« Ignazio kam es kurz so vor, als würde sich in Remigardas Gesicht das von Ermelina und das von seiner Frau Sibilla spiegeln. Einen Augenblick lang sah er alle drei vor sich. Die betrogene Frau, die verschmähte und die vernachlässigte. Eigentlich war er selbst nicht besser als der Magister aus Toledo. Genauso egoistisch. Er fühlte sich erbärmlich und verfluchte die eigene Schwäche, doch zugleich spürte er, wie in seiner Brust etwas aus der Dunkelheit hervorgekrochen kam und sich aufrichtete wie eine Schlange – seine kaltblütige, vernunftbegabte Seite gewann wieder die Oberhand. »Dennoch«, begann er vorsichtig, »bin ich leider gezwungen, Euch noch andere unangenehme Fragen zu stellen, Madonna. Es tut mir leid, aber es muss sein.«

Remigarda sah ihn ablehnend und mit kaltem Spott an. »Selbst wenn ich leiden müsste, würde Euch das wenig kümmern. Spielt hier kein Theater und fragt einfach.«

Den Händler ärgerte ihre boshafte Spitze, doch er ließ sich nichts anmerken und fuhr fort: »Ich muss wissen, welche Rolle der Umhang des Schützen in der Sache spielt.«

»Er schließt alle Geheimnisse des äthiopischen Jägers ein. Der Umhang bildet sozusagen die Quintessenz des Kults ab, doch nur der Magister aus Toledo ist in der Lage, diese Zeichen zu entschlüsseln, da er sie selbst erdacht hat und den Umhang damit besticken ließ. Er wurde auf seinen Befehl in Bologna angefertigt, aber erst nach seiner Abreise vollendet.«

»Also haben die Anhänger des Magisters diesen Umhang hergestellt«, sagte Uberto, der bisher nur schweigend zugehört hatte.

Remigarda nickte. »Nachdem der Magister sie verlassen hatte, führten sie seine Pläne weiter aus. Die Lehre vom äthiopischen Jäger sollte sich verbreiten, und der Umhang sollte seine Größe verherrlichen.«

»Ein gewagtes Vorhaben«, erklärte der Händler. »Wie wollten sie dies in die Tat umsetzen?«

»Das weiß ich nicht, Messere. Damals war ich zu sehr mit meiner Tochter beschäftigt, um mich auch noch um solche Fragen kümmern zu können.«

»Und dennoch seid Ihr die Person, der der Umhang übergeben werden sollte.«

»Nicht ich war als Empfängerin gedacht, sondern der Magister aus Toledo. Es handelt sich um ein Geschenk seiner Anhänger, begreift Ihr? Eine höchste Form von Gehorsam. Er soll in die kaiserliche Burg in Palermo auf Sizilien gebracht werden, wo der Magister sich seit Jahren aufhält.«

»Nach Palermo«, wiederholte Uberto.

»Dann wollte Gebeard Euch also nur aufsuchen, um Auskünfte von Euch zu erlangen«, folgerte Ignazio. »Ihr wart die letzte Überlebende, die wusste, wo der Magister zu finden war.«

»Gebeard, dieser Narr!« Remigarda war eine gewisse Verärgerung anzuhören. »Er kam nach Bologna, um dort Recht zu studieren, und stattdessen hat ihn der Kult um den äthiopischen Jäger so fasziniert, dass er nach der Abreise des Magisters dessen Stelle einnahm. Der Umhang war noch nicht fertig, als ich ihm sagte, dass ich mich nach Salerno wenden würde in der Hoffnung, dort Heilung für Adelisia zu finden. Er hingegen erklärte, er wolle nach Deutschland zurückkehren, um dort die Lehren des Magisters zu verbreiten. Er ist immer sein treuester Anhänger gewesen. Ganz sicher konnte er nicht wissen, dass ich mich im Gegensatz zu ihm vom Magister abwenden würde.«

»Warum habt Ihr das getan?«

»Weil der äthiopische Jäger einen Fluch mit sich bringt. Einen Fluch, der die Augen meiner Tochter getroffen hat!« Remigarda starrte finster vor sich hin. »Begreift Ihr nun, woher mein Hass auf den Magister kommt? Ich hasse ihn nicht, weil er mich betrogen und verlassen hat, sondern weil er mich in diesen Teufelskult eingeführt hat!«

»Warum hast du mir nie etwas von meinem Vater erzählt?«, hörte man eine Stimme aus der Dunkelheit fragen.

Alle fuhren herum. Adelisia stand vor der Tür zu ihrem Zimmer, ihre Hände umklammerten krampfhaft die Kompressen, und ihre Augen waren zwei gerötete Wunden. Tief in ihnen loderte die ganze Empörung von jemandem auf, der gelernt hatte, körperlichen wie seelischen Schmerz zu ertragen, und ihn für gewöhnlich zu unterdrücken wusste.

»Weil er ein böser Mann ist«, antwortete Remigarda sanft, bevor sie Ignazio einen äußerst scharfen Blick zuwarf. »Er ist ein Mann, für den nichts anderes zählt auf der Welt als er selbst.«

Der Händler hob bestürzt die Hände. »Es tut mir leid, ich konnte nicht wissen, dass das Mädchen alles mithören würde …«

»Es tut Euch leid?« Remigarda ging zu Adelisia und kniete sich vor sie hin, sie wirkte wie eine Wölfin, die bereit war, ihr Junges zu beschützen. »Seid doch ehrlich, Messere, es tut Euch überhaupt nicht leid«, zischte sie. »Euch geht es doch nur darum, etwas über den Magister aus Toledo zu erfahren, und so drängt Ihr mich, Euch Dinge zu enthüllen, an die ich mich auf keinen Fall erinnern will. Eure Sorge, mich vor einer Gefahr zu warnen, und sogar das Unheil, das Euch selbst droht … sind doch nur Vorwände! Dachtet Ihr etwa, ich hätte das nicht bemerkt? Ihr seid genau wie er! Ihr alle! So besessen von Euren Zielen, dass Ihr jeden in Eurer Umgebung mit in den Abgrund zieht! Aber ich werde Euch für Euren Egoismus bestrafen, von mir werdet Ihr weder den Namen des Magisters noch den des äthiopischen Jägers erfahren.« Die Frau zeigte auf die Tür. »Findet sie selbst heraus, wenn Ihr dazu in der Lage seid!«

Ignazio war tief getroffen. Remigarda hatte recht, dachte er gedemütigt, und diese Erkenntnis versetzte ihm einen Stich. Er hatte sich in ihr Leben gedrängt, ungeachtet, welche Folgen das für sie haben würde. Nun hätte er sich gern bei ihr entschuldigt, hätte ihr am liebsten tausend Dinge gesagt, doch zum ersten Mal in seinem Leben fehlten ihm die Worte. Mit einem Kloß im Hals beobachtete er Adelisias stumme Qual, die ihn mit bitterer Bestürzung erfüllte. Uberto kam traurig zu ihm, fasste ihn an der Schulter und ging voran zur Tür. Gehen wir, sollte das heißen, bevor wir noch weitere Probleme schaffen.

Der Händler konnte ihm nicht widersprechen. Bevor er sich jedoch verabschiedete, überkam ihn große Sorge. Er nahm Benvenuto Grafeo beiseite und flüsterte ihm zu: »Der nach mir kommt, wird nicht so verständnisvoll sein wie ich. Kümmert Euch um die Frau und das Mädchen. Sorgt dafür, dass niemand sie findet.«

Der Augenarzt erzitterte, doch er nickte stumm dazu.

Als Ignazio schließlich dieses Haus voller Leid verließ, nahm er einen Teil des Schmerzes mit, der es erfüllte.

»Was jetzt?«, fragte Uberto, als sie mit schweren Schritten die Straße entlanggingen, die sie vom Dogana-Regia-Viertel wegführte. »Wir wissen genug, um unsere Nachforschungen in Palermo fortzusetzen, aber den Namen des Magisters aus Toledo kennen wir immer noch nicht.«

Bevor Ignazio ihm antworten konnte, musste er erst seine tiefe Niedergeschlagenheit überwinden. Er hatte in seinem Leben immer nur an sich gedacht. Das hatte man ihm heute nicht zum ersten Mal vorgeworfen, doch Remigardas Worte hatten ihn nachhaltig erschüttert. Nur dank seines Sohnes gelang es ihm, sich zusammenzureißen, denn er hatte an ihm etwas gutzumachen. Schließlich hatte er Uberto in eine äußerst gefährliche Angelegenheit hineingezogen und musste nun einen Weg finden, wie er ihn heil und gesund wieder nach Hause brachte. »Wir kennen nicht einmal den richtigen Namen des äthiopischen Jägers«, sagte er plötzlich.

»Ist das wichtig?«, fragte Uberto.

»Ja«, antwortete Ignazio. »Wenn wir wissen wollen, was uns erwartet.«

»Und wie willst du den herausfinden?«

»Ich glaube, ich hatte ihn schon vor Augen, aber ich war nicht in der Lage, ihn zu entschlüsseln.«

»Was meinst du damit?«

»Erinnerst du dich an die Tätowierungen auf den Händen der Anhänger des Magisters aus Toledo? Dort waren nicht nur Symbole abgebildet, sondern auch sieben Schriftzeichen unter dem Bild des Reiters. Ich nehme an, dass es sich um den Namen des äthiopischen Jägers handelt. Remigarda hat sie ebenfalls, und ich habe sie an ihrer Hand sehr genau betrachten können.«

»Mit Sicherheit können wir nicht noch einmal an ihre Tür klopfen und sie um Erklärungen bitten ...«

»Ganz gewiss nicht. Aber vielleicht habe ich in diesem Buch bei ihr einen Hinweis gefunden.«

»Du meinst das Werk von Hildegard von Bingen?«

»Ja.« Je länger er redete, desto mehr fand Ignazio wieder zu seiner alten Sicherheit zurück. Die Bitterkeit in ihm wurde fortgespült wie Schlamm im Regen. »Das Buch hat ihr der Magister aus Toledo geschenkt.«

»Ja und?«

»Nun, mir sind auf den Seiten einige Anmerkungen in einer seltsamen Geheimschrift aufgefallen.«

Uberto sah ihn verständnislos an.

»Vielleicht irre ich mich ja«, fuhr der Händler fort, »aber ich glaube, es handelt sich um die gleiche Schrift wie bei den Tätowierungen.«

»Wie kann das sein?«

»Das ist gar nicht so unwahrscheinlich, wenn du es dir recht überlegst. Vielleicht hat sich der Magister aus Toledo, als er seine Geheimnisse verschlüsselt aufzeichnen wollte, eines bereits existierenden Codes bedient. Eines Codes, den er in einem Buch gefunden hat, das er besaß.«

»Und ist es dir dieses Mal gelungen, ihn zu entziffern?«

»Nein, aber ich glaube zu wissen, worum es sich handelt. Hast du jemals von der *Lingua ignota* gehört?«

»Natürlich«, antwortete Uberto. »Es gibt ein gleichnamiges Traktat, das eine verschlüsselte Sprache beschreibt, die Hildegard von Bingen vor etwa hundert Jahren erfunden hat. Es heißt, in einigen Klöstern sei sie noch in Gebrauch ... Also glaubst du, der Code, auf den du gestoßen bist, sei die *Lingua ignota*?«

»Zumindest lohnt es sich, dies zu überprüfen, meinst du nicht?«

»Das glaube ich auch. Aber um jemanden zu finden, der diese Sprache entziffern kann, werden wir an die Pforten eines jedes Klosters klopfen müssen, bis wir rein zufällig auf einen ausreichend gebildeten Benediktinermönch stoßen, der auch noch bereit sein muss, uns zu helfen …«

Ignazio nickte, doch dann blieb er plötzlich stehen, als wäre ihm die Erleuchtung gekommen. »Vielleicht gibt es ja einen schnelleren Weg«, murmelte er vor sich hin, noch nicht ganz überzeugt von seiner Eingebung, aber man hörte ihm an, dass er sehr geneigt war, ihr nachzugehen. »Erinnerst du dich, was Benvenuto Grafeo uns über die Bücher aus Remigardas Besitz gesagt hat?«

»Ja, das weiß ich noch. Er hat sie der Kirche Santa Maria de Domno gestiftet …«

Mit einem hoffnungsfrohen Lächeln wandte Ignazio sich nach links. »Und wenn sich unter diesen Werken noch andere von Hildegard von Bingen befinden, können wir die *Lingua ignota* vielleicht entschlüsseln.«

»Die Vermutung ist nicht von der Hand zu weisen«, sagte Uberto und folgte ihm. »Und da wir niemals die Erlaubnis bekommen werden, diese Bücher einzusehen, nehme ich an, du willst …«

»Mich in die Kirche Santa Maria de Domno einschleichen, ja. Und das noch heute Nacht.«

33

Ulfus' Name stammte nicht von den Thrakern ab. Er kam weder aus Dikili Tash noch von den Donauvölkern, sondern aus weiter Ferne. Sein Vater hatte ihn in seiner Jugend im Heldengesang eines isländischen Skalden gehört, und die Taten von Ulfus, dem Nächtlichen, hatten ihn fasziniert. Ein hünenhafter nordischer Krieger, der nachts in der Schlacht von einer so unbezähmbaren Wut erfasst wurde, dass sie ihn in ein Raubtier, einen Wolf, verwandelte. Ulfus war immer stolz auf diesen Namen gewesen, der mit der Zeit auch seiner wachsenden Liebe für die Nacht und die Gewalt entsprach. Er liebte den Kampf, die blutige Schlacht und das Gefecht Mann gegen Mann. Wer aus diesen unbarmherzigen Kämpfen siegreich hervorging, gewann dabei seiner Meinung nach mehr als Ruhm und Ehre, denn ein solcher Krieger entwickelte den archaischen Instinkt eines Raubtiers.

Dennoch nützte ihm dies alles nichts bei dem Auftrag, den der Magier ihm übertragen hatte. In dieser geplanten Mordserie hatte Ulfus den Berserker, den Werwolf, ablegen müssen, um die Rolle des gedungenen Mörders anzunehmen, der kaltblütig tötet. Das war gegen seine Natur, aber er gehorchte. Andererseits war es ihm nicht schwergefallen, diese Männer auszulöschen, deren Namen und Gesichter er schon längst vergessen und seinem inneren Mahlstrom übergeben hatte.

Eine Frau zu töten könnte jedoch etwas schwieriger werden. Außerdem handelte es sich nicht um irgendein gewöhnliches Weib. Der Magier hatte ihm genaue Anweisungen erteilt, die in sich jedoch widersprüchlich waren.

Dies gab Ulfus zu denken. Einen Mord zu verüben war nicht so einfach, wie im Kampfgetümmel zu töten, wo man das Schwert wirbeln ließ, ohne sein Gewissen zu befragen. Ein kaltblütiger Mord hatte nichts mit dem wölfischen Wüten von Ulf dem Nächtlichen gemein.

Als Ulfus das Haus von Remigarda di Acquanegra erreicht hatte, zögerte er zunächst, abzusteigen. Er hatte den Eindruck, als würde die Nacht selbst ihn beobachten, ihn beurteilen wie eine Mutter ihren Sohn. Sogar der Wind hatte aufgefrischt, er heulte laut und unheilvoll und brachte den Geruch von Regen mit sich.

Dennoch stieg er vom Pferd, zückte die Lanze und näherte sich der Tür. Er musste seine Zweifel beiseiteschieben, denn ihm blieb keine Wahl. Der Magier akzeptierte kein Versagen. Dem letzten Diener, der es gewagt hatte, ihm den Gehorsam zu verweigern, hatte er mit Säure vermischten Wein gereicht, der dessen innere Organe so zersetzt hatte, dass er sich sogar durch die Haut nach außen gefressen hatte.

Entschlossen, kein solches Ende nehmen zu wollen, trat Ulfus die Tür ein. Er hörte einen dumpfen Schlag, gefolgt vom Geräusch eines fallenden Körpers, dann betrat er das Haus. Ein alter Jude war von der Tür zu Boden geschleudert worden und durch den unvermuteten Aufprall bewusstlos geworden.

Ulfus stieg unbekümmert über ihn hinweg und drang weiter ins Innere des Hauses vor.

Dann erstarrte er bestürzt. In der Mitte des Raumes stand ein bleiches kleines Mädchen, das etwas Merkwürdiges in den Augen hatte. Ulfus ertappte sich dabei, dass er sie anstarrte, doch dieser kurze Moment hatte genügt, um zu wissen, dass er sie nie wieder vergessen würde. Nein, diese Augen, die so tiefen Schmerz widerspiegelten, würden nie im Mahlstrom versinken.

Dieser unerwartete Anblick hatte ihn erschüttert, ja beinahe erschreckt, und um sich davon zu lösen, wandte er sich an die Frau, die neben dem Mädchen stand. Auch sie beeindruckte ihn. Sie war sehr schön und wirkte empört, trotz ihrer Angst geradezu gebieterisch. Er sah, wie sie sich schützend vor das Mädchen stellte, und bemerkte, dass sie Begehren in ihm auslöste, doch er hielt sich zurück. Er hatte Erlaubnis erhalten, sie zu töten, aber nicht, ihr Gewalt anzutun.

»Seid Ihr Remigarda di Acquanegra?«, fragte er sie, und seine Stimme klang unangenehm in seinen Ohren. Grob und kehlig. Seit Wochen hatte er nicht mehr gesprochen.

Sie schwieg und sah ihn herausfordernd an.

»Der Magier will Euch wieder an seiner Seite haben.« Er streckte ihr die Hand entgegen. »Ihr müsst mir folgen, sonst ...«

Ihr Gesicht zeigte einen schnellen Wechsel widerstreitender Gefühle. Noch schneller mussten sich ihre Gedanken abwechseln, denn jedes Gefühl wurde sogleich von einem wissenden Ausdruck ausgelöscht, und dahinter zeigte sich blanker Hass.

»Ich werde nie wieder zu ihm zurückkehren«, zischte Remigarda wütend und trat einen Schritt vor. »Nie wieder!«

Ulfus empfand Bedauern, doch dann erinnerte er sich wieder an seine Befehle, und seine Finger umklammerten die Lanze des Feuers. Er richtete sie auf ihren Bauch.

Remigarda sah ihn verwirrt an, ohne zu begreifen. Ihr blieb gerade noch die Zeit, ihrer Tochter einen letzten Blick zuzuwerfen.

Durch die Fenster des Hauses sah man eine rötliche Flamme aufleuchten, und ein Schrei hallte durch die Nacht.

34

In der gleichen Nacht drangen die beiden Soldaten, die Konrad von Marburg im Castello Marino rekrutiert hatte, in das Haus von Remigarda di Acquanegra ein, aber als sie die Tür eingetreten vorfanden, war ihnen klar, dass ihnen jemand zuvorgekommen war. Konrad folgte ihnen ins Haus und fragte sich, warum sie so unvermittelt stehen blieben. Dann roch er den Gestank von Schwefel und verbranntem Fleisch.

In der Mitte des Raumes lag die Leiche einer Frau, aus deren Bauch noch Rauch quoll. Ein Kind hatte sich vor ihr zusammengekauert und den Kopf in den Händen verborgen.

Die Kleine schien die Anwesenheit der Eindringlinge nicht zu bemerken. Ihre Hände waren geschwärzt und verbrannt, als hätte sie versucht, das Feuer zu ersticken, das im Körper der unglücklichen Frau gewütet hatte.

Konrad beschloss, sich nicht weiter um das Kind zu kümmern, sondern sich lieber mit dem alten Mann zu beschäftigen, der neben der Eingangstür auf dem Boden lag. Zunächst hatte er ihn für tot gehalten, doch dann begriff er, dass er nur bewusstlos war. Konrad von Marburg beugte sich über ihn, aber als er den gelben Ring bemerkte, der an seinem Hals hing, wich er angeekelt zurück. Auf seinen Befehl hin packte einer der beiden Soldaten den Mann am Kragen und brachte ihn mit Ohrfeigen wieder zu Bewusstsein.

Benvenuto Grafeo stieß einen Klagelaut aus, und sobald er erwachte, versuchte er sich zu wehren, doch als er Remigardas Leiche bemerkte, verebbte sein Widerstand.

Ungerührt verfolgte Konrad die Erkenntnis des Juden, doch dann sah er sich beunruhigt um. »Galvano, wo bleibt Ihr denn?«

Der Clavigero kam mit einer Fackel in der Hand herein. »Draußen vor dem Haus habe ich Spuren gefunden. Die frischesten gehören zu einem mächtigen Ross und dem Mann, der es führte.« Er zeigte auf Remigardas Leiche. »Ich nehme an, er hat diese schändliche Tat verübt.«

»Das war wieder dieser verfluchte Reiter!«, verkündete Suger, der Pungilupo ins Haus gefolgt war. Er wirkte erschöpft und enttäuscht. »Nur er fügt anderen solche Verletzungen zu.«

»Ich weiß selbst, wer dafür verantwortlich ist«, fertigte der Geistliche ihn ab, um sich dann an Grafeo zu wenden. »Rede, Jude, was ist hier vorgefallen?«

Der Augenarzt zögerte mit der Antwort, doch der Soldat, der ihn festhielt, schüttelte ihn, um ihm die Zunge zu lösen.

»Ich habe nichts gesehen ...«, schrie Grafeo schrill. »Ich war bewusstlos ...«

»Du lügnerischer Hund!«, beschimpfte Konrad ihn und blickte auf die Leiche. »Hier liegt eine Frau, deren Bauch verbrannt ist. Eine Frau, die die Zeichen des Bösen auf der rechten Hand trägt ... Und du, erbärmlicher Jude, willst mir erklären, dass du nichts darüber weißt?«

»Ich schwöre Euch, ich habe nichts gesehen!«, beharrte Grafeo. »Ich habe nur gehört, wie sich jemand dem Haus genähert hat ... dann Pferdewiehern ... Ich bin hingelaufen, um nachzusehen, doch dann hat mich die Tür im Gesicht getroffen ... Das war kurz nachdem der Spanier gegangen war und ...«

»Der Spanier?« Konrad sah ihn durchdringend an. »Welcher Spanier?«

»Ignazio da Toledo.«

»Wieder der!« Konrad sah sich um, seine Blicke hätten jemanden zu Stein erstarren lassen können. »Wo ist er? Sag es mir!«

Doch bevor Grafeo noch antworten konnte, wurde die Aufmerksamkeit der Anwesenden durch einen schrillen Schrei gefesselt, der aus der Mitte des Raumes kam. Adelisia war aus ihrer Erstarrung erwacht, schlug die Hände vor die Augen und schrie wie eine Besessene. Erfasst von unermesslichem Leid, zu dem sich auch gleich darauf körperlicher Schmerz gesellte, warf sie sich über die Leiche ihrer Mutter.

Grafeo begriff auf der Stelle, was da vor sich ging. Er nutzte die allgemeine Verwirrung aus, um sich aus dem Griff des Soldaten zu befreien und zu der Kleinen zu laufen. Als er ihr die Hände vom Gesicht wegzog, entdeckte er, dass die Augen stark gerötet waren. Er konnte seine Instrumente nicht zu Hilfe nehmen, das hätte man ihm nie erlaubt. Was hätte er davor nicht alles erklären müssen! Jetzt war ihm nur eins wichtig, die Ursache für den Schmerz so schnell wie möglich zu entfernen. Er erkannte, wo er ansetzen musste, fasste vorsichtig mit den Fingern in das rechte Auge des Mädchens und holte einen großen, blutbefleckten Kristall heraus …

Konrad riss ihm den mit einer energischen Bewegung aus der Hand und zeigte ihn den Anwesenden mit triumphierendem Blick. »Das ist der Beweis für das Böse, das von Ignazio da Toledo ausgeht!«, predigte er, von mystischem Eifer ergriffen. »Und das hier«, er wies verächtlich auf den Augenarzt, »das hier ist sein neuer Schüler.«

Grafeo klammerte sich an seinem Gewand fest und flehte, er solle es ihn erklären lassen, doch Galvano Pungilupo ging dazwischen und versetzte ihm einen Faustschlag, dass der alte Mann zu Boden ging.

»Lasst ihn in Ruhe!«, brüllte Adelisia und sprang auf.

Der Clavigero warf ihr einen vernichtenden Blick zu. »Wagst du es wirklich, mich herauszufordern, du kleine Hexe?«, rief er und ging drohend auf sie zu, doch zu seiner großen Überraschung stellte Suger sich schützend vor das Mädchen.

Der hungrige Wolf in ihm grinste zufrieden, er hätte sich nichts Schöneres wünschen können. Endlich bekam er die Gelegenheit, diesem Franzosen eine Lektion zu erteilen. Deshalb zögerte er nicht und rammte ihm brutal das Knie in die Nieren, sodass Suger grunzend zu Boden fiel.

Der französische Arzt spuckte Blut, es fühlte sich an, als hätte man ihm einen Holzpflock in den Rücken gestoßen. Er versuchte aufzustehen, aber da traf ihn gleich ein Fußtritt an derselben Stelle. Im nächsten Moment war der Clavigero über ihm und bearbeitete ihn mit Faustschlägen.

»Jetzt ist es genug«, sprach Konrad von Marburg ein Machtwort, der sich allerdings keineswegs um Sugers Gesundheit sorgte, sondern einfach nur der Sache ein Ende setzen wollte. Sein Gesicht war so undurchdringlich wie eine eiserne Maske. Er packte Adelisia am Handgelenk und ging zur Tür. »Nehmt auch den Juden mit«, befahl er. »Alle sollen mitkommen!«

Er schleifte das Mädchen aus dem Haus, wo dunkle Wolken Regen ausspien.

Und unter diesen dicken Tropfen schien sich Adelisias Gesicht mit echten Tränen zu benetzen.

Ignazio wartete unter einem Bogengang, um sich vor dem Regen zu schützen, sein Blick war fest auf die Vorderseite der Kirche Santa Maria de Domno gerichtet. Uberto hatte darauf bestanden, allein hineinzugehen, da er von ihnen beiden eindeutig der Schnellere war und deshalb nicht so leicht Gefahr lief, entdeckt zu werden. Dem hatte Ignazio nicht widersprechen können. Er wusste, dass Uberto beweglich und vorsichtig genug war, um das Vorhaben erfolgreich zu vollenden, aber er hatte doch ein schlechtes Gewissen, weil er nichts dazu beitragen konnte, ihm zu helfen. Zwar hätte er das gesuchte Buch bestimmt wesentlich rascher erkannt, aber ihnen blieb keine Wahl. Um in die Kirche zu gelangen, hatte Uberto ein Stück der Fassade hinaufklettern und durch eins der offenen doppelbogigen Fenster an der rechten Seite des Gebäudes hineinschlüpfen müssen, was ziemlich schwierig und riskant war.

Inzwischen war eine ganze Weile vergangen, und Ignazio begann unruhig zu werden, obwohl es sicher gute Gründe für Ubertos Verspätung gab. Sein Sohn musste sich im Dunkeln zurechtfinden, nach einem Archiv oder einer Bibliothek suchen und dann noch all die Bücher überprüfen, in der Hoffnung, darunter das richtige zu finden. Eine einigermaßen bestückte Sammlung enthielt für gewöhnlich um die hundert Bände, also würde er vielleicht bis zum Morgengrauen warten müssen.

Plötzlich meinte er, an der rechten Seite der Fassade eine Bewegung wahrgenommen zu haben. Eine dunkle Gestalt ließ sich aus dem höchstgelegenen doppelbogigen Fenster ab, klammerte sich vorsichtig an einen darunterliegenden Wasserspeier und wäre wegen des Regens beinahe abgerutscht. Dann fand der Mann wieder sicheren

Halt, ließ die Beine schwingen und sprang auf einen kleinen Bogen. Von dort kroch er auf einem Sims entlang, bis er endlich das Kapitell einer Säule an der Ecke der Kirchenfassade erreichte. An der ließ sich Uberto herabgleiten.

Ignazio winkte ihm, um auf sich aufmerksam zu machen, und beobachtete, wie sein Sohn auf ihn zurannte. »Hast du es gefunden?«, fragte er ihn, nachdem er sich überzeugt hatte, dass Uberto nichts fehlte.

»Im Archiv der Kirche gab es mindestens zehn Bücher von Hildegard von Bingen«, antwortete der junge Mann, »aber keines mit dem Titel *Lingua ignota* … Allerdings«, fügte er schnell hinzu, als er sah, wie der Händler enttäuscht die Stirn runzelte, »habe ich das hier im letzten Band gefunden.« Er zog unter seinem Gewand einen Papyrus hervor.

Ignazio sah ihn sich ungeduldig an und stellte fest, dass er zwei Reihen mit Zeichen enthielt, eine aus Hieroglyphen und eine mit Buchstaben des lateinischen Alphabets, die genau nebeneinandergesetzt waren. Er überflog sie mehrere Male beinahe ungläubig, während ihn wachsende Begeisterung erfüllte.

»Und?«

»Das ist der Code«, erwiderte Ignazio. »Mit diesem Schlüssel werde ich die Inschrift auf den Tätowierungen entziffern können.«

»Dann wollen wir keine Zeit verlieren. Verlassen wir Salerno!«

35

Sie fanden Cola Pesce auf seinem Boot, wo er auf einem Knäuel von Fischernetzen schlief. Er musste sich im Schlaf hin und her gewälzt haben, denn sein wohl eher zufällig gewähltes Lager hatte sich um ihn gewickelt. Neben ihm lag sein leerer Geldbeutel.

»Er hat bestimmt alles mit Frauen und Wein verprasst«, bemerkte Uberto, der angeekelt von Cola Pesce abrückte, nachdem er seinen Atem wahrgenommen hatte.

Ignazio sagte nichts dazu und stieß den Seemann mit dem Fuß an.

»Ich komme ...«, knurrte Cola Pesce und drehte sich auf die Seite. Uberto und Ignazio machten sich an die nicht ganz einfache Aufgabe, den noch reichlich benommenen Mann aus dem Gewirr herauszulösen, in das er sich verwickelt hatte.

Noch in der gleichen Nacht brachen sie trotz des Regens und des stürmischen Meers nach Sizilien auf. Da es kein Verdeck gab, waren sie Wind und Wellen ausgesetzt, während eine rasche, heftige Strömung das Boot nach Süden trieb. Immer wieder türmten sich die Wellen hoch auf, und die Küste wurde von der Dunkelheit verschluckt, genau wie Mond und Sterne. Blitze zuckten über die Wasseroberfläche, die mal weiß wie glühendes Metall glänzte, mal schwarz wie der Tod. In der Ferne meinte Ignazio im Schein der Blitze das weiße Segel eines Templerschiffes über den Wogen auszumachen. Sein Alptraum schien sich fortzusetzen.

Cola Pesces Fischerboot war nicht dazu gedacht, auf einem stürmischen Meer zu segeln, und einige Male drohte es umzuschlagen, aber obwohl der Seemann noch halb betrunken war, gelang es ihm, es kühn und geschickt durch die Wellen zu steuern. Währenddessen flehte er aus voller Kehle den heiligen Nicola um Hilfe an.

Ihr Kampf mit dem Meer dauerte die ganze Nacht. Beim ersten Tageslicht beruhigten sich dann die Wogen, und sie kamen ohne Schwierigkeiten vorwärts.

Ignazio gelang es sogar, einige Stunden Schlaf zu finden. Danach machte er sich daran, das Rätsel zu lösen, das die ganze Zeit auf ihn gewartet hatte. »Gib mir dein Messer«, sagte er zu seinem Sohn.

Uberto griff in seine Kutte und holte es hervor, und der Händler ritzte damit die Zeichen, die er auf Remigardas Arm gesehen hatte, in den oberen Rand des Bugs.

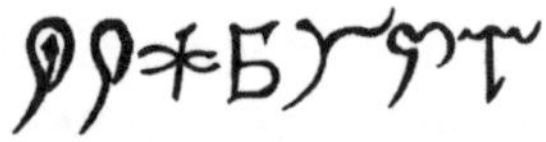

Er betrachtete sie aufmerksam und überzeugte sich, dass sie genau seiner Erinnerung entsprachen. Dann holte er das Blatt mit der *Lingua ignota* heraus. Mit Leichtigkeit fand er die passenden lateinischen Buchstaben dazu und schrieb schließlich darunter:

NEMBROT

Er unterdrückte einen Schauder.

»Nembrot?«, fragte Uberto und runzelte die Stirn. »Glaubst du wirklich, es handelt sich um den Nimrod?«

Ignazio antwortete nicht, seine Augen konnten sich nicht von den Buchstaben lösen, die er in das Holz des Bugs eingeritzt hatte. Der Name Luzifers hätte ihm weniger Angst eingejagt.

FÜNFTER TEIL

DER ASTRONOM NIMROD

»Es heißt, Nimrod wäre Äthiopier. Die Farbe des Äthiopiers steht für die Dunkelheit und die Trübheit der Seele, denn sie ist der Gegensatz zum Licht. Ohne Helligkeit und völlig in Finsternis gehüllt scheint er mehr der Nacht zu gleichen als dem Tag. Nimrod pflegt in den Wäldern zu jagen, in der Begleitung von wilden Tieren.«

Ambrosius von Mailand, »De Noe et arca liber unus«, I, 34

»Man sagt, der Riese Nimrod sei der größte Astrologe und außerdem der Astronomie zugetan.«

Hugo von Sankt Viktor, »Didascalicon«, III, 2

36

Sich für jemand anderen verprügeln zu lassen, widersprach eigentlich Sugers Prinzipien, selbst wenn es dabei um ein kleines Mädchen ging. Doch er bereute nicht, dass er sich für das Kind eingesetzt hatte. Nicht einmal dann, als er sich unter den Tritten von Pungilupo gedemütigt auf dem Boden krümmte. Der Anblick von Adelisia, wie sie sich über die Leiche ihrer Mutter beugte, hatte ihn an sich selbst erinnert, als er mit etwas über zwanzig am Lager seines Vaters gestanden hatte. Dieser hatte unter einer Erkrankung der Atemwege gelitten, die sich allmählich zu einer schlimmen Lungenentzündung ausgewachsen hatte. Suger hatte seine gesamten Kenntnisse benutzt und vertieft, um ihn zu retten, hatte viele Nächte über Medizintraktaten verbracht und Heiltränke mit den teuersten Zutaten zubereitet, um ihm wenigstens etwas Erleichterung zu schaffen, doch schließlich hatte er aufgegeben. Nicht einmal der beste Medicus von Paris hätte seinen Vater retten können. Und dieser hatte seine Bemühungen nicht einmal gewürdigt, sondern ihn enttäuscht angeblickt, kurz bevor er starb. Kein Wort war von ihm gekommen, nur dieser vorwurfsvolle Blick, als würde sein Sohn ihn wie einen Hund verrecken lassen. Suger hatte versucht, diese Erinnerung so tief wie möglich in sich zu begraben, aber nach Bernards Tod und den unglückseligen Ereignissen der vergangenen Monate war sie wieder mit Macht an die Oberfläche gekommen und hatte sogar seinen gewohnten Zynismus verdrängt.

Ein plötzliches Glitzern brachte ihn wieder in die Wirklichkeit und in den Laderaum des Schiffes zurück, in dem er sich befand. Er hatte Prellungen, und ihn quälten Schmerzen, doch er beklagte sich nicht. Die Menschen um ihn herum litten weitaus mehr.

Der Jude und das Mädchen hielten einander umarmt und saßen ihm in stiller Verzweiflung gegenüber. Grafeos Gesicht war bläulich verfärbt und geschwollen, die Folgen einer peinlichen Befragung unter der Leitung Konrads von Marburg, doch Sugers größere Aufmerksamkeit galt Adelisia. Ihre Hände waren voller Brandwunden, sie musste versucht haben, ungeachtet der eigenen Schmerzen, das glühende Geschoss aus dem Bauch ihrer Mutter zu ziehen. Ein vergeblicher Versuch. Es war schon ein Wunder, dass es nicht in ihren Händen explodiert war.

Das Mädchen interessierte ihn allerdings noch aus einem anderen Grund. Suger hatte ganz deutlich den Stein gesehen, den Grafeo aus ihrem Auge geholt hatte. Mit einer Mischung aus Furcht und Erstaunen hatte er verfolgt, wie der Augenarzt ihn entfernt hatte, und jetzt grübelte er die ganze Zeit über diese Tränen nach. Wenn der Drakonit aus dem Kopf einer Schlange wundertätige Eigenschaften besitzen sollte, welche Kräfte konnten dann erst Kristallen aus dem Auge eines Menschen innewohnen?

Seine innere Unruhe wurde noch durch weitere Überlegungen verstärkt. Er wusste, dass Konrad ihm nicht mehr vertraute: Zwar behielt er ihn weiter bei sich, doch er hatte ihn zu den Gefangenen sperren lassen. Und nun, da sie sich von Salerno entfernten, fühlte Suger sich nicht mehr sicher.

Es gab nur einen Weg zu überleben – er musste fliehen.

Konrad von Marburg stand oben auf dem Achterkastell und verfluchte die Windstille und die Langsamkeit der Ruderer. Um so schnell wie möglich von Salerno fortzukommen, hatte er zu einer Notlösung greifen müssen, und jetzt befanden sie sich auf dieser Kogge aus Genua, einem Einmaster mit einem plumpen Rumpf, auf dem man sich vorkam, als säße man in einer Nussschale. In seiner Ungeduld, endlich seinen Zielort zu erreichen, beneidete er die schnellen Seevögel, die um ihn herumschwirrten, als wollten sie ihn verspotten. Mit seiner Unrast hatte er jedes Mitglied der Mannschaft gereizt, selbst der Kapitän hatte das Achterkastell verlassen, um ihm aus dem Weg zu gehen. Jetzt waren nur noch Galvano Pungilupo und die beiden Soldaten aus dem Castello Marino bei ihm.

Der Drang, endlich seiner Beute habhaft zu werden, trieb ihn noch mehr an als sonst, seit er wusste, wo er suchen musste. Nach anfänglichem Widerstand hatte Benvenuto Grafeo ihm den Inhalt des Gesprächs zwischen Ignazio da Toledo und Remigarda di Acquanegra Wort für Wort erzählt. Allerdings war es ihm zum Teil schleierhaft und schien auch nicht durchgehend den Tatsachen zu entsprechen. Konrad erklärte sich diese Widersprüche mit dem betrügerischen Charakter des jüdischen Volkes, und er nahm an, dass der alte Mann sich manchmal absichtlich unklar ausgedrückt hatte, um Ignazio zu schützen. Es zählte jedoch einzig und allein, dass er dessen genauen Bestimmungsort kannte. Der Kaiserhof von Palermo.

Falls Benvenuto Grafeo tatsächlich gewagt hatte, ihn anzulügen, würde Konrad sich bald mit eigenen Augen davon überzeugen können.

Als hätte ein Dämon der Lüfte seine Gedanken gelesen, verschwammen auf einmal die Farben des Himmels, des Meeres und der Küste in einem milchigen Nebel, der das Schiff vollkommen einhüllte, sodass Konrad von Marburg den Eindruck hatte, im Nichts zu schweben. Ihre Kogge wurde schlagartig langsamer, um nicht an den Klippen zu zerschellen.

Und in seiner blinden Ohnmacht steigerte sich Konrads Zorn ins Unermessliche.

37

»Nimrod ist ein äthiopischer Herrscher aus grauer Vorzeit«, erklärte Ignazio, während er auf die immer näher rückende sizilianische Küste blickte. »Man sagt, er habe nach der Sintflut das babylonische Reich gegründet.«

»Wenn ich nicht irre«, sagte Uberto, »errichtete er auch den Turm von Babel.«

»Ja, aber in der Bibel wird er vor allem als geschickter Jäger beschrieben.«

»Ein König und Jäger ...«

»Ein König und Jäger, genau wie auf dem zentralen Motiv.« Der Händler holte den Umhang des Schützen hervor, um ihn im Licht der Sonne zu betrachten. Wieder studierte er den Reiter, der sich in der Mitte des Sternenrades befand und den Zeigefinger an die Lippen legte. Inzwischen hatte diese Geste für ihn eine bestimmte Bedeutung erlangt, nämlich die Warnung, niemals seinen Namen auszusprechen. Zu viele waren bereits gestorben.

»Warum sollte man Nimrod in der Mitte des Tierkreises darstellen?«, fragte sein Sohn und fuhr mit dem Zeigefinger über die Stickerei. »Warum gründet man eine Sekte zu seinen Ehren?«

»Das werden wir nur verstehen, wenn wir herausfinden, was den äthiopischen König mit dem Magister aus Toledo verbindet«, erwiderte Ignazio. »Und ich will dir nicht verhehlen, dass mich dies beunruhigt.«

Uberto sah ihn bestürzt an. Es kam nur selten vor, dass sein Vater sich vor einem Geheimnis fürchtete.

»Seit Jahrhunderten wagen Gelehrte den Namen Nimrods kaum auszusprechen«, erklärte der Händler. »Er ist eine finstere Gestalt im unergründlichen Ozean der Nacht.«

»Weißt du nicht mehr über ihn?«

»Nur dass er seine Mutter heiratete, ein wollüstiges und grausames

Weib namens Semiramis. Von ihr bekam er einen Sohn namens Tammuz.« Ignazio blickte vom Mantel hoch und bemerkte auf einmal, dass er nichts mehr sehen konnte. Ein gespenstischer Nebel hatte sich über dem Wasser erhoben und sogar das Sonnenlicht verdunkelt. »Woher kommt dieser Dunst?«, fragte er etwas lauter und drehte sich nach Cola Pesce um.

Der Seemann sagte aus dem weißlichen Nebel: »Das ist kein Dunst, das ist eine Fee, die Fata Morgana.«

»Aberglaube«, stellte Uberto fest.

»Die Fee Morgaine«, beharrte der Seemann empört, »ist ein Geist, der diese Gewässer heimsucht. Warum wundert Ihr Euch? Wir steuern auf die Insel des Ätnas zu, das Tor zur Hölle, wo seit mehr als hundert Jahren König Artus ruht.«

Ehe jemand darauf antworten konnte, frischte der Wind plötzlich wieder auf und fegte den Nebel fort. Da erlebten die Reisenden ein unerklärliches Wunder. Sie sahen, wie am Horizont eine märchenhafte Landschaft in der Luft schwebte, als wäre eine verschwommene Burg aus den Wassern aufgestiegen.

Ignazio und Uberto waren erschrocken, aber die unbesonnenste Reaktion kam von Cola Pesce. Er ließ das Steuer los, ging nach vorn in die Bugspitze, kniete sich hin und betete mit gefalteten Händen zur Madonna und zum heiligen Nicola. Er verharrte so lange, bis die merkwürdigen Erscheinungen im Nichts verschwunden waren, so wie zuvor der Nebel. Erst dann kehrte er wieder ans Steuer seines Bootes zurück.

Sie segelten an der Nordküste Siziliens entlang, wobei sie in den Küstenstädten mehrmals schnell an Land gingen, um sich mit Wasser und Proviant einzudecken. An diesen Orten kamen sie sich wirklich vor wie in Babel, denn hier mischten sich die Völkerstämme und Kulturen, die von einer ebenso faszinierenden wie erschreckenden Rastlosigkeit angetrieben zu sein schienen. Es gab viele Gerüchte über die Aufstände der Sarazenen, über die Rebellen, die nach Lucera verbannt wurden, und über die durch die Abwesenheit Friedrichs wieder aufgeflammten Unruhen. Mehr noch als die Neuigkeiten über die Sarazenen gaben Ignazio die Berichte über die Schlüsselsoldaten und die Spione von Papst Gregor IX. zu denken, die auf der Insel gelandet sein sollten.

Sobald sie ihr Ziel erreicht hatten, traf der Händler mit Cola Pesce dieselbe Vereinbarung wie in Salerno. Er bezahlte ihn für seine Dienste und bat ihn, sich für den Fall, dass sie Palermo schnell verlassen müssten, noch für ein paar Tage zur Verfügung zu halten. Der Seemann steckte das Geld mit einem gierigen Grinsen ein, während Uberto schon ahnte, dass am nächsten Tag nicht eine Münze übrig sein würde.

Ehe sie Palermo betraten, bat Ignazio seinen Sohn, vor den Stadttoren auf ihn zu warten, und ging zu einer Gruppe von herumlungernden Männern, um sich zu erkundigen, ob jemand ihnen als Führer dienen wollte. Da meldete sich ein groß gewachsener Afrikaner, zu dessen magerem Körper der üppige Turban um den Kopf so gar nicht passen wollte. Er sagte, er hieße Muhammad ad-Idrisi, und bot seine Dienste für einen Vierteldenar an. Er hatte einen näselnden, singenden Tonfall und sprach ein Gemisch aus Arabisch und Sizilianisch.

Als die beiden zurückkehrten, sah Uberto seinen Vater vorwurfsvoll an. Er konnte nicht verstehen, warum dieser Geld vergeudete, schließlich hatten sie sich bislang doch bestens allein zurechtgefunden. Doch als sie dann durch die Straßen Palermos gingen, begriff er, dass Muhammad nicht nur als Führer nützlich war, sondern auch, um sie durch die erschreckende Menschenmenge zu bringen, die ihr Vorankommen behinderte. Das Gedränge in den Gassen Neapels oder Salernos war nichts dagegen. Und selbst mit der Hilfe des Afrikaners musste er sich oft mit den Schultern seinen Weg bahnen, um nicht zurückzubleiben. »Du hast mir noch nicht gesagt, wie du vorgehen willst«, sagte er zu seinem Vater, deutlich lauter als sonst, um sich in dem Lärm Gehör zu verschaffen.

»Als Erstes müssen wir uns neue Kleider besorgen«, erwiderte Ignazio, ohne sich umzuwenden.

»Meinst du wirklich, jetzt wäre der geeignete Moment für Neuanschaffungen?«

»Willst du dich etwa am sizilianischen Hof in diesen Lumpen präsentieren?«

»Dann willst du also direkt auf das Ziel losgehen ... Sollten wir nicht vorher ein paar Erkundigungen einziehen, ehe du dich so weit vorwagst?«

»Damit verlieren wir bloß wertvolle Zeit. Wir wissen doch nur eins, nämlich dass der Magister aus Toledo sich im Gefolge des Kaisers verbirgt. Wir müssen ihn aus seiner Deckung hervorlocken.«

»Und wie willst du das erreichen?«, fragte Uberto. Er stellte sich vor, dass trotz der Abwesenheit von Friedrich II. die Curia Regis ein ziemlich belebter Ort war. Es würde bestimmt nicht leicht werden, die gesuchte Person dort zu finden.

Aber der Händler wirkte, als wüsste er, was er tat. »Sobald sich die Nachricht verbreitet hat, dass wir den Umhang des Schützen mit uns führen, wird er sich selbst zu erkennen geben. Du wirst sehen! Ich wette, dass er schon bald auf uns zukommt.« Dann bat er Muhammad, sie in die Straße der Schneider zu führen.

Schnell hatten sie neue Kleidung erworben.

Ignazio wählte für sich eine knielange rote Tunika, dazu gleichfarbige Beinlinge, Lederschuhe und einen schwarzen Umhang, der seine schlanke Gestalt betonte. Uberto begnügte sich mit einem grünen Obergewand über einer schwarz-gelben Hose. Er vermied es stets, Umhänge zu tragen, weil sie ihn in seiner Bewegungsfreiheit eingeschränkt hätten.

Solchermaßen neu eingekleidet fragten sie ihren Führer, wo sich der sizilianische Hof augenblicklich aufhielt.

»In der Burg von Fawwara, in Cassarorum«, erwiderte Muhammad und meinte damit eine Gegend vor den Stadtmauern von Palermo. Damit sie auf dem schnellsten Weg dorthin gelangten, führte der Afrikaner sie zu einem Wagendepot am südlichen Stadtrand. Dort bat er sie, kurz auf ihn zu warten, verschwand in einer Hütte und kam wenig später in Begleitung eines großen, dunkelhäutigen Mannes mit einem Spitzbart heraus. Dieser musterte die Fremden, ging ihnen dann voran zu einem doppelspännigen Ochsenkarren und bedeutete, dass er sofort aufbrechen wollte.

Der Händler nahm Muhammad misstrauisch beiseite und zeigte auf den Ochsenführer. »Warum sollte er freiwillig dorthin fahren?«

»Wegen des Wassers«, erwiderte der Afrikaner.

Calogero, so war der Name des Ochsenführers, verdiente sich sein Geld, indem er das Hinterland mit Wasser versorgte, und fuhr oft nach Cassarorum, um seine Vorräte aufzufüllen. Zu diesem Zweck führte er auf der Ladefläche des Karrens ein riesiges Holzfass mit sich.

Der Mann mit dem Spitzbart forderte sie auf, nach vorn zu ihm auf den Bock zu steigen, und trieb dann seine Ochsen über einen Karrenweg, der am Ufer eines Kanals nach Südosten verlief und durch ausgedehnte Latifundien mit etlichen Burgen und *qsar* führte. Im Westen boten sich ihnen immer wieder herrliche Ausblicke auf den Golf von Palermo.

Nach einer holprigen Fahrt zeigte Calogero auf eine Hügelkette, die von einem grün bewachsenen Gipfel dominiert wurde. »Der Monte Grifone«, sagte er und lenkte die Aufmerksamkeit seiner Mitfahrer auf die vielen Bäche, die an den Abhängen talwärts strömten. »Die Favara.«

»Fawwara«, korrigierte ihn Muhammad.

»Die Quelle«, übersetzte der Händler, der des Arabischen mächtig war, für Uberto. »Sagt«, erkundigte er sich, »gibt es auf diesem Berg nichts als Wälder und Bäche?«

»Es gibt auch einige Pferdepferche«, erwiderte der Ochsenführer. »Diese Tiere sind so temperamentvoll, dass man sie schröpft, um sie zu beruhigen.«

Uberto sah ihn verständnislos an.

»Ihre Züchter fügen ihnen hinter den Ohren kleine Schnitte zu«, erklärte Calogero grimmig, dann schwieg er, bis sie nahe genug an den Palast am Fuße des Berges herangekommen waren, dass er ihnen den Weg dorthin beschreiben konnte. Das Gebäude war beinahe vollständig von einem See umgeben, der von den Bergbächen gespeist wurde. »Der Palast von Favara«, verkündete er und zeigte mit einer weitläufigen Geste auf das von einem Graben umgebene Besitztum. »Die kaiserliche Residenz.«

»Hier residiert also der sizilianische Hof?«, fragte Ignazio noch einmal nach.

»Zu dieser Jahreszeit ja«, erwiderte Muhammad. »Obwohl die meisten Höflinge dem Kaiser in den Orient gefolgt sind.«

Umso besser, dachte Ignazio. Falls der Magister aus Toledo sich wirklich in der Burg von Favara aufhielt, würde er sich nicht hinter der Curia Regis verstecken können. Das war seine Hoffnung, aber auch seine größte Angst.

38

Der kaiserliche Palast war von einem Graben umgeben und von einer hohen Palisade, hinter der man die Gipfel üppiger Bäume erkennen konnte. Ignazio und Uberto verabschiedeten sich von ihren Führern und liefen zum einzigen Eingang, als sie plötzlich ein Tier mit sehr langem Hals hinter der Umzäunung auftauchen sahen, das sie neugierig betrachtete. Sein Fell war gelb mit dunklen Flecken, auf dem Kopf hatte es zwei Hörner, die eher wie Beulen aussahen, und es fraß langsam wiederkäuend wie eine Kuh. Die beiden Männer waren so überrascht, dass sie beinahe die Wachen am Tor übersehen hätten.

Ignazio fasste sich jedoch rasch und begrüßte die Soldaten ehrerbietig. Unterwegs hatte er sich einen genauen Plan zurechtgelegt. »Ich bin ein Reliquienhändler aus Spanien«, begann er, »und ich habe ein großartiges Geschenk für Seine Majestät bei mir.«

»Was für ein Geschenk?«, fragte der Anführer der Gruppe und trat vor.

»Einen wundersamen Umhang, der so edel bestickt ist, dass man keinen seinesgleichen finden wird.«

Die Wache musterte ihn misstrauisch. »Lasst mich einen Blick darauf werfen.«

»Ich werde Euch bloß einen Zipfel davon zeigen«, erklärte der Händler, während er widerstrebend seine Tasche öffnete. »Ich möchte nicht, dass er im Sonnenlicht seine Macht verliert.« Dann sagte er leise zu dem Mann: »Es heißt, er kann Wunder wirken, wenn er von einem Herrscher getragen wird.«

Während Uberto darauf wartete, dass Ignazio mit seiner Komödie zu Ende kam, konnte er in aller Ruhe die Giraffe betrachten, die immer noch über den Zaun sah. Er kannte die Redegewandtheit seines Vaters und war sicher, dass er auch den grimmigsten Wachmann überzeugen konnte. Und tatsächlich dauerte es nicht lange, bis sein Vater von neugierigen Soldaten umringt war.

Wenig später wurden sie von zwei Wachen durch die Anlage begleitet, während ein Mann auf einem Pferd vorritt, um ihre Ankunft anzukündigen. Auf dem Weg zum Palast musste man erst einen geläufigen Garten mit Bäumen und von Kletterpflanzen umwundenen Käfigen durchqueren, in denen die verschiedensten wilden Tiere eingesperrt waren. Die meisten Wachen lagerten in aller Ruhe im Schatten der Palmen und aßen Früchte.

»Ich muss Euch allerdings melden, Messeri«, sagte einer ihrer Begleiter, der die entspannte Haltung seiner Kameraden erklären wollte, »dass der Kaiser zurzeit nicht zugegen ist.«

»Dann werden wir uns eben damit begnügen müssen, die angesehensten Würdenträger aus seinem Gefolge zu treffen«, erwiderte Ignazio und tat enttäuscht.

Schließlich erreichten sie ihr Ziel.

Die Burg von Favara hatte die Form eines arabischen Palastes mit einem rechteckigen Grundriss, auf dem sich ein massiver Bau aus Tuffsteinquadern erhob, dem schmale Spitzbogenfenster eine gewisse Leichtigkeit verliehen. Der große See, der sie vom Monte Grifone trennte, umgab sie von allen Seiten bis auf die Vorderfront, sodass man deren vier Portale mit ihren hufeisenförmigen Bögen gut erreichen konnte. Ignazios Blick wurde sofort von einer schwarz gekleideten Gestalt auf einem Umgang im ersten Stock gefesselt. Der Mann, der aus unerfindlichem Grund einen Helm auf dem Kopf trug, schien sie zu erwarten.

»Nun denn, wer seid Ihr?«, sprach er sie sogleich auf Latein an. »Ein Reiter hat mich gerade von Eurer Ankunft unterrichtet.«

Der Händler antwortete in derselben Sprache. »Ich heiße Ignazio da Toledo und verkaufe Reliquien«, stellte er sich mit einer Verbeugung vor. »Ich habe ein Geschenk für Seine Majestät.«

»Das wurde mir berichtet«, sagte der Mann oben auf dem Umgang. »Und Euer Begleiter? Hat er auch einen Namen?«

»Das ist mein Sohn Uberto«, erwiderte Ignazio, der das Verhalten seines Gegenübers schlecht einzuschätzen vermochte. Zweifellos war er sehr höflich, doch er schien zugleich sehr misstrauisch zu sein.

»Zu Euren Diensten«, sagte Uberto und verbeugte sich.

Der Mann nickte beiläufig und sagte: »Ich bin Michele Scoto, Hofastrologe und Philosoph.« Dabei breitete er die Arme aus, um seinen Worten mehr Nachdruck zu verleihen. »Mit wenigen Mitgliedern der Curia Regis verwalte ich den Palast, während wir auf die Rückkehr von Friedrich II. warten. Aber ehe ich mich hier weiter aufhalte, sagt mir, was Ihr als Geschenk mit Euch führt. Es wurde mir etwas von einem Umhang berichtet.«

»Ein Sternenumhang mit dem Abbild eines Reiters. Möchtet Ihr ihn sehen?«

»Nicht hier.« Scoto ging zu einer Treppe, die nach unten führte. »Nicht jetzt.« Als er bei ihnen angekommen war, befahl er den Wachen, sich zurückzuziehen. Eine reine Demonstration seiner Macht, die Hochmut und gleichzeitig Beunruhigung erkennen ließ. Andererseits benötigte der Astrologe wohl wirklich keinen Schutz, da der ganze Palast sicher gut überwacht wurde. Ignazio machte auf einem zwischen Dattelpalmen halb verborgenen kleinen Turm sogar zwei Bogenschützen aus.

Anstatt den Gästen entgegenzugehen, forderte Scoto sie auf, ihm durch das zweite Eingangsportal von links zu folgen. »Ich werde Euch in meinem Arbeitszimmer die gebührende Aufmerksamkeit widmen.«

Ehe sie ihm nachgingen, riet Ignazio seinem Sohn zur Vorsicht.

Sobald sie das Innere des Palastes betreten hatten, betrachtete Michele Scoto misstrauisch das Tonnengewölbe der Decke, dann nahm er den Helm ab und ließ seine dichten schwarzen Haare locker über die Schulter fallen. Er lief seinen Gästen weiter voran, sodass sie sein Gesicht nicht sehen konnten. Uberto überlegte, ob er wohl eine Missbildung verbergen wollte, doch als er sich zu seinem Vater umsah, erkannte er, dass er sich um weit anderes sorgen sollte. Ignazio musterte den Astrologen so scharf, dass Uberto unwillkürlich erschauerte. »Sei auf der Hut«, hatte er ihm eben zugeflüstert. Hatten sie den Homo Niger vielleicht schon gefunden? Er wusste nicht warum, aber plötzlich keimte in ihm der Verdacht auf, dass der Astrologe nicht vor ihnen herschritt, um ihnen eine Entstellung zu verbergen, sondern vielmehr den Ausdruck seines Gesichts. Und wieder lief es ihm eiskalt den Rücken hinunter.

Eben da hörte er, wie sein Vater sagte: »Gestattet mir eine Frage, Messere. Ist Euer Nachname Scoto eine Anspielung auf Eure Herkunft?«

»Das habt Ihr gut erkannt«, entgegnete der Mann, ohne sich umzudrehen. »*Scotus* heißt nichts anderes, als dass ich aus Schottland stamme. Doch in diesem barbarischen Land lebte ich nur in meiner Kindheit. Ich erinnere mich kaum noch daran.«

»Stehen denn noch andere Schotten im Dienst Seiner Majestät?«, fragte der Händler.

»Nicht dass ich wüsste.«

Mit diesen Worten bog der Astrologe in einen Gang ein, der im rechten Winkel von ihrem bisherigen Weg unter Arkaden an einem Innenhof entlangführte.

Uberto folgte ihm weiter, während er versuchte, seine plötzliche Bestürzung zu unterdrücken. Ein Sohn Schottlands! Genau so hatte Remigarda den Magister aus Toledo beschrieben. Er öffnete schon den Mund, um seine Gedanken auszusprechen, aber da fühlte er die Hand seines Vaters schwer auf der Schulter. Jetzt nicht, schien er sagen zu wollen.

Als sie weiterliefen, kamen sie an einer Gruppe Damen vorbei, die sich in der Mitte des Hofes versammelt hatten. Sobald er sie sah, stieß Scoto einen wütenden Ausruf aus und eilte auf sie zu. Ehe er ins Freie trat, richtete er schnell einen prüfenden Blick nach oben. Die beiden Gäste blieben unter den Arkaden stehen und beobachteten, wie er auf die schönste unter den Hofdamen zueilte. Die Frau, blond und von vornehmer Blässe, legte gerade ein Tarot auf ihren Knien, um unter dem Gelächter und den erstaunten Rufen ihrer Gefährtinnen die Zukunft zu weissagen. Als sie Michele Scoto auf sich zustürmen sah, sammelte sie schnell die Karten ein und schickte ihm einen eiskalten Blick aus ihren blauen Augen entgegen.

Der Astrologe riss ihr den Kartenstapel aus der Hand. »Madonna Brunhilde, wie oft habe ich Euch gesagt, dass Ihr nicht in meinen Sachen kramen sollt?«

»Regt Euch doch nicht auf, Michael«, sagte sie vertraulich. »Ich werde sie Euch heute Abend zurückgeben.«

»Die Dekane sind keine Freizeitvergnügung für Damen.« Scoto ließ die Karten in einer Tasche verschwinden. »Und außerdem wisst Ihr genau, dass Ihr mich nicht so nennen sollt.«

»Aber Michael ...«, zog Brunhilde ihn auf. »So heißt Ihr doch ...«

»Mein Name wird italienisch ausgesprochen«, fuhr er sie an und wandte sich zum Gehen.

»Passt auf Euren Kopf auf!«, rief sie plötzlich.

Der Astrologe zuckte erschrocken zusammen, dann erkannte er, dass sie sich einen Spaß mit ihm erlaubt hatte, und funkelte die Frau wütend an, die laut aufgelacht hatte.

Immer noch übel gelaunt, wandte Scoto sich ab und steuerte eine Tür am Ende des Bogenganges an. Ehe Uberto ihm mit seinem Vater folgte, warf er einen letzten Blick auf Brunhilde, die gar nicht mehr aufhören wollte zu lachen.

Anstatt verlegen die Augen zu senken, schenkte ihm die Frau ein Lächeln voller boshaftem Spott.

39

Michele Scotos Arbeitszimmer lag im Südflügel des Palastes. Es war weitläufig und mit vielerlei Gegenständen angefüllt. Ignazio zählte mindestens fünf Lesepulte und erkannte verschiedene Bücher in Arabisch, Griechisch und Latein. Im Hintergrund des Raumes standen ein Schreibtisch, ein großes goldenes Astrolabium und ein einzigartiger, mannshoher Apparat, von dem Scoto sagte, er stamme aus Damaskus und man könne mit ihm die Zeit messen. Endlich scheute er sich auch nicht mehr, sein Gesicht zu zeigen. Er hatte fein geschnittene Züge, himmelblaue Augen und eine außergewöhnlich weiße Haut mit Sommersprossen, die von dem nach Art der Mauren gestutzten Bart betont wurden. Keine Narbe oder Entstellung konnten als Grund für den Helm gelten. Ganz im Gegenteil, Scoto war von angenehmem Äußeren.

Uberto schien ebenfalls seine Wachsamkeit abgelegt zu haben. Die Neugier seines Vaters hatte auch ihn gepackt, er lief im ganzen Raum umher und besah sich all die sonderbaren Dinge, bis er auf einen riesigen Schädel stieß, der an einer Wand hing. Er war doppelt so groß wie der normale Schädel eines Menschen und hatte nur eine einzige Augenhöhle, und zwar mitten auf der Stirn. Scoto zeigte stolz darauf. »Der Schädel eines Zyklopen«, erklärte er und legte den Helm auf einer Truhe ab. »Den haben Bauern in einer Höhle hier in der Umgebung gefunden.«

Ignazio stellte sich neugierig vor das Objekt. »Ein Zyklop?«, fragte er zweifelnd. »Seid Ihr Euch sicher, dass er nicht von einer anderen Spezies stammt?«

»Kennt Ihr noch andere Wesen, die nur ein Auge haben, und das mitten auf der Stirn?«, entgegnete der Astrologe und stützte sich mit den Händen auf seinem Schreibtisch ab. Dann veränderte sich sein Gesicht und verlor jede Freundlichkeit. »Aber jetzt mögen die Herren entschuldigen, ich habe schon allzu viel Geduld bewiesen.

Zeigt mir endlich diesen so hochgelobten Umhang.« Er deutete auf eine menschengroße Gliederpuppe, auf der bei den wichtigsten Organen des Körpers Sternzeichen aufgemalt waren. »Ihr könnt ihn dort aufhängen.«

Ignazio hatte nur darauf gewartet. Er nickte und verbeugte sich leicht, dann holte er den Umhang des Schützen hervor. Mit einer genau geplanten Bewegung ließ er ihn sich in der Luft entfalten, um ihn dann der Puppe um die Schultern zu legen. Scoto kam näher und strich sich nachdenklich über den Bart.

»Meint Ihr nicht auch, dass er eines Monarchen würdig sei?«, fragte Ignazio und studierte jede Bewegung seines Gegenübers.

Der Astrologe verriet keine Regung. »Wirklich außergewöhnlich«, sagte er dann. »Wo habt Ihr den Umhang gefunden?«

»Das ist eine lange und verwickelte Geschichte. Bevor ich sie erzähle, sollte man die Curia Regis zusammenrufen.«

Scoto grinste ihn höhnisch an. »Meine Anwesenheit genügt vollkommen.«

Ignazio stellte sich verwirrt. »Gibt es denn keine anderen Gelehrten in der Burg?«

»Diese Mauern beherbergen die größten Dichter, Mathematiker und Philosophen unserer Zeit … Ich jedoch bin der Beste, der Bedeutendste von allen.«

Dieser Hochmut schien keine plumpe Aufschneiderei zu sein, sondern wirkte eher wie ein Schutzwall, hinter dem sich eine sensible Seele verbarg. Allerdings nahm Ignazio auch eine unterschwellige Furcht in Scoto wahr. »Solche Größe muss sich auf ein wunderbares Wissen stützen«, erwiderte er, um sein Gegenüber zu ermutigen. »Wo habt Ihr es erworben?«

Der Astrologe wurde allmählich ungeduldig. »Ihr stellt zu viele Fragen, Messere, wo ich eigentlich Euch befragen müsste.«

»Seht es mir nach. Ich kann eben meine Neugier nicht bezähmen, wenn ich jemandem begegne, der wie ich das Studium von Toledo besucht haben muss.«

»Ihr wollt ein Gelehrter aus Toledo sein?« Scoto musterte ihn verächtlich. »Das wäre ja noch schöner!«

»Dann habt Ihr also dort studiert?«

»Ich schon, aber Ihr ganz gewiss nicht. Wenn Ihr in Toledo studiert hättet, wäret Ihr jetzt nicht gezwungen, auf der Suche nach Reliquien und irgendwelchen Andenken in der Welt umherzuziehen. Ihr hättet vielmehr einen Lehrstuhl in Paris, Bologna oder Neapel inne.«

Ignazio warf ihm einen herausfordernden Blick zu und näherte sich einem Pult, auf dem einige Pergamente und ein in der Mitte geöffnetes Buch lagen. »Hier«, sagte er und nahm ein Blatt auf, »sehe ich ›De animalibus‹ von Avicenna, das Ihr anscheinend gerade aus dem Arabischen übersetzt. Es handelt sich um einen Kommentar zu Schriften des Aristoteles, die der Christenheit noch nicht bekannt sind. Dieses Buch kann nur aus Toledo stammen … Und dasselbe gilt auch für diese mozarabische Apokalypse …« Er zeigte auf einen weiteren Band. »Ein ›Commentarius in Apocalypsin‹ des Mönches Beatus von Liébana. Eine sehr wertvolle Kopie dieses Kommentars zur Offenbarung des Johannes.«

Scoto sah ihn beeindruckt an. Doch der Händler war noch nicht fertig, er schritt würdevoll auf ihn zu und richtete den Blick auf einige Dokumente, die auf dem Schreibtisch lagen. »Hier hingegen entdecke ich Abbildungen von Planetenbewegungen. Wunderbar! Ich nehme an, Ihr habt sie aus den Werken Al-Bitrujis, der in Spanien gelebt hat. Die Zeichnungen daneben sehen sehr ungewöhnlich aus, sie könnten aus Persien stammen.«

»Ihr habt mich überzeugt«, ergab sich Scoto und wechselte übergangslos ins Kastilische. »Es geschieht nicht oft, dass ich jemandem begegne, der meine Arbeit zu schätzen weiß.« Er runzelte die Stirn. »Und jetzt glaube ich auch zu wissen, wer Ihr seid … Natürlich! Gherardo da Cremona hat Euch öfter erwähnt.«

Ignazio nickte voller Stolz. »Ich lernte Gherardo im Studium von Toledo kennen. Er war mein Magister.«

»Auch der meine. Ich erinnere mich, dass er auf Euch schimpfte, weil Ihr das Studium vor Erlangung der Magisterwürde verlassen hattet. Das hat er Euch übrigens nie verziehen.«

Der Händler musste bei dem Gedanken an diesen alten Brummbären lächeln und stellte sich vor, wie er aus der Haut fuhr. »Dafür hätte ich Mönch werden müssen«, erklärte er, »und mich zu vielen … Regeln unterwerfen.«

Scoto seufzte und ließ erkennen, dass er Ignazios Meinung teilte. »Doch bei anderer Gelegenheit hörte ich auch, wie er Euch als den besten seiner Schüler lobte«, fügte er hinzu. »Also verdient Ihr meinen Respekt.«

Ignazio nutzte die nun vertraulich gewordene Stimmung, um sich über den Schreibtisch zu beugen und aus dem Stapel ein Pergament herauszuziehen. Einige Sternzeichen waren darauf in Menschengestalt wiedergegeben, darunter auch ein Reiter. »Dieses Sternzeichen stellt einen Krieger auf einem Pferd dar …«, sagte er und zeigte auf das Mittelbild des Sternenumhangs. »Die Ähnlichkeit ist zu groß, als dass es sich um einen Zufall handeln könnte.«

Das ließ Scoto wieder wachsam werden, er sprang auf ihn zu und entriss ihm das Pergament. »Erklärt Euch näher.«

»Das ist schnell getan, Messere.« Der Händler wusste, dass er mit seinen folgenden Worten sein Schicksal und das seines Sohnes aufs Spiel setzte. Andererseits hatte er ihr Leben schon in Gefahr gebracht, als er den Palast von Favara betreten hatte, deshalb war jetzt jedes taktische Zögern sinnlos. »Ich bin der Meinung, dass ein Vergleich zwischen Euren Skizzen und den Stickereien auf dem Umhang weitere Übereinstimmungen offenbaren würde.«

»Und was soll das beweisen?«

»Dass Ihr in eine Reihe von Morden und in einen Kult verwickelt seid, der der Ketzerei verdächtig ist.«

Der Astrologe warf das Pergament auf den Schreibtisch, jedoch wirkte er eher neugierig als verärgert. »Darf ich erfahren, was Euch bis hierher geführt hat?«

»Die Notwendigkeit, mich von einer ungerechten Anschuldigung zu entlasten.«

»Und wenn ich Euch nun sagte, dass Ihr Euch den Falschen ausgesucht habt?«

»Dann würde ich erwidern, dass Ihr lügt.« Die Stimme des Händlers klang jetzt entschieden. Da er zum direkten Angriff übergegangen war, brauchte er nicht mehr zu taktieren. »Ihr habt Euch selbst entlarvt, als Ihr mich persönlich empfangen habt, vielleicht weil Euch die Nachricht aufgeschreckt hatte, dass zwei Reisende einen Sternenumhang als Geschenk übergeben wollten. Ihr musstet es tun, und ich ahne auch den Grund dafür. Ihr wolltet verhindern, dass andere Gelehrte hier im Palast einen Blick auf dieses verräterische Kleidungsstück werfen.«

»Also hattet Ihr es von Anfang an darauf abgesehen, mich aus der Reserve zu locken.«

»Eine kleine List, die sich auf bloße Vermutungen gründete«, erwiderte Ignazio. »Aber jetzt ist es weit mehr als pure Spekulation. Eure Verbindung zum Studium von Toledo, Eure Kenntnisse der Astrologie und Eure Sternenzeichnungen bestätigen vollständig meinen Verdacht. Messere, es besteht kein Zweifel mehr, Ihr seid der Magister aus Toledo, der Mann, nach dem so viele suchen. Euch sollte der Umhang des Schützen übergeben werden.«

»Seid vorsichtig, Ignazio da Toledo.« Scoto warf ihm einen vernichtenden Blick zu. »Ihr strapaziert meine Geduld.«

»Ich habe keineswegs vor, Euch herauszufordern«, entgegnete der Händler rasch. Es war ihm klar, dass er einem so viel mächtigeren Gegner nicht die Stirn bieten konnte, doch er wollte trotzdem etwas für sich gewinnen. »Wenn ich hier vor Euch stehe, dann nicht, weil ich Euch beschuldigen, sondern weil ich verstehen will.«

Bei diesen Worten schien Scoto sich zu entspannen. »Eure Ankunft hat mich in Unruhe versetzt, das gebe ich zu«, sagte er. »Ich konnte Euch doch nicht im Palast herumlaufen und der ganzen Welt den Umhang zeigen lassen, selbst wenn ich nicht wusste, ob es tatsächlich der echte war … Ich musste also persönlich eingreifen, um den Schaden zu begrenzen.«

Uberto musterte ihn verblüfft. »Ihr versucht nicht einmal zu leugnen?«

»Wozu?«, erwiderte der Astrologe. »Ich spreche schließlich nicht mit stumpfsinnigen Bauerntölpeln. Ihr kennt die Wahrheit bereits. Sie zu leugnen wäre sinnlos und zudem ein Eingeständnis von Dummheit.«

»Nur eins begreife ich nicht«, sagte Ignazio, dem auf einmal ein furchtbarer Zweifel kam. »Wenn Ihr schon Verdacht geschöpft hattet, warum habt Ihr uns nicht gleich töten lassen?«

Scoto wandte den Blick ab und ging auf sein Astrolabium zu. »Weil bald ein Mann hier sein wird, der an Euch interessiert ist. Ein Geistlicher, der kurz vor Eurer Ankunft in Palermo eingetroffen ist. Wärt Ihr eine Stunde früher gekommen, hättet Ihr hier noch seinem Boten begegnen können, einem seltsamen Soldaten, dem ein Ohr fehlt.«

Der Händler zuckte zusammen. »Konrad von Marburg.«

Scoto nickte. »Warum sollte ich Euch aus dem Weg räumen«, erklärte er, »wenn ich Euch nur ihm zu übergeben brauche?«

Ignazio hatte sich bestimmt nicht eingebildet, er würde die Höhle des Löwen betreten und ohne jeden Schaden wieder verlassen können, aber er hatte nicht geahnt, dass er dort gleich auf zwei Löwen stoßen würde. Jetzt hing alles von der Klugheit des Mannes ab, der vor ihm stand. »Fürchtet Ihr nicht, ich könnte ihm die Wahrheit erzählen?«

»Gewöhnlich bezichtigt doch jeder Angeklagte einen anderen seiner Schuld.« Scoto wirkte immer noch gleichmütig, während er über die goldene Oberfläche des Astrolabiums strich. »Außerdem habt Ihr keinen Beweis. Nun, da Ihr mir den Umhang ausgehändigt habt, was sollte jetzt noch Eure Vermutungen untermauern?« Er zeigte ihm seine rechte Hand. »Wie Ihr seht, trage ich keine Tätowierung, die mich mit der Gemeinschaft, die Konrad von Marburg so phantasievoll als Luziferianer bezeichnet, in Verbindung bringt.«

Ignazio bemerkte, dass Uberto allmählich sehr unruhig geworden war, und da er fürchtete, sein Sohn könnte zu einem Mittel der Verzweiflung greifen, bedeutete er ihm, er solle nichts unternehmen. Noch gab es einen rettenden Ausweg, sagte er sich. Und begann zu lachen. »Natürlich gibt es Beweise für meine These! Eine zuverlässige Person, die sich gut versteckt hält, bewahrt sie auf.« Er dachte an Remigarda di Acquanegra, von der er glaubte, sie befände sich zusammen mit ihrer Tochter und Benvenuto Grafeo in Sicherheit.

Der Astrologe zuckte mit den Schultern. »Ihr lügt.«

»Glaubt Ihr? Diese Person weiß alles über Eure heimlichen Zusammenkünfte in Bologna. Sie weiß von den ausländischen Studenten, die sich in der Krypta von San Procolo versammelten, um Euren Lehren zu lauschen. Lehren, die sie nach Eurer Abreise umsetzten, als Ihr dem Kaiser folgtet.«

Diese Worte mussten den richtigen Punkt getroffen haben, denn Scoto wandte seine Augen vom Astrolabium ab und blickte den Händler drohend an. »Ich bewundere Euren Scharfsinn, Messere. Aber Ihr solltet mir lieber alles gestehen«, forderte er ihn auf. »Ich genieße genügend Macht, um Euch und Euren Sohn Foltern unterziehen zu lassen, die Ihr Euch nicht einmal vorstellen könnt.«

Ignazios Gesicht war eine eiskalte, undurchdringliche Maske. »Wenn Konrad von Marburg Spuren von Folter an unseren Körpern entdeckte, würde er misstrauisch. Er ist schlau und würde bestimmt wissen wollen, warum ich hierhergekommen bin.«

»Jetzt übertreibt nicht, schließlich ist er nur ein Geistlicher.«

Ignazio schüttelte den Kopf. »Er trägt ein Schreiben mit dem Siegel Seiner Heiligkeit Papst Gregor IX. höchstpersönlich bei sich, das ihn als Inquisitor einsetzt«, klärte er ihn auf, »daher nehme ich an, er besitzt mehr Macht als Ihr.«

Zum ersten Mal wirkte Scoto beunruhigt. Er lief einige Zeit in seinem Arbeitszimmer auf und ab, bis er sich schließlich an seinen Schreibtisch setzte. »Nun gut, anscheinend muss dieses Hindernis beseitigt werden«, schnaubte er, als wäre er zu Verhandlungen bereit. »Was sind Eure Bedingungen?«

Ignazio warf Uberto einen hoffnungsfrohen Blick zu. »Ich verlange vor allem, dass Ihr meinen Sohn freilasst. Und was mich angeht, so bitte ich Euch, mein Zusammentreffen mit Konrad von Marburg wenigstens um einen Tag aufzuschieben.«

Scoto hob die Hände gen Himmel. »Und wie soll ich das Eurer Meinung nach anstellen?«

»Ich halte Euch für klug genug, um diese Situation zu meistern.«

Uberto sah verblüfft vom einen zum anderen. Er begriff nicht, ob sie gerade zu einer Vereinbarung gekommen waren oder ob die Worte seines Vaters eine Kriegserklärung waren. Es kam ihm allerdings so vor, als wäre das Wortgefecht damit beendet. Er wollte schon etwas sagen, aber Scoto bedeutete ihm, er solle schweigen.

»Verwechselt mein Verhalten nicht mit Naivität oder Wohlwollen«, erklärte er. »Mitleid liegt mir fern, und wenn ich mich entschließen sollte, auf Euer Ansinnen einzugehen, dann nur wegen der Achtung, die ich für Euch empfinde. Aber passt auf, Messere, dafür werdet Ihr mir offenbaren müssen, wo sich besagte Beweise befinden.«

Ignazio sah ihn mit undurchdringlicher Miene an. »Ihr habt mein Wort darauf.«

Ubertos Herz krampfte sich zusammen. Nach diesem ermüdenden Gespräch konnte er nichts tun als warten, während Scoto Ignazio den Wachen übergab, die ihn in einen kleinen Raum bringen sollten, wo er die Nacht zubringen würde. Mehr als Gefangener denn als Gast. Uberto erhielt die Erlaubnis, dem Vater zu folgen, um sich kurz von ihm zu verabschieden, danach würden die Wachen ihn aus dem Palast geleiten.

»Du bist wahnsinnig!«, platzte er heraus, kaum dass er mit seinem Vater allein war. »Warum hast du mir nichts von deinem Plan erzählt?«

»Weil du dagegen gewesen wärst.« Ignazio nahm seinen Umhang ab und warf ihn auf das Lager. Der kleine Raum wirkte insgesamt recht wohnlich, es gab einen Schreibtisch, eine Truhe und sogar einen Kerzenleuchter. Dennoch blieb es für ihn ein Ort, an dem er eingesperrt war.

»Du hättest mir wenigstens sagen können, dass du den Astrologen in Verdacht hattest.«

»Du etwa nicht?«

»Offen gesagt, beinahe von Anfang an, auch wenn er mir ein anständiger Mensch zu sein schien ... Zumindest bis ich *das da* gefunden habe.« Mit diesen Worten holte Uberto aus dem Reisesack einen ovalen Gegenstand hervor, an dem vorn ein Rammsporn wie eine Lanzenspitze angebracht war. Auf der anderen Seite hatte er eine Öffnung, als könnte man ihn auf etwas aufsetzen. »Erinnert es dich an etwas?«

Ignazio nahm das eiförmige Objekt und betrachtete es eingehend, dann schüttelte er den Kopf.

»Es ist eines der Geschosse aus der Lanze des geheimnisvollen Reiters.«

Der Händler drehte es zwischen seinen Fingern. »Ich bin nicht sicher ...«, sagte er dann.

»Weil du nie im Ganzen gesehen hast, wie alles zusammengesetzt aussieht. Ich schon«, entgegnete Uberto, überzeugt, dass er recht hatte. »Als Alfano Imperato umgebracht wurde, explodierte das Geschoss in seiner Brust nicht gleich ... und ich versichere dir, es hat genauso ausgesehen wie dieses hier.«

»Nun gut, wo hast du es gefunden?«

»In Scotos Arbeitszimmer. Der Mann war viel zu sehr in das Gespräch mit dir vertieft, um auf mich zu achten. Und dieses Geschoss war nicht das Einzige seiner Art, in einer Ecke habe ich einen ganzen Stapel davon gesehen ...«

Ignazio riss überrascht die Augen auf. »Unglaublich ...«, sagte er leise. »Weißt du eigentlich, was das bedeutet?«

Sein Sohn nickte. »Michele Scoto ist der Mann, der dem Reiter die Aufträge erteilt – er lässt seine eigenen Schüler töten.«

»Dieser Mann versetzt mich immer wieder in Erstaunen«, erklärte Ignazio stirnrunzelnd. »Ich frage mich, was ihn antreibt ... Wovor er sich so fürchtet ...« Dann betrachtete er erneut das Geschoss und drehte es zwischen den Fingern. »Wirklich außergewöhnlich. Aus dem hinteren Loch riecht es nach Schwefel und Salpeter.«

»Was meinst du, wie es funktioniert?«

»Schwer zu sagen. Ich habe nicht genau genug beobachten können, wie der Reiter es eingesetzt hat. Ich habe nur gesehen, dass er mit der rauchenden Lanze geflohen ist.«

Uberto sah nachdenklich drein. »Ich hingegen habe einen Funken bemerkt.«

»Erklär mir das.«

»Bevor Alfano getroffen wurde, ist aus der Lanze ein Funke hervorgesprüht. Da bin ich mir ganz sicher.«

»Ein Funke ... Wie der von einem Feuerstein?«

»Ja.«

»Faszinierend.« Nachdem er sich das Geschoss noch einmal angesehen hatte, verbarg Ignazio es unter dem Lager. »Jetzt musst du gehen.«

Uberto verschränkte die Arme vor der Brust. »Ich will dich nicht allein zurücklassen.«

»Aber du wirst es tun.« Der Händler sah ihn mit einem bitteren Lächeln an. »Falls ich hier nicht lebend herauskomme, wirst wenigstens du nach Hause zurückkehren.«

»Sei ehrlich zu mir. Glaubst du, du kannst es schaffen?«

»Ich sehe eine Möglichkeit.« Ignazio lief in dem Raum auf und ab. »Scoto denkt, er hätte das Heft in der Hand, doch er irrt sich. In seinem Arbeitszimmer ist mir etwas sehr Bemerkenswertes aufgefallen, auch wenn ich es ihm gegenüber lieber nicht erwähnt habe ... Ich meine ein Buch. Auf dessen Rücken der Name Nembrot steht. Begreifst du? Wenn es mir gelingt, dieses in meinen Besitz zu bekommen, könnte ich beweisen, dass zwischen diesem Mann, dem Sternenumhang und dem Kult des äthiopischen Jägers ein Zusammenhang besteht.«

»Und du glaubst, du könntest einen Fanatiker wie Konrad von Marburg überzeugen, allein indem du ihm ein Buch vorlegst?«

»Dieser Geistliche mag ein Fanatiker sein, aber er ist keineswegs ein Dummkopf.«

»Das wird ihm nicht genügen.«

»Du hast recht«, gab Ignazio zu. »Ich werde noch weitere Beweise für meine Unschuld suchen müssen, und hier kommt Scoto ins Spiel. Ich muss herausfinden, warum er diesen Umhang so sehr fürchtet, dass er befohlen hat, alle umzubringen, die davon wussten ... Wenn mir das gelingt und wenn ich einen Weg finde, es zu belegen, wird es mir auch möglich sein, meine Unschuld zu beweisen.«

Uberto nickte und versuchte, seine Besorgnis zu verbergen. Im Grunde hatte sein Vater ihm gerade ein beinahe unmögliches Vorhaben geschildert. Und er konnte nichts tun, um ihm zu helfen.

Der Händler schien in seinen Gedanken zu lesen, und sein Gesicht verfinsterte sich. »Nun, du wirst dich ebenfalls auf einiges gefasst machen müssen.«

»Was meinst du damit?«

»Wenn Michele Scoto nur halb so schlau ist, wie ich glaube, wird er dir, kaum hast du den Palast verlassen, jemanden nachschicken, der dich umbringen soll.«

40

»Ich will kein Priester werden!«, schrie Michael und versuchte, sich von seinem Onkel loszureißen. Er war nur ein kleiner Junge, doch selbst auf die Gefahr hin, zu stolpern, wandte er die Augen ständig vom Weg ab, um auf diese zwei Kreuze zu starren, die hinter ihm in der Erde steckten und allmählich immer kleiner wurden.

»Ich rette dich vor der Armut!«, entgegnete sein Onkel und zerrte ihn gewaltsam vorwärts, während sich über ihnen graue Wolken an einem tristen Himmel ballten. »Eines Tages wirst du mir dankbar sein.«

»Ich will hierbleiben«, wehrte Michael sich, während er wie schon so oft auf die Knie fiel. Er hatte versucht, sich an dem feuchten Gras festzuklammern, doch der Onkel hatte ihn losgerissen und den Hügel hinuntergeführt zu einem Diener, der mit zwei Pferden auf sie wartete.

Die Landschaft von Fife verschwamm hinter einem Tränenschleier.

Michele Scoto schlug die Augen auf. Kein Geräusch hatte ihn geweckt, sondern seine ständig wachsende gespannte Erwartung. Er hatte den Eindruck, als befände er sich in einem leeren Raum zwischen zwei entscheidenden Momenten, der Ankunft des Händlers und der des deutschen Geistlichen. Er rechnete jeden Augenblick mit dem Besuch von Konrad von Marburg, doch er konnte sich immer noch nicht vorstellen, was für einem Mann er begegnen würde. Ignazios Worte ließen nichts Gutes ahnen.

Ein leises Atmen erinnerte ihn daran, dass Brunhilde in seinem Bett lag, die seelenruhig zwischen den Laken schlief. Er fuhr ihr durch die Haare, strich ihr über den Hals, die üppigen Brüste und überlegte, wie es sein konnte, dass sich unter diesem freundlichen Äußeren ein Herz aus Stein verbarg. Brunhilde war die schönste und zugleich gefühlloseste Frau, die er je kennengelernt hatte. Dennoch war er sofort von ihr geblendet gewesen und ertrug sie, wie man die Tyrannei der

Sterne erträgt. Unmöglich, sich diesen Augen zu entziehen, diesem Körper, dieser Wollust … Selbst jetzt, da ihre Anziehungskraft zu schwinden begann, gelang es Michele nicht, ihr zu widerstehen, und er ließ es zu, dass sie ihn behandelte wie ein Spielzeug, nur um sich der Illusion hingeben zu können, er würde sie besitzen. Dennoch veränderte sich gerade etwas. Er fing an, eine Frau zu vermissen, die er vor Jahren einmal gekannt hatte, eine Frau, die er verlassen hatte, was er nun bereute. Er spürte genau, dass dies keine Laune oder nur flüchtiges Begehren war, sondern der ebenso einfache wie dringende Wunsch, Remigarda in die Arme zu schließen. Sie war die Einzige gewesen, an der er nicht nur den Körper geliebt hatte, sondern auch den Charakter. Eine der wenigen Frauen, die nach mehr streben konnten, als nur schön und begehrenswert zu sein. Zwar war auch Brunhilde gewiss kein gewöhnliches Weibsbild. Sie wusste ihre Anmut geschickt einzusetzen, um wie ein guter Feldherr auf Eroberungszüge zu gehen. Doch ihre Wünsche reichten nicht über die Belanglosigkeiten einer Frau aus dem Volk hinaus. Remigarda hingegen war mit einer Verstandestiefe begabt, die sie nicht nur hoch über alle Frauen, sondern auch über die meisten Männer erhob.

Außerdem entsprang das Wiederaufleben dieser alten Liebe seinem Bedürfnis, sich einer Frau hinzugeben, die ihn in seiner Gänze wertschätzte und sich nicht wie Brunhilde darauf beschränkte, ihm ein lauwarmes Bettvergnügen zu schenken. Er brauchte eine Gefährtin, die seine Größe vollständig begreifen konnte und welche Anstrengungen es kostete, diese zu erhalten. Am Hof gab es viele Neider, und Scoto lief jeden Tag Gefahr, von genialeren, brillanteren Gelehrten verdrängt zu werden. Es war nicht leicht, an diesem sogenannten »Hof der Wunder« der Beste zu bleiben, wo die Elite der weisesten Geistesgrößen von Orient und Okzident zusammenkam. Ganz zu schweigen von der ständigen Notwendigkeit, Friedrich II. mit neuen Erfindungen und wundersamen Geniestreichen zu unterhalten. Viele hatten es auf seine Stellung abgesehen: Leonardo Fibonacci, dieser arrogante Mathematiker, der vorgab, er sei sein Freund; Pier delle Vigne, der die Kühnheit hatte, sich zum Philosophen der Liebe auszurufen; und dann dieser Elias von Cortona, der, obwohl Mönch, sich zum Fachmann für arabische Esoterik erklärte. Und obwohl Michele bei Weitem von allen der beste Kopf war, fürchtete er doch, irgendwann von dieser Fülle an Aspiranten überrollt zu werden, sodass er gezwungen war, auf jedem Gebiet der Wissenschaft zu glänzen, um sich diese Vormachtstellung zu erhalten. Er durfte sich nicht darauf beschränken, Astrologe, Arzt, Alchimist und Magier zu sein. Er musste die Essenz des Wissens in jeder Erscheinungsform in sich aufnehmen.

Dieser kleine Waisenjunge, der sich damals in der Grafschaft Fife so verloren fühlte, hatte es weit gebracht! Nachdem er seine Jugend in klösterlichen Skriptorien in halb Europa verbracht hatte, war es ihm gelungen, sich aus den Fängen des Klerus zu befreien und Magister zu werden. Oxford, Paris, Bologna, Toledo ... waren nur die wichtigsten unter zahlreichen Stationen gewesen, durch die er sein Wissen wie auch sein Ansehen hatte mehren können. Dennoch kostete ihn jeder Fortschritt in letzter Zeit immer mehr Mühe, jedes Hinzulernen mehr Anstrengung. Vielleicht hatte er ja jenen Punkt erreicht, an dem er alles wusste, was menschenmöglich war. Und doch konnte er sich nicht an seinem Erfolg erfreuen.

Denn seit Langem hatte er das eigene Ende vorhergesagt.

Er kannte weder den genauen Zeitpunkt noch die Art, wie es geschehen würde, aber er war überzeugt, dass das Unglück von oben über ihn hereinbrechen würde. Auch für einen Meister der Weissagung seines Ranges war es nicht einfach, eine solche Prophezeiung zu deuten. Es konnte sich um einen Felsblock handeln, der von einem Berg herabrollte, einen Blitz im Gewitter oder ein riesiges Hagelkorn, das vom Himmel fiel. Oder vielleicht waren es auch die Sterne, die sich früher oder später gegen ihn wenden würden. Vielleicht gerade die Konstellation des Jägers. Michele hatte sich auf jede erdenkliche Art bemüht, dieses Unglück abzuwenden. Er hatte sich diesen Helm geschaffen, ohne den er selten nach draußen ging. Und nun hatte er all jene töten lassen, die ihn einmal geliebt hatten.

Wenn auch nur einer von ihnen überlebt und sein Geheimnis offenbart hätte, wäre er der schlimmsten Häresie angeklagt worden. Der Händler aus Toledo wusste es oder hatte es vielleicht auch nur erahnt, doch er hatte sich diesbezüglich äußerst sachverständig ausgedrückt.

Würde Konrad von Marburg den Blick auf die richtige Stelle lenken, wäre das sein Ende.

Das Rascheln der Laken verriet ihm, dass Brunhilde wach wurde. Scoto spürte ihre Augen auf seinem Rücken, dann eine träge Liebkosung. Beinahe verärgert entzog er sich ihrer Berührung.

»Michael, wie abweisend Ihr seid«, raunte die Frau. »Begehrt Ihr mich etwa nicht mehr?«

»Ich habe Euch tausendmal gesagt, Ihr sollt mich nicht so nennen.«

Sie lächelte. »Und warum nicht, Michael?«

Weil ihn so seine Eltern genannt hatten, auch wenn es aus deren Mund ganz anders geklungen hatte als aus ihrem. Doch Brunhilde liebte es, seine Kindheitserinnerungen in den Schmutz zu ziehen und ihn damit zu verspotten.

»Ihr setzt Eure Worte wie Krallen ein«, zischte er, unfähig, seinen Zorn zu unterdrücken, »als würde es Euch ergötzen, mich bluten zu sehen!« Mit einer brüsken Bewegung schlug er die Laken auf und entblößte ihren Körper. »Wenn Ihr zu nichts anderem imstande seid, geht mir aus den Augen!«

Er sah, wie Brunhilde ihn verängstigt anstarrte.

Dann hörte er eine Wache hinter der Tür rufen: »Herr, Herr, hier ist ein Geistlicher aus Mainz, der Euch zu sprechen wünscht.«

Michele Scoto kleidete sich hastig an, doch bei aller Eile, mit der er dann sein Arbeitszimmer verließ, vergaß er nicht, den Helm mitzunehmen. Er hatte geglaubt, er hätte bis zum Vesperläuten geschlafen, doch es war erst früher Nachmittag. Konrad von Marburg hatte nicht lange auf sich warten lassen. Er fand ihn in der Kapelle im Palastinneren inmitten einer Gruppe Neugieriger, die sich unter der Kuppel versammelt hatten, der Zierde der Kirchendecke. Er erkannte ihn auf den ersten Blick. Groß und kräftig wie ein Fels, mit so muskulösen Schultern, dass sie fast wie aus Stein gemeißelt schienen. Sein Gefolge bestand aus fünf Personen: zwei Wachen, einem mageren Mann, der mitgenommen wirkte, einem Greis und einem kleinen Mädchen, dessen Gesicht seltsamerweise durch einen Sack verhüllt war.

Mit leichtem Erschrecken bemerkte Scoto, dass der Geistliche sich schon mit jemandem unterhielt. Er schritt auf die Gruppe zu und packte den Frechen an der Schulter, der es gewagt hatte, den Neuankömmling in ein Gespräch zu verwickeln.

»Magister Fibonacci, Ihr verzeiht mir sicherlich«, sagte er ohne jede Freundlichkeit, »Ihr dürft diese Herrschaften nicht belästigen, sie sind wegen einer äußerst heiklen Angelegenheit gekommen.«

Der so Angesprochene sah ihn an, als könnte er kein Wässerchen trüben. Scoto kannte diesen Blick und verabscheute ihn, er wusste um das speichelleckerische Wesen von Leonardo Fibonacci, aber was wollte man von einem Krämerssohn aus Pisa anderes erwarten? »Ich bin hierhergekommen, um zu beten, und da habe ich die Neuankömmlinge rein zufällig getroffen«, rechtfertigte er sich.

»Beten werdet Ihr ein anderes Mal.« Mit diesen Worten schickte Scoto ihn weg und richtete den Blick auf den deutschen Geistlichen. »Ihr müsst der ehrwürdige Konrad von Marburg sein, meine Verehrung.«

»Ich nehme an, ich stehe vor dem Magister Michele Scoto«, antwortete der, »dem Vertrauten des Kaisers.«

Der Astrologe nahm an Konrads Stimme einen Anflug von Verärgerung wahr, doch er ahnte, dass der Grund dafür weniger er selbst, sondern bestimmt eine Abneigung gegen die maurischen Architekturelemente der Kapelle war. Noch ehe er weiter darüber nachdenken konnte, hielt ihm Konrad von Marburg ein Pergament unter die Nase. Allein bei dessen Anblick wuchsen seine Befürchtungen erheblich. Der Händler aus Toledo hatte keineswegs übertrieben. Dieser Mann hielt ein Dokument in Händen, wie er es noch nie gesehen hatte. Obwohl er weder Priester noch Bischof war, hatte Konrad von Marburg vom Papst persönlich die Erlaubnis erhalten, überall Nachforschungen anzustellen, und konnte die Mitarbeit eines jeden Menschen ohne Ansehen der Person einfordern, wenn es dem Ziel diente, Häresie und Nekromantie auszurotten.

Er biss sich auf die Lippen, um seine Angst nicht zu zeigen. »Ich weiß, dass Ihr Euch für einen Mann interessiert, der vor Euch geflohen ist …«

»Ist er schon hier?«, fragte Konrad von Marburg.

»Noch nicht«, log Scoto. Er fragte sich, ob Konrads Nachforschungen einzig auf die Verhaftung des Händlers aus Toledo abzielten oder ob diese ihn nicht auch zu anderen Verdächtigen führen würden. »Seid Ihr sicher, dass er wirklich hierher unterwegs ist?«

»Ja, ich folge einer Spur.«

»Ich begreife nicht, warum ein Häretiker sich ausgerechnet an unseren Kaiserhof begeben sollte.«

»Vielleicht, um sich hier Anhänger zu suchen«, mutmaßte Konrad. »Schließlich tut sich dieser Ort nicht gerade durch die Verehrung des katholischen Glaubens hervor.«

Scoto widersprach ihm. »Der Kaiser hat dem Papst die Treue geschworen und ist ihm so ergeben, dass er für ihn das Kreuz genommen hat.«

»Ihr wagt es, diese lächerliche Reise ›das Kreuz nehmen‹ zu nennen?«, protestierte Konrad. »Mir erschien sie eher wie ein Vorwand, um Bündnisse mit den Ungläubigen zu schließen. Und auch hier an diesem Hof, so heißt es, scheint es ja Muselmanen, Juden und anderes schändliches Volk zuhauf zu geben.«

»Sagt, was Ihr wollt, Magister. Auf jeden Fall hat Friedrich geschworen, die Häresie und die Ungläubigen zu bekämpfen. Der Papst hingegen zeigt ihm seine Dankbarkeit dadurch, dass er seine Soldaten ausschickt, um des Kaisers Land zu besetzen.«

Konrad sah ihn bedauernd an, als müsste er gleich einem Kind seine Träume zerstören. »Der Kaiser ist tot.«

»Lügen«, entgegnete der Astrologe. »Soweit ich weiß, umsegeln seine Galeeren gerade Sizilien. Friedrich II. kehrt in sein Reich zurück, nachdem man ihn zum König von Jerusalem gekrönt hat.«

Konrad schien den Schlag ohne jede Regung einzustecken. »Trotzdem ist an dem Willen der Kirche nicht zu rütteln.«

»Darüber sind wir uns einig, ehrwürdiger Vater.« Scoto breitete die Arme aus, als würde er ihm den Palast zum Geschenk anbieten. »Und ich bin hier, um mit Euch zusammenzuarbeiten.«

»Ausgezeichnet. Das bedeutet, während wir auf Ignazio da Toledo warten, werde ich Euer Gast hier im Palast sein.«

41

Brunhilde wollte sich ein neues Kleid anfertigen lassen. Es hieß, auf dem Markt von Palermo sei eine Lieferung orientalischer Stoffe angekommen, bestickt mit Tigern, Drachen und Dämonen mit Fledermausflügeln. Sie brannte darauf, sich in die Stadt zu begeben, um dort einen überaus kostbaren und teuren Stoff für das Kleid auszusuchen, das sie im Sinn hatte, aber sie musste sich beeilen, damit die besten Stücke nicht schon verkauft waren. An Gewändern mangelte es ihr gewiss nicht, aber sie musste sich von der schlechten Laune ablenken, die sie heute befallen hatte. Wie konnte Michael es nur wagen, so mit ihr zu reden? Und wie er sie dabei angesehen hatte ... Aber er würde dafür büßen, auf die ein oder andere Weise! Glaubte dieser Narr vielleicht, er sei der einzige Mann auf der Welt? Sie könnte ihn im Nu ersetzen – sie wusste auch schon, durch wen. Oh ja, sie würde ihn eifersüchtig machen, um ihn dann nur wieder aufzunehmen, wenn er sich in Anwesenheit aller vor ihr in den Staub warf. Sie würde sich einen Spaß daraus machen, ihm eine Lektion zu erteilen. Danach würde Michael nie mehr wagen, sie derart zu beleidigen oder sie so wütend anzustarren. Doch dies war nur ein Teil der Wahrheit. Der eigentliche Grund für ihre Rachegelüste war die Verachtung, die sie so oft in seinen Blicken gespürt hatte. Sie wusste genau, dass Michael sie für ein törichtes Weibchen hielt. Zu oft hatte sie gesehen, wie er sie mitleidig anschaute, als hätte er irgendeine dumme Magd vor sich. Deswegen hatte er sie auch nach all den Jahren noch nicht geheiratet.

Brunhilde hielt sich keineswegs für dumm. Sicher, sie hatte weder lesen noch schreiben gelernt, aber nur weil sie nicht einsah, warum ihr das nützlich sein sollte. Sie wusste immer, wie sie etwas bekam, wenn sie es wollte. Warum sollte sie sich die Augen über Büchern verderben, wenn andere das an ihrer Stelle tun konnten?

»Ah, hier kommt ja die holdeste Blume aus unserem Garten«, sagte plötzlich jemand hinter ihr.

Brunhilde wandte sich langsam um und erwiderte das Kompliment mit einem schüchternen Lächeln. »Magister Fibonacci, Ihr wisst wirklich, wie man mit einer Dame spricht.«

Der Mann verneigte sich. »Zu freundlich, Madonna«, erwiderte er in angemessener Bescheidenheit. »Aber ich bin nur gut, wenn es um Zahlen geht. Scoto ist sicher ein besserer Verehrer.«

Brunhildes Gesicht verfinsterte sich. »Schweigt mir bloß von diesem ungehobelten Kerl!«

»Seid nicht so hart mit ihm.« Fibonacci riss mit Unschuldsmiene die Augen auf, gab aber deutlich zu verstehen, dass er genau das Gegenteil meinte. »Er hat nun einmal viele Pflichten zu erfüllen.«

»Diese paar Akten, mit denen er sich beschäftigt, nennt Ihr Pflichten?«, empörte sich die Dame. »Als würde der Unsinn, den er da kritzelt, irgendjemanden interessieren!«

Fibonacci nickte und bot ihr seinen Arm an. »Verzeiht mir, ich war unhöflich, ich habe Euch von Eurem Spaziergang abgehalten.« Er wartete, bis Brunhilde seinen Arm nahm, dann fuhr er fort: »Das meinte ich nicht, Madonna. Man erzählt sich, dass Scoto geheimnisvolle Gäste im Palast beherbergt, die niemand außer ein paar Wachen zu Gesicht bekommen hat.«

Brunhilde gönnte ihm ein verschwörerisches Lächeln. »Ich habe sie ebenfalls gesehen«, ließ sie ihn wissen. Gewöhnlich verriet sie niemals irgendeines von Michaels Geheimnissen, doch diesmal trieb der Wunsch nach Rache sie an.

Der Mathematiker riss die Augen auf. »Dann stimmt es also!«

»Und ich weiß auch, wo er sie versteckt«, fuhr Brunhilde fort.

»Würdet Ihr mir das anvertrauen, Madonna?« Fibonaccis Stimme hatte sich zu einem Flüstern abgesenkt. »Ich wäre Euch über alle Maßen dankbar.«

»Über alle Maßen … wie soll ich das verstehen?«

»So wie es Euch beliebt.«

»Nun gut.« Brunhilde drückte Fibonaccis Arm. »Ich dachte gerade daran, mir ein neues Kleid anfertigen zu lassen …«

42

Ignazio sah zum Fenster hinüber, ein Schwarm Gänsegeier, die zwischen den Bergkämmen kreisten, hatte seine Aufmerksamkeit angezogen. Er folgte den Bewegungen ihrer mächtigen Schwingen vor dem immer dunkleren Himmel, um sich dann wieder den Schachfiguren aus Elfenbein zuzuwenden, die vor ihm zu einer Partie aufgestellt waren. Michele Scoto hatte sich gerade auf der anderen Seite über das Schachbrett gebeugt, um einen Zug zu machen. Dieser diente dazu, Ignazio einzuschüchtern, war aber kein direkter Angriff, was der Händler beinahe erstaunt bemerkte. Anscheinend ging der Mann mit Schachfiguren vorsichtiger um als mit Menschenleben. Er schien darauf bedacht, jede einzelne Figur, ob nun seine eigenen oder die des Gegners, möglichst bis zuletzt auf dem Schachbrett zu belassen, als wollte er ein absolutes Gleichgewicht erzeugen.

Michele vollendete seinen Zug und wartete gespannt, wie sein Gegner reagieren würde. »Ihr hattet recht«, sagte er plötzlich. »Konrad von Marburg ist ein Feind, den man fürchten muss.«

»Warum lasst Ihr ihn dann nicht umbringen?«, empfahl Ignazio, während er ungerührt einen überflüssigen Bauern des Astrologen schlug.

Scoto verzog verärgert das Gesicht. »Leider kann man jemanden wie ihn nicht einfach töten, ohne unliebsame Folgen heraufzubeschwören«, erwiderte er und studierte das Schachbrett auf der Suche nach einem geeigneten Gegenzug. »Bestimmt hat er den Papst über alles in Kenntnis gesetzt. Nach seinem Tod würde bestimmt sogleich jemand anderes seinen Platz einnehmen.«

»Und wie wollt Ihr dieses Problem lösen?«

»Ich werde einen Vorwand finden, um ihn wegzuschicken.«

Ignazio nickte zum Zeichen, dass er Scotos Plan für gut befand. »Und um mit mir darüber zu reden, habt Ihr mich in Euer Arbeitszimmer bestellt?« Er hatte die Einladung freudig angenommen, weil er geglaubt hatte, er könnte bei dieser Gelegenheit das Buch über Nimrod unbemerkt an sich nehmen. Doch gleich nachdem er Scotos Arbeitszimmer betreten hatte, war ihm aufgefallen, dass alle Regale leer geräumt waren. Um weitere Schwierigkeiten zu vermeiden, hatte der Astrologe die Bücher und Pergamente vermutlich im einzigen Schrank des Zimmers untergebracht, wo sie vor allen Blicken geschützt waren.

»Ich habe Euch nicht nur deswegen rufen lassen«, erwiderte Scoto und verstärkte seine Verteidigung durch einen seitlichen Zug seines Turms.

Ignazio fand dadurch seine Vermutungen bestätigt. Die Neigung zum Rochieren bildete einen vorherrschenden Charakterzug seines Gegners. Wie er schon bei ihrer ersten Begegnung bemerkt hatte, wollte der Astrologe eine innere Schwäche verbergen, wofür auch dieses Verhalten sprach. Er erkannte allerdings darin auch das Bemühen, eine unterschwellige Aggressivität zu unterdrücken. »Ihr beschützt zu viele Figuren«, merkte Ignazio an.

»Man muss sie zum rechten Zeitpunkt opfern.«

Ignazio dachte an all die Menschen, die der Reiter ermordet hatte. »Was ist mit denen, die Ihr schon geopfert habt?«

»Das waren nur Bauern, wie die, die Ihr mir gerade genommen habt.«

Ignazio konzentrierte sich wieder auf das Spiel. Er ahnte, dass er durch den Turm bedroht war, und zog den König nach links. »Ich nehme an, dass Ihr mich nicht als einfachen Bauern betrachtet.«

Scoto lachte, und in seinen Augen blitzte etwas Kindliches auf. Er musste etwas Erfreuliches in der Konstellation der Spielsteine entdeckt haben. »Ihr seid eine von den Figuren, die man am liebsten schon am Anfang zu schlagen wünscht, doch oft ist es viel günstiger, sie bis zum Ende auf dem Schachbrett zu belassen.«

»Also ist mein Leben augenblicklich nicht in Gefahr?«

»Im Augenblick nicht«, versicherte der Astrologe ihm, ohne dass dieser Ausdruck heimlicher Freude von seinem Gesicht wich. »Ich habe beschlossen, dass Ihr mein Gefangener bleibt, bis ich die Lage geklärt habe. Außerdem weiß Konrad von Marburg nicht, dass Ihr Euch hier in der Burg aufhaltet. Er glaubt, Ihr wärt noch auf dem Weg hierher.«

»Früher oder später wird er entdecken, dass Ihr ihn belogen habt.«

Scoto zuckte mit den Schultern. »Ich brauche nicht viel Zeit.« Mit einem überraschenden Zug griff er mit seinem Springer die gegnerische Dame an. Ein Vernichtungsschlag, den er von langer Hand vorbereitet hatte und nun mit sichtlichem Vergnügen ausführte. Ignazio blieb nur ein Rückzug, und er glaubte, erneut das triumphierende Kind zu entdecken, das sich in dem Erwachsenen verbarg, der ihm gegenübersaß.

»Ist Euch je aufgefallen«, fragte Scoto ihn, nachdem er die gegnerische Dame vom Schachbrett genommen hatte, »dass in diesem Spiel die männliche Kraft in der einzigen weiblichen Figur steckt?«

Ignazio sah ihn spöttisch an. »Nun gut, und jetzt, wo Ihr meinen König seiner Manneskraft beraubt habt, was habt Ihr vor?«

»Ich spiele auf Zeit«, erwiderte Scoto und meinte damit gewiss nicht die Partie. »Wenn ich sicher bin, dass für mich keine Gefahr besteht, werde ich Euch insgeheim von meinen Männern von hier fortbringen lassen und dafür sorgen, dass Eure Gefangennahme an einem anderen Ort erfolgt, wo sie ganz zufällig erscheint, und vor allem, dass sie weit entfernt von hier stattfindet. Dann werde ich sie Konrad von Marburg melden, der unverzüglich aufbrechen wird, um sich wie ein Falke auf seine Beute zu stürzen. Und er wird nicht mehr in diese Burg kommen.«

Ignazio unterdrückte einen Schauder. »Und wo wollt Ihr mich ›zufällig‹ finden lassen?«

»An einem Ort, wo geeignete Richter Euch verurteilen können, um das Ganze zu beschleunigen. Vielleicht in Monreale oder Palermo, das habe ich noch nicht entschieden.«

»Wirklich brillant«, zischte Ignazio mit zusammengebissenen Zähnen. Ihm lief die Zeit davon, und es war ihm noch immer nicht gelungen, das Geheimnis um Nimrod zu entdecken oder den Grund, warum Scoto sich so vor Konrad von Marburg fürchtete. Dennoch sagte er sich, dass noch nicht alles verloren war, und klammerte sich an die einzige Hoffnung, die ihm blieb. »Dennoch seht Ihr Gefahren«, erwiderte er. »Sonst hättet Ihr mir nicht Eure Pläne enthüllt.«

Leonardo Fibonacci hatte Brunhildes Erzählung äußerst aufschlussreich gefunden. Eigentlich war er nicht daran interessiert, wer die beiden Männer waren, die Scoto in seinen Räumen im Erdgeschoss empfangen hatte, noch wollte er den Grund dafür erfahren, weshalb er ihre Anwesenheit dem gesamten Hof verheimlicht hatte. Ihn reizte einzig und allein die Frage, warum der Astrologe den hohen Gast aus Deutschland, diesen Geistlichen aus Mainz, belogen hatte. Darüber hinaus war er neugierig, wie Konrad von Marburg auf diese Tatsache reagieren würde. Leonardo war nicht umsonst der Sohn eines schlauen Kaufmanns aus Pisa, er hatte nicht lange gebraucht, um die Einzelteile des Mosaiks zusammenzusetzen. Er wusste zwar nicht, was Scoto vorhatte, aber er ahnte, dass die Lage heikel für ihn war. Und vielleicht, so hatte er gedacht, lohnte es sich, diesem Mann Steine in den Weg zu legen. Wenn Konrad von Marburg über die Anwesenheit der beiden Männer unterrichtet würde, die er suchte, würde dieser Geistliche bestimmt für reichlich Wirbel sorgen. Und dem Kaiser würde zu Ohren kommen, was geschehen war. Friedrich II. würde sicher jeden weiteren Streit mit der Kirche vermeiden wollen, und vielleicht würde er diesen grimmigen Schotten endlich wegschicken und einen anderen Mann, der es viel mehr verdiente, in seine Stellung erheben.

Dennoch musste Leonardo sich bedeckt halten, er konnte nicht selbst zu Konrad gehen und ihm die Wahrheit erzählen. Er musste sich etwas anderes ausdenken. Deshalb ging er ins obere Stockwerk, wo die Gäste von Rang untergebracht waren, und wartete auf den Pagen, der dem deutschen Geistlichen das Essen bringen sollte.

Kurz darauf erschien der Diener. Ein junger Bursche, etwa fünfzehn, sehr träge und so schüchtern, dass er sich vor seinem eigenen Schatten fürchtete. Er hatte eine Schüssel mit *lasagum* für den Gast dabei, ein Gericht aus Schichten von dünnen Nudelblättern, die in der Kochbrühe serviert wurden. Leonardo befahl ihm, stehen zu bleiben, und legte ihm ganz freundlich ein Briefchen auf das Tablett.

Der junge Mann sah ihn zunächst verständnislos an, doch schließlich stimmte er zu, die Botschaft unter der Suppenschüssel zu verstecken.

Mit mahnend erhobenem Zeigefinger ließ der Mathematiker den Jungen weiterziehen, lächelte ihm zum Abschied verschwörerisch zu und begab sich zufrieden in seine Gemächer.

Die Schachpartie war zur Hälfte gespielt. Ignazio befand sich im Nachteil, doch sein Damenopfer war nicht vergebens gewesen. Endlich begann er zu verstehen, wie sein Gegner dachte, und hatte hinter dessen vielen Verteidigungszügen Scotos Vorliebe für den Springer entdeckt. Er selbst fand die Ziehweise dieser Spielfigur heimtückisch und unbeholfen, ein nicht näher motiviertes Hin-und-her-Springen. Doch der Astrologe dachte eben genau auf diese Weise und legte dabei ein unbestrittenes Talent an den Tag, eine Situation mit überraschenden Zügen vollkommen umzukehren. Ignazio zog die diagonale Richtung der Läufer vor, die in diesem kunstvoll gefertigten Schachspiel nicht wie sonst die Form von Elefanten hatten, sondern als hochgeschossene, schreckenerregende Geistliche dargestellt waren. Allerdings unterschieden diese schlanken Figuren sich deutlich von Konrad von Marburg, der eher den plumpen, robusten Türmen glich.

»Wisst Ihr, Meister Ignazio«, Scoto lächelte angesichts seiner momentanen Überlegenheit, »ich bin unter dem Einfluss von Merkur geboren, deswegen kenne ich mich so gut mit Sternen und ihrem Studium aus. Aber ich werde auch von Angst und Unglück verfolgt, und das bringt mich dazu, vorsichtig und vor allem vorausschauend zu handeln.«

»Dennoch könnt Ihr nicht vorhersehen, was Konrad von Marburg als Nächstes tun wird.«

»Und Ihr warnt mich weiter beharrlich vor ihm, weil Ihr mich dazu bewegen wollt, Euch zu beschützen.«

»Ich habe Euch die reine Wahrheit erzählt. Konrad hält mich für den Magister aus Toledo, den Homo Niger, der für eine Reihe von Morden verantwortlich ist und einen Teufelskult betreibt.«

»Das ist Euer Problem«, fertigte ihn der Astrologe kurz ab. »Weiß er von dem Sternenumhang?«

»Das kann ich nicht ausschließen.«

»Was ist mit den Tätowierungen? Hat er herausgefunden, was sie bedeuten?«

»Nicht dass ich wüsste.«

Scoto klopfte mit den Handflächen auf die Lehnen seines Sessels, sichtlich unentschlossen, ob er aufstehen sollte oder nicht. »Ich habe den Eindruck gewonnen, dass Ihr mich umsonst geängstigt habt«, sagte er plötzlich. »Mit Eurem ganzen Theater ist es Euch gelungen, mich zu entlarven, das gestehe ich Euch zu, aber ich glaube nicht, dass für mich Gefahr besteht. Vielmehr bin ich überzeugt, dass Konrad Euch bis hierher gefolgt ist, weil er nicht in der Lage war, die Rätsel des Umhangs und der Tätowierungen zu entschlüsseln – genauso wenig wie Ihr.«

Ignazio fand nun den Mut, ihm zu entgegnen: »Das ist so nicht richtig, mir ist das Geheimnis des äthiopischen Jägers enthüllt worden.«

Scoto sprang auf und warf ihm einen durchdringenden Blick zu. »Bestimmt von jenem Zeugen, den Ihr erwähnt habt, nehme ich an …«

»Nein, ich habe meine eigenen Schlussfolgerungen gezogen.«

»Allein hättet ihr es niemals geschafft!«, rief der Astrologe aufgebracht und lief im Kreis um ihn herum. »Wer kann Euch nur geholfen haben? Wer, wenn doch alle tot sind …?«, murmelte er und spähte in jede Ecke, als befürchtete er einen Hinterhalt. Plötzlich blieb er hinter Ignazio stehen. »*Sie* ist es gewesen, richtig?«, zischte er und packte wütend die Rückenlehne des Stuhls. »*Sie* hat Euch hierhergeführt!«

Ja, hätte Ignazio jetzt am liebsten gesagt. Remigarda di Acquanegra, die Frau, die Ihr geliebt habt, die Mutter Eurer Tochter. Die Frau, die Ihr verlassen habt, die seitdem in Hass und unter Entbehrungen gelebt hat. Er hätte ihm die Wahrheit so gern ins Gesicht geschleudert, jedes einzelne Wort, aber er hielt sich zurück und gab sich gleichgültig. »Ich weiß nicht, wen Ihr meint, Messere.«

»Nur *sie* hätte den Mut gehabt, darüber zu sprechen!«, fuhr der Astrologe beinahe bestürzt fort.

Ignazio wollte ihm schon etwas entgegnen, doch er blieb stumm, da sich schwere Schritte aus den Nebenräumen näherten.

Ein Soldat erschien an der Tür. »Magister, der deutsche Geistliche will Euch dringend sprechen.«

»Was will der denn um diese späte Stunde?«, fragte Scoto wütend. »Es ist schon Nacht.«

»Er ist außer sich vor Zorn, Magister, und sagt, man hätte ihn belogen. Er fordert Erklärungen.«

»Wo ist er jetzt?«

»Er erwartet Euch in der Kapelle des Palastes.«

Scoto dachte lange nach, dann zeigte er auf Ignazio.

»Jemand soll ihn bewachen«, befahl er und ging zur Tür. »Ich gehe zu diesem verdammten Geistlichen.«

Ignazio begriff, dass Scotos Lügengeflecht zu zerreißen drohte. Und das konnte für ihn selbst das Ende bedeuten.

43

»Begib dich gleich nach Palermo, und von dort schiff dich nach Spanien ein«, hatte sein Vater als Letztes zu ihm gesagt.

Uberto erreichte die Stadt in dem Moment, als die Sonne hinter dem Meer unterging. Auf seinem Weg war er stets auf der Hut gewesen wie ein Tier, das von allen gejagt wurde. Der Stallmeister der Burg hatte ihm nur eine alte Stute gegeben, die keinen Galopp mehr durchhielt. Mit so einem Tier hätte er niemals einem Hinterhalt entkommen können, und dieses Wissen hatte seine Angst noch gesteigert. Scoto war ein ernst zu nehmender Feind. Uberto hätte sich keineswegs gewundert, wenn er ihm einen Meuchelmörder nachgeschickt hätte, vielleicht sogar den Reiter mit der Feuerlanze. Deswegen hatte er seinen Weg weitab von der Hauptstraße durch die Felder gewählt, was natürlich die Strecke verlängert und das arme Pferd so erschöpft hatte, dass es beinahe unter ihm zusammengebrochen wäre.

Erst als er die Stadt erreichte, fühlte er sich langsam ein wenig sicherer. Allerdings wandte er sich nun nicht zum Hafen, obwohl er es dem Vater versprochen hatte, denn dies schien ihm der wahrscheinlichste Ort für unliebsame Begegnungen. Hier hielten sich zu viele Männer verborgen, die bereit waren, sich mit einer Messerstecherei ein wenig Geld zu verdienen. Aber das war nicht alles. Uberto hatte nicht den Mut, Ignazio allein zu lassen und an Bord des ersten Schiffes nach Spanien zu gehen. Es musste doch einen Weg geben, seinem Vater zu helfen.

Am besten verbrachte er die Nacht an einem ruhigen Ort. Er musste schlafen, zu Kräften kommen. Deshalb verkaufte er die Stute, und mit dem erhaltenen Geld bezahlte er ein Lager in einem Gasthaus.

Doch der Schlaf brachte ihm keine nähere Einsicht. Die ganze Nacht wälzte er sich in seinem Bett herum, gequält von Alpträumen, in denen er sah, wie der Vater auf dem Scheiterhaufen brannte oder wie seine Frau und die kleine Tochter die Hände nach ihm ausstreckten. Diese Szenen vermischten sich mit schreckenerregenden Bildern, in denen alle Menschen, die ihm teuer waren, von Flammen eingehüllt wurden, die ein riesiges Ungeheuer ausspie, dessen Kopf die Züge von Konrad von Marburg trug.

44

»Soll ich in Eurem Arbeitszimmer warten?«, hatte Ignazio es versucht.

»Auf gar keinen Fall«, hatte Scoto erwidert.

Während der Astrologe nun zu Konrad von Marburg eilte, wurde Ignazio von einer Wache am Arm gepackt, die ihn zurück zu seiner Unterkunft führte. Kurz darauf fand er sich in dem kleinen Raum eingeschlossen und dachte darüber nach, dass seine Lage immer schwieriger wurde. Obwohl er natürlich nicht vollkommen sicher sein konnte, wusste er sich Scotos Einbestellung zu dieser späten Stunde nur auf eine Weise zu erklären. Konrad von Marburg musste herausgefunden haben, dass er, Ignazio, hier im Palast war! Zu früh, dachte er. Das Buch über Nimrod befand sich gewiss im Arbeitszimmer, aber um es in die Hände zu bekommen, würde er sich eine glaubhafte Verteidigungsstrategie zurechtlegen oder wenigstens Zweifel im Kopf des deutschen Geistlichen säen müssen. Ohne dieses Buch blieb ihm als einziger Beweis das Geschoss aus Ton, das Uberto gefunden hatte. Ein eher magerer Anhaltspunkt! Das würde nicht genügen, um ihn zu entlasten. Aber vielleicht, so dachte er plötzlich, konnte es sich noch in anderer Weise als nützlich erweisen.

Ihm war gerade eine so verrückte Idee durch den Kopf geschossen, dass er beinahe bereute, sie überhaupt gedacht zu haben. Doch im Grunde hatte er ja nichts zu verlieren. Wenn er nicht jetzt versuchte zu fliehen, drohte ihm als geringstes Übel, dass Konrads Schergen ihn gefangen nehmen würden, um ihn dann vor ein geistliches Gericht und später auf den Scheiterhaufen zu schleppen.

Er musste sofort handeln.

Ignazio lauschte an der Tür, und sobald er sicher war, dass keine Wachen davorstanden, holte er das ovale Tongeschoss aus dem Versteck, bohrte seine Spitze in das Schloss, nahm den Kerzenleuchter und wollte ihn schon daranhalten. Doch dann zögerte er einen

Augenblick, weil er sich an die zerstörerische Wirkung der anderen Explosionen erinnerte. War er nicht vorsichtig genug, würde er bei dem Versuch sterben. Deshalb stellte er den Kerzenleuchter wieder hin, zog den Schreibtisch heran und richtete ihn zwischen sich und der Tür wie eine Barrikade auf. Dann wickelte er sich in die Decken des Lagers, um sich gegen mögliche Funken zu schützen. So bewehrt nahm er den Kerzenleuchter wieder auf und näherte die Flamme dem Geschoss.

Eine ganze Weile geschah nichts, und Ignazio kam sich schon wie ein vollkommener Trottel vor. Doch dann sah er einen Funken und schließlich eine rote Stichflamme. Darauf folgte durchdringendes Zischen, und es roch nach Schwefel. Der Händler suchte geschwind Schutz hinter dem Schreibtisch, wo er sich zusammenkauerte und hoffte, dass der Lärm niemanden herbeirufen würde. Doch dieses prasselnde Geräusch war nichts im Vergleich zu dem, was nun folgte. Ein ungeheuer lauter Knall zerriss die Stille der Nacht und hallte im ganzen Raum wider. Aus Vorsicht blieb Ignazio noch etwas unten sitzen, und als er aufsah, merkte er, wie trocken die Luft war und wie sehr sie stank. Er hatte gut daran getan, sich in Sicherheit zu bringen! Die zur Tür gewandte Seite des Schreibtischs stand bereits in Flammen. Das Feuer hatte auch die Tür ergriffen und breitete sich in Richtung der Deckenbalken aus. Vom Türschloss war nichts mehr übrig.

Ignazio zögerte nicht länger. Er warf die Decken ab, kletterte über den Schreibtisch und öffnete die Tür mit einem Fußtritt. Im Gang waren keine Wachen zu sehen. Bevor er in die Richtung rannte, in der sich Scotos Arbeitszimmer befand, ging er noch einmal zurück und holte den Kerzenleuchter. Dann eilte er durch die im nächtlichen Dunkel liegenden Flure des Palastes davon.

Er hörte noch, wie alarmierte Rufe schnell näher kamen.

Obwohl es inzwischen Nacht geworden war, blieb es draußen warm, und die Luft stand. Nicht die kleinste Brise wehte zur Erfrischung, vielmehr gab der Boden noch die Hitze des Tages ab. Konrad von Marburg verabscheute dieses Klima, das schon im Spätfrühling heiß und stickig war. Diese Hitze ließ die Männer träge und die Frauen schamlos werden. Da war die Kälte vorzuziehen, sie war viel geeigneter, Verstand und Körper in einem Zustand von unterkühlter Würde und Anstand zu halten. Und zu allem Überfluss befand er sich auch noch in einer christlichen Kirche, die durch maurische Bauelemente verunstaltet war. Die ganze Burg von Favara war nach den Regeln arabischer Baukunst errichtet! Die Diener hatten ihm erzählt, dass sie, bevor sie zum Sitz der Normannenherrscher wurde, der Palast des Emirs Dschafar gewesen war und dass seit der damaligen Zeit keine einschneidenden Veränderungen vorgenommen worden waren. Der Gedanke, dass es in diesen Mauern ein Dampfbad und sogar einen abgetrennten Bereich gegeben hatte, in dem Tänzerinnen sich zur Schau stellten, erfüllte ihn mit so großer Abscheu, dass er sie am liebsten bis auf den letzten Stein niedergerissen hätte.

Eine hochgewachsene, schlanke Gestalt betrat die Kapelle mit eiligen, beinahe würdelosen Schritten. Konrad deutete eine respektvolle Verneigung an, doch als er bemerkte, dass sein Gegenüber sie nicht erwiderte, richtete er sich zu seiner vollen Größe auf und ging zum Angriff über. »Ihr habt mich belogen, Magister.«

Scoto wirkte zunächst, als wollte er wüste Beschimpfungen ausstoßen. »Mir blieb keine Wahl«, erwiderte er stattdessen eiskalt.

»Was hat Euch dazu veranlasst, diesen Ketzer zu beschützen?«

»Er hat gedroht, er würde mich mit einem *maleficium* belegen, wenn ich seine Anwesenheit verraten hätte.«

Konrad sah ihn ungläubig an. »Und das hat genügt, um Euch einzuschüchtern?«

Der Astrologe schwieg und begnügte sich damit, den Blick kämpferisch und voller Selbstbewusstsein zu erwidern. Nimm dir das, wonach du gesucht hast, und verschwinde, schien er zu besagen.

Konrad setzte eine sanftere Miene auf. Er liebte es, seine Gesprächspartner erst zu verwirren, um dann umso erbarmungsloser zuzupacken. Dies war eine wirksame Methode, damit sie ihre Vorsicht ablegten, besonders wenn es sich um Lügner handelte. »Ich habe schon von Euch gehört, *astrologus*, und nicht immer nur das Schmeichelhafteste«, sagte er und freute sich, als sich der Mund des anderen verärgert verzog. »Manche behaupten sogar, Ihr würdet die Gedanken Averroes unterstützen. Ideen, die der Doktrin der Kirche widersprechen.«

»Mag sein, dass ich in der Vergangenheit gewisse Aspekte seiner Lehre verbreitet habe«, verteidigte Scoto sich, »doch bestimmt keine, die nicht mit dem christlichen Glauben vereinbar sind.«

»Gilt das auch für die einzigartige Theorie über die Wanderung der Seelen, von denen Ihr behauptet, sie würden mittels Feuer und Wasser von einem Körper zum anderen übergehen?«

»Wie ich sehe, habt Ihr Euch genau erkundigt.« Der Astrologe blieb ruhig. »Nun gut, so wisst denn, dass ich sie, nachdem ich die wichtigsten Punkte davon geprüft hatte, abgelehnt und als Blasphemie bezeichnet habe.«

Konrad ließ eine unterschwellige Missbilligung erkennen, während er sich fragte, warum sein Gegenüber hin und wieder zur Gewölbedecke aufblickte, als fürchtete er, sie würde plötzlich einstürzen. Ihm erschien sie keineswegs baufällig.

Scoto fuhr in einschmeichelndem Ton fort: »Ehrwürdiger Vater, oft schreibt man mir Ideen anderer Denker zu, obwohl ich sie nur übersetzt habe und keineswegs teile.« Er blickte zu Boden. Dann schien es ihn zu ärgern, dass er sich so demütig verhalten musste, und er erhob stolz die Stimme: »Jedenfalls können mir Eure Unterstellungen nichts anhaben. Ich genieße die Wertschätzung des Heiligen Vaters wie die seines Vorgängers, außerdem bin ich mit zahlreichen Männern der Kirche befreundet. Es gibt keinen Grund, warum ich mich vor Euch rechtfertigen müsste.«

Konrad wusste von dem kometenhaften Aufstieg des Michele Scoto in die Sphären der geistlichen wie der weltlichen Macht und von dem Respekt, ja geradezu der Freundschaft, die ihn sowohl mit Honorius III. wie auch mit Gregor IX. verbunden hatte beziehungsweise verband und die so weit reichte, dass ihm einige kirchliche Pfründe angetragen worden waren, darunter ein Besitz im Osten Englands. Scoto sollte diese allerdings ausgeschlagen haben, um Friedrich II. zu folgen, mit dem Ziel, noch größere Macht und Reichtum zu erwerben. Doch trotz allem wusste Konrad, wie er ihn in die Knie zwingen konnte. »Verzeiht meinen Eifer«, beharrte er, »aber aufgrund der jüngsten Entwicklungen meiner Untersuchung muss ich jedem misstrauen, der in diesem Palast wohnt.«

»Jüngste Entwicklungen? Was meint Ihr?«

»Den Bericht eines Juden, der sich in meinem Gefolge befindet.«

Scoto grinste ihn höhnisch an. »Ihr wollt mir doch nicht erzählen, dass Ihr dem Geschwätz eines Juden glaubt?«

»Er ist dennoch ein Zeuge.«

»Habt Ihr nicht bedacht, dass er mit dem Mann, den Ihr verfolgt, gemeinsame Sache machen könnte?«

»Mir ist diese Möglichkeit durchaus bewusst. Aber ich darf nicht ausschließen, dass er die Wahrheit sagt.«

»Ihr geht so weit, mein Wort und den guten Glauben des Kaiserlichen Rates in Zweifel zu ziehen?«

Scoto gab sich empört, doch er wirkte immer noch angespannt. Nach Hunderten von Verhören hatte Konrad gelernt, selbst hinter der Maske der geübtesten Lügner die Angst zu wittern. »Jede Geschichte, so erfunden sie auch sein mag, enthält doch ein Körnchen Wahrheit«, sagte er beinahe bedauernd. »Deshalb werdet Ihr meinen übertriebenen Eifer entschuldigen, Magister, wenn ich vorhabe, meinen Aufenthalt in diesem Palast zu verlängern, bis ich jeden hier befragt habe. Ich könnte sogar die Ankunft Friedrichs II. abwarten, der sich, wie Ihr mir erzählt habt, gegen alle Erwartung auf dem Rückweg hierher befinden soll.«

»Glaubt mir, ehrwürdiger Vater, das wird nicht nötig sein.« Blass geworden verbeugte sich der Magister. »Ich kann Euch schon jetzt zu dem Mann bringen, den Ihr sucht.«

Konrad blickte mit zufriedenem Grinsen auf ihn hinunter. »Dann führt mich sofort zu ihm.«

Ignazio betrat das Arbeitszimmer des Astrologen so rasch, dass er beinahe gestolpert wäre. Bevor er hinter der Tür verschwand, hatte er sich noch einmal umgedreht, um sich zu vergewissern, dass ihm niemand folgte. Die Explosion des Tongeschosses und das ausbrechende Feuer mussten die Wachen alarmiert haben. Außerdem setzte er ja gerade darauf, sich erwischen zu lassen, allerdings genau in dem Moment, wenn er den Beweis fand, mit dem er Scoto belasten konnte. Der dramatische Effekt war entscheidend, wenn sein Plan gelingen sollte. Doch er wusste sehr gut, dass ein einziges Buch nicht genügen würde, um Licht in die Angelegenheit zu bringen. Dazu brauchte er unbedingt den Astrologen persönlich. Ignazio meinte ihn inzwischen ganz gut einschätzen zu können und hoffte, dieser würde zusammen mit den Wachen im Arbeitszimmer eintreffen, dann musste er nur noch eine unkontrollierte Reaktion in ihm auslösen, die ihn zu einem Geständnis veranlasste. Und wenn Konrad von Marburg, bei dem Scoto sich gerade befand, ihm hierher folgte …

Während die innere Anspannung in ihm wuchs, schwang er den Kerzenleuchter durch die Dunkelheit auf der Suche nach dem Schrank, in dem Scoto seiner Ansicht nach die Bücher aufbewahrte. Er sah ihn, kam näher, riss die Türen auf … und fluchte unterdrückt. Der Schrank war leer!

Plötzlich verließ ihn alle Kraft, und er sackte in sich zusammen. Wie war das möglich? Kurz zuvor hatte er noch mit eigenen Augen gesehen, dass die Bücher sich nicht mehr im Arbeitszimmer befanden. Scoto musste sie irgendwo weggeschlossen haben, um jeden Hinweis auf den Sternenkult von Nimrod zu verbergen. Und auch wenn es ein nicht sehr einfallsreiches Versteck war, *musste* er sie in diesen verfluchten Schrank gelegt haben! Andere Verstecke gab es in diesem Raum nicht. Und doch waren die Bretter der Regale leer! Ignazio fühlte sich geschlagen. Er sah keinen Ausweg mehr. An diesem Ort erlosch jede Hoffnung. Jeden Moment würden die Wachen sich auf ihn stürzen, und Konrad von Marburg würde kommen. Und dann war alles verloren, unausweichlich würden das Urteil und die Verzweiflung über ihn hereinbrechen.

Eine kaum merkliche Veränderung des Lichts ließ den Schrei, den er gerade in seiner Not ausstoßen wollte, auf seinen Lippen ersterben. Er sah auf und beobachtete, dass ein Luftzug die Kerzenflamme flackern ließ. Zunächst schenkte er dem keine weitere Beachtung und wollte sich schon belächeln, doch als sich der Vorgang wiederholte, war seine Aufmerksamkeit geweckt, sodass er auf die Suche nach dem

Ursprung dieses Luftzugs ging. Er kam bestimmt nicht vom Fenster, das zu weit entfernt war, noch von der ebenso fernen Tür. Es blieb nur eine Erklärung, so unwahrscheinlich sie auch war. Bete, dass du dich nicht irrst, dachte er, dann hielt er den Kerzenleuchter an den Schrank und bewegte ihn so lange auf und ab und hin und her, bis er sah, dass die Flamme flackerte. Nun war er überzeugt, dass er sich nicht geirrt hatte. Er ließ die Finger über diese Stelle gleiten und ertastete einen Spalt, genau dort, wo der Schrank mit der Wand abschloss. Mit wachsender Neugier stand er auf und klopfte die gesamte Rückwand des Schranks ab, bis er seinen Verdacht bestätigt fand.

Dahinter war ein Hohlraum.

Durch seine Entdeckung ermutigt, überprüfte er das Möbelstück weiter, bis er bemerkte, dass drei Regalbretter so angebracht waren, dass sie sich nach oben verschieben ließen. Nachdem er sie angehoben hatte, hörte er einen geheimen Mechanismus klicken und sah, dass die Rückwand sich leicht bewegte. Als er dagegendrückte, schwang sie auf wie ein Türflügel.

Vor ihm öffnete sich ein Tunnel, der nach unten führte. Wieder einmal steige ich ins Schattenreich hinab, dachte er.

Ohne zu zögern betrat er den dunklen Gang.

Adelisia erwachte schreiend aus dem Schlaf.

Benvenuto Grafeo eilte zu ihr, um zu sehen, was mit ihr war, während Suger weiterhin das Ohr an die Tür presste und zu begreifen versuchte, was da draußen vor sich ging. Unmittelbar nach dem Treffen zwischen Konrad und Scoto hatte man ihn mit dem alten Mann und dem Mädchen in diesem dunklen Raum eingeschlossen. Und jetzt, wo er jeden Fluchtplan aufgegeben hatte, wartete er ohnmächtig darauf, wie das Ganze für ihn enden würde. Doch dann war seine Neugier wieder geweckt worden, als alarmierte Rufe durch die Flure des Palastes gellten und eilige Schritte draußen vorbeihasteten.

»Das ist nichts Schlimmes, meine Kleine«, sagte Grafeo. »Euren Augen geht es gut.«

Doch Adelisia konnte sich nicht beruhigen. »Da war wieder dieser Traum!«, schrie sie schrill auf. »Der Traum mit den Pferden!«

»Bringt das Mädchen zum Schweigen!«, sagte Suger drohend, weil er hören wollte, was jenseits der Tür geschah. Auf einmal hörte er, wie jemand näher kam, und konnte gerade noch beiseitetreten, ehe die Tür aufschwang und ihn traf.

Eine der Wachen aus Palermo betrat den Raum. »Wir müssen hier weg!«, keuchte der Mann außer Atem. »In den unteren Geschossen brennt es.«

Suger sah ihn fragend an.

»Anscheinend ist in einem Raum ein Feuer ausgebrochen«, erklärte der Mann und forderte die drei auf, ihm zu folgen.

Gleich darauf liefen sie mit Dutzenden von Menschen über Flure, in denen der Rauch immer dichter wurde. Meist handelte es sich um Diener, doch es waren auch einige Soldaten und Adlige unter ihnen. Sie liefen mit der Menge zum hinteren Ausgang des Palastes, zum Seeufer.

45

Sobald Ignazio den Gang betreten hatte, gab es für ihn kein Zurück mehr, denn die Tür fiel hinter ihm mit einem Klicken ins Schloss. Gewiss war irgendwo ein Mechanismus zu finden, mit dem sie wieder zu öffnen war, aber im Moment hatte er Wichtigeres zu tun.

Im Licht seines Kerzenleuchters sah er einen Tunnel vor sich, der vielleicht schon zur Zeit der Normannen als Fluchtweg aus dem Palast gegraben worden war. Ignazio ging vorsichtig weiter und hoffte, nicht auf irgendwelche Fallen zu stoßen. Schließlich war er dabei, die Geheimnisse eines Mannes aufzudecken, der mit einem bewundernswürdigen Scharfsinn gesegnet war. Es kam ihn hart an, dass er Scoto, sosehr er sich auch bemühte, nicht als Feind betrachten konnte. Er sah ihn vielmehr als eine Art Bruder im Geiste, der die Welt aus demselben Blickwinkel betrachtete wie er selbst. Ein Bruder, der jedoch nicht zögern würde, ihn kaltblütig zu ermorden, wenn er sich selbst dadurch retten konnte. Ganz so, wie er selbst handeln würde.

Plötzlich bemerkte er einen Ausgang, und als er in diese Richtung lief, kam er zwischen Felsen in einer Höhlenöffnung heraus, die hinter dichten Ranken verborgen lag. Vor sich sah er nichts als Macchia und den Sternenhimmel. Ignazio blickte sich um. Er musste auf dem Monte Grifone oder einem nahe gelegenen Hügel sein, dennoch konnte er keine Lichter von der Burg von Favara oder anderen Gebäuden ausmachen. Daher folgte er einem Pfad, der sich nach oben schlängelte, ohne zu wissen, wohin ihn dieser führen würde.

Ignazio war noch nicht lange unterwegs, als er hinter sich Geräusche hörte. Da er einen Verfolger fürchtete, löschte er die Kerze, verbarg sich hinter einem Baumstamm und beobachtete mit banger Erwartung, wie ein Licht langsam näher kam. Wenig später konnte er einen Reiter mit einer Fackel erkennen. Bereits der Helm und der Pelz über dem Kettenhemd kamen ihm bekannt vor, aber als er die seltsame Lanze an dessen Sattel bemerkte, war er sicher. Erst nachdem der Reiter ein gutes Stück weitergezogen war, wagte sich Ignazio erschrocken aus seinem Versteck. Gerade war der Mörder von Gebeard von Querfurt an ihm vorübergeritten, der Mörder von Alfano Imperato und all den anderen, die über den Nimrod-Kult Bescheid wussten. Dieser Mann hätte bestimmt nicht gezögert, auch ihn zu ermorden, wenn er ihn hier überrascht hätte.

Doch ihn erfüllte nicht nur Furcht, sondern auch leichte Vorfreude, denn die Anwesenheit dieses Reiters war der eindeutige Beweis dafür, dass Scoto in diese schreckliche Angelegenheit verwickelt war.

Er musste seinem Ziel ganz nah sein.

Ignazio folgte dem Pfad bis zu einem Höhleneingang, aber er erkannte bald, dass es sich hierbei nicht um eine natürliche Felsspalte handelte, sondern um eine bogenförmige Öffnung, die man in den Stein gehauen hatte. Aus dem Inneren drang ein wenig Licht. Er ging sehr vorsichtig weiter, weil ihm bewusst war, dass er nun nicht mehr den Schutz der Dunkelheit und der Pflanzen für sich nutzen konnte. Er drang in einen geschlossenen Raum ein, der vielleicht bewacht wurde. Das Licht stammte von zwei Fackeln, die an den Wänden einer kuppelförmigen, vollständig in den Felsen gegrabenen Höhle hingen. Die Decke war mit zahlreichen Abbildungen des Sternenhimmels bedeckt. Der Händler vermutete, dass viele davon recht alt sein mussten, ja vielleicht noch das Werk von arabischen Meistern.

Ignazio wandte seine Aufmerksamkeit sofort den Regalen voller Bücher an den Wänden zu, bis er sie schließlich auf einen Gegenstand in der Mitte des Raumes richtete. Er ließ jede Vorsicht außer Acht und ging darauf zu. Genau unter der Kuppel standen ein Lesepult und ein mannshoher Dreifuß, auf dem ein langer, schmaler Metallzylinder ruhte.

Auf dem Lesepult dagegen lag nur ein einziges Buch. Als Ignazio es aufschlug, erkannte er mit wachsender Begeisterung die Handschrift, die er bereits in Scotos Arbeitszimmer entdeckt hatte. Der Text begann mit einem geheimnisvollen Satz: *Mercurii Trismegisti liber de motu spherae coeli inclinati, qui intitulatur Nembrot ad Ioanton.* Wenn er diese Worte recht verstanden hatte, stellten sie Nimrod dem

Mercurius Trismegistos gleich, dem Gott Hermes, und versprachen, seine Lehre über die Bewegungen der himmlischen Sphären weiterzuverbreiten, die einem Schüler namens Joanton überliefert worden waren.

Am Rande des Textes stand eine Anmerkung in winzigen Buchstaben, vielleicht von Scoto selbst.

Wie Abu Masar lehrt, kam der große Nembrot nach der Verbreitung der zweiundsiebzig Sprachen nach Persien und lernte von den Geistern den Kult des Feuers. Einige allerdings sagen, dessen Urenkel, der ebenfalls Nembrot hieß, habe diese Schrift verbreitet, in der die Geheimnisse der Astronomie enthalten sind.

Die Anmerkung endete mit einer Zeichnung von einem Mann, der den Himmel mit Hilfe eines Gerätes untersuchte, das dem glich, das neben dem Lesepult stand.

Brennend vor Wissensdurst machte Ignazio sich daran, den Gegenstand zu untersuchen, und er bemerkte sogleich, dass dieser auf einen Spalt in der Kuppel gerichtet war, hinter dem man einen Streifen des Sternenhimmels erkennen konnte. Er blickte durch das eine Ende des Zylinders, ganz so wie der Mann auf dem Bild, und schrie vor

Überraschung laut auf. Es war, als ob sich sein Sehvermögen aufs Unglaublichste verschärft hätte, sodass er das Firmament in unendlicher Vergrößerung betrachten konnte. Anfangs wollte er die Hände ausstrecken, weil er das Gefühl hatte, er könnte die Sterne berühren, so nah erschienen sie ihm, dann gewöhnte er sich an diese wundersame Sinneserweiterung und blieb stehen, um sie gebannt wie ein Kind zu bewundern. Im Inneren des Zylinders mussten sich Gläser befinden, die einen derartigen Anblick ermöglichten, dennoch schloss er auch nicht aus, dass er gerade einem Wunder beiwohnte. Und dieses Wunder nahm ihn so sehr gefangen, dass er beinahe die Fassung verlor.

»Es ist unmöglich, sich von einem solchen Anblick loszureißen, nicht wahr?«

Ignazio fuhr herum und sah Michele Scoto am Eingang des Raumes stehen. Er wirkte zufrieden, keinesfalls feindselig. »Sie sind herrlich«, gestand der Händler.

»Ein Labyrinth des ewigen Lichtes«, der Astronom zeigte auf den Sternenhimmel, »*ad fines mundi*, am Ende der Welt. Dort, wo unser Schicksal geschrieben steht.«

»Das Schicksal des Menschen hängt nicht von den Sternen ab«, widersprach Ignazio, »sondern von seinen eigenen Entscheidungen. Und diese sind wiederum bestimmt von seiner Weisheit.«

»Ich gebe Euch recht, Messere. Bedenkt jedoch, dass es zwei Formen von Weisheit gibt, *mathesis* und *matesis*, Wissen und Weissagung. Ich beherrsche lediglich die zweite, die einzige, durch die man wirklich Herr über sein Schicksal wird. Und ich fürchte gewiss nicht den Bannfluch der Kirche! Gott selbst erschuf die Sterne als Zeichen zukünftiger Ereignisse, daher ist die Kunst, sie zu befragen, nicht nur legitim, sondern die nobelste unter allen. Sogar erhabener noch als die Theologie.«

Ignazio erkannte in diesen Worten die Grundsätze einer Wissenschaft, die weit über die von Isidor von Sevilla oder Hugo von Sankt Viktor als Aberglaube verschmähte Astrologie hinausging. Michele Scoto beschrieb eine Wissenschaft, die den göttlichen Plan jenseits der Beziehung von Ursache und Wirkung erfassen konnte. Wieder so ein typischer Zug mit dem Springer, dachte er, während er sich umsah. »Ich nehme an, dies hier ist Euer wahres Arbeitszimmer.«

»Natürlich.« Der Astrologe lächelte voller Stolz. »Ihr seid in den Ort eingedrungen, an den ich mich zurückziehe, um zu meditieren und fern von den Ablenkungen des Palastes die Sterne zu beobachten. Er stammt noch aus der Zeit des Emirs Dschafar, aber er ist nur mir bekannt.« Sein Lächeln erstarb und wich einer strengen Miene. »Nachdem ich von Eurer Flucht erfahren hatte, habe ich in meinem Schrank nachgesehen, und es war ein Kinderspiel, zu erkennen, wohin Ihr wolltet.«

Der Händler zog eine Augenbraue nach oben. »Habt Ihr auch Konrad von Marburg mitgebracht?«

»Zügelt Eure geistreichen Bemerkungen, Messere. Es hat mich große Mühen gekostet, diesen Mann abzuschütteln. Und glaubt ja nicht, dass Ihr daraus einen Vorteil schöpfen könnt. Morgen wird noch vor Tagesanbruch der Gang hinter dem Schrank vermauert sein. Ihr könnt dann nicht mehr beweisen, dass ein Ort wie dieser existiert, und einen anderen Weg hierhin gibt es nicht, dessen könnt Ihr gewiss sein.«

»Ich habe also keine Möglichkeit, Konrad von Marburg zu entkommen?«

»Ihr könnt ja versuchen zu fliehen, wenn Ihr meint. Aber ich rate Euch davon ab. Ihr würdet dadurch nur noch schuldiger erscheinen, als man jetzt schon glaubt, außerdem würde man Euch früher oder später auf jeden Fall wieder einfangen.«

»Ich muss gestehen, ich stehe vor dem Schachmatt«, sagte Ignazio mit vorgeschobener Schicksalsergebenheit. Er verurteilte Scotos Verhalten nicht, aber er war überzeugt, dass die Partie noch nicht zu Ende war. Andererseits kam ihm zupass, dass sein Gegner glaubte, er wäre bereits geschlagen. Er würde ihm nun keine Antwort mehr verweigern. »Warum der Nimrod-Kult?«, fragte er und zeigte auf die Handschrift auf dem Pult. »Was hat das alles mit den gegenwärtigen Ereignissen zu tun?«

Der Astrologe wirkte erstaunt. »Dann wisst Ihr also ...«

»Genug, um das Rätsel der Tätowierungen zu lösen«, sagte Ignazio und kam einen Schritt näher. »Ich habe den Namen des antiken Giganten entschlüsselt, der sich hinter einem geheimen Code, der *Lingua ignota* von Hildegard von Bingen, verbirgt. Und ja, auch den des äthiopischen Jägers, der auf den Umhang aufgestickt war. Und als ich ihn erneut in Eurem Arbeitszimmer entdeckt habe, in diesem Buch …«

»Richtig, wirklich ganz ausgezeichnet.« Der Astrologe klatschte leicht spöttisch in die Hände. »Wenn Ihr allerdings das ›Liber Nembrot‹ auf dem Pult meint, dann muss Euch ja bekannt sein, dass der Jäger gar kein Äthiopier war, sondern eher Chaldäer. Und ein Riese war er auch nicht. Das bestätigt auch das Zeilenblatt des heiligen Augustinus, der die heiligen Texte falsch übersetzte und *gigans*, riesig, anstelle von *potens*, mächtig, verwendete.«

»Anscheinend habt Ihr Euch lange mit dem Thema beschäftigt.«

»Ich richte mein Studium darauf aus, eine große Gestalt wiederzubeleben«, sagte Scoto. »Nimrod war ein mächtiger Mann im babylonischen Reich, ein wahrer Herrscher. Und er war auch der Erste, der sich die Kenntnis der Sterne zunutze gemacht hat, um Magie auszuüben.«

Ignazio wurde immer neugieriger. »Ein Götzendiener also.«

»Der Urvater aller Götzendiener.«

»Und das ist der Glaube, den Ihr vor Konrad von Marburg verheimlicht?«

Der Astrologe wiegelte verächtlich ab. »Wenn dieser Deutsche davon erfährt, wird er bestimmt die ›Commentarii in Genesim‹ von Rabanus Maurus zitieren, in denen Nimrod wegen seiner Besessenheit, die Geheimnisse des Himmels zu ergründen, mit dem Teufel verglichen wird … Das würde ihm genügen, um meinen Ruf in den Schmutz zu ziehen. Aber das ist nichts im Vergleich zu dem, was er tun würde, wenn er die Wahrheit über die Triade herausfände.«

Ignazio folgte seinem Blick, der sich auf den Boden richtete, und war einmal mehr überrascht. Er hatte gar nicht bemerkt, dass er sich zwischen einem Alpha und einem Omega genau in der Mitte eines dort gezeichneten Kreises befand. Einer Eingebung folgend drehte er sich um und konnte tatsächlich im Halbdunkel drei Stühle erkennen, die zum Lesepult hin ausgerichtet waren. »Die Triade ...«, wiederholte er, ohne zu wissen, was damit gemeint sein konnte. Wenn er dieses Geheimnis erfuhr, würde ihm das zwar kaum dabei helfen, die Anklagen gegen seine Person zu widerlegen, aber er würde endlich verstehen, warum so viele Menschen gestorben waren.

»Vielleicht ist Euch ja ein Detail entgangen«, sagte Scoto, beinahe als wolle er ihn ermutigen. »Die magischen Kreise wurden immer in der Nähe von einem Fenster oder einer Maueröffnung gezogen, durch die man das Firmament erforschen konnte.«

Ignazio dachte über diese Worte nach, dann sah er nach oben zur Kuppel, und nachdem er mit einem stummen Blick um die Erlaubnis gebeten hatte, näherte er sich erneut dem auf den Himmel ausgerichteten Metallzylinder. Da endlich erkannte er den hünenhaften Jäger, majestätisch leuchtete er in seiner funkelnden Konstellation herab. Und er kam sich wie ein Dummkopf vor, weil er es doch die ganze Zeit vor Augen gehabt hatte. »Natürlich!«, sagte er laut und rief sich die Regeln der orientalischen Wissenschaftler in Erinnerung. »Nimrod ist der Name für einen Stern des Orion.« Er wandte den Blick wieder ab von den Sternen und verlor sich in einem Labyrinth von Gedanken. »Allerdings kenne ich keine göttliche Triade.«

»Weil sie nur in uralter Zeit von den Babyloniern verehrt wurde.« Scoto ließ erneut seine Befriedigung durchklingen. Er hatte bestimmt nur selten Gelegenheit, sich mit Männern zu messen, die ihm gewachsen waren, und so sein ganzes Wissen zu zeigen. »Nimrod war der Hohepriester dieses Glaubens und wurde entweder durch einen Fisch oder eine Schlange dargestellt. Die zweite Gottheit der Triade dagegen war eine Frau.«

Ignazio fiel auf einmal wieder das Gespräch ein, das er mit Uberto auf ihrer Reise nach Sizilien geführt hatte. »Spielt Ihr damit vielleicht auf Semiramis an?«

Scoto nickte. »Gewiss, es ist die Königin, die von einer Taube symbolisiert wird.«

Nun konnte Ignazio alle Mosaikstückchen zu einem Ganzen zusammenfügen. Obwohl er die Geschichte von Nimrod und Semiramis kannte, hatte er sich bislang von den sich überstürzenden

Ereignissen auf die falsche Fährte führen lassen. »Der Fisch und die Taube, die bei den magischen Kreisen hinterlassen wurden … und die Symbole der Tätowierungen … Ja, es sind immer diese beiden«, murmelte er vor sich hin. »Das Bild von der Frau mit dem Kind stellt nicht die Muttergottes dar, sondern Semiramis, und dieses Kind ist …«

»Der dritte Teil der Triade«, bestätigte der Astrologe. »Tammuz, der Sohn von Nimrod und Semiramis. Sein Symbol ist die Fackel.«

»Oder die Kerze, die mit der Taube und dem Fisch an den Rand der Zauberkreise gestellt wurde.« Ignazio war sich nun ganz sicher, jedes seltsame Detail bekam nun eine logische Bedeutung, wenn er den Worten Michele Scotos folgte. Allerdings konnte er noch nicht den Sinn hinter allem erkennen. »Ich leugne nicht, dass mich die Gestalt Nimrods fasziniert«, gestand er. »Aber warum sollte man sich einem so alten Kult verschreiben?«

»Ich will damit Ehre erweisen«, erklärte der Astrologe voller Begeisterung. »Und nicht nur Nimrod, dem ersten Rebellen, der den Himmel erforschte – meine Verehrung gilt vor allem dem kosmischen Jäger, dem Symbol des *impetus*, der die Himmelskörper dazu antreibt, wie feurige Reiter ihre Bahnen zu ziehen. Seine Verbindung zu der Taube und der Fackel dauert seit der Nacht der Zeiten, hatte Einfluss auf alle Religionen und beflügelt von jeher den Geist der Weisen. Ewige Symbole, versteht Ihr, Messere? Symbole der ältesten Wissenschaft, der einzigen, an die ich wirklich glaube. Und schließlich hat mich meine Verehrung für Nimrod, Semiramis und Tammuz immer beschützt.«

»Was man von Euren Anhängern nicht gerade behaupten kann«, entgegnete Ignazio in einem überraschenden Angriff.

Scoto wurde bleich. »Diese Unglücklichen …«, sagte er und wandte sich ab.

Doch Ignazio wollte ihm nun keine Ruhe gönnen. Was er gerade erfahren hatte, genügte zwar nicht, um seine Unschuld zu beweisen. Aber wenn er den Grund für all diese Toten erfuhr, dann würde er sich vielleicht doch retten können. »Ist das etwa Reue, was ich in Euren Augen lese?«, fragte er Scoto und packte ihn am Arm.

»Was meint Ihr damit?«

»Ich weiß alles über Euren Reiter! Den geheimnisvollen Mörder, der mit Feuergeschossen tötet.«

Der Astrologe entzog sich wütend seinem Griff. »Das wisst Ihr also auch!«

Er lief um ihn herum, bis er seine Wut gezügelt hatte, dann stützte er sich schwer auf dem Pult ab. Er wirkte erschöpft und betroffen. »Ich musste sie töten lassen!«

Ignazio war sich bewusst, dass er diesen Mann endlich bis ins Innerste erschüttert hatte. »Wegen eines Umhangs?«

»Dieser Umhang ist der *Schlüssel*, versteht Ihr?«, sagte Scoto fast entschuldigend. »Seine Bilder preisen das Geheimnis der Triade wie in einer Liturgie von Sternzeichen, die um den Jäger kreist.« Er legte eine Hand auf das Buch und fuhr liebevoll über die Seiten. Inzwischen sah er nicht mehr Ignazio an, er sprach vielmehr zu sich selbst. »Zu Anfang sollte es ein Geschenk sein. Ich wollte Friedrich II. in den Nimrod-Kult einführen, als er nach Bologna kam, und beauftragte daher meine Anhänger mit der Herstellung. Aber dann befahl mir der Kaiser von einem Tag auf den anderen, zusammen mit ihm aufzubrechen, und mit der Zeit vergaß ich den Umhang, bis ich eine Nachricht aus dem Rheinland erhielt. Ein ehemaliger Schüler verkündete mir voller Stolz, dass das Werk nun vollendet sei und dass man es mir bald übergeben würde … Doch inzwischen hatte sich die Lage grundlegend geändert! Friedrich II. hatte sich mit dem Papst überworfen und galt nun als Antichrist. Seine Vorliebe für die arabische Kultur und die Verträge, die er im Orient ausgehandelt hat, waren sicher nicht hilfreich dabei, sich die höchsten Männer der Kirche gewogen zu machen. Und wenn man ihn erst mit dem astrologischen Kult von Nimrod in Verbindung bringen würde! Das wäre sein Ende, genau wie meines. Weise Männer enden heutzutage schon wegen weit Geringerem auf dem Scheiterhaufen.«

»Daher«, schloss Ignazio, »habt Ihr Eure Anhänger aufspüren und sie einen nach dem anderen umbringen lassen, um diese Bedrohung abzuwenden. Hätte es nicht genügt, einfach den Umhang zu zerstören und ihnen Schweigen aufzuerlegen?«

»Das hätte es, wenn ich nicht erfahren hätte, dass die Kirche schon gegen sie ermittelte.«

»Dann wusstet Ihr also bereits über Konrad von Marburg Bescheid?«

»Einem Mann von meinem Rang entgeht nur wenig.« Der Astrologe schlug mit der Faust auf das Pult. »Und doch kannte ich damals nicht den Namen dieses verfluchten Mannes! Daher musste ich das Problem an der Wurzel ausrotten und jeden Zeugen beseitigen.«

Zum ersten Mal betrachtete Ignazio den Mann vor sich voller Mitleid. »Oh, Ihr unwürdiger Magister! All das Wissen der Welt hat Euch also nichts genützt, wenn Ihr, um Euch selbst zu schützen, Eure eigenen Gefolgsleute umbringen müsst.«

»Ja und?«, fragte der Astrologe wutschnaubend zurück. »Ihr hättet auch sterben sollen, und das schon vor langer Zeit! Aber nicht jetzt. Oder zumindest nicht sofort. Glaubt Ihr vielleicht, Ihr hättet mich ausgespielt? Nichts von dem, was ich Euch erzählt habe, wird Euch helfen, Euch von der Anklage zu entlasten. Konrad von Marburg wird Euren Worten keinen Glauben schenken, genauso wenig wie er bereit sein wird, in Erwägung zu ziehen, ich sei der Mann, den er sucht. Er braucht nur Fleisch für seinen Scheiterhaufen, und das werde ich ihm bieten. Schachmatt, Messere.«

Mit einer plötzlichen Bewegung stieß Ignazio seinen Gegenspieler zurück, packte das »Liber Nembrot« und wollte fliehen. Es ist noch nicht vorbei, sagte er sich. Aber ehe er sich davonmachen konnte, nahm er einen Lufthauch hinter sich wahr. Er fuhr herum und sah einen Krieger aus einem zwischen den Regalen verborgenen Eingang hervorkommen. Doch nicht seine hünenhafte Gestalt ließ ihn erstarren, sondern die wundersame Waffe, die auf seine Brust gerichtet war.

»Halt, Ulfus!«, befahl Scoto. »Dieser Mann muss leben!«

Der Krieger senkte gehorsam die Waffe.

»Hast du deine Mission beendet?«, erkundigte sich der Astrologe.

Ulfus nickte.

»Und *sie*?«

Nach einem kurzen Zögern senkte der hünenhafte Krieger den Kopf. »Sie wollte nicht mitkommen, Herr.«

Ignazio begriff, von wem er sprach. »Und das Mädchen?«, entfuhr ihm sogleich voller Sorge.

Michele Scoto drehte sich ungläubig zu ihm um. »Welches Mädchen?«

In dem Moment riss Ulfus wieder die Waffe hoch. Ein Schuss ging los. Ignazio und Scoto wurden von einem plötzlichen Lichtblitz geblendet. Das Geschoss zischte durch die Luft, streifte sie mit seiner glühenden Spur und bohrte sich in einen Mann, der am Eingang der Höhle aufgetaucht war.

Der Unglückselige fiel zu Boden, an der Schulter getroffen.

Ignazio erkannte ihn. Es war Galvano Pungilupo.

»Er darf nicht lebend von hier entkommen!«, befahl Scoto.

Ulfus warf die qualmende Waffe fort und stürzte sich mit bloßen Händen auf sein Opfer. Mit einem Schmerzensschrei riss sich der Schlüsselsoldat das Geschoss aus der Wunde und schleuderte es gegen Ulfus. Der Reiter wich dem explodierenden Geschoss aus und bückte sich unter dem Funkenregen hindurch, dann stürzte er vorwärts durch die nach Schwefel riechende Wand aus Rauch, die durch die Explosion entstanden war, etwas später folgten Ignazio und Scoto.

Pungilupo floh ins Freie, stolperte durch die Büsche und rollte ein kurzes Stück nach unten, bis er am Rand eines Abgrunds liegen blieb, in dem ein reißender Gebirgsbach toste. Er wollte aufstehen, aber es war zu spät, Ulfus war schon über ihm.

Der riesige Thraker packte ihn am Hals und am Gürtel und hob ihn ohne erkennbare Anstrengung hoch. Seine dunkle Gestalt zeichnete sich einen Moment vor dem Vollmond ab, während er sein Opfer schüttelte. Dann schleuderte er den Clavigero mit einem bestialischen Schrei gegen die spitzen Felsen, die aus dem Gebirgsbach ragten. Im Dunkel der Nacht war nur ein grauenerregender Aufprall zu hören, dann glitt Pungilupos Leiche durch das schäumende Wasser zu Tal.

Ignazio hatte schon den eigenen Tod vor Augen, als er Scotos Hand auf seiner Schulter fühlte.

»Jetzt lasse ich Euch von Ulfus zur Burg von Favara zurückbringen, und dort werdet Ihr Konrads Urteil erwarten«, sagte der Astrologe beinahe gleichgültig. »Es sei denn, Ihr wünscht so zu enden wie sein Spion.« Mit gebieterischer Geste winkte er Ulfus zu sich, doch dann wandte er sich noch einmal an Ignazio. »Aber zuerst, Messere, werdet Ihr mir etwas über das Mädchen erzählen.«

46

Die Burgbewohner hatten sich auf der Südseite des Gebäudes versammelt, wo ein majestätischer Bogen aus Tuffstein den Festsaal von dem großen See trennte, der sich bis zu den Füßen des Monte Grifone erstreckte. Es hieß, der Brand sei unter Kontrolle, aber die Wachen rieten dennoch zur Vorsicht. Daher blieben vorerst alle, Höflinge, Soldaten und Bedienstete, im Freien, wo das Wasser in dunklen Wellen ans Ufer der Burg von Favara schlug.

Konrad von Marburg befand sich ebenfalls unter ihnen, er war wütend und fühlte sich äußerst unwohl. Gerade eben war er noch mitten in einer höchst heiklen Unterredung mit Michele Scoto gewesen, als zwei Wachen erschienen waren, um sie vor einem Feuer zu warnen. Der Astrologe hatte unverzüglich reagiert und angeordnet, man möge Konrad außer Reichweite der Flammen zum Seeufer geleiten, dann war er im allgemeinen Durcheinander verschwunden. Doch richtig zornig war der Geistliche erst beim zweiten Teil der Nachricht geworden, als die Wachen berichteten, der Brand sei ausgerechnet dort ausgebrochen, wo man den Spanier untergebracht hatte, und dass dieser sich in Luft aufgelöst zu haben schien. Wie im Übrigen auch Pungilupo. Konrad von Marburg hatte den Schlüsselsoldaten ausgeschickt, damit er nach Beweisen suchte, die Michele Scoto belasten würden und die er in einer Befragung gegen ihn verwenden konnte, aber seit dem Nachmittag hatte er nichts mehr von ihm gehört.

Doch es war sinnlos, sich dem Zorn zu ergeben. Daher zwang er sich, über das Gut der Geduld zu meditieren, die vom heiligen Cyprianus so gepriesen wurde, um das Feuer zu löschen, das anscheinend auch in seinem Inneren loderte. Allerdings wären all seine Anstrengungen wohl vergeblich gewesen, hätte Konrad das Boot bemerkt, das gerade vom Seeufer ablegte und rasch außer Sichtweite war.

Darin saßen nämlich drei Personen, die ihm nur allzu bekannt waren.

Jedes Mal, wenn er die Dunkelheit zu durchdringen suchte, wurde Suger von Angst schier überwältigt, aber das Rudern half ihm, die Ruhe zu bewahren. Er hätte es sich niemals träumen lassen, dass es so einfach sein könnte, ihre Bewacher abzuschütteln. Durch das Durcheinander, das durch den Brand entstanden war, hatte er es geschafft, sich von den Soldaten zu entfernen und ungesehen bis zum Seeufer zu gelangen. Er hatte Grafeo und Adelisia erlaubt, ihn zu begleiten, unter der Bedingung, dass sie ihn nicht behindern würden. Eigentlich beruhigte ihn die Anwesenheit der beiden sogar. Denn im Grunde wusste er nicht recht, was er jetzt unternehmen sollte, noch, was ihn später erwartete, falls er Konrad von Marburg wirklich entkommen konnte. Doch er hatte dem Impuls, bei der erstbesten Gelegenheit zu fliehen, nicht widerstehen können.

Nach der Flucht aus dem Palast war er sofort Richtung See gelaufen, wo er keine Wachen sah, und als er dort durch das dichte Gebüsch am Ufer streifte, hatte er plötzlich ein Boot bemerkt, das an einem Pfosten befestigt war. Auf eine Eingebung hin hatte er die Taue gelöst und war ins Boot geklettert. Dann hatte er die beiden anderen aufgefordert, ihm zu folgen, um sofort das Weite zu suchen.

Alles hätte so gut ausgehen können, wenn sich der See nicht als so groß erwiesen hätte. Suger war als Einziger kräftig genug zum Rudern, aber wegen der Dunkelheit konnte er kein Ziel am Ufer ausmachen und musste aufs Geratewohl in eine Richtung steuern. Er hatte nicht die geringste Ahnung, wo sie landen würden, und das erschreckte ihn.

Die Einzige, die keine Angst zeigte, war Adelisia. Das alles schien sie überhaupt nicht zu berühren.

Suger zwang sich, an nichts zu denken und nur noch zu rudern.

Bis ihm vor Erschöpfung die Augen zufielen.

47

Als Uberto hochschreckte, war es noch dunkel. Er war schweißgebadet, durch seinen Kopf schwirrten noch die Alpträume, die ihn geplagt hatten, und dazu fragte er sich, was ihn wohl aus dem Schlaf gerissen hatte. Er rieb sich das Gesicht, bis er einigermaßen zu sich gekommen war, und schließlich begriff er, dass ihn lautes Stimmengewirr von draußen geweckt hatte. Misstrauisch trat er ans Fenster und sah, dass sich viele Leute auf den Straßen drängten. Aus irgendeinem Grund schienen die Einwohner von Palermo bereits allesamt auf den Beinen zu sein, um noch vor Sonnenaufgang irgendeine ominöse Festlichkeit zu begehen. Mit Fackeln in der Hand strömten sie scharenweise Richtung Hafen. Immer noch im Unklaren, was da draußen vor sich ging, zog Uberto sich schnell an und verließ das Gasthaus. Auf der Straße hielt er den erstbesten Mann an, der an ihm vorbeieilte, und fragte ihn: »Was ist hier los?«

»Wisst Ihr es denn noch nicht?«, erwiderte dieser freudig. »Der Kaiser legt gerade in Palermo an!«

Uberto ließ ihn weiterlaufen, während eine verwegene Idee sich in seinem Kopf Bahn brach. Friedrich II. lebte also noch, er war aus dem Orient zurückgekehrt und befand sich nun ausgerechnet hier im Hafen dieser Stadt.

Er mischte sich eilig unter die Leute und lief so schnell er konnte zum Meer, wobei er sich unter Einsatz seiner Ellenbogen durch die Menge drängte. Über Friedrich II. hatte er schon viel gehört. Vielleicht war er ja nicht der großmütigste aller Herrscher, aber er wurde als gebildet und weise geschildert, und es hieß, er sei fasziniert von klugen Köpfen. Wenn diese letzte Behauptung der Wahrheit entsprach, konnte Uberto vielleicht für seinen Vater um Gnade bitten. Doch wie sollte er rechtzeitig eine Gelegenheit finden, ihn anzusprechen? So gering die Aussicht auch war, er durfte die Hoffnung nicht aufgeben.

Im Hafen, in dem sich die Menschen nur so drängten, konnte er sich bis zur Hauptmole vorkämpfen. Draußen auf offener See lag ein Schiff von enormen Ausmaßen. In seiner Umgebung ankerten etliche kleinere Galeeren und Boote mit eingeholten Segeln. Die Landung würde eine langwierige und komplizierte Angelegenheit werden, da nicht nur die Männer an Land wollten, sondern auch Waren und Pferde ausgeladen werden mussten.

Als Uberto sich das große Schiff, auf dem wohl der Kaiser gereist war, genauer ansah, bemerkte er ganz in der Nähe ein kleines Boot, das auf den Wellen hin und her schaukelte. An Bord befand sich eine Gruppe Ritter, aus der eine große, edle Gestalt herausragte, wahrscheinlich Friedrich II. Er schaute angestrengt zu einer bestimmten Stelle im Meer, wo ein halbes Dutzend Männer immer wieder abtauchte und dann erschöpft zurück an die Oberfläche kam.

»Was geht hier vor?«, fragte Uberto einen alten Fischer neben sich.

»Der Kaiser hat einen Ring verloren, als er auf das Boot umstieg«, antwortete der alte Mann. »Ein ziemlich wertvolles Schmuckstück, so heißt es. Er ist ins Meer gefallen, und jetzt zahlt der Kaiser hundert Tari an den, der ihm den Ring wiederholt.«

Uberto beobachtete die suchenden Männer. Sie tauchten immer wieder im Meer, aber sie kamen gar nicht bis auf den Grund, da mussten sie schon wieder nach oben, um Atem zu holen. Die Aufgabe erwies sich als schwieriger als gedacht, und doch gaben diese Männer nicht auf, auch wenn sie dabei ihr Leben riskierten. Es war nicht nur das Gold, das sie lockte. Der Sohn des Händlers hatte inzwischen viel über das Wesen der Menschen erfahren, und es war ihm nur zu bewusst, dass es für viele von ihnen keine schönere Belohnung gab als die Gelegenheit, einmal direkt vor ihrem Herrscher niederzuknien. Die weniger Dummen interessierten sich mehr für das Geld.

Plötzlich hatte er eine weitere Eingebung. Vielleicht hatte er ja eine Möglichkeit gefunden, wie er mit dem Kaiser sprechen konnte! Voller Hoffnung, es möge noch nicht zu spät sein, löste er sich aus der Menge und rannte, sobald er konnte, an den Kais entlang. Er brauchte ein weiteres Mal die Hilfe von Cola Pesce. Uberto erinnerte sich noch gut daran, wie ausgezeichnet dieser tauchen und dabei weit länger als gewöhnliche Menschen unter Wasser bleiben konnte.

Sobald er das Fischerboot erreicht hatte, das immer noch dort vertäut lag, wo er mit seinem Vater an Land gegangen war, sah er sich suchend nach Cola Pesce um. Er fand ihn auf einem Felsen, als er gerade in einen noch lebenden Tintenfisch beißen wollte.

»Hättet Ihr Lust, hundert Tari zu verdienen?«

Der Fischer riss dem armen Tier mit den Zähnen einen Tentakel aus. »Wen soll ich umbringen?«, fragte er sofort.

»Niemanden. Ihr müsst nur im Meer tauchen und einen Gegenstand wiederfinden, einen Ring des Kaisers. Glaubt Ihr, dass Ihr das schaffen könnt?«

»Das ist doch ein Kinderspiel.« Cola Pesce wischte sich mit dem Handrücken den Mund ab. »Und Ihr, junger Mann, was springt für Euch dabei heraus?«

»Wenn Ihr Erfolg habt, müsst Ihr mir einen Gefallen tun.«

»Einen Gefallen?«

Uberto nickte. »Wenn Ihr vor dem Kaiser steht, müsst Ihr ihn bitten, mir eine Audienz zu gewähren.«

48

Suger schlug die Augen auf und sah als Erstes einen kleinen Vogel vor sich auf dem Bootsrand. Er versuchte, sich zu erinnern, wo er war und warum, aber dieses Vögelchen lenkte ihn ab. Ohne zu zwitschern, beäugte es ihn neugierig und bewegte dabei ruckartig sein Köpfchen, das so intensiv grün leuchtete, dass man den Blick abwenden musste. Während der Arzt noch überlegte, ob er dieses anscheinend exotische Tier einfangen sollte, das aus einem Palastkäfig entflogen zu sein schien, flatterte es auch schon davon, und ihn überfiel schlagartig die Erinnerung an die letzte Nacht. Er durchlebte noch einmal seine fiebrige Erregung während der Flucht, die Erschöpfung beim Rudern und seine Angst, sich im Dunkeln verirrt zu haben. Er streckte seine schmerzenden Glieder und den Rücken und bemerkte dabei, dass das Boot ans Ufer getrieben worden war. Er wusste zwar nicht, wie weit sie sich von der Burg von Favara entfernt hatten, aber schon die Aussicht auf festen Boden unter den Füßen erfüllte ihn mit Erleichterung.

Der Medicus dankte dem Herrn und ging vorsichtig an Land. Vor seinen Augen erstreckte sich eine Wiese, die am Fuß eines Berges endete. Er wusch sich das Gesicht, sog die frische Luft ein und genoss die absolute Stille. Erst dann bemerkte er, dass er allein war. Wo waren der alte Mann und das Mädchen geblieben? Er fragte sich, ob sie wohl in der Nacht über Bord gegangen waren, doch diesen Gedanken verwarf er gleich wieder. Er wäre bestimmt von dem Schaukeln des Bootes, den Wellen und den Geräuschen aufgewacht. Viel eher waren sie an Land gegangen, als er noch schlief. Und tatsächlich entdeckte er gleich darauf frische Spuren, die auf den Berg zuliefen.

Da er nicht wusste, wohin er sich sonst wenden sollte, beschloss er, ihnen zu folgen.

Die Pferde hatten sanftmütige Augen und ein glänzendes Fell. Ihre Wunden waren nicht dieselben, wie sie Adelisia im Traum gesehen hatte, denn sie bluteten kaum. Grafeo erklärte ihr, dass diese kleinen Schnitte hinter den Ohren dazu dienten, das Temperament der Pferde zu bändigen. Und doch waren da Pferde, am Fuß des Berges, von dem das Mädchen Dutzende Male geträumt hatte, und weideten im Schatten einer mächtigen Tanne. Obwohl die Erde nicht verkohlt und vom Feuer geschwärzt war, vermittelte sie den Eindruck einer unmittelbaren Gefahr.

Der Augenarzt näherte sich ganz ruhig der Herde. »Wollt Ihr eines streicheln, meine Kleine?«, fragte er Adelisia.

»Nein«, erwiderte sie, »ich will nicht.« Als sie bemerkte, dass der alte Mann gar nicht auf sie achtete, zog sie ihn am Ärmel. »Gehen wir bitte zum See zurück, ja?«

Grafeo hörte weiterhin nicht auf sie.

Verärgert schaute das Mädchen zu ihm hoch, und da erkannte sie, dass er plötzlich bleich und schreckensstarr zum Tal hin sah. Verständnislos folgte Adelisia seinen Augen ... und erblickte nun keine zwanzig Schritt vor ihnen den Reiter. Mächtig wie ein Riese saß er auf seinem Pferd und hatte die Lanze auf Grafeo gerichtet.

Sie erkannte ihn auf den ersten Blick.

Schlagartig erinnerte sie sich wieder an den scharlachroten Feuerstoß und die Schreie ihrer Mutter und daran, wie das Feuer an ihren Händen gebrannt hatte. Am liebsten hätte sie sich jetzt in ein wildes Tier verwandelt, um sich auf ihn zu stürzen, aber sie wurde von einer so großen Furcht überwältigt, dass sie nicht einmal einen Muskel bewegen konnte. Diese Angst war zu groß und zu schmerzhaft, als dass sie sie hätte unterdrücken können. Sie entlud sich in einem so lauten Schrei, dass er in ihren Ohren nachhallte. Und einen kurzen Moment war sie beinahe glücklich. Aber als der Schrei erstarb, spürte sie, wie sich ihre Kehle mit einer dichten, bitteren Schwärze füllte. Einer Schwärze, die ganz tief aus ihrem Innersten entsprang. Da wusste sie, dass sie sich niemals von dieser Angst befreien würde. Sie gehörte nun genauso zu ihr wie die Tränen aus Kristall.

Adelisia schrie erneut auf, aber diesmal, um ihren Freund zu warnen.

Grafeo machte keine Anstalten, sich zu bewegen. Er starrte gebannt auf die Spitze der Lanze, die bereits bedrohlich glühte ... Doch ehe der Schuss losging, erschien ein Mann wie aus dem Nichts und packte die Zügel des Pferdes, sodass der Reiter die Lanze verriss. Das Geschoss zerschellte zischend an der Tanne, die daraufhin in Brand geriet.

Das Mädchen betrachtete verblüfft den unverhofften Retter. Es war Suger de Petit-Pont. Sie sah, wie ihn ein Fußtritt des Reiters zu Boden warf.

Dann hörte sie wildes Hufgetrappel und drehte sich um, von instinktiver Furcht erfüllt. Die Pferde, die durch die Flammen aufgeschreckt worden waren, kamen im wilden Galopp direkt auf sie zu. Genau wie in ihrem Traum.

Nun würden sie sie niederrennen.

Da machte sich wieder ein stechender Schmerz in ihren Augen bemerkbar. Plötzlich und grausam. Blind und vor Angst gelähmt sah sie dem Tod entgegen. Doch dann spürte sie, wie jemand sie zu Boden stieß und sich schützend über sie warf. Und für eine Zeit, die ihr wie eine Ewigkeit vorkam, wurde sie von einem Meer donnernder Pferdehufe überrollt.

Sobald der Lärm abebbte, versuchte sie, den Körper abzuschütteln, der sie geschützt hatte, doch erfolglos. Er war zu schwer und schnürte ihr die Luft ab, sodass sie nicht einmal schreien konnte. Inzwischen grub sich der Schmerz so tief in ihren ganzen Körper, dass sie nicht mehr klar denken konnte. Sie wollte nur noch eins – in die Dunkelheit abgleiten, in Vergessen versinken. Doch dann wurde der Druck von ihr genommen, und sie konnte die warme Sonne auf ihrer Haut spüren.

Sie hörte Suger mit zittriger Stimme sagen: »Der Jude hat es nicht geschafft.«

»Und das Mädchen?«, fragte eine Stimme, hohl und tief wie aus einem Grab. »Ihre Augen bluten.«

»Ich werde mich um sie kümmern, ich habe gesehen, was man tun muss«, sagte der Arzt fast untertänig. »Aber dafür müsst Ihr mein Leben verschonen.«

Schließlich spürte Adelisia, wie zwei kräftige Arme sie hochhoben.

49

Cola Pesce blieb so lange unter Wasser, dass Uberto sich schon Sorgen machte, er könnte doch ertrunken sein. Der Gedanke machte ihn ein wenig traurig, doch nicht genug, um dem Seemann zu verzeihen, dass mit ihm seine einzige Hoffnung auf ein Treffen mit dem Kaiser untergegangen war. Das Boot Friedrichs II. schaukelte immer noch wartend auf dem Wasser, während das gaffende Volk die seltsamsten Vermutungen austauschte. Einige meinten, der ins Meer gefallene Ring wäre ein Geschenk der Kaiserin, andere hielten ihn für ein Schmuckstück mit wundertätigen Kräften. Uberto erinnerte sich, dass er von Ringen mit Steinen gehört hatte, die ihre Farbe wechselten, wenn sie mit Giften in Berührung kamen, und die sich bei Herrschern großer Beliebtheit erfreuten.

Er unterbrach seine Überlegungen, als er das Fass von Cola Pesce wieder auftauchen sah. Von dem Seemann aus Bari hingegen keine Spur. Doch dann bemerkte Uberto, dass Cola Pesce in einiger Entfernung an die Oberfläche gekommen war und nun mit kräftigen Armstößen zum kaiserlichen Boot hinüberschwamm. Er schöpfte wieder Hoffnung.

Cola Pesce klammerte sich am Bootsrand fest und überreichte dem Kaiser noch aus dem Wasser heraus etwas. Uberto stellte sich das überraschte Gesicht Friedrichs II. vor, dann sah er, wie dieser nach anfänglichem Zögern zum Zeichen seiner Bewunderung in die Hände klatschte. Die Männer seines Gefolges taten es ihm gleich, und das Volk jubelte laut.

Cola Pesce hatte sich die hundert Tari verdient, und er selbst bekam vielleicht die Möglichkeit, seinen Vater zu befreien.

Als der Kaiser und sein Gefolge die Mole erreichten, zogen sie sich sofort in ein großes Zelt zurück, das eigens für Seine Majestät errichtet worden war. Cola Pesce, der inzwischen ans Ufer geschwommen war, lief ebenfalls dorthin, um wenig später mit einer großen Börse und einem zufriedenen Grinsen herauszukommen. Eine Wache begleitete ihn ein Stück des Wegs, damit niemand versuchte, ihn zu berauben.

Als der Soldat sich verabschieden wollte, bat Cola Pesce ihn, noch etwas zu warten, und suchte in der Menge nach Uberto. Dieser drängte sich mühsam durch die neugierigen Menschen, und als der Fischer ihn schließlich entdeckte, winkte er ihn zu sich.

»Seine Majestät hat zugestimmt, Euch zu empfangen«, sagte die Wache und forderte die Leute auf, Platz zu machen.

Uberto ließ sich das nicht zweimal sagen, aber ehe er dem Soldaten folgte, umarmte er Cola Pesce fest. »Ich bin Euch etwas schuldig!«, sagte er fast gerührt.

Cola Pesce erwiderte die Umarmung und klopfte ihm aufmunternd auf die Schulter.

Dann trennten sich ihre Wege.

Friedrich II. war von Dienern und Knappen umgeben, die ihm das Kettenhemd aus purem Gold abnahmen. Der einzige Mann von Rang an seiner Seite war ein kleiner, beleibter Adliger, der ihn mit Fragen überhäufte. Uberto beobachtete beide ehrfurchtsvoll und kniete nieder, während er darauf wartete, dass der Kaiser ihm die Erlaubnis gab, zu sprechen. Obwohl das Ablegen einer Rüstung einen Mann immer etwas plump erscheinen ließ, strahlte der Kaiser währenddessen große Autorität aus, aber auch eine Natürlichkeit – Menschlichkeit wäre vielleicht das geeignete Wort dafür –, die Adlige und Prälaten oft vermissen ließen. Unter blonden Haaren beobachteten kluge, aufgeweckte Augen die Umgebung, wie man ihnen sonst eher auf Marktplätzen begegnete als bei Hofe.

Der Adlige beendete seine Rede, wandte sich Uberto zu und winkte ihm, er möge sich erheben. »Nun denn, Messere, Seine Majestät war so großzügig, Euch eine Audienz zu gewähren«, sagte er. »Ich bin Taddeo da Sessa, Rechtsgelehrter in Seinen Diensten. Kommt schnell und ohne große Umschweife zur Sache, denn wir haben hier genug anderes zu tun.«

Uberto erhob sich elegant und dankte dem Himmel, dass er Kleider trug, die ihn nicht wie einen gewöhnlichen Bauern aussehen ließen.

»Ich bitte um Vergebung, dass ich es gewagt habe, vor Euch zu treten«, sagte er, »aber ich habe dafür einen triftigen Grund. Ich möchte um etwas bitten – nicht für mich, sondern für meinen Vater.«

Der Kaiser musterte ihn neugierig. »Ein fremder Akzent«, bemerkte er und wandte sich an den Edelmann an seiner Seite. »Wir bezweifeln, dass er einer Unserer Untertanen ist.«

»Das bin ich in der Tat nicht, Majestät«, sagte der junge Mann. »Mein Name ist Uberto Alvarez, und ich komme aus Kastilien, doch mein Vater wird hier in Palermo gefangen gehalten, in Eurer Burg am Monte Grifone.«

»Auf wessen Veranlassung?«, fragte Taddeo da Sessa, der ihn nun auch aufmerksamer betrachtete.

»Auf Befehl eines deutschen Geistlichen namens Konrad von Marburg, im Auftrag Seiner Heiligkeit.«

»Wir haben noch nie von ihm gehört.« Friedrich II. schob einen Diener beiseite, der ihm die Kettenhaube abnehmen wollte, und packte den Rechtsgelehrten am Kragen. »Mit welcher Befugnis könnte ein Geistlicher es wagen, in Unserem Haus Befehle zu erteilen?«

Der Adlige bewies Mut, indem er seinem Herrscher furchtlos in die Augen sah und bedauernd feststellte: »Nun ja, wenn er wirklich im Namen Seiner Heiligkeit handelt ...«

»Seine Heiligkeit ... von wegen heilig!«, fuhr Friedrich II. auf und ließ den Mann los. »Papst Gregor lässt in Unserer Abwesenheit seine Clavigeri auf das Regnum Siciliae los, und Wir sollen nun so tun, als sei nichts passiert? Ihr habt ja keine Vorstellung, wie viele Soldaten man aufbringen muss, um diese Hunde dorthin zurückzujagen, wo sie hergekommen sind. Und jetzt steht hier ein Spanier vor Uns und erzählt etwas von einem anderen päpstlichen Gesandten, der sich sogar bis in die Favara gewagt hat ...« Er sah Uberto mit wachsendem Interesse an. »Also gut, Messere«, fuhr er dann wieder ruhig fort, »was hat Euer Vater getan, dass ein Priester ihn bestrafen will?«

»Nichts, Majestät, ich schwöre es. Er ist das Opfer eines Missverständnisses.«

»Wer ist das nicht?« Friedrich II. lächelte. »Erklärt Euch näher, aber versucht nicht, Uns zu belügen.«

»Er wurde grundlos der Häresie bezichtigt«, sagte Uberto und hoffte, dass er die Worte mit dem nötigen Nachdruck hervorbrachte. »Man hält ihn sogar für einen Teufelsanbeter, aber das ist nicht wahr, das versichere ich Euch. Er war nur am falschen Ort …«

Taddeo da Sessa brachte ihn mit einer Handbewegung zum Schweigen.

Der Kaiser wurde ärgerlich. »Nun, Taddeo, weshalb habt Ihr ihn unterbrochen?«

»Es ist sinnlos, ihn jetzt weiter anzuhören, Majestät«, erklärte der Rechtsgelehrte. »Die Angelegenheit darf nicht hier geklärt werden, wo keine Zeugen zugegen sind, und bestimmt nicht, ehe man nicht die Gründe dieses Geistlichen angehört hat … dieses Konrad von Marburg. Außerdem, wenn mir ein offenes Wort erlaubt ist, weiß ich, dass Ihr mit gewissen Verirrungen viel zu sehr liebäugelt. Es ist meine Aufgabe, Euch an Eure Pflichten gegenüber Seiner Heiligkeit zu erinnern, gerade was die Verbrechen der Ketzerei betrifft …«

»Mein Vater ist kein Ketzer!«, unterbrach ihn Uberto empört.

»Haltet den Mund, unverschämter Bursche!« Da Sessa warf ihm einen strengen Blick zu. »Wie könnt Ihr es wagen, mir ins Wort zu fallen?«

»Ihr seid schnell bei der Hand, wenn es darum geht, andere an ihre Pflichten zu gemahnen, Taddeo.« Friedrich II. sprach leise, aber deutlich verärgert, so wirkte er noch furchteinflößender, als wenn er in seiner Wut laut geworden wäre. »Der Papst verdient Unsere Treue nicht!«

»Die Lage ist zu kompliziert, um sich seinem Groll hinzugeben«, bemerkte der Rechtsgelehrte ungerührt.

Der Kaiser schüttelte den Kopf. »Ihr vergesst, dass Wir für ihn das Kreuz genommen haben!« Das Ende des Satzes hatte er wütend gezischt. »Und er … er … wie dankt er es Uns?«

»Ihr habt recht«, stimmte Taddeo ihm beschwichtigend zu, »aber Ihr müsst Voraussicht beweisen, Majestät, wenn Ihr einen Vergleich mit dem Heiligen Stuhl anstrebt. Ihr wisst, dass Ihr es Euch nicht erlauben könnt, die Machtverhältnisse aus dem Gleichgewicht zu bringen …«

Der Herrscher sah ihn lange und eindringlich an, während er sich über den blonden Bart strich und versuchte, sich zu beruhigen. »Ihr habt recht«, sagte er schließlich und setzte sich.

»Wie lauten daher Eure Befehle, Majestät?«

»Wir begeben uns zur Burg, um mit diesem … Geistlichen zu sprechen.« Dann schien ihm etwas einzufallen, und er zeigte gelangweilt auf Uberto. »Was wird aus ihm?«

»Hierlassen können wir ihn nicht«, erwiderte da Sessa mit einem unangenehmen Grinsen. »Ich würde Eurer Majestät raten, ihn in Ketten zu legen und zur Burg mitzunehmen.«

50

Ulfus hatte Angst vor diesem Mädchen. Kurz hatte er sogar gehofft, es wäre unter den Pferdehufen zertrampelt worden, aber der alte Jude hatte sich geopfert und es mit seinem eigenen Leib beschützt. Sogar der französische Arzt, der nicht gerade Löwenmut zu besitzen schien, hatte sie verteidigt, da er glaubte, der Blitz aus der Feuerlanze wäre für das Mädchen bestimmt. Aber der Magier hatte nur ein Todesurteil ausgesprochen. Benvenuto Grafeo kenne zu viele Geheimnisse, hatte er gesagt, ohne zu erklären, welche. Ulfus hatte blind gehorcht, er war sowieso nicht in der Lage, etwas von dem Plan zu begreifen. Die Vorstellung, ihm könne Gefahr drohen, war ihm so fremd, dass ihn alles völlig gleichgültig ließ. Der Magier dagegen hielt seinen Blick immer auf die noch im Nebel liegenden zukünftigen Ereignisse gerichtet, um Gefahren abzuwenden, die vielleicht gar nicht eintreten würden. Und so schuf er durch seine ständige Einflussnahme vielleicht gerade neue.

Dennoch schien der Magier ausgerechnet die größte Bedrohung nicht erkannt zu haben. Ulfus konnte es nicht fassen. Alle schienen bereit, Adelisia zu verteidigen, auch wenn sie dabei selbst Schaden erleiden würden. Ob sie vielleicht verflucht war?

Dieses Mädchen war bestimmt kein gewöhnliches Kind, das sah man an ihren Augen. Und eben wegen dieser Augen fürchtete Ulfus sich vor Adelisia, obwohl er gezwungen war, sich um sie zu kümmern. Ein Befehl des Magiers, nachdem er sich lange mit dem spanischen Händler unterhalten hatte. Er hatte angeordnet, sie aus dem Palast zu entführen und sofort zu ihm zu bringen. Als Ulfus dann zur Burg von Favara gelangt war, hatte er erfahren, dass Suger, Grafeo und Adelisia geflohen waren. So hatte er schnell handeln müssen, um sie vor den Wachen zu finden.

Der Magier sorgte sich um das Schicksal des Mädchens, wie er es noch nie zuvor getan hatte. Allerdings war er, seit er von Remigardas Tod erfahren hatte, auch nicht mehr der Gleiche. Als Ulfus ihn davon unterrichtete, hatte er Tränen in den Augen gehabt, und seine Lippen hatten kurz gebebt. Wie bei jedem gewöhnlichen Sterblichen. Aber hinter dieser Maske der Trauer hatte Ulfus kurz diabolischen Zorn aufblitzen gesehen. Wie er ihn manchmal in Adelisias Blick erkennen konnte.

Und obwohl er ein einfacher Mann war, war Ulfus sich einer Sache ganz gewiss. Selbst der Magier, der furchteinflößendste Mensch, den er jemals kennengelernt hatte, wäre zu allem bereit, um sein eigen Fleisch und Blut zu beschützen.

51

Der Astrologe und das Mädchen saßen einander gegenüber.

Zum ersten Mal seit langer Zeit wusste Scoto nicht, wie er sich verhalten sollte. Er war nicht darauf gefasst gewesen, ja beinahe erschrocken darüber, welchen Verlauf die Ereignisse genommen hatten. Daran war nur dieser Ignazio da Toledo schuld, der ihn erst in eine meisterliche Schachpartie verwickelt hatte, um ihn dann in dieser Pattsituation zwischen Vater und Tochter zurückzulassen. Er konnte nicht sagen, ob es ein strategischer Zug gewesen war oder einfach Zufall, jedenfalls hatte er verheerende Wirkung gehabt. Der Astrologe hatte viele Bauern zu seiner Verteidigung opfern müssen. Und nun, da sich die dunklen Schatten der Abenddämmerung zwischen die hellen Lichtflecken mischten, wurde ihm bewusst, wie sehr auch sein Arbeitszimmer einem Schachbrett glich. Einem Schachbrett, das sich in Raum und Zeit erstreckte wie ein Sternenumhang, auf dem man Ideen, Erinnerungen und Himmelskörper abbilden konnte. Und da saß er nun selbst inmitten dieses schwarz-weißen Universums, zusammen mit einer Tochter, von deren Existenz er bis zum gestrigen Tag nichts geahnt hatte.

»Wie heißt Ihr?«, fragte das Mädchen. Man konnte ihr den Schreck und den Schmerz immer noch ansehen, aber sie erholte sich zusehends.

»Michael«, erwiderte er, wobei er den Namen instinktiv auf die verbotene Art aussprach, der Überrest einer Kindheit, die er eigentlich aus seinem Andenken getilgt hatte, ganz so, wie die alten Römer verhasste oder in Ungnade gefallene Persönlichkeiten aus den öffentlichen Bildnissen zu entfernen pflegten.

»Michael … wie der Erzengel?«

Der Astrologe lächelte sie an und nickte. Etwas an ihr erinnerte ihn an Remigarda. Vielleicht ihre klare Stimme. Oder die sanften Gesichtszüge, die dennoch den Stolz und das Temperament ihrer Mutter erkennen ließen. Plötzlich schien er sie beinahe vor sich zu sehen. So wie in ihrer letzten gemeinsamen Nacht. Als er sie geohrfeigt hatte.

Er streckte eine Hand aus, um Adelisia zu streicheln, und suchte nach weiteren Ähnlichkeiten zu der einzigen Frau, die er jemals geliebt hatte, doch ehe er sie berührte, hielt er inne. Ein Mann stand wartend in der Tür, Suger de Petit-Pont.

Scoto erstarrte und grüßte ihn mit einem Kopfnicken. Der Mann wurde von Ulfus am Arm festgehalten, der halb durch den Türrahmen verdeckt war. Eine unnötige Vorsichtsmaßnahme, da Suger kaum den Eindruck machte, als ob er fliehen wollte.

Der Astrologe stand auf und forderte Adelisia ebenfalls dazu auf. »Ihr müsst mich entschuldigen, meine Liebe, aber ich habe etwas Wichtiges zu erledigen.«

Das Mädchen wich zurück. »Lasst mich nicht mit dem da allein!«, rief sie erschrocken, als sie Ulfus auf sich zukommen sah.

»Er wird Euch nichts tun«, flüsterte Scoto ihr beruhigend ins Ohr. »Er wird Euch vielmehr bis zu meiner Rückkehr in einem sicheren Versteck beschützen.«

Adelisia nickte schwach und ließ sich von Ulfus an die Hand nehmen, der sich mit einer knappen Geste verabschiedete. Ehe er ging, sah er den Astrologen forschend an. Sie verständigten sich wortlos, dann verließ er zusammen mit dem Kind den Raum.

Sie wehrte sich zunächst noch ein wenig. »Ihr habt es versprochen«, ermahnte sie ihn, wie sonst ihre Mutter. »Ihr habt es versprochen, Michael.«

Scoto lächelte sie noch einmal an, dann wurden seine Züge hart, und er wandte sich dem Arzt zu, der an der Tür gewartet hatte. »Messere, nehmt Platz.«

Vorsichtig, mit vor dem Bauch verschränkten Händen wagte sich Suger weiter in den Raum. Obwohl er so bescheiden auftrat, lag Stolz, ja fast Empörung in seinem Schritt.

Scoto war davon überzeugt, dass die Art zu gehen viel über den Charakter einer Person aussagte. Die Haltung, der Schwung und der Rhythmus, wie jemand die Füße setzte, wiesen sofort auf Gleichgültigkeit oder Verlegenheit, Selbstsicherheit oder Furcht hin. Bei dem

Mann vor ihm beispielsweise schienen Arroganz und Feigheit sich die Waage zu halten, vor allem aber wirkte er erschöpft. »Ich habe nicht vor, Euch für Euren Fluchtversuch zu bestrafen«, beruhigte der Astrologe ihn, während er unauffällig zur Tür ging und sie abschloss. »Allerdings haben wir einiges zu bereden.«

Der Arzt sah ihn überrascht an. »In aller Aufrichtigkeit, Messere, ich verstehe den Grund für dieses Treffen nicht. Ich habe Euch zwar bereits gesehen, aber ich weiß nicht, welche Rolle Ihr hier am Hof einnehmt.«

»Das werdet Ihr bald erfahren, nur nicht so eilig.«

»Werde ich auch erfahren, was Euch mit dem geheimnisvollen Krieger verbindet, der mich gefangen genommen und hierher geführt hat?« Das Gesicht des Franzosen verfinsterte sich. »Ich nehme an, er tötet auf Euren Befehl.«

»Eins nach dem anderen.« Der Astrologe gab sich bedeckt. »Zunächst erzählt mir einmal, wie Ihr in diese unangenehme Angelegenheit hineingeraten seid.«

»Es war alles ein Missverständnis, was sonst.«

»Ihr untertreibt das Ausmaß Eurer Missgeschicke. Von Paris bis hierher muss Eure Reise die Hölle gewesen sein, vor allem im Gefolge eines so brutalen Menschen wie Konrad von Marburg.«

»Es war nicht gerade angenehm, das gebe ich zu.«

Scoto strich sich über den Kinnbart und ordnete seine Gedanken. Er hatte dieses Treffen aus zwei bestimmten Gründen angestrebt. Nun, da Ignazio da Toledo aus dem Spiel war, war dieser Mann der Einzige, der ihn mit den Verbrechen in Verbindung bringen und somit das Misstrauen des päpstlichen Gesandten auf ihn lenken konnte. »Ignazio da Toledo hat mir von Euch berichtet«, sagte er, um ihn auf die Probe zu stellen. »Er scheint Euch nicht sonderlich zu schätzen.«

Suger beschränkte sich auf ein empörtes Achselzucken.

»Er behauptet, er habe den Umhang des Schützen von Euch erhalten.« Der Astrologe wartete, ob der andere etwas dazu sagen wollte. Als der Franzose schwieg, fuhr er herausfordernd fort: »Man muss sich schon fragen, welches Interesse Ihr an dieser Kostbarkeit habt und wo sie Euch übergeben wurde.«

Die Hände des Arztes, die immer noch über dem Bauch verschränkt waren, schienen ein Übelsein zu unterdrücken. »Ich wüsste nicht, was Euch das interessieren sollte.«

Scoto verabscheute Sugers ausweichende Haltung, und ihn beunruhigte der Gedanke, dass die Zeit ihm davonlief. »Ich habe Euch hierherbringen lassen, um herauszufinden, inwieweit Ihr in die Angelegenheit verstrickt seid, nicht, um Erklärungen abzugeben.« Wie ein Raubtier strich er um den Arzt herum. »Ich rate Euch, stellt Euch lieber nicht dumm.«

Bei diesen Worten änderte Suger plötzlich sein Verhalten. »Ich verstehe nicht, weshalb Ihr mich so verhört«, sagte er kämpferisch und hielt ihm drohend den Zeigefinger unter die Nase, »aber Ihr könnt sicher sein, dass Konrad von Marburg von diesem Gespräch erfahren wird!«

Der Astrologe ließ sich jedoch nicht einschüchtern. Er erkannte in Suger de Petit-Pont das gleiche Verhalten wie bei kleinen Hunden, die bei ersten Anzeichen von Gefahr gleich zubeißen. Dennoch war dieser Mann kein Dummkopf, er war intelligent und stolz. Vielleicht auch ehrgeizig und somit bestechlich. Man konnte es ja einmal versuchen. »Ich wiederhole, dass ich nicht Euer Feind bin«, beruhigte er ihn. »Wenn Ihr mir erklärt, wie Ihr in den Besitz des Umhangs gekommen seid, ist es durchaus möglich, dass Ihr den versprochenen Lohn erhalten werdet.«

Der Arzt zögerte, und kurz sah es so aus, als wollte er ihm etwas enthüllen. Doch dann sprach aus seinen Augen nur noch die Angst. »Inzwischen genügt mir als Lohn voll und ganz, dass ich noch am Leben bin.«

Das Lächeln, das sich nun auf den Lippen Michele Scotos abzeichnete, war ein wahres Meisterwerk, eine Mischung aus Verschwiegenheit und Entgegenkommen. Der Franzose musste etwas aus seinem Unglück gelernt haben. Oder, was wesentlich schlimmer wäre, er kannte das gesamte Ausmaß der Gefahr, in der er immer noch schwebte. Der Astrologe dachte über dieses Problem nach, dann entschied er, zu dem zweiten Thema überzugehen, das ihm am Herzen lag. »Ich entschuldige mich für meine Hartnäckigkeit. Erst jetzt erkenne ich, wie sehr Euch all diese Ereignisse mitgenommen haben ... Wenn Ihr wollt, können wir auch über etwas anderes sprechen. Erzählt mir doch beispielsweise etwas über das Mädchen.«

Dieses Thema entsprach dem Franzosen und seinem Redebedürfnis deutlich mehr. »Ich weiß nur wenig über sie«, erwiderte er sogleich, schon sichtlich entspannter, »und doch etwas Wichtiges. Sie hat ein schweres Leiden.«

»Erklärt das genauer.«

»Euch sind bestimmt ihre Augen aufgefallen.«

»Ich habe sie nur kurz gesehen ... Ja, sicher, ich habe bemerkt, dass ihre Augen entzündet waren. Und?«

»Nun, sie verliert Tränen aus Kristall.«

Scoto schlug sich die Hand vor den Mund, um seine Bestürzung zu verbergen. Erst überlegte er, ob es eine Lüge war, doch dann verwarf er diesen Gedanken. »Ziemlich ungewöhnlich«, sagte er schließlich.

»Eigentlich ist es eher wie ein Wunder.«

»Die Wunder überlassen wir lieber den Priestern und Dummköpfen. Ihr seid Medicus, also habt Ihr Euch bestimmt eine Meinung dazu gebildet.«

Suger schien Scotos Worte zu genießen. »So abwegig es auch scheinen mag, Adelisias Symptome erinnern mich an Nierensteine. Ich habe mit Benvenuto Grafeo, dem Augenarzt, darüber gesprochen, aber nach seinem Dafürhalten gibt es kein Gegenmittel.«

Der Astrologe konnte nur mit aller Mühe seine Gefühle unterdrücken. Er war so aufgewühlt, weil er sich gerade an seine Kindheit erinnerte, an eine Cousine, die sehr jung an einer geheimnisvollen Augenkrankheit gestorben war. Er hatte sie nie zu Gesicht bekommen, die Eltern hatten sie immer versteckt gehalten, weil sie missgestaltet zur Welt gekommen war. Michael hatte mehr als einmal von ihr gehört. Der Verdacht, dass Adelisias Krankheit sich durch das Blut seiner Familie weitervererbte, bereitete ihm plötzlich Schuldgefühle.

Sugers Stimme brachte ihn in die Wirklichkeit zurück. »Man kann ihr nur helfen, indem man sie vor Sonnenlicht schützt, sie ruhig hält und ihr die Kristalle entfernt, sobald die Krankheit auftritt.«

Die Lage war ernst. Scotos Sorgen hatten allerdings auch einen anderen Grund. »Konrad weiß bestimmt davon. Was denkt er darüber?«

Ein bitteres Lächeln erschien auf den Lippen des Arztes. »Dass es Teufelswerk sei.«

Scoto nahm bei seinem Gegenüber einen Hauch von Bedauern wahr. »Das Mädchen liegt Euch am Herzen«, stellte er fest.

»Euch ebenfalls, und zwar nicht zu knapp«, gab Suger zurück, »obwohl ich nicht weiß, warum. Ich habe bemerkt, wie Ihr sie anseht, und das hat Fragen aufgeworfen. Bei mir ist der Grund offensichtlich, ich habe sie ein wenig kennengelernt und konnte so Mitleid für ihre Krankheit empfinden. Ihr dagegen, warum solltet Ihr an dem Mädchen interessiert sein?«

Scoto erkannte, worauf der Arzt anspielte und welche Gefahr daraus für ihn entstehen könnte. Er wusste nicht, ob Suger nur etwas vermutete oder ob er über die ganze Angelegenheit unterrichtet war, doch das kümmerte ihn nicht. Nicht mehr. Dieser Mann durfte mit keiner Menschenseele mehr reden, und am allerwenigsten mit Konrad von Marburg. Er ging zu einem Regal, auf dem ein Weinservice stand, und wählte eine Karaffe mit einer roten Flüssigkeit. »Mein lieber Medicus«, sagte er, während er eingoss, »urteilt nicht vorschnell über mich.« Dann füllte er ein zweites Glas und reichte es dem Arzt, das erste behielt er für sich. »Liebe und Selbsterhaltungstrieb sind Kräfte, die das ganze Universum bewegen, nicht nur das Leben der Menschen. Und wir können uns ihrer Herrschaft nur unterwerfen oder zugrunde gehen.«

Der Franzose schien nicht zu wissen, was er meinte, doch er führte das Glas an die Lippen und nahm einen Schluck. Michele Scoto dagegen trank noch nicht. Er hielt sein Glas vor eine Kerze und betrachtete die darin enthaltene Flüssigkeit, dann wandte er sich ab.

Er wollte nicht, dass Suger seine Augen sah.

Es war, als ob der Wein sich seinen Weg nach unten in den Magen brannte. Suger fuhr mit einer Hand zur Kehle, die andere presste er auf den Magen, während er sich unter schrecklichen Schmerzen krümmte und auf die Knie sank. Er versuchte zu schreien, doch seinem Mund entrang sich nur ein gedämpftes Röcheln. Daher kroch er zu dem Mann, der es immer noch vermied, ihn anzusehen, und packte ihn an den Kleidern, um ihn zu Boden zu reißen. Doch plötzlich fuhr der Astrologe herum und stieß ihn mit dem Fuß zurück. Der Arzt fiel auf den Rücken, musste säuerlich aufstoßen und davon würgen.

»Es tut mir leid, dass es so enden muss«, sagte Scoto eiskalt, »aber Ihr hättet mir zu sehr schaden können.«

Suger konnte ihm nicht ins Gesicht sehen, Tränen des Schmerzes und der einsetzende Todeskampf trübten seinen Blick. Es war, als ob ein flüssiges Feuer in seinen Eingeweiden wütete und sich einen Weg nach draußen bahnte. Unter immer heftigeren Schmerzen wälzte er sich auf dem Boden. Die Krämpfe waren so schlimm, dass er nicht einmal dazu kam, Angst zu empfinden.

Da war nur Platz für eine verzweifelte Wut, die aus dem Wissen entsprang, dass man ihn getäuscht hatte, und diesem Gefühl der Ohnmacht. Wieder einmal hatte jemand über ihn entschieden, hatte ihn benutzt wie eine Schachfigur und sich sogar das Recht angemaßt, ihm das Leben zu nehmen, sodass er nie mehr die Möglichkeit haben würde, die eigenen Wünsche, die eigenen Träume zu verwirklichen.

So flüchtete er sich in das Bild, das vor seinen Augen erschien, vier Wände um ein Bett, in dem ein todkranker Mensch lag. Suger streichelte ihn und beruhigte ihn mit freundlichen Worten. Es war sein Vater. Er musste nur ein wenig Geduld haben, versicherte Suger ihm, dann würde er ihn heilen. Ein totenbleiches Mädchen trat aus dem Schatten hervor und bot sich an, ihnen mit ihren Kristalltränen zu helfen. Suger sagte, das sei nicht nötig. Endlich wusste er, was er tun musste. Man brauchte Mut. Nichts als Mut. Den Mut, der ihm sein ganzes Leben gefehlt hatte.

Etwas trübte das Bild, ein scharrendes Geräusch von Fingernägeln, die über den Boden kratzten, ein Krampf in den Eingeweiden. Dann wurde alles ganz ruhig und versank im dankbaren Lächeln seines Vaters.

Scoto betrachtete starr die Leiche des Arztes, bis ein Klopfen an der Tür ihn aus seiner Betäubung riss. Er unterdrückte seinen Ekel, öffnete Ulfus und zeigte ihm die Leiche. Der Krieger packte sie bei den Knöcheln und zerrte sie zum nächsten Teppich, wobei er eine Spur von Blut und anderen Körpersäften hinterließ. Inzwischen ging Scoto zum Schrank und betätigte den Mechanismus, der den Zutritt zum Geheimgang öffnete.

Ulfus wickelte die sterblichen Überreste von Suger de Petit-Pont in den Teppich, lud ihn sich mühelos auf die Schultern und verschwand im dunklen Gang.

Scoto schloss die Tür hinter ihm und ermahnte sich, den Zugang baldmöglichst zumauern zu lassen, wie er Ignazio da Toledo gedroht hatte. Dann betrachtete er den frischen Blutfleck auf dem Boden und dachte, dass er wohl einen Diener kommen lassen müsste, damit er sauber machte, ehe Ulfus, nachdem er die Leiche begraben hatte, mit dem Mädchen zurückkehrte.

Inzwischen setzte er sich vor den Kamin, wo unter gräulichen Rauchschwaden immer noch die Asche des Umhangs vor sich hin glühte.

Der Name des Jägers würde in Schweigen versinken. Für immer.

52

Ignazio hatte ihn zwar noch nicht gesehen, aber er wusste, dass der Scheiterhaufen für ihn schon bereitstand. Die Knechte hatten ihn vor dem Palast errichtet, am Rand einer weitläufigen Auffahrt für Wagen und Pferde. Die Wahrheit über den Nimrod-Kult herausgefunden zu haben hatte ihm in keiner Weise weitergeholfen, weder um sich von den Anschuldigungen zu entlasten noch um Scoto auf seine Seite zu ziehen. Man hatte ihn wieder den Palastwachen übergeben und auf Geheiß Konrads von Marburg nackt und ohne Wasser oder Nahrung in einer viel kleineren und ungemütlicheren Zelle als vorher eingesperrt. Es hatte keinen Sinn mehr, wenn er seine Unschuld laut herausschrie. Während der letzten Tage war ihm allmählich bewusst geworden, dass sein Ende nun unausweichlich nahte. Er hatte von Anfang an geahnt, dass er im Zusammenhang mit dem geheimnisvollen Umhang gegen etwas würde kämpfen müssen, das ihn an die Grenze seiner Möglichkeiten bringen würde, und er war froh, dass er wenigstens Uberto gerettet hatte. Unerträglich war ihm allerdings der Gedanke, dass er gedemütigt und unter Qualen im Feuer sterben sollte. Er empfand große Angst, zu groß, um sie zu unterdrücken, dennoch vernebelte sie nicht sein Urteilsvermögen. Schließlich war Ignazio dieses Gefühl seit seiner Kindheit vertraut. Er begnügte sich damit, es in sich aufzunehmen wie schwarze Galle. Zum letzten Mal.

Die Tür zu seiner Zelle öffnete sich, ihm wurde seine Kleidung hingeworfen, damit er sich bedecken konnte, und dann wurde er in Ketten zum Gerichtstribunal gebracht. Ignazio wehrte sich nicht. Er war es leid, zu kämpfen und nach Auswegen zu suchen. Nun sah er die Ränder des Schachbretts klar vor sich, unüberwindbare Grenzen, aus denen es kein Entkommen gab. Er folgte den Wachen durch ein Labyrinth aus Gängen, die auf ihrem Weg nach oben immer heller und freundlicher wurden, bis er sich in einem großen Saal wiederfand, der von einem langen Tisch an der Stirnseite dominiert wurde. Dort saßen bereits mehrere Männer: Konrad von Marburg hatte den Sitz in der Mitte eingenommen, Michele Scoto einen am linken Ende. Fünf andere Geistliche besetzten die übrigen Plätze.

Ignazio stand etwa zehn Schritte von dem Tisch entfernt und ließ den Blick von einem zum anderen wandern. Seine Arme hingen an den Seiten herab, und er spürte das Gewicht der Ketten um seine Handgelenke, doch er wirkte nicht wie ein Besiegter. Da ihm bewusst war, dass die allgemeine Aufmerksamkeit auf ihn gerichtet war, hielt er sich aufrecht. Sie konnten ihm zwar das Leben nehmen, aber nicht den Stolz, seinen Feinden offen entgegenzutreten.

Konrad sah ihn scheinbar gleichmütig an, dann gab er endlich einem Schreiber, der links vom Tisch saß, ein Zeichen, dass er mit dem Protokoll beginnen solle. »Im Namen Seiner Heiligkeit, Papst Gregor IX., Bischof der katholischen Kirche und Diener der Diener Gottes, wird der Unterzeichnete Konrad von Marburg, *predicator verbi Dei* und betraut mit der Aufgabe, häretischen Verfehlungen nachzugehen, wo sie auftreten, mit Gottes Hilfe den Hauptverdächtigen zu einer Reihe von schändlichen Verbrechen befragen, die im Namen eines blasphemischen und nekromantischen Kults begangen wurden, der eine luziferianische Dreifaltigkeit anbetet.« Er wartete ab, bis der Schreiber diese Eingangsformel notiert hatte, dann fuhr er fort. »Der Obengenannte, der bis hier nach Palermo, an die äußerste Grenze des Heiligen Römischen Reiches, gereist ist, wird die *quaestio* mit allen zulässigen Mitteln führen, zum alleinigen Wohle der Wahrheit und Gerechtigkeit. Um Nachlässigkeiten oder Fehler im Verfahren zu vermeiden, wird diese Aufgabe in Anwesenheit der Zeugen Michele Scoto, kaiserlicher Berater, und Berardo di Castagna, Erzbischof von Palermo, wahrgenommen«, Konrad bedachte den greisen Kirchenmann an seiner Seite mit einem ehrerbietigen Gruß, »außerdem von vier Mönchen aus dem Dom von Monreale, deren Namen unten im Protokoll aufgeführt werden.«

Der Händler hörte ihm ohne jede äußere Regung zu, und während er trocken schluckte, beobachtete er den Schreiber, der beflissen alles aufzeichnete. Einen Moment lang war im Saal nur das Kratzen der Feder auf dem Pergament zu hören.

Nach einer kurzen Pause musterte Konrad von Marburg jeden der Anwesenden nacheinander. »Bevor ich beginne, sollte ich für die geneigten Herrschaften die Fakten noch einmal zusammenfassen, damit alle über die Angelegenheit unterrichtet sind. Auf diese Weise vermeidet man Missverständnisse während des Verhörs.« Konrad ließ seinen Blick auf Scoto ruhen, es wirkte beinahe, als wollte er ihn um Erlaubnis fragen.

»Ich bitte Euch, ehrwürdiger Herr«, sagte der Astrologe gleichmütig, »fahrt fort.«

Da war ein beunruhigtes Flackern in Ulfus' Augen gewesen. Adelisia hatte es kurz aufblitzen sehen, ehe es hinter seinen trüben Pupillen verschwand. Sie hatte keine Vorstellung, was einen so großen und kräftigen Mann erschrecken konnte, aber wenn sie in der Lage dazu gewesen wäre, hätte sie sich diese Unruhe nur zu gern zunutze gemacht, um ihn zu töten. Der Krieger hatte sich zwar um sie gekümmert, er hatte sie in dieser Höhle versteckt und ihr Essen gebracht, doch das zählte nicht für sie. Er war der Mörder ihrer Mutter! Sie hasste und fürchtete ihn so sehr, dass sie es kaum ertragen konnte, in seiner Nähe zu sein. Hier im Arbeitszimmer des Astrologen, das mit geheimnisvollen Gegenständen angefüllt war, konnte das Mädchen ihn zum Glück auf Abstand halten. Alles dort erzählte ihr etwas über Michael, und sie fühlte sich geborgen und entspannt. Sie konnte nicht sagen warum, aber sie hatte sich in seiner Gesellschaft sofort wohlgefühlt, als würde sie ihn schon seit einer Ewigkeit kennen. Dennoch verwirrte sie ein Gedanke. Dieser spröde und doch fürsorgliche Mann, der den Namen eines Erzengels trug, stand in Verbindung zu dem Mörder ihrer Mutter. Schon bei dem Gedanken wäre sie am liebsten weit weggelaufen.

»Warum habt Ihr sie umgebracht?«, fragte sie plötzlich, weil sie ihre Verachtung nicht länger unterdrücken konnte.

Ulfus stand vor einem Fenster. Er sah sie von der Seite an und achtete darauf, ihr nicht in die Augen zu schauen. »Ein Befehl«, sagte er mit seiner tiefen Stimme.

»Ein Befehl von wem?«

Der Krieger deutete auf den Tisch mit dem Schachbrett. An dem bis vor Kurzem noch Michael gesessen hatte.

»Das ist nicht wahr!«, rief Adelisia erschüttert.

Ulfus sah wieder zum Fenster hin.

»Das ist nicht wahr!«, schrie das Mädchen noch einmal.

Doch Ulfus hörte ihr nicht mehr zu, er war mit seinen Gedanken schon ganz woanders. Sein Gesicht war eine ausdruckslose Maske, und sein Körper zeigte keine Regung. Doch als die Türangeln plötzlich knarrten, erwachte er aus seiner Erstarrung.

Ulfus fuhr herum und sah zur Tür. Sie stand einen Spalt offen … und Adelisia war verschwunden!

Wütend auf sich selbst machte er sich an die Verfolgung.

Konrad hatte die Darlegung der Tatsachen beendet, hatte von den Morden der vier letzten Monate in Seligenstadt, Paris, Neapel und Salerno berichtet. Außerdem hatte er kurz die Rituale des unaussprechlichen Götzenkults geschildert, den man dem Homo Niger zuschrieb, besser bekannt als Magister aus Toledo, wie er im Rahmen seiner Untersuchungen erfahren hatte. Michele Scoto betrachtete bei seinem Vortrag verstohlen das von heiligem Zorn verzerrte Gesicht Konrads von Marburg und zwang sich, seine eigene Wut und Verachtung zu unterdrücken. Obwohl dieser verfluchte Geistliche fast alle Einzelheiten vor Augen hatte, gelang es ihm nicht, die Schönheit des Nimrod-Kults zu sehen. Der Jäger verkörperte das mystische Erbe des Zeitalters der Giganten, ein Erbe aus dem archaischen Chaldäa, das um das Wissen des ägyptischen, griechischen und orientalischen Hermeskults bereichert worden war. Nach diesen Lehren waren die Sterne nicht nur seelenlose Körper, die am Himmel ihre Bahnen zogen, sondern ein kompliziertes System aus vorzeitlichen Symbolen und Mächten, das die Beziehungen zwischen dem Menschen, der Natur und Gott bestimmte. Es gab keine ursprünglichere Wahrheit noch einen älteren Kult. Und Nimrod war sein erster Hohepriester gewesen.

Nur Ignazio da Toledo schien dieses Geheimnis begriffen zu haben, und er hatte mehr Interesse dafür aufgebracht, als für seine eigene

Rettung nötig gewesen wäre. Scoto hatte noch genau vor Augen, wie verzückt der Händler zu den Sternen aufgeschaut hatte. Endlich ein Mann, der wusste, worauf man den Blick richten musste, hatte er sich mit einem Anflug von Freude gesagt. Zweifellos war Ignazio da Toledo jemand, der es geistig mit ihm aufnehmen konnte. Und genau aus diesem Grund hatte er ihm keinerlei Erklärung verweigert. Doch er war auch ein Feind. Seufzend beobachtete er ihn jetzt, wie er da in stolzem Schweigen aufrecht vor dem deutschen Geistlichen stand. Ein Jammer, dass so ein Mann wegen der Verbohrtheit eines Fanatikers sterben musste.

Auf einmal ergriff Konrad von Marburg wieder das Wort. »Wenn keiner der Anwesenden Einwände hat«, sagte er, »werde ich jetzt mit dem Verhör beginnen.«

Niemand schien Einspruch erheben zu wollen. Sein Bericht war erschöpfend und klar gewesen. Doch bevor der Geistliche fortfahren konnte, um sich endlich an den Angeklagten zu wenden, hämmerte jemand erregt an die Tür. Die Mönche von Monreale schraken vor Überraschung zusammen. Scoto dagegen erhob sich sofort und gab den beiden Wachen den Befehl zu öffnen.

Ein Page betrat den Raum, dessen Gesicht von einer seltsamen Freude erhellt war.

»Nun, was ist?«, fragte Michele Scoto ihn und unterband mit einer schroffen Handbewegung Konrads Proteste.

»Seine Majestät!«, rief der Page und holte tief Luft. »Seine Majestät ist in der Burg von Favara angekommen!«

Adelisia rannte wie wild durch die Flure des Palastes und achtete nicht darauf, wohin sie lief. Es ist nicht wahr!, schrie sie innerlich. Sie konnte nicht glauben, dass Michael den Tod ihrer Mutter befohlen hatte. Warum hätte er das tun sollen? Er war doch ein guter Mensch und wollte sie beschützen.

Plötzlich spürte sie, dass jemand sie verfolgte, und als sie sich umsah, merkte sie, dass Ulfus ihr dicht auf den Fersen war. Aber sie würde sich nicht fangen lassen! Ihre kleinen Füße wurden noch schneller, während ein Aufruhr der Gefühle in ihr tobte. Sie wollte nur noch weg von diesem Ort, alles vergessen. Hastig lief sie mit gesenktem Kopf, die Händchen zu Fäusten geballt, durch einen Bogen aus Tuffstein und bog nach links ab. Nun hörte sie nichts als ihren eigenen keuchenden Atem, und in ihrem Kopf wirbelten die Gedanken immer wilder und immer verworrener durcheinander. Plötzlich stieß sie gegen etwas und fiel rückwärts zu Boden.

Verwirrt und leicht betäubt kam sie sofort auf die Knie, um ihre Flucht fortzusetzen. Aber ein Soldat versperrte ihr den Weg.

Ignazios ganzer Körper war aufs Äußerste angespannt, Herz und Magen waren in Aufruhr. Er fragte sich, ob die Ankunft des Kaisers etwas an seiner Lage ändern könnte. Aber selbst wenn, er hatte keine Vorstellung, ob es eine Änderung zum Besseren oder zum Schlechteren wäre. Am Tisch vor ihm hatten alle vorher so würdevollen Herren ihre kühle Gemessenheit aufgegeben. Und Scoto wirkte von allen am meisten beunruhigt. Der Händler beobachtete, wie er Konrad von Marburg bat, die *quaestio* zu unterbrechen, und mit dem Pagen eilig den Raum verließ.

Darauf folgte eine lange Wartezeit, in der Ignazio stolz stehen blieb und Konrads Raubvogelblicken offen begegnete. Konrad von Marburg verhielt sich vorbildlich, seine kämpferische Disziplin war beispiellos. Aufrecht und absolut regungslos wartete er geduldig darauf, seine Pflicht wieder aufnehmen zu können, als sei die Unterbrechung einer bloßen Formsache geschuldet. Lediglich seine dunklen Augen verrieten eine nur unter großen Mühen beherrschte Wut, den wilden Trieb eines Raubtiers, seine Beute endgültig zur Strecke zu bringen. Ignazio tat so, als sähe er das nicht, und hegte die Hoffnung, dass die Ankunft Friedrichs II. wenigstens das Urteil hinauszögern würde. Doch er gab sich keinen Illusionen hin. Nicht nur Konrad wünschte seinen Tod, sondern auch Scoto. Der Astrologe würde alles unternehmen, um seine Hinrichtung sogar zu beschleunigen, denn so würde er nicht nur den letzten Menschen los, der ihn nun noch entlarven konnte, sondern gleichzeitig hätte auch der Gesandte des Papstes keinen Grund mehr, seine Anwesenheit am kaiserlichen Hof zu verlängern, um ihm eventuell doch noch auf die Spur zu kommen.

Die Tür öffnete sich wieder, und Scoto kam zurück.

»Nun denn«, erklärte der Astrologe mit unergründlicher Miene. »Mit höchster Freude verkünde ich Euch die Ankunft Seiner Majestät. Friedrich II. hat nach einem Zwischenhalt in Brindisi Palermo erreicht und weilt jetzt hier in der Burg von Favara. Ich habe ihn soeben aufgesucht, um ihn über das laufende Gerichtsverfahren in Kenntnis zu setzen, doch Seine Majestät wusste anscheinend bereits davon und hat darauf bestanden, gemeinsam mit dem angesehenen Rechtsgelehrten Taddeo da Sessa daran teilzunehmen.«

Konrad von Marburg fuhr auf. »Wie kann er bereits davon wissen? Von wem hat er es erfahren?«

»Als er in Palermo ankam, scheint er auf einen Verdächtigen gestoßen zu sein«, erklärte Michele Scoto und warf Ignazio einen sprechenden Blick zu.

Dem gefror das Blut in den Adern, während er hörte, wie Konrad seine eigene Frage aussprach: »Auf welchen Verdächtigen?«

»Uberto Alvarez.«

Uberto wurde in Ketten neben seinen Vater geschleppt. Er besah sich den langen Tisch an der Stirnseite und die Menschen dahinter, wobei sein Blick an Konrad von Marburg haften blieb. Er hatte ihn seit dem Tod von Alfano Imperato in Neapel nicht mehr gesehen, doch sofort rebellierte alles in ihm, und es kam ihm vor, als wäre seit jener schrecklichen Nacht nur ein Tag vergangen. Als er bemerkte, dass Konrad seine Augen ebenfalls auf ihn richtete, starrte Uberto ihn mit so tiefer Verachtung an, dass es an Unverschämtheit grenzte. Wagt es nicht!, schien sein Blick zu sagen. Wagt es nicht, mich so anzusehen, ich bin ein rechtschaffener Mann. Fast wollte er es ihm laut entgegenschleudern, doch er hielt sich zurück und wandte sich an seinen Vater. »Ich wollte dich befreien«, flüsterte er betrübt.

»Du Narr«, tadelte Ignazio ihn. Doch seine ganze Aufmerksamkeit galt weiterhin Konrad von Marburg, so als rechne er mit einer plötzlichen Attacke von ihm. Ignazios Stirn war schweißnass, und tiefe Runzeln offenbarten seine Wut und seine Angst.

Nur seinetwegen hatten sie sich jetzt noch vergrößert, dachte

Uberto. Der Vater hatte alles dafür getan, um ihn zu retten, während er durch sein unbesonnenes Handeln dessen Opfer zunichte gemacht hatte.

»Wie mir scheint«, durchbrach Konrads spöttische Stimme Ubertos Gedanken, »muss noch ein zweiter Scheiterhaufen errichtet werden.«

»Das ist nicht gesagt, Magister«, meldete sich der Bischof von Palermo zu Wort, der die Ironie nicht erkannte. »Wenn sie fest aneinandergebunden sind, können auch zwei Männer am gleichen Pfahl brennen.«

Die Mönche von Monreale flüsterten untereinander, doch als sich draußen Schritte näherten, verstummten sie sofort.

Das Geräusch wurde lauter, bis Friedrich II. begleitet von einer Schar seiner Ritter den Saal betrat. Er trug elegante, doch schlichte Kleidung, die in einigen Details seine Vorliebe für die arabische Mode verriet. Neben ihm schritt Taddeo da Sessa voran.

Die Ritter forderten die Anwesenden auf, sich von ihren Sitzen zu erheben, um dem Kaiser ihre Ehrerbietung zu zeigen. Nur Konrad von Marburg sträubte sich vehement dagegen. »Auf keinen Fall!«, erklärte er wütend, während ihm die Augen beinahe aus den Höhlen traten.

Taddeo da Sessa musterte ihn verächtlich. »Kniet nieder, *Mönch*«, zischte er ihm zu, um ihn zur Ordnung zu rufen. »Ihr steht hier vor Friedrich II. von Hohenstaufen, Kaiser des Heiligen Römischen Reiches.«

»Und ich bin ein Abgesandter Seiner Heiligkeit, des Stellvertreters Christi auf Erden.« Konrad sprang auf und blitzte den Mann herausfordernd an. »Wer vor mir steht, steht gleichsam vor ihm, außerdem …«

Friedrich II. ging achtlos an ihm vorüber. »Papst Gregor muss wirklich verrückt geworden sein, wenn er jetzt sogar seine Priester ausschickt, um Uns zu belästigen«, sagte er und beruhigte seine Ritter mit einer Handbewegung. »Der Mönch möge sich ruhig wieder setzen, Wir wüssten nicht, was Wir mit seinen Verbeugungen anfangen sollten.« Friedrich wartete ab, bis sich der Bischof vor ihm verneigt hatte, dann nahm er den Sitz in der Mitte des Tisches ein, ließ Taddeo da Sessa rechts und Scoto links von sich Platz nehmen.

Konrad nahm die Demütigung schweigend hin und setzte sich, ebenso der greise Berardo di Castagna, während die Mönche von Monreale stehen bleiben mussten.

Der Kaiser musterte zunächst die beiden Angeklagten, dann ging sein Blick zu Konrad von Marburg. »Ehrwürdiger Vater«, sprach er ihn an, »Wir hoffen, dass Ihr wichtige Gründe für Euer Eindringen hier habt. Ihr mögt zwar der verlängerte Arm des Papstes sein, aber dieser Palast ist keineswegs der geeignete Ort für ein geistliches Gerichtsverfahren.«

»Ich war gezwungen, aus der Not eine Tugend zu machen, Majestät.« Konrad von Marburg gewann seine Selbstsicherheit wieder und wies anklagend auf Ignazio. »Dieser Mann ist mir schon einmal entkommen, ich werde ihm bestimmt keine zweite Gelegenheit bieten.«

»Hm, voreilig und unvorsichtig«, verspottete ihn der Kaiser. »Seine Heiligkeit wählt seine Jagdhunde immer nachlässiger aus.«

Konrad schüttelte den Kopf. »Die Flucht dieses schändlichen Menschen ist nicht mein Fehler. Er ist mit einer teuflischen Schlauheit ausgestattet, sodass er sogar den eifrigsten Ermittler zu täuschen weiß.«

Friedrich II. sah ihn zweifelnd an. »Meint Ihr? Auf Uns wirkt er wie ein ganz gewöhnlicher Mensch.«

»Das ist er nicht, Herr«, ging Scoto dazwischen. »Der ehrwürdige Konrad von Marburg ist überzeugt von dem, was er sagt, und meint, dass er es zweifelsfrei beweisen kann.«

»Nicht ehe ich den Angeklagten verhört habe«, berichtigte der Geistliche ihn, »so will es das Verfahren. Also, wenn Eure Majestät es nun gestatten …«

»Ja, aber fasst Euch kurz«, sagte Friedrich. »Um Eure Launen zu befriedigen, haben Wir wichtige Angelegenheiten verschieben müssen. Dankt Taddeo da Sessa dafür. Hätte er Uns nicht dazu geraten, wären Wir versucht gewesen, Euch auf dem Rücken eines Esels nach Rom zurückzuschicken.«

Konrad neigte scheinbar dankbar den Kopf, doch Uberto sah genau, dass ein boshaftes Lächeln seine Züge verzerrte.

Konrad von Marburg richtete sich zu seiner ganzen Größe auf, kam um den Tisch herum und baute sich vor den beiden Angeklagten auf. »Seid Ihr Ignazio da Toledo, Reliquienhändler?«, fragte er mit schnarrender Stimme.

»Das bin ich.«

»Und das ist Euer Sohn, Uberto Alvarez?«

»Das stimmt.«

»Gebt Ihr zu, dass Ihr Euch am 13. April dieses Jahres in Neapel aufgehalten und falsche Reliquien an einen Mann der Kirche, den Kanonikus Alfano Imperato, verkauft habt, obwohl Ihr wusstet, dass dies verboten ist?«

Bevor Ignazio antworten konnte, schlug Friedrich II. mit der Faust auf den Tisch, sodass die Feder des Schreibers abrutschte. »Ehrwürdiger Vater! Ihr habt doch sicher nicht so einen Wind gemacht, um einen simplen Handel mit falschen Reliquien aufzudecken!«

»Das ist nur der Anfang, Majestät«, versicherte ihm Konrad von oben herab. »Sie werden zweifacher Verbrechen angeklagt, der Nekromantie und der Häresie.« Wieder wandte er sich an Ignazio. »Ich warte auf Eure Antwort, Messere.«

Ignazio blieb ungerührt. »Ich bestätige, dass ich mich in Neapel aufhielt und den ehrwürdigen Alfano an diesem genannten Tag getroffen habe«, sagte er und wägte jedes Wort genau ab. »Doch wie ich Euch schon erklärt habe, ging es keineswegs um den Verkauf von Reliquien. Vielmehr handelte es sich um …«

»Ich weiß genau, worum es sich handelte«, unterbrach Konrad ihn. »Alfano selbst, er ruhe in Frieden, hat mir davon erzählt, bevor er Eurem hinterhältigen Angriff zum Opfer fiel. Stimmt das etwa nicht?«

»Die Erinnerung täuscht Euch, ehrwürdiger Vater«, erwiderte Ignazio. »Als der Kanonikus Alfano nur wenige Schritte von der Kathedrale Santa Restituta umgebracht wurde, war ich noch auf Euren Befehl im Castello Marino eingekerkert. Ich kann diesen Mord ganz bestimmt nicht begangen haben.«

Konrad von Marburg schien ihm geradezu dankbar für diesen Einwand zu sein. »Tatsächlich hat ihn Euer Sohn für Euch begangen.«

Er verschränkte die Arme vor der Brust. »Das habe ich mit eigenen Augen gesehen.«

Als er hörte, dass Konrad ihn beschuldigte, trat Uberto einen Schritt vor. »Was Ihr gesehen habt«, rief er empört, »war mein Versuch, Alfanos Leben zu retten. Leider kam ich zu spät, und das bedauere ich zutiefst, aber ich habe ihn nicht getötet. Wärt Ihr nur einen Moment früher dazugekommen, hättet Ihr den wahren Mörder davonreiten sehen ...«

»Schweigt!«, zischte der Geistliche. »Ihr werdet noch nicht befragt.«

»Und dennoch«, meldete sich Taddeo da Sessa zu Wort, »können wir einen derartigen Einwand nicht übergehen. Zu Ehren der Wahrheit möchte ich den Sohn von Alvarez auffordern, mit seiner Rede fortzufahren.«

Uberto dankte dem Rechtsgelehrten stumm, dann wandte er sich an alle Anwesenden. »Ich hatte die Absicht, Kanonikus Alfano anzuflehen, er möge sich für meinen Vater einsetzen, den Konrad von Marburg ungerechterweise gefangen hielt. Deshalb begab ich mich zur Kathedrale Santa Restituta und sprach nach der Vespermesse mit ihm, draußen vor dem Gebäude. Und in dem Moment erschien der wahre Mörder. Ein Reiter.« Hastig musterte er Ignazios Gesichtsausdruck und vor allem den von Scoto, der plötzlich ganz blass wurde. Der junge Mann fragte sich, ob der Pakt mit dem Astrologen noch galt, und da er es nicht wusste, entschied er sich, Scoto vorerst nicht in die Angelegenheit hineinzuziehen. »Ein Reiter, dessen Name oder Herkunft mir unbekannt sind, ebenso wie die Gründe für seine Tat«, erklärte er. »Dennoch handelt es sich um denselben Mann, der Gebeard von Querfurt vor den Augen meines Vaters und Alfanos in den Katakomben von Neapel getötet hat.«

»Selbst wenn wir annehmen, dass Ihr die Wahrheit sagt«, fragte Taddeo nach, »könnt Ihr jemand anderen benennen, der in der Lage ist, zu bestätigen, dass es diesen Reiter tatsächlich gibt?«

»Suger de Petit-Pont«, sagte Uberto hoffnungsvoll. »Er hat mir erzählt, er habe ihn in Paris gesehen.«

»Suger de Petit-Pont ist verschwunden«, warf Scoto hastig ein.

»Und zwar unmittelbar nach dem Feuer im Palast.« Er sah Konrad und Taddeo bedauernd an. »Es ist leicht möglich, dass er versucht hat zu fliehen und dabei in den Flammen umgekommen ist.«

»Gemeinsam mit einem anderen Zeugen«, fügte Konrad verärgert hinzu.

»Dem jüdischen Augenarzt«, erklärte Scoto angesichts der fragenden Blicke Friedrichs II. Der Herrscher nickte, obwohl seine Verwirrung wuchs.

»Hier scheinen ja viele Menschen umzukommen«, bemerkte der Bischof von Palermo und zog die ergrauten Augenbrauen hoch.

»Was sicher nicht zufällig geschehen ist«, ergriff Konrad wieder das Wort. »Das Feuer wurde genau an dem Ort gelegt, wo dieser Mann eingesperrt war.« Er zeigte auf Ignazio und fragte ihn: »Ist das nicht etwa alles Eure Schuld?«

»Dass ich zu fliehen versucht habe, gebe ich zu«, erwiderte der Händler, »aber ich wollte niemandem Schaden zufügen.«

»Und doch sind Menschen gestorben«, beharrte Konrad. »Und durch einen seltsamen Zufall ausgerechnet die einzigen Zeugen gegen Euch.«

»Das sind Eure Vermutungen.«

»Wir werden sehen«, antwortete der Geistliche und wandte sich mit tönender Stimme an die Anwesenden. »Was hatten Alfano Imperato, Suger de Petit-Pont und Benvenuto Grafeo mit den anderen Toten in dieser Sache gemeinsam? Ich werde es Euch sagen, meine Herren! Sie hatten alle mit dem Magister aus Toledo, besser bekannt als Homo Niger, zu tun. Und der da ist ...«

»Das könnt Ihr nicht beweisen«, rief Uberto aus, noch ehe er den Satz beenden konnte. »Keiner der drei Männer, die Ihr genannt habt, wies die entsprechenden Tätowierungen auf!«

Konrad beherrschte einen wütenden Impuls, ihm an die Gurgel zu gehen, und grinste höhnisch. »Oh, gut! Die Tätowierungen! Ich hätte sie beinahe vergessen.« Und mit noch heftigerem Eifer drehte er sich zu den Beisitzern. »Die werten Herren wissen vielleicht nicht, dass die Anhänger des Magisters aus Toledo als Erkennungszeichen Tätowierungen auf der rechten Hand tragen, so wie die Phrygier, die den Fruchtbarkeitsgötzen Sabazios anbeten. Achtet wohl! Ich meine hier nicht irgendeine Sekte, sondern die Luziferianer, die jeden Winkel des Heiligen Römischen Reichs heimsuchen. Ihr Kult ist so abscheulich, dass er keine Gnade verdient. Und für all das hat ein einziger Mann die Regeln ersonnen. Ein Magister, den ich zweifelsfrei in diesem spanischen Händler erkenne, der hier vor Euch steht!«

Ignazio sparte sich eine Erwiderung, er sah nur empört zu Friedrich II. hinüber. »Reine Mutmaßungen, Majestät!«, sagte er dann.

Doch schon stürzte sich Konrad mit neuem dialektischen Eifer auf ihn. »Habt Ihr vielleicht nicht die nekromantischen Zeichen in Gebeards Unterkunft erkannt?«, befragte er ihn.

»Ich habe Vermutungen darüber geäußert«, sagte der Händler, »aber …«

»Und habt Ihr mir damals vielleicht nicht etwas von Magie, Beschwörungen und geheimen Philosophien erzählt?«

»Ihr hattet mich um meine Meinung gebeten, und ich habe sie Euch gesagt.«

Konrad knirschte mit den Zähnen, als müsste er wieder seine Raubtierinstinkte unterdrücken. »Ihr habt versucht, auch mich zu verführen, oder? Ihr wolltet mich in Eure schändlichen Lehren einweihen.« Ohne erst eine Antwort abzuwarten, breitete er die Arme aus und wirkte nun leidend wie der Gekreuzigte, allerdings ganz vom Feuer seines Eifers besessen. »Doch ich habe die Schändlichkeit entdeckt, wo sie sich eingenistet hat! Und jetzt sagt mir, Meister Ignazio, oder vielleicht sollte ich Euch lieber Magister nennen … Sagt mir, wollt Ihr uns die wahre Natur dieses Reiters der Finsternis enthüllen, der in den letzten Monaten in Neapel, in Salerno und sogar in Paris sein Unwesen getrieben hat?«

Ignazios Gesicht war angespannt und schweißnass. Er sah kurz zu Scoto hinüber, dann ging sein Blick wieder zu seinem Ankläger. Er hoffte immer noch, Uberto retten zu können, und zu diesem Zweck versuchte er, Scotos Einverständnis zu gewinnen. »Weder mein Sohn noch ich haben je etwas mit diesem Reiter zu tun gehabt, wer auch immer er sein mag. Das genügt, da Ihr nicht in der Lage seid, das Gegenteil zu beweisen.«

»Seid Ihr Euch da sicher?« Konrads Stimme klang jetzt höhnisch. »Ich hingegen weiß genau, dass Ihr und Euer Sohn bei der Ermordung von mindestens drei Anhängern des Homo Niger anwesend wart: Gebeard von Querfurt, Alfano Imperato und Remigarda di Acquanegra. Alle drei wurden von einer auflodernden Flamme niedergestreckt, die ihre Körper verzehrt hat ... Und Ihr wagt es, mir zu widersprechen?« Konrad fuhr herum und sah den Kaiser an. »Welch bodenlose Frechheit, Majestät!« Dann wandte er sich wieder Ignazio zu, der beharrlich schwieg. »Ich benötige keine Antwort. Behaltet Eure Lügen ruhig für Euch und erzählt uns lieber mehr über diese mörderischen Flammen. Sie sind zweifelsohne nicht irdischer Natur, habe ich recht? Ich nehme an, sie stammen von einem satanischen Jäger oder sonst einem bösen Geist. Ihr habt ihn gewiss mit einem dieser magischen Kreise beschworen, über die Ihr Euch so gut unterrichtet gezeigt habt!«

Der Händler schüttelte verachtungsvoll den Kopf ob dieses absurden Wortschwalls. »Ehrwürdiger Vater«, sagte er, »wenn Ihr Eurem Verstand gestatten würdet, die Oberhand über Euren Fanatismus zu gewinnen, würdet Ihr begreifen, dass diese Menschen nicht durch irgendein Zauberwerk getötet wurden, sondern durch Feuergeschosse. Sehr einfallsreiche Mechanismen, das gebe ich zu, aber immer noch das Werk eines Menschen aus Fleisch und Blut.« Sofort nachdem er diese Worte ausgesprochen hatte, merkte er, dass er wieder einmal in eine Falle gegangen war.

»Auch dieses Mal zeigt Ihr Euch kundiger als jeder andere«, erwiderte Konrad, um sich dann an Taddeo da Sessa zu wenden. »Ist das nicht schon ein Eingeständnis seiner Schuld?«

Um seine Meinung befragt, zuckte der Rechtsgelehrte mit den Schultern. »Das würde ich so nicht sagen, Vater. Es ist zwar offensichtlich, dass die Beschuldigten in die Angelegenheit verwickelt sind, allerdings gibt es nur wenig Beweise gegen sie. Ich bitte um Vergebung, wenn ich, da es um Häresie geht, der Meinung seiner Exzellenz, dem Bischof, vertraue.«

So angesprochen machte Berardo di Castagna eine wegwerfende Handbewegung. Sein fortgeschrittenes Alter schien zwar seine Aufmerksamkeit zu schwächen, doch es hinderte ihn nicht daran, das

Wort zu ergreifen. »Es kommt mir nicht zu, mich *in spiritualibus* zu äußern, da bis jetzt noch nichts über diese Sekte von Luziferianern erklärt wurde. Ihr Name ist noch nie an meine Ohren gedrungen, und die bloße Erwähnung des Homo Niger genügt nicht, um zu verstehen, wovon genau die Rede ist.«

»So wisst denn, Exzellenz«, sagte Konrad, »dass diese Sekte eine gotteslästerliche Dreifaltigkeit verehrt, die sie über die des wahren Glaubens stellt. Eine Dreifaltigkeit, die nach ihrem Dafürhalten zuerst da war und die den Vater, den Sohn und den Heiligen Geist besudelt! Mehr konnte ich nicht herausfinden, außer geheimnisvollen Zeichen auf dem Boden und einem Kult um einen seltsamen Umhang, von dem ich bei einem Verhör erfuhr.«

Der Bischof von Palermo nickte zum Zeichen, dass er verstanden habe, wirkte aber zweifelnd. »Habt Ihr jemals einen der Angeklagten auf frischer Tat ertappt oder während sie eines der von Euch beschriebenen Rituale vollzogen?«

»Nein, Euer Exzellenz.«

Berardo di Castagna wandte sich an Ignazio. »Und Ihr, Messere, seid Ihr etwa im Besitz dieses Umhangs, den der ehrwürdige Konrad von Marburg erwähnt hat?«

Ignazio lächelte ihn verwirrt an. »Ich habe keine anderen Umhänge als den, den ich am Leibe trage.« Er hob dessen Zipfel mit einer übertriebenen Geste an und brachte dadurch einige der Männer, die ihm gegenübersaßen, zum Lachen.

»Aber«, Konrad wirkte immer kämpferischer, »man kann doch nicht übersehen, dass dieser Mann ganz offensichtlich aus einem bestimmten Grund bis hierher gereist ist … zur Curia Regis.« Er sah den Händler an. »Gesteht! Wolltet Ihr an diesem Ort den Samen der Häresie verbreiten?«

»Keineswegs«, erwiderte Ignazio mit Unschuldsmiene und erregte damit noch einmal allgemeine Heiterkeit. »Ich bin nach Palermo gekommen, um die Gnade des Kaisers zu erflehen und zu versuchen, dieses absurde Missverständnis zu beenden.«

»Wie man so schön sagt«, meldete sich Friedrich II. zu Wort, »dies hier scheint sich als veritabler Schlag ins Wasser zu erweisen.«

Doch Konrad von Marburg wirkte keineswegs geschlagen. »Es ist noch zu früh, um das zu sagen, Majestät.« Er musterte den Händler in einer Mischung aus Zorn und Erregung. »Wir haben noch nicht die Folter angewandt.« Und als er sich auf der Suche nach dem Henker den Wachen am Eingang zuwandte, bemerkte er einen Mann, der wild mit den Armen winkte, um seine Aufmerksamkeit zu erregen. Es war einer der Soldaten, die er in seinem Gefolge aus dem Castello Marino mitgebracht hatte. Konrad sah, wen er hinter seinem Rücken verbarg, und hatte eine plötzliche Eingebung. Er bewegte die Hände, als wollte er damit seine letzten Worte auslöschen, und legte sie dann wie zum Gebet zusammen. »Ich bitte um eine kurze Unterbrechung«, sagte er und kostete schon den Augenblick seines nächsten Angriffs aus. »Ich möchte allein nachdenken und den Herrn um Rat bitten.«

Ohne irgendeine Erlaubnis abzuwarten, verließ er den Saal, um sich mit dem Soldaten zu unterhalten.

Als Konrad zurückkam, wurde Ignazio mit einer vollkommen unerwarteten Situation konfrontiert. Der Geistliche hatte ein kleines Mädchen mitgebracht. Er hielt es an der Hand und zerrte es hinter sich her wie einen störrischen Maulesel, bis sie vor dem Tribunal standen.

»Aber das ist ja Adelisia …«, flüsterte Uberto besorgt. »Weißt du, was sie hier soll?«

Sein Vater, ebenso verblüfft, schüttelte den Kopf. In der Nacht, bevor Scoto ihn wieder den Wachen übergab, hatte Ignazio ihm von dem Mädchen erzählt und so Remigardas trauriges Geheimnis offenbart. Als der Astrologe hörte, dass er eine Tochter hatte, wäre er beinahe in Tränen ausgebrochen und nahm großen Anteil an ihrem Schicksal. »Ich werde mich um sie kümmern«, hatte er schließlich gesagt. Ignazio hatte dies nicht bezweifelt, denn nach seinen Enthüllungen hatte er sich auf einmal einem ganz anderen Menschen gegenübergesehen als zuvor bei ihrer Schachpartie, als er den schlauen Gegner zu fürchten gelernt hatte. Michele Scoto, der Mann, der unter dem Einfluss des Merkurs geboren war, konnte genauso fürsorglich wie grausam sein. Deshalb hatte der Händler bis jetzt geglaubt, Adelisia befände sich in Sicherheit bei Ulfus. Wie war sie nur in die Fänge Konrads von Marburg geraten?

Scoto schien sich dieselbe beunruhigende Frage zu stellen. Er wurde immer blasser, seine Hände umklammerten nervös die Seitenlehnen seines Stuhls, und er musste gegen seinen Instinkt ankämpfen, aufzuspringen. »Ehrwürdiger Vater, warum bringt Ihr dieses Mädchen vor uns?«, fragte er empört. Obwohl er versuchte, es zu verbergen, musste er vor Wut und Sorge außer sich sein. Konrad von Marburg hatte sie ausgespielt. Sie alle.

Konrad hob nachlässig die Augenbrauen. »Einer meiner Soldaten hat sie hier auf den Gängen des Palastes entdeckt.«

»Nun, und?«, fuhr der Astrologe fort. »Dies ist kein geeigneter Ort für Kinder.«

Adelisia sah ihn flehend an. Sie schien zu verängstigt zu sein, um auch nur ein Wort herauszubringen, aber sie starrte ihn an, als sei er ihre einzige Rettung.

»Ihr täuscht Euch, Messere, sie ist kein gewöhnliches Kind«, erklärte der Geistliche wieder mit tönender Stimme. »Sie ist die Tochter einer Anhängerin von Ignazio da Toledo, der Hexe Remigarda di Acquanegra, die in der gleichen Nacht umgebracht wurde, als dieser Mann aus Salerno geflohen ist.« Konrad sah Ignazio herausfordernd an. »Meister Alvarez, ist das etwa auch eine Verwechslung?«

»Remigarda di Acquanegra war keine Hexe, sondern eine Heilerin«, sagte Ignazio, der sich vorstellen konnte, worauf Konrad von Marburg hinauswollte. »Ich habe sie erst vor einigen Tagen kennengelernt und habe sie nur aufgesucht, um sie vor einer drohenden Gefahr zu warnen, aber mein Bemühen war umsonst. Sie wurde von dem gleichen Reiter getötet, der …«

»Wieder dieser Reiter!«, grollte der Geistliche. »Ihr versteckt Euch hinter haltlosen Begründungen, Lügen und Wirtshausgerede … Ich dagegen kann endlich einen greifbaren Beweis für Eure satanischen Kräfte erbringen.« Er zerrte Adelisia so brutal nach vorn, dass sie aufschrie. »Dieses Mädchen ist trotz seines zarten Alters schon von Eurem Bösen befallen.« Mit der freien Hand zeigte er den Anwesenden einen winzigen, weißlich schimmernden Gegenstand. »Seht

Ihr diesen kleinen Stein, geneigte Herrschaften? Seht Ihr ihn alle? Nun, er hat nichts mit gewöhnlichen Steinen gemein! Er entstand durch *stregamentum*, Hexenwerk, in den Augen dieses verdammten Kindes!«

»Großer Gott«, rief der Bischof von Palermo aus und musterte den Angeklagten auf einmal mit kaum verhohlener Feindseligkeit. »Meister Ignazio, wie erklärt Ihr Euch diese ... *aberratio*?«

»Nur eine Krankheit, Exzellenz«, antwortete der, obwohl er wusste, dass von nun an all seine Reden umsonst waren. Selbst er tat sich schwer zu glauben, dass Adelisias Leiden natürlichen Ursachen entsprang, was würden dann erst Männer davon halten, die überall den Teufel witterten? »Eine seltene, furchtbare Krankheit«, wiederholte er.

Der greise Bischof beugte sich vor. »Könnt Ihr das etwas genauer erklären?«

Da er keine hinreichenden Worte dafür fand, blieb Ignazio stumm. Er war kein Medicus, und obwohl er ein Gelehrter war, wusste er nichts über Augenkrankheiten. Wäre doch nur Benvenuto Grafeo jetzt hier gewesen ...

»Ein ähnliches Leiden wie Nierensteine, nehme ich an«, erklärte Scoto und erlöste Ignazio. Er hatte Angst um Adelisia, und mit seinem Eingreifen hoffte er, sie von jedem Verdacht zu entlasten. Wenn das Wortgefecht zwischen dem Händler und dem Geistlichen nicht die allgemeine Aufmerksamkeit auf sich gezogen hätte, wäre niemandem im Raum verborgen geblieben, wie aufgewühlt er war und wie sehr er sich bemühte, dies nicht zu zeigen.

»Magister!«, schrie Konrad von Marburg empört auf. »Verleugnet Ihr etwa das Werk des Bösen, wenn es sich so offensichtlich zeigt?«

Scoto bedeckte das Gesicht mit beiden Händen, als wollte er überlegen, und beobachtete dabei das Mädchen, das sich immer noch wehrte und seinen Blick nur auf ihn richtete.

»Michael ...«, schluchzte Adelisia auf, und sofort schaute Konrad misstrauisch zu ihr.

Ignazio fürchtete, dass der Geistliche die Verbindung zwischen beiden erahnen könnte, deshalb rief er schnell, um ihn abzulenken:

»Sagt mir, ehrwürdiger Vater, was sollte Eurer Meinung nach mit dem Mädchen geschehen?«

»Ein Exorzismus«, erwiderte Konrad, »um sie von der Verderbnis zu befreien.«

»Und wenn sie weiter Kristalltränen weint?«

»Auf den Scheiterhaufen mit ihr.«

Der Händler nickte und warf Scoto einen sprechenden Blick zu. Er hatte seinen Zug gemacht. Wenn er ein zynischer Mann gewesen wäre, den das Leid anderer nicht kümmerte, hätte er jetzt mit wenigen Worten die Lage zu seinen Gunsten wenden können. Er hätte nur die verwandtschaftliche Beziehung zwischen Scoto und Adelisia offenbaren müssen, vielleicht noch Remigardas Liebe und Ulfus' blinden Gehorsam erwähnen, um sich selbst und damit auch Uberto zu entlasten. Konrad mochte ein Fanatiker sein, doch mit seinem Spürsinn hätte er sofort entdeckt, dass Scoto der Hauptbeteiligte dieser Angelegenheit war. Und der war gerade zu durcheinander, als dass er noch sehr lange seine Maske würde aufrechterhalten können. Es wäre einfach, ihn jetzt zu einem Geständnis zu bringen … Aber was würde dann aus Adelisia werden? Allein die Vorstellung, ein so zartes Wesen in den Händen eines Henkers zu sehen, erfüllte Ignazio mit Schrecken. »Das Kind ist unschuldig«, sagte er instinktiv. »Lasst sie gehen, ich werde alles gestehen.«

Uberto sah ihn gerührt an. Offenbar hatte er seine Beweggründe verstanden, und er gab ihm seine Zustimmung.

Konrad von Marburg durchzuckte ein solches Siegesgefühl, dass er Adelisia abrupt losließ, sodass sie hinfiel. »Also bestätigt Ihr meine Anklagen?«

»Ich bin der einzig Schuldige«, rief Ignazio, der nun nur noch erschöpft war, am Leib wie an der Seele.

»Das soll ins Protokoll«, befahl Konrad sogleich, ohne die Augen von ihm zu wenden. »Also, Messere, gebt Ihr zu, der Magister aus Toledo zu sein?«

»In diesem Namen erkenne ich mich nicht wieder«, antwortete Ignazio. »Aber um der Wahrheit die Ehre zu geben, weiß ich sehr genau, dass ich genau das darstelle, was Ihr am meisten hasst.«

Konrad kam mit langen Schritten auf ihn zu und näherte sich so weit, dass Ignazio seinen sauren Atem riechen konnte. »Und Euer Sohn?«

Ignazio hielt seinem Blick stand. »Er war gezwungen, mir gegen seinen Willen zu gehorchen. Er ist genauso unschuldig wie das Mädchen.«

»Aber er ist Euer Sohn …«, merkte Konrad misstrauisch an.

»Nur ich bin schuld!«, schrie Ignazio so laut, dass der Geistliche zurückwich. »Das ist eine Sache zwischen Euch und mir, habe ich recht? Seid verflucht, ich allein bin schuldig!«

»Das kann ich nicht zulassen.« Konrad, von widersprüchlichen Gefühlen übermannt, presste die Kiefer zusammen. »Uberto Alvarez wird seiner gerechten Hinrichtung nicht entgehen.«

»Doch, das wird er, wenn Ihr ihm befehlt, niederzuknien und das Kreuz zu küssen.« Ignazio gab nicht nach, obwohl er sich von ganzem Herzen danach sehnte, sein Geständnis zu widerrufen und Scoto anzuklagen. Doch er konnte Adelisia keinem so grausamen Schicksal überlassen. Wie sollte er mit der Schuld weiterleben, dass er ein kleines Mädchen auf den Scheiterhaufen geschickt hatte? Ihn überkam eine Furcht, wie er sie so noch nie empfunden hatte, und er sank auf die Knie. Dennoch fand er noch die Kraft, seinen Ankläger anzuflehen. »Ich bitte Euch, ehrwürdiger Vater! Mein Sohn ist ein tiefgläubiger Christ. Wenn Ihr ihm Gelegenheit gebt, wird er Verzeihung von Jesus Christus, dem Erlöser, und von der Heiligen Römischen Kirche erbitten … und wird gerettet sein!«

Konrad erhob sich dunkel und unerbittlich über ihm. »Und Ihr wärt nicht dazu bereit?«

»Nein, ich werde es nicht tun.« Ignazio sah schmerzerfüllt zu ihm auf. »Weil Ihr ein Opfer wollt und erst zufrieden seid, wenn Ihr eines gefunden habt. Ich bin Euer Mann. Ich bin der Schuldige.«

»Offenbar«, sagte der Bischof, der sich hinter den Tisch zurückgezogen hatte, »weist der Angeklagte die letzte Gelegenheit für eine Erlösung zurück.«

»So sei es«, verkündete Konrad. »Bringt ihn auf den Scheiterhaufen.«

»Nicht so hastig«, meldete sich auf einmal Michele Scoto zu Wort, und die Köpfe der beiden Geistlichen fuhren zu ihm herum. »Wenn die hohen Herren erlauben, würde uns die christliche Ethik noch eine Prüfung vorschreiben.« Er wechselte einen Blick mit Friedrich II. und Taddeo da Sessa. »Da es fast keine Beweise gibt, ist nicht auszuschließen, dass Ignazio da Toledo sich opfert, um das Leben von zwei Unschuldigen zu beschützen, das des jungen Mannes und das des Mädchens. In diesem Fall wäre sein Verhalten nicht als das eines hartnäckigen Nekromanten zu verstehen, sondern als das eines hochherzigen Mannes.«

»Er hat gestanden!«, brüllte Konrad von Marburg, der fürchtete, um seine Beute gebracht zu werden. »Er hat seine Schuld selbst zugegeben!«

»Er hat aber auch gesagt, dass er sich in der Bezeichnung Magister aus Toledo nicht wiedererkennt«, erklärte Taddeo da Sessa und forderte den Geistlichen auf, sich zu beruhigen.

»Also?« Konrad sah der Reihe nach alle Männer an, die am Tisch versammelt waren. »Gibt es etwas, das mehr gilt als ein Schuldgeständnis?«

Die Mönche von Monreale berieten sich untereinander, während die Aufmerksamkeit der meisten Anwesenden auf Michele Scoto gerichtet war. Und tatsächlich war er es, der die Antwort fand. »Ich schlage vor, dass Ignazio da Toledo der Feuerprobe unterzogen wird«, sagte er mit Unschuldsmiene. »Sollen die Flammen nach göttlichem Willen entscheiden, ob er gerettet oder verdammt ist.«

Niemand erhob Einwände.

Das steinerne Glutbecken ähnelte dem Schild einer archaischen Gottheit, die in den Tiefen eines Vulkans geboren war. Das Becken war am Rand von seltsamen Flachreliefs geschmückt und ruhte auf einem eleganten Dreifuß aus Metall. Es stammte aus Michele Scotos Arbeitszimmer. Ignazio dachte, dass es dem Astrologen bestimmt ein diebisches Vergnügen bereitet hatte, zu seiner Strafe auch noch Demütigung und Spott hinzuzufügen. Natürlich erwartete hier niemand, dass die göttliche Gnade ihn vor den Flammen schützen würde, wie es nach allgemeinem Dafürhalten bei den Gerechten geschah, doch für den Händler gab es kein Zurück. Und während er fühlte, wie die Furcht seine Eingeweide zusammenkrampfte, entblößte er den rechten Arm, um ihn dem Glutbecken zu nähern.

»Tu es nicht!«, beschwor Uberto ihn. »Widerrufe.« Sein Gesicht war von Tränen und Wut gezeichnet, doch Ignazio bemerkte darin nur die grenzenlose Liebe. Die Liebe eines Sohnes, den er nie bis zur Gänze kennengelernt und der ihm doch immer zur Seite gestanden hatte, obwohl er die Entscheidungen seines Vaters nicht teilte. Uberto war der Stolz seines Lebens, obwohl sie beide nicht unterschiedlicher hätten sein können. Er war jemand, der sich stets aufs Beste bemühte, er war aufrichtig und würde bestimmt ein besserer Vater sein als er selbst.

Ignazio versuchte ihm beruhigend zuzulächeln, dann starrte er Scoto hasserfüllt an. Er ballte die Hand zur Faust und näherte sie unter den Blicken der Zeugen dem Feuer.

Die Flammenzungen hüllten seine Finger, die Knöchel und den Handrücken ein.

Ignazio begriff zunächst gar nichts. Verblüfft schob er den Arm weiter vor und setzte das Handgelenk, dann den Arm bis zum Ellenbogen dem Feuer aus.

Er konnte es immer noch nicht fassen.

Und er bemerkte auf den Gesichtern aller, die der Prüfung beiwohnten, das gleiche Erstaunen.

Dann spürte er ein leichtes Brennen und sah, dass die Härchen auf dem Arm sich über der Haut kräuselten, bis sie allmählich verschwanden … aber er fühlte keinen Schmerz!

Seine Haut verbrannte nicht!

Er blieb regungslos und ungläubig unter den bestürzten Blicken aller stehen, bis Seine Majestät, Friedrich II., sich von seinem Sitz erhob und in die Hände klatschte. Man konnte ihm ansehen, wie ihn dieses Wunder faszinierte. »Der Wille Gottes hat durch das Feuer gesprochen«, rief er erregt. »Der Mann ist unschuldig!«

Konrad von Marburg starrte mit weit aufgerissenem Mund auf Ignazios Arm, den die Flammen einhüllten und der dennoch keine

Verbrennungen zeigte. »Das ist unmöglich …«, stammelte er fassungslos. »Mein Gott, das ist unmöglich …«

Seine Erstarrung wich, als die Stimme des Astrologen durch den Raum tönte: »Ihr könnt Euch vom Becken entfernen, Messere.«

Der Händler zog seinen Arm zurück, die Augen fest auf die Flamme gerichtet, die zwar brannte, aber nicht verbrannte. Konnte dies tatsächlich ein Werk göttlichen Willens sein? Wieder fühlte er sich erschöpft, und der Boden schwankte unter ihm. Kurz bevor er hinfallen konnte, fingen ihn zwei starke Arme auf. Ubertos Arme.

Ignazio bemerkte, dass sich eine Menschenmenge um ihn drängte. Es schienen viel mehr zu sein als die zehn Männer, die über ihn zu Gericht gesessen hatten. Dann hörte er Konrads Stimme. Er sah, wie der Geistliche sich zu ihm durchschlängelte, bis er vor ihm stand und ihn völlig verwandelt, ja wohlwollend ansah. Er schien jegliche Feindseligkeit abgelegt zu haben.

»Damit die Anklage vollends zurückgenommen werden kann«, erklärte er, »muss der Beschuldigte das Kreuz küssen.« Und mit diesen Worten nahm er das Kruzifix ab, das er um seinen Hals trug, und näherte es Ignazios Gesicht.

Während der Händler seinem Wunsch schon nachkommen wollte, bemerkte er ein plötzliches Aufblitzen in Konrads Augen und begriff, dass es sich um kein gewöhnliches Kruzifix handelte … Es verbarg eine Klinge! Er wich ruckartig zurück, um zu verhindern, dass sie ihm die Kehle aufschlitzte.

Konrad sprang auf ihn zu und schwang den kreuzförmigen Dolch. »Ihr gehört mir!«, schrie er in einer Mischung aus Wut und Wahnsinn und versetzte einem Mönch, der ihn zurückhalten wollte, einen Stoß mit dem Ellenbogen. »Ihr gehört mir, Verfluchter!«

Eine Klinge fuhr zischend durch die Luft.

Einen Augenblick, bevor der Hieb sein Ziel traf, wurde der Geistliche, der aus der Kälte und der Dunkelheit kam, von Wachen ergriffen und gewaltsam aus dem Raum geschafft.

Seine wütenden Schreie hallten durch den Palast.

EPILOG

Das Schiff war schon dabei, die Anker zu lichten, aber Uberto konnte sich nicht entschließen, an Bord zu gehen. Etwas Unausgesprochenes schien noch auf ihnen zu lasten. Etwas, das er nur zum Teil in Worten ausdrücken konnte. »Ich kann es immer noch nicht fassen«, sagte er mit einem gerührten Seufzer, »wie ist es möglich, dass die Flammen …?«

Ignazio schenkte ihm ein unergründliches Lächeln. Es gab so vieles, was er ihm gern erzählt hätte, und am leichtesten war es noch für ihn, seinem Sohn die Wunder zu erklären, die sie miterlebt hatten. Wesentlich schwerer fiel es ihm, seinen Schmerz zu verbergen. »Das war kein Wunder, sondern allein Michele Scotos Einfallsreichtum«, offenbarte er. »Auf seinen Reisen hat dieser Mann seine Kenntnisse in den dunkelsten Bereichen des Wissens vervollkommnet. Ulfus' Lanze zum Beispiel ist das Ergebnis von Experimenten mit Schießpulver. Er hat mir gestanden, er habe sie ersonnen und gebaut, nachdem man ihm berichtet hatte, dass solche Geschosse im Fernen Osten Anwendung finden … Doch das ist nichts im Vergleich zu seinem Glutbecken.« Er zeigte seine Arme, um seinen Worten noch mehr Nachdruck zu verleihen. »Hast du jemals vom ›Heiligen Feuer‹ aus Jerusalem gehört? Es heißt, in der Grabeskirche gäbe es Fackeln und Laternen, die kalte Flammen aussenden können. Flammen, die nicht verbrennen! Seit Jahrhunderten sprechen die Kirchenväter und sogar die Kreuzfahrer davon … Nun, Scoto hat das Geheimnis entdeckt, und es ist ihm gelungen, es selbst herzustellen.«

Uberto nickte beinahe ungläubig. »Hat er dir auch erzählt, aus welchem Grund er sich entschlossen hat, dir zu helfen?«

»Nein. Ich nehme an, er hat es wegen Adelisia getan. Vielleicht befürchtete er, Konrad würde sich nicht damit zufriedengeben, nur mich hinzurichten … Ich kann auch nicht ausschließen, dass er an meinem guten Willen zweifelte. Wahrscheinlich hat er geglaubt, angesichts des Scheiterhaufens würde ich mein Geständnis widerrufen und ihn doch noch beschuldigen, um mich zu retten. Ich nehme an, er war einfach nicht sicher, dass er unbeschadet aus der Sache herauskommen würde. Und tatsächlich war er weit mehr in Gefahr, als es den Anschein erweckte.«

»Das glaube ich auch. Sonst ließe sich die Verzweiflungstat kaum erklären, dass er seine eigenen Schüler einen nach dem anderen umbringen ließ, und dann sogar noch Remigarda.«

Ignazio war nicht ganz seiner Meinung. Er hatte seinem Sohn nichts von seinen Vermutungen über das Verschwinden von Suger und Grafeo erzählt, da er sie nicht beweisen konnte. Dennoch war er überzeugt, dass Scoto im Grunde sogar noch unbarmherziger war als Konrad von Marburg. »Scoto hat sicher schon einmal Thesen widerrufen müssen, die von der Kirche verdammt wurden, aber er weiß genau, dass seine Vorstellungen über Astrologie ihn weit teurer zu stehen kommen würden. Ganz zu schweigen davon, wenn der Kaiser in die Angelegenheit verwickelt würde … Aber«, sagte Ignazio und forderte seinen Sohn auf, zum Bootssteg zu gehen, »ich vermute, dass der Nimrod-Kult wesentlich verbreiteter ist, als wir annehmen. Auf seinen Reisen muss Scoto einige Spuren hinterlassen haben. Es kann sein, dass der Umhang des Schützen keineswegs der einzige seiner Art ist, ja nicht einmal der verfänglichste.«

Uberto blickte kurz auf die Wellen, die sich hinter den Molen kräuselten, dann sah er seinen Vater traurig an. »Wie wirst du damit leben können, immer von der Gnade so eines Menschen abhängig zu sein?«

Der Händler zuckte gleichmütig mit den Schultern. »Ich habe dir doch gesagt, mir bleibt keine Wahl. Er hätte uns niemals beide gehen lassen.« Und er wies mit einer beredten Geste auf Ulfus, der etwa zwanzig Schritt entfernt von ihnen wartete.

»Mit anderen Worten, er behält dich als Geisel, damit ich ganz sicher keinem Menschen von seinen Geheimnissen erzähle.«

Der Händler schüttelte den Kopf, dann versuchte er, Uberto zu beruhigen. »Mach dir keine Sorgen, mein Sohn! Michele Scoto hat keineswegs die Absicht, mich zu töten. Im Gegenteil, er braucht einen Mann, dessen Klugheit seiner gleichkommt, der ihm bei seinen Studien helfen und ihm in dem komplizierten Intrigenspiel des Palastes beistehen kann. Ohne gute Verbündete kann die Curia Regis ein gefährlicher Ort sein, und Ulfus' Kraft allein reicht nicht aus, um ihm ausreichend Sicherheit zu bieten.«

»Also will er dich als *socius*«, rief Uberto offensichtlich verblüfft aus. Er dachte kurz nach, dann nickte er. »Wenn ich recht überlege, erinnere ich mich, wie er dich schon bei unserem ersten Gespräch angesehen hat ... Und jetzt begreife ich vielleicht auch, warum er dich wirklich vor Konrad von Marburg gerettet hat. Er hat dich immer geschätzt.«

Als Ignazio den Namen Konrads hörte, schauderte es ihn. »Dieser Geistliche! Er hat nie aufgegeben, nicht einmal angesichts der Feuerprobe!«, rief er aus. »Als ich seinen Dolch gesehen habe, hat mich das auf einmal an die Vergangenheit erinnert ...«

»Der kreuzförmige Dolch.« Uberto begriff, was er meinte. »Genau wie die Waffen der Mörder von der Heiligen Vehme! Glaubst du, dass Konrad ebenfalls zu diesem Geheimtribunal gehört?«

»Die Heilige Vehme hat ihre Wurzeln in Deutschland, deshalb schließe ich es nicht aus«, erwiderte Ignazio, und sein Gesicht verfinsterte sich, als er daran dachte, wie er vor Jahren unter der Heiligen Vehme gelitten hatte. »Aber ich habe keinen Beweis dafür, dass Konrad von Marburg dazugehört ... Dieser verfluchte Kerl hat sich schon mit eingekniffenem Schwanz nach Mainz davongemacht.«

»Nach seiner bitteren Niederlage wird er sicher einen Halt in Rom einlegen, um sich beim Papst zu beschweren«, sagte Uberto und sah hinüber zu dem Schiff, das ihn nach Spanien bringen sollte. Beim Gedanken an Moira, seine Frau, und die kleine Sancha wurden seine Gesichtszüge sanft. »Aber du ... Du wirst wieder das tun, wofür du seit den Zeiten im Studium von Toledo bestimmt warst. Seit Gherardo da Cremona. Du wirst einer der Gelehrten am Hof der Wunder sein!«

Ignazio nahm seine Hände, doch dann vergaß er seine Zurückhaltung und umarmte ihn. »Aber Toledo wird immer fern bleiben ... Genau wie ihr.«

Bei diesen Worten krampfte sich Ubertos Herz zusammen. »Und

meine Mutter? … Was soll ich ihr sagen? Wie wird sie deine neuerliche Verbannung ertragen können?«

Ignazio senkte den Kopf, um seine Tränen zu verbergen, und reichte Uberto eine kleine Pergamentrolle. Uberto wog sie in den Händen, als wollte er ihren Inhalt erforschen.

Ignazio erriet seine Absicht und lächelte ihm zu. »Es ist ein Versprechen«, sagte er leise.

Er begleitete seinen Sohn so lange wie möglich, umarmte ihn ein letztes Mal und winkte ihm zu, während Uberto an Bord der großen Galeere ging.

Dann sah er dem Schiff nach, wie es Fahrt aufnahm, und verfolgte es so lange, bis es am Horizont verschwand, wo die Wellen sich mit dem dunklen Himmel trafen. Und einen Augenblick lang gelang es ihm, seinen Schmerz zu unterdrücken, indem er sich vorstellte, er würde dort schweben, unter diesem leuchtend blauen Gewölbe, das sich bis weit über die Grenzen der Welt hinaus erstreckte.

Danksagung

Einen Roman zu schreiben ist auch nur eine Art und Weise – aber meine bevorzugte –, über sich selbst zu erzählen. Es ist auch eine Art, sich hinter einem Spiegelkabinett zu verstecken, denn ich glaube, niemand ist in der Lage, sich voll und ganz so zu akzeptieren, wie er ist. Und dennoch, die Seite an uns, über die wir am unzufriedensten sind – oder die uns gar enttäuscht –, bleibt ganz sicher nicht demjenigen verborgen, der sich für ein Leben an unserer Seite entscheidet. All diesen Personen gilt mein Dank. Vielen Dank also an Giorgia, meine Lebensgefährtin, aber auch an Luigi und Rosaura, meine Eltern, weil sie nie aufgehört haben, an meine Träume und Pläne zu glauben. Dank meinen Agentinnen, Roberta Oliva und Silva Arienti, für ihre ständige Gegenwart. Danke schließlich Raffaelo Avanzini, meinem Verleger, und Alessandra Penna, meiner Lektorin, die zusammen mit dem Team von Newton Compton mit mir die Freude teilen, hart und voller Leidenschaft zu arbeiten.

Glossar

Aberratio: lat. für »Verirrung«, »Abweichung«

Ad fines mundi: lat. für »am Ende der Welt«, wobei der lateinische Weltbegriff das gesamte Universum umfasste, also die Gesamtheit aller Himmelskörper

Aristotelismus: Wissenschaftssystem, das aus den Lehren und Schriften des Aristoteles entwickelt wurde

Armamentarium pigmentariorum: Ort, an dem die getrockneten Heilpflanzen gesammelt und aufbewahrt wurden

Baccalarius: später auch Bakkalaureus, erster akademischer Grad, den man an einer Universität erwerben konnte, womit man gleichzeitig zum Hilfslehrer wurde; allerdings durfte ein Baccalarius nicht ohne die Aufsicht eines Magisters unterrichten

Baiulus: hoher Gerichtsbeamter im alten Neapel

Basilianer: Orden griechischsprachiger Mönche im Süden Italiens

Biforium: zweibogiges Fenster

Castrum: lat. für »Lager«, »Kastell«

»Causae et curae«: lat. für »Ursachen und Behandlungen«, Werk der Hildegard von Bingen, heutzutage Grundlage der sogenannten Hildegard-Medizin

Clavigeri: lat. für »Schlüsselsoldaten«, Soldaten des Papstes, einfache Söldner im Dienst der Kirche

Confectionarius: mittelalterliche Bezeichnung für Apotheker oder Drogisten

Curia Regis: lat. für »Königlicher Rat«

Curiositas: lat. für »Neugier«

Denar: Münze seit der Antike, im Mittelalter mit einem Pfennig gleichwertig

Determinatio: lat. für »Abgrenzung«, im Mittelalter eine Art Zwischenprüfung, die aus öffentlicher Abhandlung einer »Quaestio« unter der Leitung eines Magisters bestand und Voraussetzung war für den Erwerb des akademischen Grads eines Baccalarius

Diptychon: zweiteilige Schreibtafel aus Wachs

Dormitorium: lat. für »Schlafsaal«

Draco: lat. für »Schlange«, »Drache«

Drakonites: griech.-lat. für »Drachenstein«, auch: *drakontias*, nach Plinius dem Älteren ein Stein, den man erhält, indem man lebenden Schlangen den Kopf abschlägt

Eritis sicut Deus, scientes bonum et malum: lat. für »Ihr werdet sein wie Gott und wissen, was gut und böse ist«, 1. Mose 3,5

Extra ecclesiam nulla salus: lat. für »außerhalb der Kirche kein Heil«

Fata Morgana: lat. für »Fee Morgana«

Fiat voluntas tua: lat. für »Dein Wille geschehe«

Frater: lat. für »Bruder«, Anrede für Mönche, die kein Priestergelübde abgelegt haben

Homo Niger: lat. für »Schwarzer Mann«

In Nomine Patri et Filii et Spiritus Sancti: lat. für »Im Namen des Vaters und des Sohnes und des Heiligen Geistes«

In spiritualibus: lat. für »in geistlichen Angelegenheiten«

Justitiar: Titel des höchsten Provinzialbeamten im normannischen Königreich Sizilien, der sich überwiegend um die Gerichtsbarkeit kümmert

Komplet: Nachtgebet, mit dem der Tag beendet wurde, circa 21 Uhr

Kristalltränen: die Kristalle, an denen die kleine Adelisia leidet, sind kein Wunder, sondern entstehen durch eine seltene Krankheit, die heutzutage als Cystinose bekannt ist

Lanze des Feuers: ein derartiges Instrument, das wahrscheinlich Projektile mit Hilfe von Schwarzpulver verschoss, wurde in einem Abschnitt der Seidenstraße des 10. Jahrhunderts gefunden

Lapidarium: Steinsammlung oder Buch über Steine bzw. die Eigenschaften von Steinen

Lingua ignota: lat. für »unbekannte Sprache«; Hildegard von Bingen hat ein Traktat verfasst, in dem sie eine von ihr erdachte künstliche Sprache mit entsprechenden Zeichen beschreibt, wahrscheinlich war es weniger eine Geheimsprache als vielmehr eine Methode zur Wissensvermittlung oder eine Gedächtnisstütze

Luziferianer: Teufelsanbeter, die angeblich schreckliche Rituale mit geopferten Kindern sowie jede Art von Unzucht oder Hostienschändung betrieben; Konrad von Marburg verfolgte diese Sekte mit großem Eifer; wahrscheinlich hat es sie nie gegeben

Madonna: ital. für »Meine Dame«, alte Anrede in Italien

Magister: lat. für »Meister«, Ehrentitel von Gelehrten des Mittelalters, die an einer Universität studiert hatten beziehungsweise dort lehrten

Magister medicinae: lat. für »Magister der Medizin«

Magister theologiae: lat. für »Magister der Theologie«

Magus: lat. für »Magier«

Maleficium: lat. für »Fluch«

Mardi gras: frz. für »Faschingsdienstag«

Matutin: Gebet zum Morgen als Teil des liturgischen Stundengebets und Gebetszeit, entspricht etwa 3 Uhr

Messere: ital. für »Herr«, alte Anrede in Italien

»Naturalis historia«: lat. für »Naturgeschichte«, naturwissenschaftliche Enzyklopädie der Antike

Nekromant: Totenbeschwörer

Nekromantisch: einer Totenbeschwörung dienend

Notarius: lat. für »Notar«

Ophiten: Kult der Gnosis, der Frühkirche des 2. und 3. Jahrhunderts nach Christus, der die Schlange des Paradieses als göttliches Wesen verehrte

Predicator verbi Dei: lat. für »Prediger der Worte Gottes«, so bezeichnete sich Konrad von Marburg amtlich laut dem Wachsabdruck seines Siegels

Pus est bonum et laudabile: lat. für »Eiter ist gut und lobenswert«

Qsar: arabisch für »Burg«, auch Ksar, befestigte Siedlung oder Militärlager

Regnum Siciliae: lat. für »Königreich Sizilien«, offizieller Name des Reiches von 1130 bis 1816

Rive gauche: frz. für »linkes Ufer«, mit diesem Begriff wird das Pariser Stadtgebiet südlich der Seine bezeichnet, in dem sich unter anderem das Quartier Latin befindet

Signum: lat. für »Zeichen«

Skapulier: Überwurf über dem Gewand einer Ordenstracht

Soter: griech. für »Retter«, »Erlöser«

Soule: Spiel, eine Art mittelalterliches Rugby oder Football

Studium: lat. für »Lernen«, im Mittelalter geläufiger Name für eine Universität

Sympatheia: griech. für »Mitgefühl«, »Zuneigung«

Tari: Münze arabischen Ursprungs, die lange Zeit in Sizilien und Süditalien gebräuchlich war

Terra Sancti Benedicti: lat. für »Land des heiligen Benedikts«, fruchtbares Gebiet rund um die mächtige Abtei Montecassino, die von Benedikt von Nursia gegründet wurde

Universitas: lat. für »Gesamtheit«, ursprünglich wurde damit nur die Gemeinschaft der Lehrenden und Studierenden bezeichnet

Universitas magistrorum: lat. für »Gesamtheit der Lehrenden«

»Uter ventorum«: geheimnisvolle antike Handschrift, die Ignazio im »Händler der verfluchten Bücher« beschaffen sollte, da man damit angeblich die Engel beschwören und so zum Herrscher der Welt werden konnte

Vesper: Gebet zum Abend als Teil des liturgischen Stundengebets und Gebetszeit, entspricht etwa 18 Uhr, anschließend wurde im Kloster zu Abend gegessen

Via Francigena: Frankenweg, ein Netz aus alten Fernstraßen, auf denen Pilger aus Franken nach Rom pilgerten

Volgare: frühes Italienisch, das sich aus dem Vulgärlatein entwickelt hat

Zyklop: Riese aus der griechischen Mythologie (der Glaube, dass

Zyklopen auf Sizilien beheimatet sein sollen, geht wahrscheinlich auf Fossilienfunde zurück, die allerdings eher einer Zwergmammutrasse zuzuordnen sind)

Historische Personen

Adenulf von Aquin: Graf von Acerra, Verwandter von Thomas von Aquin

Avicenna, auch: Ibn Sina (980–1037): vielseitiger arabischer Gelehrter, der die moderne Medizin und Astronomie maßgeblich geprägt hat

Benvenuto Grafeo: jüdischer Augenarzt im 13. Jahrhundert, Autor des Buches »Liber sanitate oculorum«

Blanka von Kastilien (1188–1252): Gattin von Ludwig VIII. von Frankreich und nach dessen Tod 1226 Regentin von Frankreich

Cola Pesce (eigentlich Nikolaus der Fisch): sagenumwobener Fischer aus Messina, der Schiller zu seiner Ballade »Der Taucher« inspirierte; Jahrhunderte davor widmete der Troubadour Raimon Jordan ihm ein Gedicht

Friedrich II. von Hohenstaufen (1194–1250): ab 1212 deutsch-römischer König, ab 1220 Kaiser des Heiligen Römischen Reiches, bekannt für seine allumfassende Bildung, umgab sich gern mit Wissenschaftlern verschiedenster Fachgebiete, konnte bei seinem Kreuzzug wichtige Pilgerstätten kampflos gewinnen, nur durch Verträge, und wurde 1245 auf dem Konzil von Lyon auf Betreiben des Papstes abgesetzt, regierte allerdings bis zu seinem Tod weiter

Gerhard von Lützelkolb: tatsächlicher Weggefährte von Konrad von Marburg, der zusammen mit diesem 1233 wegen ihres inquisitorischen Eifers in einem Hinterhalt niedergemetzelt wurde

Gregor IX. (1167–1241): Papst ab 1227, davor Ugolino dei Conti di Segni, aus Anagni, förderte die Armutsbewegung, aber bekämpfte auch stark die Häretiker durch die von ihm eingerichtete Inquisition, exkommunizierte 1227 Kaiser Friedrich II., weil dieser nicht rechtzeitig zu den versprochenen Kreuzzügen aufbrach

Hildegard von Bingen (1098–1179): Benediktinernonne und Universalgelehrte, die auch als Heilige verehrt wird

Konrad von Marburg (1180/90–1233): Prämonstratenser, Beichtvater und Vormund der späteren heiligen Elisabeth von Thüringen, seit 1227 päpstlicher Inquisitor für Deutschland, der Erste seiner Art, 1231 erhielt er weitere Vollmachten durch ein päpstliches Schreiben

Leonardo Fibonacci, eigentlich Leonardo da Pisa (um 1170–1240): bedeutender Mathematiker des Mittelalters, der nach Reisen in den Orient und dem Studium der arabischen Mathematik unter anderem die als »Fibonacci-Folge« bekannte Zahlenformel beschrieb, außerdem war es wohl sein Verdienst, dass die indisch-arabischen Zahlen sich in Europa durchsetzten

Magister von Toledo: Nekromant, den Alberich von Trois-Fontaines in seiner Weltchronik für das Jahr 1233 aufführt, er soll unter anderem ein Beschwörungsritual durchgeführt haben, bei dem er einen großen Kreis auf den Boden zeichnete und drei Stühle für die drei Magier des Evangeliums aufstellte

Marbod von Rennes (Marbodus Redonensis, 1035–1123): französischer Gelehrter, Verfasser mehrerer Schriften, darunter das »Liber de gemmis« über die Heilkräfte von Steinen

Michael Psellos (1017/18–1078): byzantinischer Universalgelehrter, Verfasser des Lapidariums »De lapidum virtutibus«

Michele Scoto (Michael Scotus, evtl. 1175–1235): allgemein gebildeter Gelehrter, der sich unter anderem als Übersetzer, Philosoph und Alchimist hervortat und Hofastrologe von Friedrich II. war. Es geht die Legende, er habe seinen eigenen Tod vorhergesehen und war deswegen überzeugt, er würde durch einen Stein erschlagen, daher verließ er nie ohne einen selbst konstruierten Helm das Haus. Außerdem wird ihm die Erfindung des Schießpulvers zugeschrieben.

Pelagius von Albanien (1165–1230): päpstlicher Legat

Philippus de Noyon, auch: Philippus Cancellarius (1160–1239): Theologe, Philosoph und ab 1217 Kanzler des Kapitels von Notre-Dame

Pierre Gilles de Corbeil (1140–1224): französischer Arzt, Lehrer und Dichter, Leibarzt von Philipp II. August

Plinius der Ältere (23–79): römischer Gelehrter, bekannt vor allem durch sein naturkundliches Werk »Naturalis historia«

Raone di Balbano: Justitiar des Königs von Sizilien

Richard von San Germano (1165–1244): Notar, bekannt durch seine Chroniken über das Zeitgeschehen im Königreich Sizilien

Roland von Cremona (1178–1259): Dominikaner, bedeutender Theologe und Philosoph, lehrte erst an der Universität von Paris, dann in Toulouse

Taddeo da Sessa (1190/1200–1247): Rechtsgelehrter und bedeutender Ratgeber von Friedrich II., war mit der Verteidigung Friedrichs beim Konzil von Lyon befasst, bei dem der Herrscher eigentlich hoffte, die zweite Exkommunikation gegen ihn würde aufgehoben werden. Das Konzil endete dennoch mit der Absetzung Friedrichs als König und Kaiser, die dieser aber nicht anerkannte

Thomas von Aquin (um 1225–1274): Dominikanermönch, bedeutender Philosoph und Theologe, einer der 35 katholischen Kirchenlehrer

Ulfus: ein Reiter dieses Namens stand tatsächlich in den Diensten von Michele Scoto, über seine Herkunft ist nichts bekannt, jedoch erinnert sein Name an den Helden Kveldulf aus der isländischen Egilssage, den Abendwolf, der als Berserker beschrieben wird

Ursus von Salerno (12./13. Jhd.): italienischer Arzt, Philosoph und Dichter

Vergil (70–19 v. Chr.): römischer Dichter, der im Mittelalter als mächtiger Zauberer galt und um den sich viele Sagen rankten

EIN MITTELALTER-THRILLER VON
MARCELLO SIMONI
DIE
VERSCHWUNDENE
BIBLIOTHEK DES
ALCHIMISTEN
emons: